DAVID

EL DIVINO CANTOR DE ISRAEL

Jesús López Tapia

Publicado por Ibukku, LLC
www.ibukku.com
Diseño de portada: Ángel Flores Guerra Bistrain
Diseño y maquetación: Diana Patricia González Juárez

ISBN Paperback: 978-1-68574-963-7
ISBN Hardcover: 978-1-68574-965-1
ISBN eBook: 978-1-68574-964-4

Índice

A MI HIJO DAVID

La historia de David de la tribu de Judá empieza en Belén, una población de campesinos y pastores empobrecidos, agobiados por la expropiación de sus mejores tierras, los altos impuestos y las levas; en Belén hay un ambiente de malestar, agitación y desconfianza; por eso la presencia de Samuel, el profeta de Dios ese día —que va a ser uno de los días más gloriosos del pueblo de Israel—, causa temor entre los ancianos. Saben que las cosas no andan bien en el reino, que Dios ha desechado al rey Saúl por desobediente y que la mente del rey está trastornada.

Belén.

Los ancianos del pueblo preguntan con recelo al ungido de Jehová:

—¿Es pacífica tu venida?

—Sí —responde—. Vengo a ofrecer sacrificio a Jehová; santificaos, y venid conmigo al sacrificio. Y santificando él a Isaí y a sus hijos, los llamó al sacrificio, un rito instituido por Dios para disfrutar de Su paz.

Samuel, de tez apiñonada, barba cerrada completamente blanca, deja caer de su cabeza siete guedejas como una nube de halo misterioso, para cubrir su espalda; es nazareo dedicado a Dios, desde antes de su nacimiento; está metido en una túnica blanca de lino que llega hasta los pies y se ciñe al cuerpo con mangas apretadas a sus brazos, túnica que representa la perfección del carácter y la santidad de Jehová; trae el pectoral del juicio con incrustaciones de dos piedras de ónice, «Urim y Tumim» que sirven para consultar a Dios y conocer Su voluntad; el efod y el cinto caen sobre un manto azul; en la cabeza porta la mitra de lino fino y sobre ella una lámina de la diadema santa de oro puro, puesta con un cordón azul por la parte delantera de la mitra, con un sello grabado que dice: «SANTIDAD A JEHOVÁ». Samuel es, pues, todo un personaje imponente, con la vestimenta que le da la distinción inigualable de ser el representante de Dios, la voz de Dios, sobre la Tierra.

Ha recorrido sigilosamente cerca de dieciocho kilómetros desde Ramá, donde radica, a la ciudad amurallada de Belén, sentado en su mula bajando las escarpadas montañas del norte; jala una becerra de la vacada y trae colgado en su hombro derecho el cuerno lleno de aceite para ungir al que Dios ha elegido, de la tribu de Judá, de la familia de Isaí, en lugar de Saúl.

La misión es peligrosa, pues si el rey se entera, el profeta muere; de ahí el sigilo; de ahí su largo recorrido en un camino pedregoso, no exento de riesgos por los animales salvajes que habitan en los tupidos bosques; mas su espíritu se engrandece al recorrer los valles y aspirar el aroma de los nardos y de las rojas amapolas, y se desliza sobre alfombras teñidas de verde, rosa, morado y amarillo de flores silvestres que se abren a su paso.

El clima es templado, agradable a su cuerpo y en la celeste bóveda el profeta observa las blancas nubes que dibujan figuras caprichosas: un pastor con su rebaño, una vaca, un águila y rostros humanos que cambian al compás del viento que las mueve.

Montes de Judá.

Durante el trayecto, una cascada de recuerdos llega a su mente, de su niñez, de su adolescencia, de su juventud, de su madurez; de su mentor Eli el sacerdote del pueblo de Israel que le relata la vida de los patriarcas: Abraham, Isaac y Jacob; y de los ungidos del Señor: Moisés, Josué, Gedeón y Sansón; de la dura cerviz del pueblo y de las constantes acechanzas de los enemigos que tiene a su alrededor. Recuerda también el glorioso momento de su llamamiento por Dios, en ese tiempo cuando Su palabra escaseaba, y en consecuencia los israelitas sufrían por los persistentes ataques de los filisteos y de otros pueblos que le asediaban.

Al acercarse a Belén, las palmeras sombrean el camino y sus dátiles caen al compás de oleadas de aire fresco, y el follaje de los olivos milenarios parece aplaudirle a su paso; ve lugares de sementeras, de higueras, de viñas, de granadas y de cebada en abundancia; es aquella, sin duda, una tierra fértil. De pronto, el profeta de Dios se detiene un momento y observa la tumba de Raquel, en las inmediaciones de la ciudad.

Raquel es mujer de Jacob, hijo de Isaac, nieto de Abraham, el amigo de Dios.

Samuel recuerda la historia de los patriarcas de su pueblo que escucha de niño de labios del sacerdote Eli, su mentor, en el santuario de Silo. Cada noche, antes de dormir en aquel reservado del templo, junto al Arca de Jehová, Eli narraba una historia, y otra:

Isaac, hijo de Abraham, el amigo de Dios, ora por Rebeca, su mujer, que es estéril; y esta oración la acepta Jehová, diciendo a Rebeca:

> *Dos naciones hay en tu seno. Y dos pueblos serán divididos desde tus entrañas; un pueblo será más fuerte que el otro pueblo, y el mayor servirá al menor.*

El desierto de Neguev.

La pareja habita en el Neguev, un territorio compuesto de ecosistemas desérticos que incluye barrancos, oasis frondosos y volcanes que parecieran estar a punto de erupción; se extiende en sus doce mil kilómetros cuadrados de tierra entre el mar Muerto, Jordania y Egipto. Abraham estuvo en estos lugares cuando hubo la primera hambruna en toda la tierra, y al igual que su padre, en su tiempo, Isaac se dispone ahora a entrevistarse con Abimelec, rey de los filisteos, en Gerar, ciudad ubicada en la frontera sudoccidental de Canaán, cerca de Gaza. De ahí la pareja es echada por el rey, una porque siendo Rebeca mujer muy hermosa, su esposo la hace pasar como hermana a fin de que no lo maten para quedarse con ella, solo que el rey observa desde su balcón cómo Isaac acaricia a la mujer, y lo llama para reclamarle su actitud, él le explica las razones; y la otra, por envidia de los filisteos porque Dios lo prospera en tal manera que se hace muy poderoso. Y tuvo hato de ovejas, y hato de vacas, y mucha labranza. Del valle de Gerar sube a Beerseba, el lugar donde su padre Abraham cavó un pozo de agua, en el desierto de Neguev. Allí, Dios se le aparece a Isaac, y le dice:

> *Yo soy el Dios de Abraham, tu padre; no temas, porque yo estoy contigo, y te bendeciré, y multiplicaré tu descendencia por amor a Abraham, mi siervo.*

Al oír esa voz maravillosa como estruendo de muchas aguas, Isaac edifica ahí un altar, e invoca el nombre de Jehová, y planta ahí su tienda, inicio de lo que va a ser una nación poderosa entre todas las naciones, desde Dan

—al norte— hasta Beerseba —al sur—. Es la primera posesión de la Tierra Prometida por Dios a Abraham, su padre, pues cuando lo llama, le dice:

> *Vete de tu tierra y tu parentela, y de la casa de tu padre, a la tierra que te mostraré.*
> *Y haré de ti una nación grande, y te bendeciré, y engrandeceré tu nombre, y serás bendición.*
> *Bendeciré a los que te bendijeren, y a los que te maldijeren maldeciré; y serán benditas en ti todas las familias de la Tierra*

Abram es descendiente de Sem, uno de los tres hijos del siervo de Dios Noé, los otros dos son Cam y Jafet. Sale, pues, Abram a la edad de setenta y cinco años, de la tierra de Ur de los caldeos, que se ubica al sur de Mesopotamia, en la ribera occidental del río Éufrates, con su hermosa compañera Saraí, Lot, hijo de su hermano, y todos sus bienes que habían ganado y las personas que habían adquirido, hacia la tierra de Canaán, como siguiendo al invisible, confiando soloen la promesa de un Dios que no ve como sus padres en Ur ven a sus dioses de piedra y de madera, pero siente en su corazón que el que va delante de él es el Creador de todas las cosas visibles e invisibles, que lo hará padre de numeroso pueblo, del pueblo semita de su ascendiente Sem; pueblo escogido por Dios entre todos los pueblos del mundo; esa es su fe y esa es su esperanza.

Cuando Abram llega a la tierra de Canaán, Dios le dice:

> *A tu descendencia daré esta tierra.*

Abram edifica un altar en honor al Dios invisible, y pasa a un monte al oriente de Bet-el y planta su tienda, teniendo a Bet-el al occidente y Hai al oriente, dos centros cananeos importantes, pero su destino es otro, y prosigue a la región del Neguev.

En el camino se desata una hambruna en toda la tierra, y Abram desciende a Egipto para morar allí, pero teme que la hermosura de su esposa la codicien los egipcios y le pide que diga que son hermanos, para que no lo maten y así lo hace; y el Faraón al verla desea hacerla suya y le otorga a Abram ovejas, vacas, asnos, siervos, criadas, asnas y camellos, solo que Faraón no sabe que la pareja es protegida de Dios, quien dando muestra de su infinita misericordia no mata a Faraón, pero sí hiere a los egipcios con grandes plagas: ranas, mosquitos, piojos, pulgas y sarpullido, a causa de su proceder; Faraón llama de inmediato a Abram y le exige una explicación:

—¿Qué es esto que has hecho conmigo? ¿Por qué no me declaraste que era tu mujer? ¿Por qué dijiste «Es mi hermana» poniéndome en ocasión para tomarla para mí por mujer? Ahora, pues, he aquí tu mujer; tómala, y vete.

Y así es conducido Abram, su esposa y Lot, con todo lo que tenían, fuera de Egipto, y sigue rumbo al Neguev.

El siervo de Dios ya posee no sólo numeroso y fino ganado, sino también oro y plata en abundancia; es, pues, riquísimo. El ganado de su sobrino Lot también es numeroso, así que no hay terreno suficiente para ambos, y empiezan las contiendas entre los pastores del ganado de Abram y los pastores del ganado de Lot.

Entonces Abram toma una decisión, y le dice a Lot:

—No haya ahora altercado entre nosotros dos, entre mis pastores y los tuyos, porque somos hermanos.

—¿No está toda la tierra delante de ti? Yo te ruego que te apartes de mí. Si fueres a la mano izquierda, yo iré a la derecha; y si tú a la derecha, yo iré a la izquierda.

Y alza Lot sus ojos, y ve toda la llanura del Jordán, que toda ella es de riego, como el huerto de Jehová, como la tierra de Egipto en la dirección de Zoar, antes de que destruyese Jehová a Sodoma y a Gomorra.

Entonces Lot escoge para sí toda la llanura del Jordán, que se extiende desde el sur del lago Tiberíades, también llamado mar de Galilea hasta el norte del mar Muerto, un lugar estratégico para las ciudades ya establecidas en la región; y se fue Lot hacia el oriente, y se apartan el uno del otro.

Abram acampa en la tierra de Canaán, en tanto que Lot habita en las ciudades de la llanura, y va poniendo sus tiendas hasta Sodoma, ciudad donde sus habitantes no tienen temor de Dios, y sus pecados son muy graves e imperdonables.

Y Jehová dice a Abram, después que Lot se aparta de él:

> *Alza ahora tus ojos, y mira desde el lugar donde estás hacia el norte y el sur, y al oriente y al occidente.*
> *Porque toda la tierra que ves, la daré a ti y a tu descendencia para siempre.*

Y haré tu descendencia como el polvo de la tierra; que si alguno puede contar el polvo de la tierra, también tu descendencia será contada.
Levántate, ve por la tierra a lo largo de ella y a su ancho; porque a ti la daré.

Abram, pues, removiendo su tienda, va y mora en el encinar de Mamre, que está en Hebrón, y edifica allí altar a su Creador.

Una batalla de fe

Al frente de trescientos dieciocho criados, nacidos en su casa, entre pastores y labriegos, sin ninguna experiencia en batallas, sin armas espectaculares o sofisticadas, sino armados solo con palos, azadones y cuchillos, Abram se enfrenta a cuatro poderosos reyes que acaban de derrotar a cinco reyes no menos poderosos en combates sangrientos, y se han llevado entre otros cautivos a Lot, su sobrino. El propósito de Abram es rescatar a Lot sin importar el poderío de los reyes, y lo logra.

Los ejércitos de Mesopotamia, dirigidos por Amrafel rey de Sinar, Arioc, rey de Elasar, Quedorlaomer, rey de Elam, y Tidal, rey de Goim, hacen la guerra contra Bera, rey de Sodoma, contra Birsa, rey de Gomorra, contra Sinab, rey de Adma, contra Semeber, rey de Zeboim, y contra el rey de Bela, la cual es Zoar, situados en la llanura del Jordán, porque estos ya no quieren pagar impuestos tras doce años de servidumbre, y se rebelan.

Las tácticas militares que emplean estos cuatro reyes de Mesopotamia son destruir primero todas las ciudades circunvecinas a sus enemigos, para tomar provisiones y evitar cualquier levantamiento, así vencen a los guerreros rafaítas en Astarot Karnaim, a los zuzitas en Ham, a los emitas en Save-quiriataim. Luego, van sobre los horeos en el monte de Seir, hasta la llanura de Parán, que está junto al desierto; siguen y derrotan a los fieros amalecitas, y lo mismo hacen contra los amorreos que habitan en Hazezontamar.

Por fin, salen a enfrentarse los cinco contra los cuatro reyes, estos últimos al parecer invencibles.

Todos se juntan en el valle de Sidim, al extremo sur del mar Salado, para un combate a muerte. El ejército de Mesopotamia no da cuartel ni reposo; mientras los soldados de pie penetran el centro, la caballería destruye los flancos, y cercan a sus enemigos que luchan con denuedo; los cuatro reyes lanzan refuerzos frescos por el centro de la batalla que no dejan de pelear en todo el día hasta masacrar al ejército de la llanura. Los cuatro reyes triunfan, y los cinco reyes corren con sus siervos, unos a los montes, otros caen en los pozos de asfalto que rodean la zona y ahí se acaban; los cuatro reyes aprovechan la victoria para saquear las riquezas de Sodoma y Gomorra, y todas sus provisiones; toman prisioneros incluyendo a Lot, que mora en Sodoma, y todos sus bienes, y dejan a su paso ciudades incendiadas y gritos de dolor y espanto.

Uno de los que escapan de Sodoma, le informa a Abram lo sucedido, y es cuando arma a sus criados nacidos en su casa, y persigue a los cuatro poderosos reyes que han vencido a cinco no menos poderosos reyes del valle del Jordán. No le importa el poderío de sus enemigos, pues sabe Abram en quién ha creído. Y de cierto, de no haber estado Dios con él vivo se lo hubieran tragado.

El Padre de la fe cae de noche sobre el campamento enemigo en Dan, ahí donde va a iniciar, según la promesa de Su amigo —de Dan hasta Beerseva—, la tierra de sus descendientes, y los derrota en una batalla estrepitosa donde parece que millares de ángeles destrozan el campamento en medio de las sombras, y los enemigos huyen con pavor, pero no llegan lejos, pues Abram los persigue hasta la población de Hoba al norte de Damasco y los acaba, para recobrar todos los bienes que los cuatro reyes saquearon en los cinco reinos destruidos; y liberta a Lot su pariente y sus bienes, y a las mujeres y a todos los prisioneros. La victoria es de Jehová, Dios de los ejércitos celestiales.

Melquisedec bendice a Abram.

Abram regresa triunfante a Sodoma y el rey Bera sale a recibirlo en el Valle del Rey, en las inmediaciones de la ciudad, y no solo Bera, también aparece un hombre místico, sacerdote y al mismo tiempo rey de la ciudad de Salem, que significa «paz», ubicada a cincuenta y siete kilómetros del Mediterráneo; este rey es Melquisedec, nombre cananeo que significa «rey justo». La colina de Akra ocupa la parte baja de la ciudad de Salem; el profundo valle de Mello, la separa al noreste del monte Gibón, y al sureste, del monte Moriah, es aquí en este monte donde después ofrecería Abraham a su hijo Isaac en sacrificio, durante una de las más grandes pruebas de fe en la historia de la humanidad. Los descendientes de Jebús, hijo de Canaán, se apoderarían de Salem, cincuenta años después de Abraham, y edificarían sobre el monte la ciudadela de Jebús, de ahí toma el nombre de Jebús-Salem, modificado luego en el de Jerusalén, que significa «visión de paz». El guerrero israelita Josué, en su tiempo, no puede apoderarse más que de la ciudad baja: los jebuseos quedan dueños de la alta, cerca de quinientos años, hasta que el gran guerrero David, el divino cantor de Israel y profeta de Dios, de vuelta de su expedición de Hebrón, la toma al fin por asalto. El monte Moria aún es de los jebuseos, pero el monarca la compra para elevar ahí un templo al Señor, que finalmente lo construye su hijo Salomón.

Abram, al ver la imponente figura de Melquisedec, lo reconoce como sacerdote del Dios Altísimo. Melquisedec saca pan y vino; y le bendice, diciendo:

—Bendito sea Abram del Dios Altísimo, creador de los cielos y de la tierra; y bendito sea el Dios Altísimo que entregó tus enemigos en tu mano.

Así, Abram confirma que su triunfo es del Todopoderoso, de Jehová, del dueño y creador del mundo y los que en él habitan.

Y le da Abram a Dios el diezmo de todo lo que había ganado en la batalla, a través de su representante en la tierra, al sacerdote Melquisedec, porque entiende que el dueño del diezmo era Dios mismo.

¿Por qué un diez y no, por ejemplo, un cinco o un veinte por ciento?

Dios habla con Abram, no solo para que saliera de su tierra y su parentela; no solo para que le ofreciera a su único hijo Isaac en sacrificio, no; el Altísimo habla con Abram llamándolo después Abraham para instruirlo en su precepto, sus mandamientos, sus estatutos y sus leyes (Génesis 26, 5); lo instruyó en el reconocimiento sagrado de la décima parte que le corresponde, de todos los bienes que obtiene el hombre, como lo hizo muchos años después con el pueblo de Israel a través de Moisés en el monte Sinaí, cuando dijo (Levíticos 27, 30-32):

Y el diezmo de la tierra, así de la simiente de la tierra como del fruto de los árboles, de Jehová es; es cosa dedicada a Jehová. Y todo diezmo de vacas o de ovejas, de todo lo que pasa bajo la vara, el diezmo será consagrado a Jehová.

Así, pues, entiende Abram que el diezmo de lo obtenido en la batalla tiene un dueño, y se lo entrega a su representante, Melquisedec, el sacerdote del Dios Altísimo, pues sabe que de no hacerlo sería un robo.

Entonces el rey de Sodoma le dice:

—Dame las personas, y toma para ti los bienes.

Y responde Abram:

—He alzado mi mano a Jehová, Dios Altísimo, creador de los cielos y de la tierra, que desde un hilo hasta una correa de calzado, nada tomaré de todo lo que es tuyo, para que no digas: Yo enriquecí a Abram; excepto solamente lo que comieron los jóvenes, y la parte de los varones que fueron conmigo, Aner, Escol y Mamre, los cuales tomarán su parte.

Abram no quiere nada con Sodoma ni Gomorra, convertidos en enemigos de Dios por sus malas obras, sus grandes perversidades y sus delirios de grandeza. Serán muy pronto naciones borradas del mapa, lo sabe por revelación divina:

Por cuanto el clamor contra Sodoma y Gomorra se aumenta más y más, y el pecado de ellos se ha agravado en extremo, descenderé ahora, y veré si han consumado su obra según el clamor que ha venido hasta mí; y si no, lo sabré.

Abram ruega al Señor por ellas, en vano, porque no se hallan ni diez justos en las ciudades de perdición:

—Señor, ¿destruirás también al inocente? ¿Y si hay cincuenta justos, bueno, cuarenta y cinco, quizá cuarenta; o quizá treinta, tal vez veinte, y si hay diez justos también a ellos destruirás?

No los destruiré por amor a los diez.

Sin embargo, no se encuentran ni diez justos, solo Lot temeroso de Dios y su familia alcanzan esa misericordia y son salvados por dos ángeles enviados para destruir las ciudades pecadoras.

Le dicen en la madrugada:

> *Levántate, toma tu mujer, y tus dos hijas que se hayan aquí, para que no perezcas en el castigo de la ciudad.*

Y deteniéndose él, los varones lo toman con fuerza de su mano y de la mano de su mujer y de las manos de sus dos hijas, según la misericordia de Jehová para con él; y los sacan y los ponen fuera de la ciudad.

Y cuando Lot y su familia están ya fuera de la ciudad, los ángeles le gritan:

¡Escapa por tu vida; y no mires tras ti, ni pares en toda esta llanura! ¡Escapa al monte, no sea que perezcas!

Pero Lot ve lejos el monte de Seir y sabe que no iba a poder llegar allá a tiempo, y ruega a los ángeles que le permitan ir a una ciudad pequeña cercana llamada Zoar, «para salvar mi vida», argumenta, y le conceden esa gracia:

> *He aquí he recibido también tu súplica sobre esto, y no destruiré la ciudad de que has hablado.*

Pues no solo Sodoma, también están en la mira de Dios, por las mismas aberraciones carnales, Gomorra, Adma, Zeboim y Zoar, pero esta última es perdonada por el ángel de Dios, por amor a Lot.

Y cuando Lot llega a Zoar, el sol sale sobre la tierra.

Entonces el Señor Todopoderoso hace llover sobre Sodoma y sobre Gomorra azufre y fuego desde los cielos. Y destruye las ciudades a su alrededor, excepto Zoar y gigantescas llamas azules opacan al sol naciente, y el dióxido sulfúrico de olor acre invade la zona para destruir a todo ser viviente, y aquellas tierras del valle del Jordán que eran de riego, como el huerto del Edén, se convierten en símbolo de desolación.

Tanta convulsión espacial despierta la curiosidad de la esposa de Lot y mira para atrás para convertirse en estatua de sal que le arroja la violenta explosión de aquella región salitrosa.

Abram alcanza a ver desde la cima donde hablaba con Dios un horno de fuego gigantesco que se levanta de la tierra al cielo, en dirección de Sodoma y Gomorra y hacia toda la tierra de aquella llanura, y Dios le hace saber que el piadoso Lot está a salvo.

¿Hay para Dios alguna cosa difícil?

Después de estos acontecimientos viene palabra de Jehová a Abram en visión:

> *No temas, Abram; yo soy tu escudo, y tu galardón será sobremanera grande.*

Abram responde:

—Señor Jehová, ¿qué me darás, siendo así que ando sin hijo, y el mayordomo de mi casa es ese damasceno Eliezer? —Y agrega—: Mira que no me has dado prole, y he aquí que será mi heredero un esclavo nacido en mi casa.

Luego llega a él palabra de Jehová, diciendo:

> *No te heredará éste, sino un hijo tuyo será el que te heredará.*

Y lo lleva fuera de su tienda y le dice:

> *Mira ahora los cielos, y cuenta las estrellas, si las puedes contar.*
> *Así será tu descendencia.*

Y Abram cree a Jehová y le es contado por justicia.

Y le dice:

> *Yo soy Jehová, que te saqué de Ur de los caldeos, para darte a heredar esta tierra.*
> *A tu descendencia daré esta tierra, desde el río de Egipto hasta el río grande, el río Éufrates; la tierra de los ceneos, los cenezeos, los cadmoneos, los heteos, los ferezeos, los refaítas, los amorreos, los cananeos, los gergeseos y los jebuseos.*

Abram, de noventa años, escucha de nuevo la voz de Jehová:

> *Yo soy el Dios Todopoderoso; anda delante de mí y sé perfecto. Y pondré mi pacto entre mí y tú, y te multiplicaré en gran manera.*

Entonces Abram se postra sobre su rostro, y Dios le dice:

> *He aquí mi pacto es contigo, y serás padre de muchedumbre de gentes. Y no se llamará más tu nombre Abram, sino que será tu nombre Abraham, porque te he puesto por padre de muchedumbre de gentes. Y te multiplicaré en gran manera, y haré naciones de ti, y reyes saldrán de ti.*
> *En cuanto a ti, guardarás mi pacto, tú y tu descendencia después de ti por sus generaciones.*
> *Este es mi pacto, que guardaréis entre mí y vosotros y tu descendencia después de ti: será circuncidado todo varón de entre vosotros.*
> *Circuncidaréis, pues, la carne de vuestro prepucio, y será por señal del pacto entre mí y vosotros.*
> *Y de edad de ocho días será circuncidado todo varón entre vosotros por vuestras generaciones; el nacido en casa, y el comprado por dinero a cualquier extranjero, que no fuere de tu linaje.*
> *Debe ser circuncidado el nacido en tu casa, y el comprado por tu dinero; y estará mi pacto en vuestra carne por pacto perpetuo.*
> *Y el varón incircunciso, el que no hubiere circuncidado la carne de su prepucio, aquella persona será cortada de su pueblo; ha violado mi pacto.*

—¿Y Sara, ya de noventas años, ha de concebir? —le pregunta Abraham a Dios, y le contesta:

> *A Saraí, tu mujer, no la llamarás Saraí, mas Sara será su nombre. Y la bendeciré, y vendrá a ser madre de naciones; reyes de pueblos vendrán de ella.*
> *Ciertamente Sara, tu mujer, dará a luz un hijo, y llamarás su nombre Isaac; y confirmaré mi pacto con él como pacto perpetuo para sus descendientes después de él.*

Se rió Sara entre sí diciendo:

—¿Después de que he envejecido tendré deleite, siendo también mi señor ya viejo?

Entonces Jehová dice a Abraham:

¿Por qué se ha reído Sara diciendo: *será cierto que he de dar a luz siendo ya vieja?*

¿Hay para Dios alguna cosa difícil? Al tiempo señalado volveré a ti, y según el tiempo de la vida, Sara tendrá un hijo.

Padre e hijo en Beerseba, un pedazo de la Tierra Prometida

De allí parte Abraham a la tierra del Neguev, y acampa entre Cades y Shur, y habita como forastero en Gerar, tierra de los filisteos. No sabe que, tras su muerte, su hijo Isaac seguiría sus pasos.

Abimelec, rey de Gerar, y Abraham hacen un pacto. El rey filisteo sabe que el Dios Omnipotente está con Abraham porque en sueños le hace saber:

> *He aquí, muerto eres, a causa de la mujer que has tomado, la cual es casada con marido.*

Mas Abimelec no se ha llegado a ella, y le dice:

—Señor, ¿matarás también al inocente? ¿No me dijo él: mi hermana es; y ella también me dijo: es mi hermano? Con sencillez de mi corazón y con limpieza de mis manos he hecho esto.

Le dice Dios en sueños:

> *Yo también sé que con integridad de tu corazón has hecho esto; y yo también te detuve de pecar contra mí, y así no te permití que la tocases.*
> *Ahora, pues, vuelve la mujer a su marido; porque es profeta, y orará por ti, y vivirás. Y si no la devolvieres, sabe que de cierto morirás tú, y todos los tuyos.*

Es cuando Abimelec, al despertar, llama a todos sus siervos y les cuenta todas estas cosas y cae un gran temor sobre ellos. Llama Abimelec a Abraham, y le pregunta:

—¿Qué nos has hecho? ¿En qué pequé yo contra ti, que has traído sobre mí y sobre mi reino tan grande pecado? Lo que no debiste hacer has hecho conmigo. ¿Qué pensabas para que hicieses esto?

Abraham se justifica, y dice:

—Porque dije para mí: ciertamente no hay temor de Dios en este lugar, y me matarán por causa de mi mujer. Y a la verdad también es mi hermana, hija de mi padre, mas no hija de mi madre, y la tomé por mujer.

Y cuando Dios me hizo salir errante de la casa de mi padre, yo le dije: «Esta es la merced que tú harás conmigo, que en todos los lugares adonde lleguemos, digas de mí: mi hermano es».

Abimelec mueve la cabeza en señal de reproche y desacuerdo, y aún turbado por las palabras que escuchó en sus sueños toma ovejas y vacas, y siervos y siervas, y se los da a Abraham, y le devuelve a Sara, su mujer.

Y dice Abimelec:

—He aquí mi tierra, está delante de ti; habita donde bien te parezca. —Y a Sara le dice—. He aquí he dado mil monedas de plata a tu hermano; mira que él es como un velo para los ojos de todos los que están contigo, y para con todos. —Así fue vindicada.

Entonces Abraham ora a Dios; y Dios sana a Abimelec y a su mujer, y a sus siervas, y tuvieron hijos. Porque Jehová había cerrado completamente toda matriz de la casa de Abimelec, a causa de Sara, mujer de Abraham.

—Dios está contigo —le dice Abimelec a Abraham. Y agrega—: Ahora, pues, júrame aquí por Dios que no faltarás a mí, ni a mi hijo ni a mi nieto, sino que conforme a la bondad que yo hice contigo, harás tú conmigo, y con la tierra donde has morado.

Y responde Abraham:

—Yo juraré.

Y Abraham aprovecha el momento para reconvenirle al rey a causa de un pozo de agua, que los siervos de Abimelec le habían quitado. Y responde Abimelec:

—No sé quién haya hecho esto, ni tampoco tú me lo hiciste saber, ni yo he oído hasta hoy.

Entonces toma Abraham ovejas y vacas, y dio a Abimelec; e hicieron ambos un pacto. Abraham luego pone siete corderas del rebaño aparte, y con extrañeza el rey le pregunta:

—¿Qué significan esas siete corderas que has puesto aparte?

Y responde:

—Que estas siete corderas tomarás de mi mano, para que me sirvan de testimonio de que yo cavé este pozo.

Por eso, el lugar se llama Beerseva, esto es Pozo del siete, o Pozo del juramento; porque allí juraron ambos. Y es en Beerseva, ese primer pedazo de territorio de la Tierra Prometida a Abraham, en donde su hijo Isaac planta su tienda, y saborea aún las palabras que bajaron del cielo como un bálsamo para su alma

¿Hay para Dios alguna cosa difícil?

> *Yo soy el Dios de Abraham, tu padre; no temas, porque yo estoy contigo, y te bendeciré, y multiplicaré tu descendencia por amor a Abraham, mi siervo.*

Es muy grande la bendición que Isaac recibe de parte de Dios: su ganado se multiplica y sus siervos abren pozos de agua en esa zona desértica, y Abimelec lo visita, con su amigo Ahuzat, y Ficol, capitán de su ejército. A Isaac le extraña esa visita pues recién habían sido echados de Gerar, tierra de los filisteos, y el rey le expone su preocupación de que su prosperidad pudiera traerle algún mal a su pueblo y hacen un pacto de no intervención y coexistencia pacífica, e Isaac les prepara un banquete, y al otro día se marchan.

Un criado, entonces, llega y le dice: «Hemos hallado agua». E Isaac llamó a aquel lugar Seba para que siempre se recordara el nombre de Beerseva, montes bajos de piedra arenisca, y llanuras donde abundan quebradas y cauces secos de ríos que discurren por regiones desérticas. Beerseva llegaría a ser no sólo inicio de la restauración de la Tierra Prometida por Dios, sino patrimonio de la humanidad y la capital del desierto del pueblo de Israel.

Ahí vive en su niñez con su padre Abraham, y ahora ahí nacerán sus hijos Esaú y Jacob.

A los cuarenta años su padre lo casa con Rebeca, una mujer en extremo hermosa, traída de la región de Mesopotamia, de donde era originario Abraham, hija de Betuel arameo de Padan-aram, hermana de Labán arameo, e Isaac espera veinte años confiando en la Palabra de Dios, pues Isaac ora por su mujer que era estéril; y lo acepta Jehová, y concibe Rebeca su mujer. Y los hijos luchan dentro de ella; y dice:

—-Si es así, ¿para qué vivo yo? Y consulta a Jehová, quien le dice desde los cielos:

Dos naciones hay en tu seno,
y dos pueblos serán divididos desde tus entrañas;
el un pueblo será más fuerte que el otro pueblo,
y el mayor servirá al menor.

Cuando se cumplen los días de dar a luz, he aquí que hay gemelos en su vientre. Y sale el primero rubio, y es todo velludo como una pelliza, como si fuera un abrigo de piel; y llaman su nombre Esaú. Después sale su hermano, trabada su mano al calcañar de Esaú; y es llamado su nombre Jacob, esto es el que toma por el calcañar o el que suplanta.

Esaú desprecia su primogenitura

Con el tiempo, los hermanos crecen y mientras Esaú es diestro en la caza y se dedica al campo, y es muy amado de su padre, Jacob, joven, tranquilo, vive en tiendas y es amado por su madre, quien le enseña el arte culinario.

Era mediodía cuando Esaú llega del campo cansado y con hambre a la tienda de Jacob, y percibe un olor a estofado que remueve sus entrañas; eran lentejas preparadas por su hermano en recipiente cerrado que contribuía a absorber en aceite de oliva y a fuego lento el laurel y el tomillo.

Esaú le pregunta:

—¿Qué huele tan sabroso, hermano? Te ruego que me des de comer de ese guiso rojo porque vengo cansado y con hambre.

Isaac le responde:

—Véndeme en este día tu primogenitura.

—He aquí —dice Esaú—, yo me voy a morir; ¿para qué, pues, me servirá la primogenitura?

—Júramelo en este día —le pide Jacob.

Y él le jura, y vende a Jacob su primogenitura.

El primogénito es el primer hijo consagrado a Dios, y se presenta al Señor a los ocho días de nacido. En el pueblo, el hijo mayor del patriarca se convierte en su sucesor, y tiene autoridad sobre los demás miembros que vivan en la casa, también con la obligación de cuidarlos. Así, representa a la familia ante Jehová, y recibe por lo tanto la bendición especial de Isaac, y le correspondían a Esaú, además, dos partes de sus bienes, es decir, dos veces más de lo que recibiría Jacob. Esto es lo que menosprecia Esaú por un plato de lentejas.

Jacob piensa, no tanto por los bienes que recibiría de su padre ya anciano, quien en realidad no tiene hasta ese momento grandes extensiones de tierras, sino más bien acaricia para sí aquella promesa dada a Abraham, el Amigo de Dios, respecto a la descendencia:

> *Mira ahora los cielos y cuenta las estrellas, si las puedes contar.*
> *Así será tu descendencia.*
> *Yo soy Jehová, que te saqué de Ur de los caldeos, para darte a heredad esta tierra.*
> *Ten por cierto que tu descendencia morará en tierra ajena, y será esclava allí, y será oprimida cuatrocientos años. Mas también a la nación a la cual servirán, juzgaré yo; y después de esto saldrán con gran riqueza. Y tú vendrás a tus padres en paz, y serás sepultado en buena vejez. Y a la cuarta generación volverán acá.*
> *A tu descendencia daré esta tierra, desde el río de Egipto hasta el río grande, el río Éufrates.*

En esto piensa realmente Jacob cuando ofrece el potaje a su hermano a cambio de su primogenitura, en la promesa que Dios le hizo a su abuelo.

Isaac, pues, envejece y sus ojos se oscurecen. Al momento en que es llamado Esaú por su padre para recibir la bendición, le pide antes que vaya a cazar y le cocine su plato preferido. Rebeca, al escuchar esto, viste rápidamente a Jacob con pieles de animales, haciéndolo parecer velludo, y le pone vestiduras olorosas al campo; Jacob le lleva el plato preferido que Rebeca cocina, y recibe la bendición al suplantar a Esaú:

—Dios, pues, te dé del rocío del cielo, y te dé las grosuras de la tierra, y abundancia de trigo y de mosto, sírvante pueblos, y naciones se inclinen a ti; sé señor de tus hermanos, y se inclinen a ti los hijos de tu madre. Malditos los que te maldijeren, y benditos los que te bendijeren.

Cuando Esaú regresa de la caza, prepara la comida a su padre y se la lleva pero ya es demasiado tarde.

—¿A quién bendije, entonces? —pregunta Isaac sorprendido. Y la exclamación de Esaú se oye por todas las tiendas. Y llora amargamente.

—Bendíceme a mí también, padre —le ruega, le suplica de rodillas.

Y su padre responde:

—Vino tu hermano con engaño, y tomó tu bendición, yo lo bendije, y será bendito. Yo le he puesto por señor tuyo, y le he dado por siervos a todos sus hermanos; de trigo y de vino le he provisto; ¿qué, pues, te haré a ti ahora, hijo mío?

Entonces Isaac, le dice:

—He aquí, será tu habitación en grosuras de la tierra, y del rocío de los cielos de arriba; y por tu espada vivirás, y a tu hermano servirás; y sucederá que cuando te fortalezcas, descargarás su yugo de tu cerviz.

Al morir Isaac y guardarle unos días de luto, Esaú se propone matar a Jacob por lo que le había hecho, y Jacob huye a tierras lejanas, al oriente, con su tío Labán, hermano de su madre.

¡Cuán terrible es este lugar!

A mitad de camino, en la noche, sueña una escalera que está apoyada en tierra, y su extremo toca en el cielo; ve ángeles de Dios que suben y descienden por ella. Y Jehová está en lo alto de ella, y dice:

> *Yo soy Jehová, el Dios de Abraham, tu padre, y el Dios de Isaac; la tierra en que estás acostado te la daré a ti y a tu descendencia Será tu descendencia como el polvo de la tierra, y te extenderás al occidente, al oriente, al norte y al sur; y todas las familias de la tierra serán benditas en ti y en tu simiente. He aquí, yo estoy contigo, y te guardaré por donde quiera que fueres, y volveré a traerte a esta tierra; porque no te dejaré hasta que haya hecho lo que te he dicho*

Cuando Jacob despierta exclama:

—Ciertamente Jehová está en este lugar, y yo no lo sabía. ¡Cuán terrible es este lugar! ¡No es otra cosa que casa de Dios y puerta del cielo!

Y llama aquel lugar Bet-el, que significa Casa de Dios.

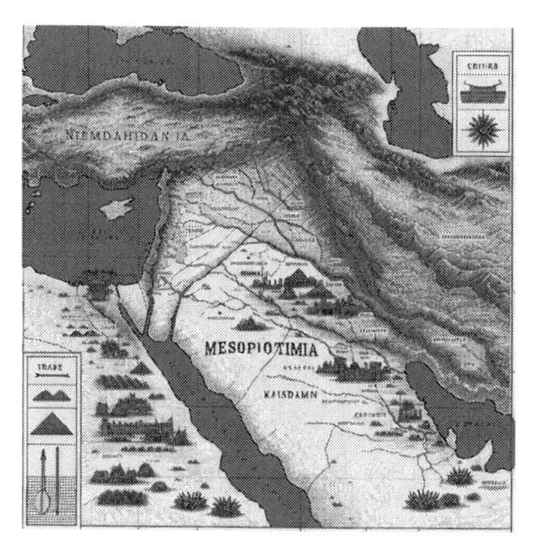

Mesopotamia.

Jacob llega a Mesopotamia, una tierra entre dos ríos, el Tigris y el Éufrates, situada en los territorios que hoy ocupan Irak, Turquía y Siria, ahí viven los asirios, los acadios y los sumerios, es la tierra de los orientales.

Pasando el río Éufrates, ve a una hermosa joven que pastorea unas ovejas y corre a remover la piedra de la boca del pozo para que el rebaño abreve. Es un amor a primera vista. Raquel se llama, es hija menor de su tío Labán, patriarca de la región de Padam-aram, en la Mesopotamia, al extremo de la ciudad de Ur de los Caldeos, origen de su abuelo Abraham.

La hija mayor de Labán es Lea. Al entrar a la casa del hermano de su madre, todos se alegraron al verlo al saber que era pariente, el tío le relata la historia de Rebeca, su hermana, quien llegaría a ser la madre de Jacob:

—Abraham, bendito de Jehová, mandó a su criado Eliezer, el que gobernaba todo lo que tenía, cargado de abundantes tesoros de oro, plata y piedras preciosas, además de telas finísimas, y antes de entrar a la ciudad de Nacor, observó a Rebeca hija de Betuel, nuestro padre, hijo de Milca, mujer de Nacor, hermano de Abraham, que salía con un cántaro sobre su hombro, y le pidió de beber. Rebeca no sólo sacó de la fuente agua para darle de beber al hombre visiblemente cansado por el viaje, sino también corrió una y otra vez al pozo y sacó agua para sus camellos y para los que con él venían, lo cual agradó al hombre y le regaló a mi hermana un pendiente de oro y dos brazaletes. Cuando regresó Rebeca a la casa me contó todo y salí y pedí al forastero que entrara y nos contara de dónde venía y a qué había venido. Entonces habló de su amo Abraham, quien le encargó bajo juramento conseguir mujer para su hijo Isaac aquí en la tierra de sus parientes, cruzando todo el territorio de Canaán, y aseguró que Dios le había dado la señal junto a la fuente de agua de que Rebeca era la elegida para su señor. Entonces le dijimos mi padre y yo: «De Jehová ha salido esto; no podemos hablarte malo ni bueno. He aquí Rebeca delante de ti; tómala y vete, y sea mujer del hijo de tu señor, como lo ha dicho Jehová».

Fue entonces cuando el criado de Abraham sacó alhajas de plata y alhajas de oro, y vestidos y los repartió a todos, y Rebeca accedió a irse con el criado para cumplir con la voluntad de Jehová de unirse a Isaac.

Jacob expresa:

—Mi padre me platicaba que cuando vio por primera vez a Rebeca se enamoró de ella, y fue su consuelo luego de la muerte de su madre Sara.

Labán le dice a Jacob:

—Supongo que vienes para quedarte un tiempo con nosotros, dime cuánto quieres ganar.

Jacob responde de inmediato:

—Trabajaré contigo siete años por tu hija menor, Raquel.

A lo que convino Labán. Pasaron siete años y como está viendo que su ganado se multiplica, y las frutas y legumbres, y los granos, y todo lo que hace Jacob se multiplica, lo engaña y al término de los siete años en la noche de bodas suplanta a Lea en lugar de Raquel, con el argumento de que en la tradición familiar primero se casa la hija mayor y luego la menor. Al siguiente día cuando se da cuenta del engaño, Jacob no reclama, pues él también ha suplantado a su hermano. Pero ama a Raquel, así que decide trabajar con su tío por otros siete años para recibir como pago a su hija menor. Y así es.

Lea es menospreciada por su marido, y concibe un hijo, al que llama Rubén, que en hebreo significa precisamente hijo, para ver si de esa manera su marido la llega a amar. Raquel, a la que ama Jacob, es estéril. Lea vuelve a parir otro hijo al que pone por nombre Simeón, y luego le sigue Leví y, finalmente, concibe otro hijo al que llama Judá.

Como Raquel, que envidia a su hermana, insiste en tener hijos, Jacob la reprende:

—¿Soy yo acaso Dios, que te impide el fruto de tu vientre?

Ella contesta:

—Aquí está mi sierva Bilha; llégate a ella, y dará a luz sobre mis rodillas, y yo también tendré hijos de ella, y concibió Bilha, y Raquel llama a ese niño Dan. Y al año la sirvienta da a luz a otro hijo, llamado Neftalí.

Entonces Lea, como ve que había dejado de concebir, toma a Zilpa su sierva, y la da a Jacob por mujer, Zilpa concibe y el niño recibe por nombre Gad; Zilpa vuelve a tener otro hijo que Lea llama Aser.

Las mandrágoras de Raquel

El jovencito Rubén, al saber que su madre Lea ha dejado de concebir, corre al campo a buscar mandrágoras, son como yucas, de fragancia agradable, que según escucha de los adultos tienen la propiedad de excitar la sexualidad y combatir la esterilidad. Es la siega de los trigos, época en que esta flor crece en ciertos lugares de la región para muchos desconocidos. Luego de batallar entre tantas plantas de tubérculos que hay en la región, encuentra el anhelado fruto, cuyas plantas muestran florecillas con cabeza y manos con apariencia humana, y corta todas las que puede, y se las trae a su madre. Cuando Raquel ve le ruega a Lea que dé las mandrágoras de su hijo, sabe que el fruto aumentará la sexualidad de su marido y la de ella y representa la posibilidad de concebir un hijo; pero la rivalidad entre ambas mujeres está en su clímax y obviamente Lea se niega, diciéndole:

—¿Es poco que hayas tomado mi marido, sino que también te has de llevar las mandrágoras de mi hijo?

—Cálmate —responde Raquel—. Le diré a Jacob que duerma esta noche contigo por las mandrágoras de tu hijo. —Y Lea está de acuerdo.

Así es que cuando Jacob vuelve del campo por la tarde y se dirige a la tienda de Raquel, Lea lo ataja, y dice:

—Esta noche me toca a mí, porque en verdad te he alquilado por las mandrágoras de mi hijo.

Jacob asiente y se llega a ella; de esa unión Dios le da a Lea el quinto hijo y lo llama Isácar. Al siguiente año Lea concibe de nuevo y el sexto niño se llama Zabulón. Después da a luz una hija, y la llama Dina.

—Dios también se apiada de Raquel, y le concede hijos —le dice el sacerdote Eli, a su alumno, el adolescente Samuel, que está atento a la historia de su pueblo.

—Y concibe Raquel, prosigue el sacerdote Eli. Y da a luz a José, y Dios le revela que con el tiempo aquel niño va a ser el varón que gobierne Egipto después de Faraón, y traería José en tiempos de la hambruna a toda su parentela, setenta en total, y los asentaría en la tierra de Gosén, alrededor de Egipto, en la rica región de Ramesés. Cuatrocientos treinta años después todas las huestes de Jehová, seiscientos mil hombres de a pie, sin contar los niños, saldrían de Egipto, de Ramesés a Sucot, pidiendo a los egipcios alhajas de plata, y de oro, y vestidos, y los egipcios les darían cuanto pidieran. Así se cumpliría la palabra que Dios le había dicho a su siervo Abraham:

> *Ten por cierto que tu descendencia morará en tierra ajena, y será esclava allí, y será oprimida cuatrocientos años. Mas también a la nación a la cual servirán, juzgaré yo; y después de esto saldrán con gran riqueza*

El profeta Samuel mantiene vivo en su mente el relato del sacerdote Eli:

—Jacob se cansa de trabajar para su tío, primero catorce años por sus dos hijas, Lea y Raquel, y luego seis años para obtener ganado propio, y decide independizarse; pero como no le deja el hermano de su madre tiene que huir y se lleva a sus mujeres y todo su ganado: vacas, toros, ovejas, carneros, asnos y camellos y los siervos que ha adquirido, solo que en la huida, Raquel tiene la osadía de llevarse los ídolos que adora su padre; Jacob se siente a salvo una vez que cruza el Éufrates. Labán, al saber de la huida de su sobrino, reúne a sus mejores hombres y va tras él, pero Dios le manda en sueños una advertencia, que fuera prudente. Labán lo alcanza en el monte de Galaad, le hace reclamos por su proceder y le pide la devolución de sus ídolos; Jacob replica que durante su trabajo le había cambiado su salario diez veces y que ya nada era como al principio y regresaba a la tierra de su nacimiento, y en cuanto a los ídolos:

»Muera quien los haya hurtado —sentenció, sin saber que había sido Raquel. Y las palabras de un escogido de Dios se cumplen, desgraciadamente para él en este caso.

Labán, con el permiso de Jacob, busca en las tiendas y al entrar a la tienda de su hija menor ya esta previamente había puesto los ídolos en la albarda de un camello, y se había sentado sobre ellos, y no encuentra nada. Al siguiente día, Labán se va muy de mañana, besa a sus hijas y a los hijos de sus hijas, los bendice, y regresa a su lugar.

Jacob ha pasado ese peligro, pero uno mayor se aproxima: su hermano Esaú, quien con cuatrocientos guerreros viene a su encuentro. Le envía mensajeros con gran parte de su ganado para apaciguar su ira; «quizá le seré acepto», piensa.

En la oscuridad de la noche, Jacob hace que sus dos mujeres, sus dos siervas, y sus once hijos, y todas sus pertenencias pasaran el vado de Jaboc, un río al este del Jordán, firme y poco profundo por donde se puede pasar andando; con una anchura de diez metros, es una corriente que nace en las montañas de Galaad, y corriendo de este a oeste desemboca en el río Jordán, como a sesenta y cuatro kilómetros al sur del mar de Galilea.

«Así Jacob se queda solo», recuerda Samuel las palabras que escucha de labios del sacerdote Eli, y no quiere que pare, está muy interesado, porque es gran parte de la historia de su pueblo.

—Jacob —sigue Samuel recordando la suave voz del sacerdote— se ha preparado para tener una experiencia que intuía, le cambiaría la vida para siempre. Ha visto ángeles del cielo por esa misma área.

»Campamento de Dios es este —dice Jacob en el lugar que llamó Mahanaim.

Pero al llegar al vado, y una vez que se queda solo, mira con avidez los hilos de plata de la luna cayendo perpendicularmente sobre el azul del río y escucha el canto de sus aguas al chocar contra las piedras en musical concierto. Hay una profunda paz en su corazón jamás sentida, cuando de pronto, a escasos metros de distancia, ve a un varón que se dispone a luchar con él. No pregunta nada, no dice nada, Jacob solo se apresta para la lucha hasta rayar el alba.

Y cuando el varón ve que no puede con él, toca en el sitio del encaje de su muslo, y se descoyunta el muslo de Jacob mientras con él luchaba. Y le pide:

Déjame, porque raya el alba.

Y Jacob le responde:

—No te dejaré si no me bendices. —Y el varón le pregunta:

¿Cuál es tu nombre?

Y él responde:

—Jacob. —Y el varón le dice:

> *No se dirá más tu nombre Jacob, sino Israel, que quiere decir Dios lucha; porque has luchado con Dios y con los hombres, y has vencido.*

Entonces Jacob le preguntó su nombre, y el varón le contesta:

¿Por qué preguntas por mi nombre?

Y lo bendice allí. Y llama Jacob el nombre de aquel lugar, Peniel; porque dice:

—Vi a Dios cara a cara, y fue librada mi alma.

Así es como Jacob, sin importar que haya quedado cojo para siempre, por su persistencia para ser bendecido por Dios, ilustra físicamente en una manifestación gloriosa la terrible lucha que enfrenta ante el inminente encuentro con su hermano Esaú. Es una lucha nocturnal donde triunfa al rayar el alba. Su oración persistente ha sido contestada, y ya no se llamará más Jacob, sino Israel, que significa «el que lucha con Dios y con los hombres y vence».

No le temerá a su hermano Esaú, porque Dios lo ha bendecido y le ha cambiado el nombre, mismo que le ratifica en Bet-el donde le dice cuando se le aparece nuevamente:

> *Tu nombre es Jacob; no se llamará más tu nombre Jacob, sino Israel será tu nombre.*

Y llama su nombre Israel.

> *Yo soy el Dios Omnipotente: crece y multiplícate; una nación y conjunto de naciones procederán de ti, y reyes saldrán de tus lomos.*
> *La tierra que he dado a Abraham y a Isaac, la daré a ti, y a tu descendencia después de ti daré la tierra.*

Parten de Bet-el y en el camino a Efrata, casi para llegar a Belén, Raquel da a luz un niño, pero ella muere, y antes de morir ella le ha puesto por nombre Benoni, esto es «hijo de mi tristeza», pero su padre le llama Benjamín, que significa «hijo de la mano derecha» como sería para Jacob en su ancianidad. José y Benjamín son los dos hijos de Raquel, pero el siervo de Dios tiene, además, diez hijos, los hijos de Lea: Rubén el primogénito de Jacob; Simeón,

Leví, Judá, Isácar y Zabulón; los hijos de Bilha, sierva de Raquel, Dan y Neftalí; y los hijos de Zilpa, sierva de Lea, Gad y Aser, doce hijos por todos, que formaron las doce tribus de Israel.

La distribución de la Tierra es en el tiempo de Josué, en donde cada tribu recibe su porción.

Hasta aquí el profeta Samuel recuerda la historia sagrada que le contó el sacerdote Eli.

El enorme pilar que el profeta Samuel observa en la sepultura de Raquel es el mismo que levantara el siervo de Dios Israel en memoria de su amada. El profeta sigue su camino.

Cuando Samuel llega a la ciudad, ve a los ancianos reunidos todos frente al pozo de Belén que está junto a la puerta, la fuente natural de agua alcalina que proporciona una extraordinaria energía a quien la toma, y le ofrecen de beber. Aquella agua pura y cristalina, con un sabor exquisito, refresca su espíritu y renueva sus fuerzas. Observa los rostros frescos y sin arrugas de los ancianos, y de todos los que con ellos están; los cabellos sedosos, la piel brillante; y la fuerza de su andar y de sus ademanes hablan de hombres valerosos. El agua del pozo de Belén, famosa en todo Israel, proporciona a sus moradores no solo energía, sino también salud, juventud y larga vida.

La extraña visita del profeta sorprende a todos por los tiempos difíciles que vive el pueblo a causa de las exacciones del rey Saúl, por eso Isaí pregunta con recelo:

—¿Es pacífica tu venida?

Isaí es un hombre importante y respetado, hijo de Obed y nieto del patriarca Booz.

Su historia es esta:

Cuando hubo hambre en la tierra, no la de los tiempos de Abraham, ni la de Isaac, ni la de los tiempos de José, el Soñador, sino muchos años después, cuando gobernaban los jueces al pueblo de Israel, un varón llamado Elimelec y su mujer Noemí van a morar en los campos vecinos de Moab, ubicados al noreste del mar Muerto; y los nombres de sus hijos son Mahlón y Quelión, efrateos de Belén de Judá. Enviuda Rut y queda con sus dos hijos, quienes toman para sí mujeres moabitas; el nombre de una es Orfa, y el nombre de la otra, Rut; y habitan en Moab unos diez años. Mueren también sus dos hijos, y Noemí queda desamparada. Cuando oye en los campos de Moab que Jehová ha visitado a su pueblo para darles pan decide volver, sus nueras la siguen, pero en un alto en el camino les dice con el corazón en la mano que se regresen a su pueblo, a sus dioses, pero ellas aman a su suegra y como insisten en seguirle, Noemí les explica que ya nada tienen que hacer, y las tres lloran amargamente; Orfa besa a su suegra y vuelve a su pueblo, mas Rut se queda con ella, diciéndole:

—No me ruegues que te deje, y me aparte de ti; porque a donde quiera que tú fueres, iré yo, y donde quiera que vivieres, viviré. Tu pueblo será mi pueblo, y tu Dios mi Dios.

Y viendo Noemí que estaba resuelta a ir con ella, no dice más. Así ambas mujeres llegan a Belén al comienzo de la siega de la cebada.

Al llegar Noemí encuentra a Booz, pariente de Elimelec, un hombre muy rico, poseedor de un extenso campo, y le pide ir a recoger espigas en pos de los segadores, y Booz acepta. Ese mismo día ve a Rut y se enamora de ella.

—¿Quién es esta joven? —pregunta a su criado, el mayordomo de los segadores, quien responde y le dice:

—Es la joven moabita que volvió con Noemí de los campos de Moab; y ha dicho: «Te ruego que me dejes recoger y juntar tras los segadores entre las gavillas». Entró, pues, y está desde por la mañana hasta ahora, sin descansar ni aun por un momento.

Entonces Booz dice a Rut:

—Oye, hija mía, no vayas a espigar a otro campo, ni pases de aquí; y aquí estarás junto a mis criadas. Mira bien el campo que sieguen y síguelas; porque yo he mandado a los criados que no te molesten. Y cuando tengas sed, ve a las vasijas, y bebe del agua que sacan los criados.

Ella entonces, bajando su rostro, se inclina a tierra, y le dice:

—¿Por qué he hallado gracia en tus ojos para que me reconozcas, siendo yo extranjera?

Y respondiendo Booz, le dice:

—He sabido todo lo que has hecho con tu suegra después de la muerte de tu marido, y que dejando a tu padre y a tu madre y la tierra donde naciste, has venido a un pueblo que no conociste antes. Jehová recompense tu obra, y tu remuneración sea cumplida de parte de Jehová, Dios de Israel, bajo cuyas alas has venido a refugiarte.

Y ella responde:

—Señor mío, halle yo gracia delante de tus ojos; porque me has consolado, y porque has hablado al corazón de tu sierva, aunque no soy ni como una de tus criadas.

Más tarde, Booz le dice a la hora del almuerzo:

—Ven aquí, y come del pan, y moja tu bocado en el vinagre.

Y ella se sienta junto a los segadores, y él le da del potaje, y come hasta que se sacia, y le sobra. Y luego se levanta para espigar.

Entonces Booz manda a sus criados, diciendo:

—Que recoja también espigas entre las gavillas, y no la avergoncéis; y dejaréis también caer para ella algo de los manojos, y lo dejaréis para que lo recoja, y no la reprendáis.

Booz es descendiente de Judá, uno de los doce hijos de Jacob llamado a ser por Dios Israel. Cuando Judá enviuda toma a Tamar para mujer de su primogénito Er, solo que Er era malo y Dios le quitó la vida; Judá le dice a su segundo hijo Onán que se llegara a Tamar para que le diera descendencia a su hermano, y cuando se llega a ella vierte en el suelo y no la hace concebir, consciente de que su descendencia no iba a ser de él, Dios también le quita la vida por su onanismo. Entonces Judá le dice a Tamar:

—Espera hasta que crezca Sela, mi hijo.

Y se va Tamar a casa de sus padres, pero pasado el tiempo Judá no cumple su promesa, así que cuando sabe que su suegro sube a los trasquiladores de sus ovejas en la región montañosa de Timnat, ubicada a veinticinco kilómetros al oeste de Jerusalén, se quita ella los vestidos de su viudez, y se cubre con un velo, y se arreboza, y se pone a la entrada de Enaim junto al camino de Timnat; porque ve que había crecido Sela, y ella no era dada a él por mujer. Y la ve Judá y la tiene por ramera, porque ella cubre su rostro. Y se aparta del camino hacia ella, y le dice:

—Déjame ahora llegarme a ti, pues no sabía que era su nuera.

Y ella dice:

—¿Qué me darás por llegarte a mí?

El responde:

—Yo te enviaré del ganado un cabrito de las cabras.

Y ella dice:

—Dame una prenda hasta que lo envíes.

Entonces Judá contesta:

—¿Qué prenda te daré?

Ella responde:

—Tu sello, tu cordón, y tu báculo que tienes en tu mano.

Y él se los da, y se llega a ella, y ella concibe de él. Luego se levanta y se va, y se quita el velo de sobre sí, y se viste las ropas de su viudez.

Y Judá envía el cabrito de las cabras por medio de su amigo el adulamita Hira, para que este recibiese la prenda de la mujer, pero no la encuentra. Y pregunta a los hombres de aquel lugar, diciendo:

—¿Dónde está la ramera de Enaim junto al camino?

Y ellos contestan:

—No ha estado aquí ramera alguna.

Entonces él se vuelve a Judá, y dice:

—No la hallo.

Y también los hombres del lugar dicen:

—Aquí no ha estado ramera.

Y Judá dice:

—Tómeselo para sí, para que no seamos menospreciados; he aquí yo he enviado este cabrito, y tú no la hallaste.

Sucede luego que al cabo de unos tres meses van con el chisme a Judá de que su nuera está embarazada. Y Judá ordena:

—Sacadla, y sea quemada.

Pero ella cuando la sacaban, manda a decir a su suegro:

—Del varón cuyas cosas son estas, estoy encinta. —Y agrega—. Mira ahora de quién son estas cosas: el sello, el cordón y el báculo.

Entonces Judá los reconoce, y dice:

—Más justa es ella que yo, por cuanto no la he dado a Sela mi hijo.

Y nunca más la conoció.

Y más tarde, al tiempo de dar a luz, he aquí hay gemelos en su seno. Y sucede algo extraordinario: cuando daba a luz, que saca la mano el uno, y la partera toma y ata a su mano un hilo de grana, diciendo:

—Este sale primero. —Pero volviendo él a meter la mano, he aquí sale su hermano. Y ella expresa:

—¡Qué brecha te has abierto! —Y llama su nombre Fares. Después sale su hermano, el que tenía en su mano el hilo de grana, y llama su nombre Zara. De la descendencia de Fares es Booz.

Booz ama a Rut y ella le corresponde, pues, aconsejada por su suegra, va a dormir a sus pies una noche, luego de celebrar la fiesta del fin de la cosecha; al darse cuenta el hombre de que sus pies han sido destapados y que hay una mujer con él, en la era, se incorpora y le pregunta bajo la sombra de la noche:

—¿Quién eres? —Y ella responde:

—Yo soy Rut, tu sierva; extiende el borde de tu capa sobre tu sierva, por cuanto eres pariente cercano.

Y él dice:

—Bendita seas tú de Jehová, hija mía; has hecho mejor tu postrera bondad que la primera, no yendo en busca de los jóvenes, sean pobres o ricos. Ahora, pues, no temas, hija mía; yo haré contigo lo que tú digas, pues toda la gente de mi pueblo sabe que eres mujer virtuosa.

Booz hombre bondadoso y honrado sabe que hay un pariente más cercano a ella que puede redimirla, así que le dice:

—Hay un pariente más cercano que yo; pasa aquí la noche, y cuando sea de día, si él te redimiere, bien, redímate; mas si él no te quisiere redimir, yo te redimiré, vive Jehová. Descansa, pues, hasta mañana.

Al siguiente día, antes de que los hombres pudieran reconocerse unos a otros, se va como llegó para evitar murmuraciones, no sin antes recibir de Booz seis medidas de cebada. Y le cuenta a su suegra todo lo acontecido.

Booz, sentado a la puerta de su casa, espera que pasara el pariente más cercano que él, y al verlo lo llama, al mismo tiempo que toma a diez varones de los ancianos de la ciudad, todos se sentaron, y entonces manifiesta:

—Noemí, que ha vuelto del campo de Moab, vende una parte de las tierras que tuvo nuestro hermano Elimelec. Yo decidí hacértelo saber, y decirte que la compres en presencia de los que están aquí sentados, y de los ancianos de mi pueblo. Si tú quieres redimir, redime; y si no quieres redimir, decláramelo para que yo lo sepa; porque no hay otro que redima sino tú, y yo después de ti.

Y él responde:

—Yo redimiré.

Entonces replica Booz:

—El mismo día que compres las tierras de mano de Noemí, debes tomar también a Rut la moabita, mujer del difunto, para que restaures el nombre del muerto sobre su posesión.

Booz le recuerda la ley del levirato, esto es, que al morir un hombre sin dejar descendencia su hermano o el pariente más cercano debía casarse con la viuda.

Y responde el pariente:

—No puedo redimir para mí, no sea que dañe mi heredad. Redime tú, usando mi derecho, porque yo no podré redimir.

Había ya desde hacía tiempo esta costumbre en Israel tocante a la redención y al contrato, que para la confirmación de cualquier negocio, el uno se quitaba el zapato y lo daba a su compañero; y esto servía de testimonio en Israel.

Entonces, el pariente le dice a Booz:

—Tómalo tú. —Y se quita el zapato.

Booz expresa a los ancianos y a todo el pueblo:

—Vosotros sois testigos hoy de que adquiero de mano de Noemí todo lo que fue de Elimelec, y todo lo que fue de Quelión y de Mahión. Y que también tomo por mi mujer a Rut la moabita, mujer de Mahión, para restaurar el nombre del difunto sobre su heredad, para que el nombre del muerto no se borre de entre sus hermanos y de la puerta de su lugar. Vosotros sois testigos hoy.

Y contestan todos los que están a la puerta con los ancianos:

—Testigos somos. Jehová haga a la mujer que entra a tu casa como a Raquel y a Lea, las cuales edificaron la casa de Israel; y tú seas ilustre en Efrata, y seas de renombre en Belén. Y sea tu casa como la casa de Fares, el que Tamar dio a luz a Judá, por la descendencia que de esa joven te dé Jehová.

Booz, pues, toma a Rut, y ella es su mujer, y se llega a ella, y de esa unión nace Obed.

Estas son las generaciones de Fares, hijo de Judá, hijo de Jacob:

Fares engendra a Hezrón, Hezrón engendra a Ram, y Ram engendra a Aminadab, Aminadab engendra a Naasón, y Naasón engendra a Salmón, Salmón engendra a Booz, y Booz engendra a Obed, y Obed engendra a Isaí, y era a este hombre a quien el profeta Samuel, por orden directa de Dios, viene a buscar, pero con miedo de que el rey Saúl pudiera enterarse de su misión secreta. Recuerda la orden de Dios:

> *Me pesa haber puesto por rey a Saúl, porque se ha vuelto de en po de mí, y no ha cumplido mis palabras.*

Y Samuel clama con llantos a Jehová toda esa noche, porque ama a Saúl, pero su suerte ya está echada. Pasa el tiempo y vuelve a oír la voz del Señor:

¿Hasta cuándo llorarás a Saúl, habiéndolo yo desechado para que no reine sobre Israel? Llena tu cuerno de aceite, y ven, te enviaré a Isaí de Belén, porque de sus hijos me he provisto de rey.

Y responde Samuel:

—¿Cómo iré? Si Saúl lo sabe, me mata.

Jehová responde:

> *Toma contigo una becerra de la vacada, y di:*
> *A ofrecer sacrificio a Jehová he venido. Y llama a Isaí al sacrificio, y yo te enseñaré lo que has de hacer; y me ungirás al que yo te dijere.*

Los hombres miran la apariencia mas Dios mira el corazón

Los rostros temerosos de la gente que lo rodea y la pobreza en que viven, siendo Belén una región próspera, se explica por el hecho de que el rey Saúl exige cada año ingentes tributos, confisca las mejores tierras; reclama para sí y sus soldados sus mejores animales y levanta para su ejército a los jóvenes de cada ciudad del reino de Israel.

El pueblo paga las consecuencias de pedir un rey «como tienen todos los demás pueblos», olvidándose de que Jehová es su rey soberano.

Cuando los israelitas llegan a Ramá y piden a Samuel un rey, lo ponen contra la pared, y le dicen:

—He aquí tú has envejecido, y tus hijos Joel y Abías, jueces de Beerseba, no andan en tus caminos, pues se volvieron tras la avaricia, dejándose sobornar y pervirtiendo el derecho; por tanto, constitúyenos ahora un rey que nos juzgue como tienen todas las naciones.

Estas palabras no agradan de ninguna forma al profeta, quien de inmediato consulta a Jehová, y el Omnipotente le contesta:

> *Oye la voz del pueblo en todo lo que te digan; porque no te han desechado a ti, sino a mí me han desechado, para que no reine sobre ellos.*
> *Conforme a todas las obras que han hecho desde el día que los saqué de Egipto hasta hoy, dejándome a mí y sirviendo a dioses ajenos, así hacen también contigo.*
> *Ahora, pues, oye su voz; mas protesta solemnemente contra ellos, y muéstrales cómo les tratará el rey que reinará sobre ellos.*

Así Samuel les dice a los israelitas que piden rey:

—Así hará el rey que reinará sobre ustedes: tomará sus hijos, y los pondrá en sus carros y en su gente de a caballo, para que corran delante de su carro; y nombrará para sí jefes de miles y jefes de cincuentas; los pondrá asimismo a que aren sus campos y sieguen sus mieses, y a que hagan sus armas de guerra y los pertrechos de sus carros.

Tomará también a sus hijas para que sean perfumadoras, cocineras y amasadoras.

Asimismo, tomará lo mejor de sus tierras, de sus viñas y de sus olivares, y los dará a sus siervos.

Diezmará sus granos y sus viñas, para dar a sus oficiales y a sus siervos.

Tomará sus siervos y sus siervas, sus mejores jóvenes, y sus mejores asnos, y con ellos hará sus obras.

Diezmará también sus rebaños, y serán sus siervos.

Y clamarán aquel día a causa de su rey que han elegido, mas Jehová no les responderá en aquel día.

Pero el pueblo pone oídos sordos a la voz del profeta Samuel, e insiste:

—¡Queremos rey!

Y a la vista están las consecuencias: Belén, una hermosa ciudad amurallada, con un profundo pozo de agua alcalina que está junto a la puerta; extensos sembradíos de cebada, trigo, girasoles, cacahuates y garbanzos; el persistente follaje de los árboles de olivo y los extensos viñedos de la región, además del hato ganadero compuesto por vacas, toros, bueyes, mulas, ovejas y cabras, contrasta con la pobreza de sus habitantes; así es en todo el reino, el rey lo acapara todo, por eso hay una rebeldía silenciosa y ya no pueden quejarse con Dios pues saben que Él no responderá.

El profeta Samuel, al ver aquellos rostros preocupados por su presencia junto al pozo de Belén que está a la puerta, los calma con una mirada apacible y una dulce voz:

—Tranquilos, vengo a ofrecer sacrificio a Jehová; santificaos, y venid conmigo al sacrificio.

Un niño dedicado a Dios desde antes de su nacimiento

Samuel es dedicado por su madre Ana para el servicio de Dios, desde antes de su nacimiento, en la ciudad de Ramá, región montañosa de Efraín, ubicada a unos diez kilómetros de Jebús que es Jerusalén.

Su historia es bellísima, nace de la fe que brota en su madre Ana al derramar su alma a Dios; ella es estéril mujer de Elcana, un varón de Ramá. Elcana tenía otra mujer de nombre Penina, quien sí le da hijos e hijas, pero ama a Ana, y cada año el hombre sube de su ciudad para adorar y para ofrecer sacrificios a Jehová de los ejércitos en Silo, donde están dos hijos del sacerdote Eli, Ofni y Finees, sacerdotes de Jehová. Elcana reparte a Penina y a sus hijos e hijas lo que les corresponde para el sacrificio, mas a Ana le da una parte escogida, porque la ama, por esta razón Penina irrita en forma constante y se burla de Ana porque no puede darle hijos a su marido, y eso la entristece cada año, por lo que Ana toma la decisión de orar a Jehová en el templo de Silo con amargura de alma, con tanta devoción y llora abundantemente diciéndole al Altísimo desde lo más profundo de su corazón:

—Si te dignares mirar la aflicción de tu sierva, y te acordares de mí, y no te olvidares de tu sierva, sino que dieres a tu sierva un hijo varón, yo lo dedicaré a Jehová todos los días de su vida, y no pasará navaja sobre su cabeza.

Y mientras ella ora largamente, el sacerdote Eli la observa, porque Ana habla fuerte en su corazón y solamente se mueven sus labios, y la tiene por ebria:

—Digiere tu vino —le espeta.

Pero Ana lo mira fijamente a los ojos, y le contesta con humildad mientras se seca las lágrimas:

—No soy una mujer impía, mi señor, porque por la magnitud de mis congojas y de mi aflicción he hablado hasta ahora.

El sacerdote Elí le dice, entonces:

—Ve en paz, y el Dios de Israel te otorgue la petición que le has hecho.

Y así es.

Dios escucha la aflicción de Ana.

Al siguiente día, se levantan de mañana, y vuelven a su casa en Ramá. Y Elcana se llega a Ana su mujer, y Jehová se acuerda de ella. Al año siguiente nace el niño y su madre le pone por nombre Samuel, que en hebreo significa: «Jehová escucha».

Después que desteta al niño, lo lleva consigo, con tres becerros, un saco de veintidós litros de harina, y una vasija de vino, y lo trae a la casa de Jehová en Silo; y el niño es pequeño aún. Y matando el becerro, trajeron el niño a Eli, y ella expresa:

—Yo soy aquella mujer que estuvo aquí junto a ti orando a Jehová. Por este niño oraba, y Jehová me ha dado lo que le pedí. Yo, pues, lo dedico también a Jehová; todos los días que viva, será de Jehová.

Y entona un bellísimo canto de adoración a Dios, que dice:

«Mi corazón se regocija en Jehová, mi poder se exalta en Jehová; mi boca se ensanchó sobre mis enemigos, por cuanto me alegré en tu salvación.

No hay santo como Jehová; porque no hay ninguno fuera de ti, y no hay refugio como el Dios nuestro.

No multipliquéis palabras de grandeza y altanería; cesen las palabras arrogantes de vuestra boca; porque el Dios de todo saber es Jehová, y a él toca el pesar las acciones.

Los arcos de los fuertes fueron quebrados, y los débiles se ciñeron de poder, los saciados se alquilaron por pan, y los hambrientos dejaron de tener hambre; hasta la estéril ha dado a luz siete, y la que tenía muchos hijos languidece.

Jehová mata, y él da vida; él hace descender al Seol, y hace subir.

Jehová empobrece, y él enriquece; abate, y enaltece.

Él levanta del polvo al pobre, y del muladar exalta al menesteroso, para hacerle sentar con príncipes y heredar un sitio de honor. Porque de Jehová son las columnas de la tierra, y él afirmó sobre ellas el mundo.

Él guarda los pies de sus santos, mas los impíos perecen en tinieblas; porque nadie será fuerte por su propia fuerza. Delante de Jehová serán quebrados sus adversarios. Y sobre ellos tronará desde los cielos; Jehová juzgará los confines e la tierra, dará poder a su Rey, y exaltará el poderío de su Ungido».

Este canto de adoración exaltando la justicia y el poder de Dios, Samuel lo lleva en su memoria siempre, y consulta a Dios, le pregunta:

—¿Quién es ese Rey, ese Ungido poderoso del que profetiza mi madre en su canto?

Y Samuel escudriña las Escrituras para conocer en qué persona y qué tiempo profetiza su madre la gracia destinada a Israel, pero Dios le hace ver de diversas maneras que ese misterio no le será revelado, ni a él ni a ningún profeta por ahora, solo al tiempo. Como un bosquejo, recordarán la pascua y la sangre de un cordero sin mancha que salvó sus vidas, al rociarla en los dos postes y en el dintel de sus casas, antes de salir de Egipto; ese cordero es el Ungido de Dios —del que habla su madre Ana por revelación divina—, que sellará con su sangre, un Nuevo Pacto de misericordia, de esperanza y de vida eterna no ssolo para el pueblo de Israel sino para la humanidad entera.

Un canto anunciando al Ungido de Jehová, es el que entona Ana; ella está ajena a todo el merequetengue político y social que se avecina en Israel: cuando el pueblo pide rey; cuando el rey se rebela contra Dios, cuando escoge Dios en lugar de Saúl a un hombre conforme a Su corazón para sustituir a Saúl. Ana solo canta a Dios con el corazón henchido de gratitud por el hijo que le concede. Eso es todo.

Elcana se vuelve a su casa en Ramá, y el niño Samuel ministra ya a Jehová delante del sacerdote Eli. Vive en la casa de Jehová en Silo toda su niñez y juventud vestido de un efod de lino, en una época en donde la palabra de Dios escasea porque el sacerdote Eli es un aparcero con sus hijos Ofni y Finees, que cometen actos aberrantes, no tienen temor de Dios, son hombres impíos que duermen con las mujeres que velan a las puertas del tabernáculo de reunión; y menosprecian las ofrendas de Jehová, pues es costumbre de los sacerdotes con el pueblo, que cuando alguno ofrece sacrificio, viene el criado del sacerdote mientras se cuece la carne, trae en su mano un garfio de tres dientes, y lo mete en el perol, en la olla, en el caldero o en la marmita; y todo lo que saca el garfio, el sacerdote lo toma para sí. De esta manera hacen con todo israelita que viene a Silo.

Asimismo, antes de quemar la grosura, viene el criado del sacerdote, y dice al que sacrifica:

—Da carne que asar para el sacerdote; porque no tomará de ti carne cocida, sino cruda.

Y si el hombre le responde:

—Quemen la grosura primero, y después toma tanto como quieras.

Él reclama:

—No, sino dámela ahora mismo; de otra manera yo la tomaré por la fuerza.

Es, pues, muy grave delante de Jehová el pecado de los jóvenes y su padre ya viejo para andarlos reprimiendo, de hecho, no hace nada más que preguntarles en tono débil:

—¿Por qué hacen cosas semejantes? Porque yo oigo de todo este pueblo vuestros malos procederes. No, hijos míos, porque no es buena fama lo que yo oigo; pues hacen pecar al pueblo de Jehová. Si pecare el hombre contra el hombre, los jueces le juzgarán; mas si alguno pecare contra Jehová, ¿quién rogará por él?

Pero ellos no oyen la voz de su padre, porque Jehová resuelve hacerlos morir.

Y el joven Samuel ministra a Jehová en presencia de Eli, vestido de un efod de lino, y crece delante de Jehová.

Y viene un varón de Dios a Eli, y le dice:

—Así ha dicho Jehová:

¿No me manifesté yo claramente a la casa de tu padre, cuando estaban en Egipto en casa de Faraón? Y yo le escogí por mi sacerdote entre todas las tribus de Israel, para que ofreciese sobre mi altar, y quemase incienso, y llevase efod delante de mí; y di a la casa de tu padre todas las ofrendas de los hijos de Israel.

—Sí, es cierto —acepta Eli, y recuerda al momento en que después de cruzar el pueblo el mar Rojo para librarse de la esclavitud del pueblo egipcio, el enviado de Dios Moisés los lleva a la tierra prometida, pero en el camino se rebelan contra Dios y en castigo peregrinan cuarenta años por el desierto hasta que toda esa generación de incrédulos deja de existir, a excepción de Caleb y Josué que mantienen hasta el final firme su fe en el poder de Dios. El Todopoderoso elige a Josué para que la nueva generación cruce el río Jordán y entre a tomar posesión de la tierra prometida, no es fácil la tarea, pero el esfuerzo y la valentía de Josué y todos los que le acompañaban rinden fruto y obtienen una victoria total; y se reparte aquella tierra de Canaán a las doce tribus de Israel. La herencia de los hijos de Leví son cuarenta y ocho ciudades con sus ejidos, porque los levitas no reciben territorios, porque el sacerdocio de Jehová es la heredad de ellos, los sacrificios de Jehová Dios de Israel es su heredad, como él les había dicho. Y así fue el sacerdocio, después de que la vara de Aarón de la casa de Leví reverdece Jehová lo escoge, y le dice:

> *Tú y tus hijos, y la casa de tu padre contigo, llevaréis el pecado del santuario; y tú y tus hijos contigo llevaréis el pecado de vuestro sacerdocio. Y a tus hermanos también, la tribu de Leví, la tribu de tu padre, haz que se acerquen a ti y se junten contigo, y te servirán; y tú y tus hijos contigo serviréis delante del tabernáculo del testimonio. Y guardarán lo que ordenes, y el cargo de todo el tabernáculo; mas no se acercarán a los utensilios santos ni al altar, para que no mueran ellos y vosotros. Se juntarán, pues, contigo, y tendrán el cargo del tabernáculo de reunión en todo el servicio del tabernáculo; ningún extraño se ha de acercar a vosotros. Y tendréis el cuidado del santuario, y el cuidado del altar, para que no venga más la ira sobre los hijos de Israel*

Cuando el pueblo de Israel se rebela contra el ungido de Dios Moisés, y los rebeldes son castigados con dureza por el Omnipotente, causando una gran mortandad, Dios le dice a Aarón:

> *Tú y tus hijos, y la casa de tu padre contigo, llevaréis el pecado del santuario... el pecado de vuestro sacerdocio... para que no venga más la ira sobre los hijos de Israel.*
> *Porque he aquí, yo he tomado a vuestros hermanos los levitas de entre los hijos de Israel, dados a vosotros en don de Jehová, para que sirvan en el ministerio del tabernáculo de reunión. Mas tú y tus hijos contigo guardaréis vuestro sacerdocio en todo*

lo relacionado con el altar, y del velo adentro, y ministraréis. Yo os he dado en don el servicio de vuestro sacerdocio; y el extraño que se acercare, morirá.

He aquí yo te he dado también el cuidado de mis ofrendas; todas las cosas consagradas de los hijos de Israel te he dado por razón de la unción, y a tus hijos, por estatuto perfecto. Esto será tuyo de la ofrenda de las cosas santas, reservadas del fuego; toda ofrenda de ellos, todo presente suyo, y toda expiación por el pecado de ellos, y toda expiación por la culpa de ellos, que me han de presentar, será cosa muy santa para ti y para tus hijos. En el santuario la comerás; todo varón comerá de ella; cosa santa será para ti. Esto también será tuyo: la ofrenda elevada de sus dones, y todas las ofrendas mecidas de los hijos de Israel, he dado a ti y a tus hijos y a tus hijas contigo, por estatuto perpetuo; todo limpio en tu casa comerá de ellas. De aceite, de mosto y de trigo, todo lo más escogido, las primicias de ello, que presentarán a Jehová, para ti las he dado. Las primicias de todas las cosas de la tierra de ellos, las cuales traerán a Jehová, serán tuyas; todo limpio en tu casa comerá de ellas. Todo lo consagrado por voto en Israel será tuyo. Todo lo que abre matriz, de toda carne que ofrecerán a Jehová, así de hombres como de animales, será tuyo; pero harás que se redima el primogénito del hombre; también harás redimir el primogénito de animal inmundo. De un mes harás efectuar el rescate de ellos, conforme a tu estimación, por el precio de cinco ciclos, conforme al ciclo del santuario, que es de veinte geras. Mas el primogénito de vaca, el primogénito de oveja y el primogénito de cabra, no redimirás; santificados son; la sangre de ellos rociarás sobre el altar, y quemarás la grosura de ellos, ofrenda encendida en olor grato a Jehová. Y la carne de ellos será tuya. Todas las ofrendas elevadas de las cosas santas, que los hijos de Israel ofrecieren a Jehová, las he dado para ti, y para tus hijos y para tus hijas contigo, por estatuto perpetuo; pacto de sal perpetuo es delante de Jehová para ti y para tu descendencia contigo.

De la tierra de ellos no tendrás heredad, ni entre ellos tendrás parte. Yo soy tu parte y tu heredad en medio de los hijos de Israel. Y he aquí yo he dado a los hijos de Leví todos los diezmos en Israel por heredad, por su ministerio, por cuanto ellos sirven en el ministerio del tabernáculo de reunión. Y no se acercarán

> *más los hijos de Israel al tabernáculo de reunión, para que no lleven pecado por el cual mueran. Mas los levitas harán el servicio del tabernáculo de reunión, y ellos llevarán su iniquidad; estatuto perpetuo para vuestros descendientes; y no poseerán heredad entre los hijos de Israel.*

Esta es la enorme bendición que Eli pierde para siempre, por su descuido y falsa confianza, al no instruir a sus hijos en el temor de Dios. Por esta razón el varón que le envía, le dice:

—Así ha dicho Jehová:

> *¿Por qué habéis hollado mis sacrificios y mis ofrendas que yo mandé ofrecer en el tabernáculo; y has honrado a tus hijos más que a mí, engordándoos de lo principal de todas las ofrendas de mi pueblo Israel?*

Por tanto, Jehová, el Dios de Israel, dice:

> *Yo había dicho que tu casa y la casa de tu padre andarían delante de mí perpetuamente; mas ahora ha dicho Jehová: Nunca yo tal haga, porque yo honraré a los que me honran, y los que me desprecian serán tenidos en poco.*
> *He aquí vienen días en que cortaré tu brazo y el brazo de la casa de tu padre, de modo que no haya anciano en tu casa.*
> *Verás tu casa humillada, mientras Dios colma de bienes a Israel; y en ningún tiempo habrá anciano en tu casa. El varón de los tuyos que yo no corte de mi altar, será para consumir tus ojos y llenar tu alma de dolor; y todos los nacidos en tu casa morirán en la edad viril. Y te será por señal esto que acontecerá a tus dos hijos, Ofni y Finees ambos morirán en un día. Y yo me suscitaré un sacerdote fiel, que haga conforme a mi corazón y a mi alma; y yo le edificaré casa firme, y andará delante de mí ungido todos los días. Y el que hubiere quedado en tu casa vendrá a postrarse delante de él por una moneda de plata y un bocado de pan, diciéndole: Te ruego que me agregues a alguno de los ministerios, para que pueda comer un bocado de pan.*

Dios llama a Samuel

El sacerdote fiel era el joven Samuel que oye una voz en aquella habitación olorosa a incienso, con la lámpara encendida junto al Arca de Dios, donde duerme:

Samuel.

—Heme aquí —contesta el muchacho. Y creyendo que es Eli, corre a su cuarto y le dice—. Heme aquí, ¿para qué me llamaste?

—Yo no te he llamado, muchacho, vuélvete y acuéstate —responde Eli.

Samuel obedece, pero al poco rato entre sueños vuelve a escuchar la voz:

Samuel.

—Heme aquí, ¿para qué me has llamado? —le pregunta de nuevo al sacerdote. Y recibe la misma respuesta:

—Yo no fui.

Hay una tercera llamada, y la escena vuelve a repetirse, hasta que entiende Eli que es Dios quien llama al joven, y le aconseja:

—Ve y acuéstate, y si te vuelve a llamar, dirás: Habla, Jehová, porque tu siervo oye.

Así se va Samuel y se acuesta en su lugar, cerca del Arca del Pacto; él no conoce aún a Jehová, ni la palabra de Jehová le ha sido revelada.

Y viene Jehová y le llama como las otras veces:

Samuel, Samuel.

Entonces Samuel contesta:

—Habla porque tu siervo oye.

Y Jehová dice a Samuel:

> *He aquí yo haré una cosa en Israel, que a quien la oyere, le retiñirán ambos oídos. Aquel día yo cumpliré contra Elí todas las cosas que he dicho sobre su casa, desde el principio hasta el fin. Y le mostraré que yo juzgaré su casa para siempre, por la iniquidad que él sabe; porque sus hijos han blasfemado a Dios, y él no los ha estorbado. Por tanto, yo he jurado a la casa de Eli que la iniquidad de la casa de Eli no será expiada jamás, ni con sacrificios ni con ofrendas.*

A la mañana siguiente, Samuel abre el templo como de costumbre, y teme revelar la misión al sacerdote, pero este insiste, con ruegos y súplicas:

—¿Qué es la palabra que te habló? Te ruego que no me lo encubras; así te haga Dios y aún te añada, si me encubrieres palabra de todo lo que habló contigo.

Y Samuel se lo manifiesta todo, sin encubrirle nada. Entonces Eli dice:

—Jehová es; haga lo que bien le pareciere.

Samuel crece y Jehová está con él en todo momento, no deja caer en tierra ninguna de sus palabras.

Y todo Israel desde Dan, en la costa de Jaffa que se extiende al sudeste de la costa cercana a Jope en la frontera con los filisteos, hasta Beerseba, en el Neguev, conoce que Samuel es fiel profeta de Jehová.

Y Jehová vuelve a aparecer en Silo; porque Jehová se manifiesta a Samuel en Silo por la palabra de Jehová.

Luego que Dios lo llama para su servicio, desde aquella noche en que dormía en su habitación iluminada con olor a incienso, junto al Arca del Pacto, Samuel recuerda con dolor la derrota de los israelitas frente al ejército filisteo donde mueren cuatro mil hombres, incluyendo a los hijos de Eli, Ofni y Finees, y luego, la muerte instantánea de Eli tras una caída por la impresión de la noticia. Y peor aún cae en manos de los enemigos el Arca del Pacto que en forma atrabancada se llevaron al campo de batalla los hijos del sacerdote.

Siete meses estuvo el Arca con los filisteos.

La historia que recuerda el profeta de Dios es así:

Por aquel tiempo sale Israel a encontrar en batalla a los filisteos, y acampa junto a Eben-ezer, en la región de Canaán, y los filisteos acampan en Afec, en la Planicie de Sharón y las Colinas de Samaria, es una ruta comercial que une a Egipto con Siria y Mesopotamia, los imperios más grandes de esa época.

Y los filisteos presentan la batalla a Israel; y trabándose el combate, Israel es vencido delante de los filisteos, los cuales hieren en la batalla en el campo como a cuatro mil hombres.

Cuando vuelve el pueblo al campamento, los ancianos de Israel se preguntan:

—¿Por qué nos ha herido hoy Jehová delante de los filisteos? Traigamos a nosotros de Silo el Arca del Pacto de Jehová, para que viniendo entre nosotros nos salve de la mano de nuestros enemigos.

El pueblo envía a Silo, y traen de allá el Arca del Pacto de Jehová de los ejércitos, que mora entre los querubines; y los dos hijos de Eli, Ofni y Finees, lejos de impedir este sacrilegio, participan con gusto sacando ellos mismos el símbolo de comunicación más alto entre Dios y su pueblo, como si fuera un amuleto de la suerte.

Acontece que cuando el Arca del Pacto de Jehová llega al campamento, todo Israel grita con tan gran júbilo que la tierra tiembla en ese momento. Cuando los filisteos oyen la voz de júbilo, preguntan con extrañeza:

—¿Qué voz de gran júbilo es esta en el campamento de los hebreos?

Y pronto saben la noticia: el Arca de Jehová ha sido traída al campamento.

Y los filisteos tienen miedo, porque dicen:

—Ha venido Dios al campamento. ¡Ay de nosotros! Pues antes de ahora no fue así. ¡Ay de nosotros! ¿Quién nos librará de la mano de estos dioses poderosos? Estos son los dioses que hirieron a Egipto con toda plaga en el desierto.

Recuerdan en ese instante las tradiciones que sus padres le contaban sobre los hebreos esclavizados en Egipto durante más de cuatrocientos años y de cómo su Dios mandó diez plagas para ablandar el corazón del Faraón, mas no fueron suficientes para ello:

—La plaga de sangre en sus ríos, arroyos y estanques, y sobre todos sus depósitos de agua; siete días después, la plaga de ranas, millones de ellas cubren toda la tierra de Egipto; luego, envía la plaga de piojos, todo el polvo de la tierra de Egipto, y hay piojos tanto en los hombres como en las bestias. Días después, el Dios de los hebreos envía a Egipto la plaga de moscas molestísimas sobre la casa de Faraón, sobre las casas de sus siervos, y sobre todo el país de Egipto, y la tierra se corrompe a causa de ellas; cuando Faraón endurece su corazón, Jehová envía la plaga en el ganado que está en el campo, caballos, asnos, camellos, vacas y ovejas, una plaga gravísima que mata todo el ganado de Egipto pero el ganado de los hijos de Israel no muere; sigue la plaga de úlceras, Moisés y Aarón toman cenizas de un horno como su Dios se los ordenó, y las esparcen sobre el cielo delante de Faraón, y vino a ser polvo sobre toda la tierra de Egipto, y les produce a los egipcios sarpullido con úlceras tanto en los hombres como en las bestias, hasta los hechiceros del reino tenían sarpullido. No conforme con esas maldiciones, Faraón no deja ir al pueblo hebreo, por lo que Jehová le envía más plagas, la del granizo, luego la plaga de las langostas y días después la plaga de tinieblas, cuando Moisés extiende sus manos al cielo; las densas tinieblas cubren toda la tierra de Egipto, por tres días; ninguno ve a su prójimo, ni nadie se levanta de su lugar por tres días a causa de la oscuridad, mas todos los hijos de Israel sí tienen luz en sus habitaciones; pero Faraón no sólo no le da libertad a los hebreos sino que amenaza de muerte al enviado de Dios, Moisés, y esto fue el colmo, Dios anuncia, entonces, la muerte de los primogénitos de todos los egipcios, incluyendo, por supuesto, a Faraón, y todo primogénito de las bestias.

La Pascua

Jehová instruye a Moisés, diciendo:

Este mes será principio de los meses; para vosotros será éste el primero en los meses del año.
Hablad a toda la congregación de Israel, diciendo: En el diez de este mes tómese cada uno un cordero según las familias de los padres, un cordero por familia.
Mas si la familia fuere tan pequeña que no baste para comer el cordero, entonces él y su vecino inmediato a su casa tomarán uno según el número de las personas conforme al comer de cada hombre. Haréis la cuenta sobre el cordero.
El animal será sin defecto, macho de un año, lo tomaréis de las ovejas o de las cabras. Y lo guardaréis hasta el día catorce de este mes, y lo inmolará toda la congregación del pueblo de Israel entre las dos tardes. Y tomarán la sangre, y la pondrán en los dos postes y en el dintel de las casas en que lo han de comer. Y aquella noche comerán la carne asada al fuego, y panes sin levadura; con hierbas amargas lo comerán. Ninguna cosa comeréis de él cruda, ni cocida en agua, sino asada al fuego; su cabeza con sus pies y sus entrañas. Ninguna cosa dejaréis de él hasta la mañana; y lo que quedare hasta la mañana lo quemaréis en el fuego. Y lo comeréis así: ceñidos vuestros lomos, vuestro calzado en vuestros pies, y vuestro bordón en vuestra mano; y lo comeréis apresuradamente; es la Pascua de Jehová. Pues yo pasaré aquella noche por la tierra de Egipto, y heriré a todo primogénito en la tierra de Egipto, así de los hombres como de las bestias, ejecutaré mis juicios en todos los dioses de Egipto. Yo Jehová.
Y la sangre os será por señal en las casas donde vosotros estéis; y veré la sangre y pasaré de vosotros, y no habrá de vosotros plaga de mortandad cuando hiera la tierra de Egipto. Y este día os será en memoria, y lo celebraréis como fiesta solemne para

> *Jehová durante vuestras generaciones; por estatuto perpetuo lo celebraréis.*
> *Siete días comeréis panes sin levadura; y así el primer día haréis que no haya levadura en vuestras casas; porque cualquiera que comiere leudado desde el primer día, hasta el séptimo, será cortado de Israel.*
> *El primer día habrá santa convocación, y asimismo en el séptimo día tendréis una santa convocación; ninguna obra se hará en ellos, excepto solamente que preparéis lo que cada cual haya de comer. Y guardaréis la fiesta de los panes sin levadura, porque en este mismo día saqué vuestras huestes de la tierra de Egipto; por tanto, guardaréis este mandamiento en vuestras generaciones por costumbre perpetua.*

Y así lo hace saber Moisés al pueblo.

Y acontece esa medianoche lo que Jehová anunció y lo cumple.

Hay gran clamor en Egipto, y ni el primogénito de Faraón se salva, todos los primogénitos, así sea de personas como de animales, perecen esa noche.

De esta forma sale el pueblo de la esclavitud hacia la libertad. Ese es el significado de la Pascua: la libertad.

—Y no hay que olvidar que este Dios abre en dos el mar Rojo para que su pueblo pase en seco, ¿lo recuerdan? ¿Recuerdan lo que nos han contado nuestros padres? ¡Este es el temible Dios de los hebreos! —gritan espantados.

Pero sus príncipes gritan más fuerte a los hombres:

—¡Esfuércense, oh filisteos, y sean hombres, para que no sirvan a los hebreos como ellos nos han servido a nosotros! ¡Sean hombres, y peleen!

Pelean, pues, los filisteos, e Israel es vencido, y huye cada cual a sus tiendas; y es grande la mortandad ese día, pues cayeron de Israel treinta mil hombres de a pie.

Y el Arca de Dios es tomada por el enemigo, y muertos los dos hijos de Eli, Ofni y Finees.

Y corriendo de la batalla un hombre de Benjamín, llega el mismo día a Silo, rotos sus vestidos y tierra sobre su cabeza; y cuando llega, he aquí que Eli está sentado en una silla vigilando junto al camino, porque su corazón tiembla por causa del Arca de Dios. Llegado, pues, aquel hombre a la ciudad, y da las nuevas, toda la ciudad grita.

Cuando Eli oye el estruendo de la gritería, pregunta:

—¿Qué estruendo de alboroto es este?

Y aquel hombre que había escapado del campo de batalla, informa a Eli:

—Israel huyó delante de los filisteos, y también fue hecha gran mortandad en el pueblo; y también tus dos hijos, Ofni y Finees, fueron muertos, y el Arca de Dios ha sido tomada.

Y es cuando el sacerdote, de noventa y ocho años de edad, con sus ojos oscurecidos por la ceguera, no soporta las noticias, y cae hacia atrás de la silla al lado de la puerta, y se desnuca y muere; porque era hombre viejo y pesado. Y había juzgado a Israel cuarenta años.

El Arca del Pacto causa estragos al enemigo

Cuando los filisteos capturan el Arca de Dios, la llevan desde Eben-ezer a Asdod. Y toman los filisteos el Arca de Dios y la meten en la casa de su dios Dagón, y la ponen junto a Dagón. Y cuando al siguiente día los de Asdod se levantan de mañana, he aquí Dagón postrado en tierra delante del Arca de Jehová; y toman a Dagón y lo vuelven a su lugar. Y volviéndose a levantar de mañana el siguiente día, he aquí que Dagón ha caído otra vez postrado en tierra delante del Arca de Jehová; y la cabeza de Dagón y las dos palmas de sus manos están cortadas sobre el umbral, habiéndole quedado a Dagón el tronco solamente.

Por esta causa los sacerdotes de Dagón y todos los que entran en el templo de Dagón no pisan el umbral de Dagón en Asdod, hasta hoy.

Toda la tierra de los filisteos está llena de ratones y provoca en sus habitantes diarrea, fiebres, vómitos y dolores abdominales.

Y se agrava la mano de Jehová sobre los de Asdod, y los destruye y los hiere con tumores en Asdod y en todo su territorio. Los tumores no son otra cosa que masas fétidas desarrolladas en diferentes partes del cuerpo, montículos de carne de veinte centímetros de altura por veinte centímetros de ancho con células cancerosas, sarcomas de tejidos blandos que aparecen de pronto en los brazos y en las piernas de todos aquellos que han tenido contacto con el Arca de la Alianza, de donde parece salir una intensa radiación que destruye carne, sangre y huesos. Nadie está a salvo de la ira de Dios.

Y viendo esto los de Asdod, dicen:

—No quede con nosotros el Arca del Dios de Israel, porque su mano es dura sobre nosotros y sobre nuestro dios Dagón.

Convocan, pues, a los adivinos, y les preguntan:

—¿Qué haremos del Arca del Dios de Israel?

Y ellos responden:

—Pásese el Arca del Dios de Israel a Gat.

Y pasan allá el Arca del Dios de Israel.

Y acontece que cuando la pasan, la mano de Jehová está contra la ciudad con gran quebrantamiento, y aflige a los hombres de aquella ciudad desde el chico hasta el grande, y se llenan de tumores: carcinomas, sarcomas y leucemias o sangre blanca que comienza en la médula ósea, causan gran mortandad entre los filisteos; con pulmones, estómago, cerebro y huesos estallados por la luminiscencia del poder de Jehová que desprende el Arca sagrada.

Entonces envían el Arca de Dios a Ecrón. Y cuando el Arca de Dios viene a Ecrón, los ecronitas dan voces, diciendo:

—Han pasado a nosotros el Arca del Dios de Israel para matarnos a nosotros y a nuestro pueblo. Y se reúnen todos los príncipes de los filisteos, diciendo:

—Envíen el Arca del Dios de Israel, y vuélvase a su lugar, y no nos mate a nosotros ni a nuestro pueblo.

Porque en ese momento hay consternación de muerte en toda la ciudad, y la mano de Dios se agrava allí. Y los que no mueren, son heridos de tumores; y el clamor de la ciudad sube hasta el cielo. La propagación es inminente, no hay nada ni nadie capaz de detener la destrucción de los enemigos de Dios.

El Arca de Jehová solo permanece en la tierra de los filisteos siete meses, y causa más de cuarenta mil muertes.

Entonces los filisteos, llamando a los sacerdotes y adivinos, preguntan:

—¿Qué es el Arca y qué haremos con ella?, ¿de qué manera la hemos de enviar a su lugar?

Ellos dijeron:

—El Arca de Jehová es el cofre construido para guardar las tablas de los Diez Mandamientos dictados por Dios a Moisés en el monte Sinaí y que el pueblo hebreo trasladó hasta la Tierra Prometida.

Construida con madera de acacia tiene una longitud de dos codos y medio, su anchura de codo y medio, y su altura de codo y medio; visualizada la medida del codo a la punta de los dedos es de cuarenta y cinco centímetros, aproximadamente, así que el cofre es de metro y medio de largo, poco más de medio metro de ancho por poco más de medio metro de altura, cubierta de oro puro por dentro y por fuera, con una cornisa de oro alrededor; con cuatro anillos de oro fundidos puestos en sus cuatro esquinas; dos anillos a un lado de ella, y dos anillos al otro lado. Fueron hechas para cargar el cofre unas varas de madera de acacia, cubiertas de oro, que son metidas por los anillos a los lados del Arca; las varas están en los anillos del Arca, no se quitan; y está dentro del Arca el testimonio de Dios dado a Moisés; tiene una cubierta de oro fino de aproximadamente metro y medio con una anchura de poco más de medio metro. En los dos extremos del propiciatorio están labrados a martillo dos querubines de oro que extienden sus alas cubriendo el propiciatorio; sus rostros el uno enfrente del otro, mirando al propiciatorio; ahí se declara Jehová a su pueblo.

—¿No fue el Arca que dividió el río Jordán para que los israelitas pasaran a Canaán? —pregunta el pueblo.

Y contestan los príncipes:

—Esta es la historia: después de la muerte de Moisés en el valle, en la tierra de Moab, enfrente de Bet-peor, Josué toma el mando del pueblo de Israel por orden de Jehová, y dirige a sus huestes a la tierra prometida, tierra que había visto Moisés poco antes de su muerte desde el Monte Nebo, en la cumbre de Pisga, que está enfrente de Jericó: toda la tierra de Galaad hasta Dan, todo Neftalí, y la tierra de Efraín y Manasés, toda la tierra de Judá hasta el mar occidental; el Neguev, y la llanura, la vega de Jericó, ciudad de las palmeras, hasta Zoar. Y Jehová habla a Josué, diciendo:

> *Mi siervo Moisés ha muerto; ahora, pues, levántate y pasa este Jordán, tú y todo este pueblo, a la tierra que yo les doy a los hijos de Israel.*
> *Yo os he entregado, como lo había dicho a Moisés, todo lugar que pisare la planta de vuestro pie. Desde el desierto y el Líbano hasta el gran río Éufrates, toda la tierra de los heteos hasta el gran mar donde se pone el sol, será vuestro territorio.*

Josué se levanta de mañana y con todo el pueblo parten de Sitim y llegan al Jordán, y reposan ahí antes de pasarlo. Y después de tres días los oficiales recorren el campamento, y mandan al pueblo diciendo:

—Cuando vean el Arca del Pacto de Jehová nuestro Dios, y los levitas sacerdotes que la llevan, ustedes saldrán de su lugar y marcharán en pos de ella, a fin de que sepan el camino por donde ir; por cuanto ustedes no han pisado antes de ahora por este camino. Pero entre ustedes y ella haya quinientos pasos de distancia; no se acerquen a ella.

Entonces Jehová dice a Josué:

Desde este día comenzaré a engrandecerte delante de los ojos de todo Israel, para que entiendan que como estuve con Moisés, así estaré contigo.
Tú, pues, mandarás a los sacerdotes que llevan el Arca del Pacto, diciendo: Cuando hayas entrado hasta el borde del agua del Jordán, pararéis en el Jordán.

Así es que cuando las plantas de los pies de los sacerdotes que llevan el Arca de Jehová, la representación visible del Señor de toda la tierra, se asientan en las aguas del Jordán, las aguas del Jordán se dividen, las que venían de arriba se detienen como en un montón bien lejos de la ciudad de Adam, que está al lado del Saretán, y las que descienden al mar del Araba, al mar Salado, se acaban, y son divididas; y el pueblo pasa en dirección de Jericó. Mas los sacerdotes que llevan el Arca del Pacto de Jehová, están en seco, firmes en medio del Jordán, hasta que todo el pueblo cruza el Jordán; y todo Israel pasa en seco, cuarenta mil hombres armados, listos para la guerra, pasan hacia la llanura de Jericó, siendo testigos de la intensa luminosidad que brota del Arca del Pacto en un triángulo divino: arca-aguas-cielo.

Jehová habla luego a Josué, diciendo:

Manda a los sacerdotes que llevan el Arca del Testimonio, que suban del Jordán.

Y Josué manda a los sacerdotes, diciendo:

—Subid del Jordán.

Y acontece que cuando los sacerdotes que llevan el Arca del Pacto de Jehová suben de en medio del Jordán, y ya las plantas de los pies de los sacerdotes están en lugar seco, las aguas del Jordán se vuelven a su lugar, corriendo como antes sobre todos sus bordes y el cielo vuelve a ser como antes.

Las maravillas de lo imposible del Dios de Abraham, de Isaac y de Jacob se difunden por todo el mundo; su enorme poder se manifiesta para temor de todos los pueblos asentados en la Tierra Prometida, de manera diversa y contundente: con las plagas y la mortandad de los primogénitos en Egipto; con las aguas abiertas del mar Rojo tras un viento recio espiritual y santo que viene de Oriente; y en esta ocasión, en el río Jordán parando sus aguas para que el pueblo pase en seco, en medio de luces incandescentes que brotan como energía del Universo, de un cofre sostenido por cuatro levitas en medio del río.

Entonces, el pueblo acampa en Gilgal, al lado oriente de Jericó.

Por eso los filisteos preguntan con temor:

—¿No es esta Arca también la que derriba el muro de Jericó, cuando el pueblo, cargándola, da siete vueltas alrededor de la ciudad?

—Así es —contesta uno de los príncipes. Y agrega—. Cuando todos los reyes de los amorreos que quedan al otro lado del Jordán al occidente, y todos los reyes de los cananeos que están cerca del mar, oyen cómo Jehová ha secado las aguas del Jordán delante de los hijos de Israel hasta que pasan todos, desfallece su corazón y no tienen más aliento en ellos delante de los hijos de Israel. Jericó, pues, está bien cerrada a causa de los hijos de Israel, ya nadie entra ni sale, su mayor defensa es su muralla gigantesca.

Mas Jehová dice a Josué:

> *Mira, yo he entregado en tu mano a Jericó y a su rey, con sus varones de guerra. Marcharéis alrededor de la ciudad, todos los hombres de guerra rodeando la ciudad una vez; y esto haréis durante seis días. Y siete sacerdotes llevarán siete bocinas de cuernos de carnero delante del Arca; y al séptimo día daréis siete vueltas a la ciudad, y los sacerdotes tocarán las bocinas. Y cuando toquen prolongadamente el cuerno de carnero, así que oigáis el sonido de la bocina, todo el pueblo gritará a gran voz, y el muro de la ciudad caerá; entonces subirá el pueblo, cada uno derecho hacia adelante.*

Hace Josué y el pueblo conforme a la palabra de Jehová y los muros de Jericó se desploman, asienta el príncipe, y agrega:

—Así que devuelvan ya esa Arca, pero no la envíen vacía, tenemos que reparar tan grande daño, para que seamos sanos y conozcamos por qué no se apartó su mano de nosotros.

Y ellos preguntan:

—¿Y qué ha de ser la expiación que le paguemos?

Ellos responden:

—Conforme al número de los príncipes de los filisteos, cinco tumores de oro, y cinco ratones de oro, porque una misma plaga ha afligido a todos ustedes y a nuestros príncipes. Harán, pues, figuras de nuestros tumores, y de nuestros ratones que destruyen la tierra, y darán gloria al Dios de Israel; quizá alivie su mano de sobre nosotros y de sobre nuestros dioses, y de sobre nuestra tierra. ¿Por qué endurecen su corazón, como los egipcios y Faraón endurecieron su corazón? Después que Jehová los trata mal, ¿no los dejan ir, y se van? Hagan, pues, ahora un carro nuevo, y tomen luego dos vacas que críen, a las cuales no haya sido puesto yugo, y uncir las vacas al carro, y hagan volver sus becerros de detrás de ellas a casa. Tomarán luego el Arca de Jehová, y la pondrán sobre el carro, y las joyas de oro que le han de pagar en ofrenda por la culpa, las pondrán en una caja al lado de ella; y la dejarán que se vaya. Y observarán: si sube por el camino de su tierra a Bet-semes, él nos ha hecho este mal tan grande; y si no, sabremos que no es su mano la que nos ha herido, sino que esto ocurrió por accidente.

Y aquellos hombres lo hacen así; tomando dos vacas que criaban, las uncen al carro, y encierran en casa sus becerros. Luego ponen el Arca de Jehová sobre el carro, y la caja con los ratones de oro y las figuras de sus tumores. Y las vacas se encaminan por el camino de Bet-semes, y siguen camino recto, andando y bramando, sin apartarse ni a derecha ni a izquierda; y los príncipes de los filisteos van tras ellas hasta el límite de Bet-semes. Y los de Bet-semes, mientras tanto, siegan el trigo en el valle; y al alzar los ojos ven el Arca, y se regocijan. El carro llega al campo de Josué de Bet-semes, ubicado a veinticuatro kilómetros al oeste de Jerusalén, en el valle de Sorec, en el camino a Asdod, y para allí donde hay una gran piedra; y ellos cortan la madera del carro, y ofrecen las vacas en holocausto a Jehová. Los levitas bajan el Arca de Jehová, y la caja que estaba junto a ella, en la cual están las joyas de oro, y la ponen sobre aquella gran piedra; entonces, los hombres de Bet-semes sacrifican holocaustos y dedican sacrificios a Jehová en aquel día.

Cuando vieron esto los cinco príncipes de los filisteos, vuelven a Ecrón el mismo día.

Estos son los tumores de oro que pagan los filisteos en expiación a Jehová: por Asdod uno, por Gaza uno, por Asquelón uno, por Gat uno, por Ecrón uno.

Y los ratones de oro son en número conforme al número de todas las ciudades de los filisteos pertenecientes a los cinco príncipes, así las ciudades fortificadas como las aldeas sin muro.

La gran piedra sobre la cual han puesto el Arca de Jehová está en el campo de Josué de Bet-semes hasta hoy.

La ciudad de Bet-semes está entre Quesalón y Timna, en el límite septentrional de Judá; posteriormente, Judá la cede a los levitas y llega a ser ciudad sacerdotal.

Entonces Dios hace morir a los hombres de Bet-semes, porque en forma irreverente miran dentro del Arca de Jehová; y mueren cincuenta mil setenta hombres. Y hay llanto y dolor en el pueblo, porque Jehová los ha herido con tan gran mortandad.

Abrir el Arca de la Alianza y mirar la fosforescencia de Dios es el pecado más grande de aquellos hombres. La mano divina está contra ellos de noche y de día, pues las Tablas de Moisés puestas en el Arca con el Testimonio de Dios contienen el poder del Universo, y nadie, nadie, debe verlas hasta el final de los tiempos como está escrito.

Y preguntan los de Bet-semes:

—¿Quién podrá estar delante de Jehová el Dios santo? ¿A quién subirá desde nosotros?

Y envían mensajeros a los habitantes de Quiriat-jearim, diciendo:

—Los filisteos han devuelto el Arca de Jehová; desciendan, pues, y llévenla.

Vinieron los de Quiriat-jearim y se llevan el Arca de Jehová, y la colocan en casa de Abinadab, situada en el collado; y santifican a Eleazar su hijo para que guarde la Santa Reliquia, y permanece allí por veinte años.

Samuel juzga a Israel

Samuel conoce desde el principio de su mandato el carácter contradictorio y desleal del pueblo de Israel porque dice amar a Dios pero adora también a ídolos, a los baales y a Astarot.

Al convocar al pueblo en Mizpa, le dice:

—Sirvan solo a Jehová. Y yo oraré por ustedes.

Y el pueblo obedece de inmediato; quitan a los baales y a Astarot y sirven solo al Creador del Universo. Samuel ora a Dios.

Los filisteos cuando saben de esta reunión deciden caerles por sorpresa para acabarlos de una vez por todas.

El filisteo es un pueblo agresivo y belicoso; los filisteos son conocidos como los «hombres de hierro» por su poderoso armamento hecho con este metal que no había en Israel; también son conocidos en su tiempo como los «hombres del mar», porque su origen es de la isla de Creta y toda la región del Egeo, y llegan en embarcaciones a las costas del Mediterráneo, cerca de Gaza, para construir su civilización.

En la lista de patriarcas fundadores de setenta naciones descendientes de Noé, por primera vez en la historia se menciona a los filisteos como descendientes de Cam, uno de los tres hijos de Noé, el otro es Sem, de donde provienen los semitas que llegó a ser el pueblo escogido por Jehová Dios, y el tercero fue Jafet, y sus descendientes fundaron todos los pueblos de las costas. Los filisteos llegan del mar y se les asocia con Abraham, cuando habita «por muchos días» en tierra de los filisteos en tiempos del rey Abimelec, en la primera hambruna que hubo en toda la tierra; también se les asocia con Isaac cuando habita en Gerar en tiempos de la segunda hambruna, y el rey Abimelec los recibe pero al ver la prosperidad de Isaac y la belleza de su esposa Rebeca, de quien se había enamorado, los echó de su tierra para no traer la ira de su Dios Jehová, y llegaron a Beerseba. Los filisteos también son mencionados en el éxodo, de Egipto a la tierra prometida, cuando Moisés deja escrita la crónica de su viaje: Y luego que Faraón dejó ir al pueblo, Dios no los llevó por el camino de la tierra de los filisteos, que estaba cerca; porque dijo Dios:

> *Para que no se arrepienta el pueblo cuando vea la guerra, y se vuelva a Egipto.*

Porque el filisteo es un pueblo agresivo y belicoso, y el camino de la tierra de los filisteos era el Camino del Mar, escribe Moisés.

Sansón, el líder de Israel enviado por Dios

En tiempo de los Jueces los israelitas ofenden a Dios y Dios entrega al pueblo a los filisteos por cuarenta años; son crueles con ellos, y el pueblo clama a Jehová y Jehová escucha y envía a Sansón a libertarlo.

La historia inicia en la comunidad de Zora, en la costa de Jaffa, en el sudeste de Jope, tierra perteneciente a la tribu de Dan.

Un hombre llamado Manoa tiene a su mujer que es estéril, y un día a esta mujer se le aparece un varón impresionante, «temible en gran manera», y le dice:

> *He aquí que tú eres estéril, y nunca has tenido hijos, pero concebirás y darás a luz un hijo.*
> *Ahora, pues, no bebas vino ni sidra, ni comas cosa inmunda. Pues he aquí que concebirás y darás a luz un hijo; y navaja no pasará sobre su cabeza, porque el niño será nazareo a Dios desde su nacimiento, y él comenzará a salvar a Israel de mano de los filisteos.*

La mujer le platica al marido, y le dice:

—Un varón de Dios vino a mí, tenía el aspecto de un ángel de Dios, temible en gran manera; y no le pregunté de dónde ni quién era, ni tampoco él me dijo su nombre.

Manoa en realidad no la cree, sino que le dice que le avisara si volvía a verlo, y así sucede, entonces Manoa cuando le avisa su mujer del ángel de Dios corre al encuentro del varón y le pregunta su nombre, él le contesta:

> *¿Por qué preguntas por mi nombre, que es Admirable?*

Y acontece que cuando Manoa toma un cabrito y una ofrenda para ofrecerlo sobre una peña a Dios, y cuando la llama sube del altar hacia el cielo, el ángel de Jehová sube en la llama del altar ante los ojos de Manoa y su mujer. Y en los días señalados, la mujer da a luz un hijo y le pone por nombre Sansón y el Espíritu de Jehová empieza a manifestarse en él y juzga a su pueblo durante veinte años.

Su vida tiene abundantes percances, riesgos, contratiempos y dificultades, pero está llamado a ser libertador de Israel. Sansón es apasionado, astuto, valiente, temerario y sobre todo es fuerte porque tiene la fortaleza de Dios en sus cabellos, es nazareo desde su nacimiento. Sus padres se enorgullecen de él, su pueblo lo admira y sus enemigos, los filisteos que dominan sobre Israel, le temen. No tiene suerte con sus mujeres, una se casa con su mejor amigo, la filistea de Timnat, y la otra, Dalila, israelita del valle de Sorec, ubicado a tres kilómetros de Zora, pueblo natal de Sansón, lo traiciona por cinco mil quinientos siclos de plata.

Dentro del plan de Dios, Sansón toma por mujer a la filistea de Timnat, una ciudad ubicada en la región montañosa de Judá, mas sus padres no lo comprenden; se oponen, y le reprochan:

—¿No hay mujer entre las hijas de tus hermanos, ni en todo nuestro pueblo, para que vayas tú a tomar mujer de los filisteos incircuncisos?

Y Sansón responde:

—Tómame esta por mujer, porque ella me agrada.

La mujer de Timnat es pedida a su padre, y de común acuerdo, hacen un gran banquete, y en el banquete le acompañan treinta jóvenes filisteos, a quienes reta a que le adivinen lo que dice:

—Del devorador salió comida.

Y del fuerte salió dulzura.

El juez de Israel, en su enigma, alude a la pelea que tiene contra un león cuando baja con sus padres de Zora a Timnat a pedir a la muchacha. El león ruge amenazante y Sansón, con el Espíritu de Dios sobre él, despedaza a la fiera con sus manos, como se despedaza un cabrito. Se formaliza el compromiso, y a los pocos días que Sansón regresa con sus padres para hacer el banquete y tomar a su mujer ve a un lado del camino al león; y he aquí que en el cuerpo del león hay un enjambre de abejas, y un panal de miel, que come por el camino y le da a sus padres mas no les dice de dónde la había tomado.

Y los treinta jóvenes filisteos no pueden aclarar el enigma en los siete días que dura el banquete, según lo acordado, y en el séptimo ya para concluir la fiesta, presionan a la novia para que les revele el secreto, pues de lo contrario perderán la apuesta: treinta vestidos de lino y treinta vestidos de fiesta, y le dicen a la mujer:

—Induce a tu marido a que nos declare este enigma, para que no te quememos a ti y a la casa de tu padre. ¿Nos has llamado aquí para despojarnos?

Entonces ella llora a su marido para que le revele el enigma, y le dice:

—Solamente me aborreces, y no me amas, pues no me declaras el enigma que propusiste a los hijos de mi pueblo.

Y Sansón responde:

—He aquí que ni a mi padre ni a mi madre lo he declarado, ¿y te lo había de declarar a ti?

Sin embargo, ya casi al final de los siete días, antes de que el sol se oculte, y al ver tanto llanto de su mujer, él se lo declara, y la mujer lo dice a los treinta jóvenes filisteos, quienes ganan la apuesta:

—¿Qué cosa más dulce que la miel? ¿Y qué cosa más fuerte que el león?

Sansón responde:

—Si no aran con mi novilla, no descubren mi enigma. —Dando a entender que sabe de la enorme presión que sufre su mujer por estos invitados al banquete.

Así que tiene que pagar. El Espíritu de Dios viene sobre él con poder, se dirige al pueblo de Ascalón, posesión de los filisteos, no lejos de Timnat y mata a treinta hombres de ellos; y tomando sus despojos, da las mudas de vestidos a los que han explicado el enigma; y lleno de ira vuelve a casa, y deja a su mujer en la casa del padre de ella, pero este provoca la ira de su yerno al entregar a su hija a otro hombre, quien es nada menos que un compañero y amigo de Sansón, mas no lo supo hasta el día que pasado su enojo en los días de la siega del trigo visita a su mujer, y lleva a cuestas un cabrito para comerlo en familia, y recibe el rechazo de su suegro, quien le dice:

—Me persuadí que la aborrecías, y la di a tu compañero. Mas su hermana menor, ¿no es más hermosa que ella? Tómala, pues, en su lugar.

Sansón se siente burlado, y le dice al padre de su mujer:

—Sin culpa seré esta vez respecto de los filisteos, si mal les hiciere.

Y va Sansón y caza trescientas zorras, y toma teas, y junta cola con cola, y pone una tea entre cada dos colas. Después, enciende las teas, y suelta las zorras en los sembrados de los filisteos y quema las mieses amontonadas y en pie, viñas y olivares.

Tras terrible daño a la economía del pueblo filisteo, pregunta un príncipe:

—¿Quién hizo esto?

Y le responden:

—Sansón, el yerno del timnateo, porque le quitó a su mujer y la dio a su compañero. —Y vienen los filisteos y la queman a ella y a su padre.

Entonces Sansón, al saber que los filisteos han quemado a su mujer, jura vengarse, y los hiere cadera y muslo con gran mortandad, y desciende y habita en la cueva de la peña de Etam, a cuatro kilómetros al sureste de Zora, su lugar natal. Hasta ese lugar llegan tres mil israelitas para pedirle a Sansón que se rinda ante el enemigo, pues más de seis mil filisteos tienen rodeada a Judá y se extienden al sureste por la colina de Lehi. El hombre de Dios acepta, le amarran las manos con fuerza y lo entregan a los filisteos, con el pensamiento de que «es mejor que una persona muera y no todo el pueblo», pero los designios de Dios son inescrutables y la inteligencia del hombre no alcanza a comprenderlos.

Cuando los filisteos lo ven amarrado con dos cuerdas nuevas, en Lehi, gritan de alegría, y en ese momento el Espíritu Santo desciende sobre su ungido, y las cuerdas que están en sus brazos se vuelven como lino quemado con fuego, y las ataduras caen de sus manos.

Mira en el suelo una quijada de burro fresca aún, la toma y mata con ella a mil hombres; los que logran salvarse huyen y se esconden en las colinas, entonces Sansón dice:

—Con la quijada de un asno, un montón, dos montones; con la quijada de un asno maté a mil hombres.

De inmediato suelta la quijada, y llama a aquel lugar Ramat-lehi, que significa colina de la quijada.

Y teniendo gran sed, clamó luego a Jehová, y le dice:

—Tú has dado esta grande salvación por mano de tu siervo; ¿y moriré yo ahora de sed, y caeré en mano de los incircuncisos?

Entonces abre Dios la cuenca que hay en Lehi; y sale de allí agua, y él bebe, y recobra su espíritu, y se reanima. Por eso llama a aquel lugar En-hacore, esto es la fuente del que clama, y aún permanece para testimonio del gran poder de Dios.

El amor llama a su puerta

Poco tiempo después, en el valle de Sorec, ubicado a tres kilómetros de su pueblo Zora, y a veintiún kilómetros al oeste de Jerusalén, conoce a una mujer muy hermosa de ojos negros y profundos, que despierta en él una pasión desenfrenada, su nombre es Dalila y cae a sus pies cautivo bajo el embrujo de sus besos; en la habitación perfumada de aquella elegante casa de piedra y ladrillo en Sorec, la ama con devoción profunda; nada ni nadie lo apartará de ella, y el Espíritu de Dios lo abandona.

Del tórrido romance se enteran los cinco príncipes filisteos, y acuerdan con ella en lo secreto la traición. Y le dicen:

—Engáñale e infórmate de en qué consiste su gran fuerza, y cómo lo podríamos vencer, para que lo atemos y lo dominemos, y cada uno de nosotros te dará mil cien ciclos de plata.

Cinco mil quinientos ciclos de plata es una tremenda fortuna que la mujer no puede despreciar, además de ganar influencia política entre los príncipes que dominan a Israel; no hay mucho que pensar pues el amor de Sansón no le interesa, y acepta el trato.

Y atrás de las gruesas cortinas de su habitación se esconden los enemigos, y están al acecho.

Tres veces le pregunta y le ruega: «Dime, cuál es el secreto de tu fuerza», y tres veces Sansón le oculta la verdad, pero llega un momento en que «su alma fue reducida a mortal angustia», por las peticiones lastimeras de su amada, y confiesa:

—Nunca a mi cabeza llegó navaja; porque soy nazareo de Dios desde el vientre de mi madre. Si fuere rapado, mi fuerza se apartará de mí, y me debilitaré y seré como todos los hombres.

La ley del nazareo es establecida por Moisés: «El hombre o la mujer que se apartare haciendo voto de nazareo, para dedicarse a Jehová, se abstendrá de vino y de sidra; no beberá vinagre de vino, ni vinagre de sidra, ni beberá ningún licor de uvas, ni tampoco comerá uvas frescas ni secas. Todo el tiempo de su nazareato, de todo lo que se hace de la vid, desde los granillos hasta el hollejo, no comerá. Todo el tiempo del voto de su nazareato no pasará navaja sobre su cabeza; hasta que sean cumplidos los días de su apartamiento a Jehová, será santo, dejará crecer su cabello».

Los cabellos largos son símbolo de poder y de abundante vitalidad de los nazareos, y en Sansón hay poder de Dios porque en él está su Espíritu. Mas Sansón contrista al Espíritu de Dios, en su libre albedrío, y cae de Su Gracia.

Dalila hace que él duerma sobre sus rodillas, y llama a los hombres que están tras sus cortinas, y le rapan las siete guedejas de su cabeza, cuando Dalila le grita a Sansón que vienen los filisteos, él piensa que escapará fácilmente, como las tres veces anteriores, pero no es así, no sabe que Dios ya no está con él; llegan los miembros del ejército, lo apresan, le sacan los ojos y se lo llevan a Gaza atado con cadenas para que muela en la cárcel. Y el cabello de su cabeza comienza a crecer, después que fue rapado.

La última victoria

Los filisteos están alegres y borrachos por el triunfo que su dios Dagón les ha dado sobre su acérrimo enemigo Sansón, y lo mandan traer para divertirse con él, «es un pobre ciego», dice el pueblo; son más de tres mil personas reunidas en la casa de uno de los príncipes, en Gaza; luego que fue víctima de escarnio, Sansón le pide al joven que lo guía de la mano:

—Acércame, y hazme palpar las columnas sobre las que descansa la casa, para que me apoye sobre ellas.

Cuando palpa las columnas invoca el nombre de Jehová y Él escucha, entonces con gran fuerza derriba aquel lugar diciendo:

—Muera yo con los filisteos, y cae la casa sobre los principales y todo el pueblo que está en ella, y se produce una gran mortandad.Y los que mató al morir fueron muchos más que los que había matado durante su vida.

Los filisteos, amantes de dioses oscuros, idólatras y supersticiosos son un pueblo guerrero procedente del mar Egeo, por eso se les conoce como «emigrantes del mar», o «Los Pueblos del Mar», proceden de la isla de Creta, que separa el Mediterráneo del Mar Egeo, entre Grecia y Turquía; encuentran la forma de fundir el hierro y hacen armas y carros de este metal con lo que logran la supremacía de todos aquellos pueblo que están a su alrededor, principalmente, de los israelitas a quienes masacran a la primera oportunidad, y a quienes esclavizan en tiempo de los caudillos militares, por más de cuarenta años.

La infidelidad a Dios es la causa de todos los males de los israelitas, no obstante Dios es fiel, y en su infinita misericordia envía Jueces a su pueblo, el primero de ellos, Otoniel; siguen Aod, Samgar, Débora, Gedeón, Abimelec, Tola, Jair, Jefté, Ibzán, Elón, Abdón y Sansón.

El varón de Dios esforzado y valiente

Gedeón, el quinto de los jueces del pueblo judío, destaca, al lado de Josué y David, el divino cantor de Israel, por ser uno de los tres más grandes caudillos militares en la historia antigua de Israel, sus hazañas guerreras contra los enemigos del pueblo muestran una inteligencia bélica extraordinaria; sus tácticas y estrategias de lucha le dan la victoria con pocos hombres, sobre numeroso ejército adversario. Su valor, su audacia, su ingenio y su obediencia lo convierten en el gran guerrero del Dios de los Ejércitos.

Es factor de unidad del pueblo al convocarlo contra los opresores y destruye los ídolos que impiden el favor del Dios Único y Verdadero a quien incita a adorarlo.

Emplea tácticas de espionaje sobre los campamentos enemigos; estudia el terreno; escoge el tiempo ya sea de día o de noche favorable para el combate; impone la disciplina y solo acepta a aquellos dispuestos a perder la vida en el combate, a los demás los manda a casa; corta los suministros y provisiones de sus enemigos y diseña tácticas para escribir con sus acciones que el engaño es esencial para triunfar en la guerra.

No estudia en ninguna escuela militar, ni desciende de algún rey guerrero; nunca antes de su ungimiento había empuñado un arma, solo tiene una virtud a su favor que la inmensa mayoría del pueblo ha perdido: El temor de Dios. El talento de Gedeón es natural, surge del pueblo, un pueblo que durante siete años es oprimido por los madianitas quienes destruyen el fruto de sus tierras y su ganado y causan terror y muerte, por eso huye a sus cuevas en los montes, y cavernas, y lugares fortificados. Pues sucedía que cuando Israel había sembrado, subían los madianitas y amalecitas y los hijos del oriente contra ellos; subían y los atacaban. Y acampando contra ellos destruían los frutos de la tierra, hasta llegar a Gaza; y no dejaban qué comer a Israel, ni ovejas, ni bueyes, ni asnos.

Es que Israel hace lo malo: adora a Baal Zebub, a Asera, a Dagón y a Astarté, dioses extraños de los pueblos vecinos, y se olvidan de la doctrina del siervo de Dios Moisés, quien les dijo: «¡Oye, Israel, tu Dios uno es!».

El desvío de los israelitas, pueblo escogido, de la enseñanza del siervo de Dios Moisés los lleva a la idolatría, y se olvidan de quién los sacó de la esclavitud de Egipto, en donde sirvieron por más de cuatrocientos años, y provocan la ira del Todopoderoso; por eso, al entrar a la Tierra Prometida, la tierra de Canaán, que Jehová promete a Abraham, a Isaac y a Jacob que sería para sus descendientes, Dios permite la presencia de naciones para probar con ellas a Israel; los cinco príncipes de los filisteos, que fundaron cinco ciudades, Gaza, Ascalón, Asdod, Gat y Ekrón; todos los cananeos, los sidonios, y los heveos que habitan el monte Líbano, desde el monte de Baal-hermón hasta llegar a Hamat; y así los israelitas habitan entre los cananeos, madianitas y amalecitas, que les hacen la vida imposible, porque Dios así lo quiere.

El pueblo ya no aguanta el empobrecimiento extremo por causa de Madián, un pueblo semita que desciende del cuarto hijo de Abraham que lleva ese nombre, Madián, que procrea con su concubina Cetura, luego de la muerte de Sara.

El lugar del que proceden los madianitas está en el nordeste del Sinaí, en la ruta de Edom a Egipto, muy cerca del desierto de Parán.

Clama Israel arrepentido a Jehová, y Jehová escucha; les manda un profeta que les dice:

> *Así ha dicho Jehová Dios de Israel: Yo os hice salir de Egipto, y os saqué de la casa de servidumbre. Os libré de manos de los egipcios, y de mano de todos los que os afligieron, a los cuales eché de delante de vosotros, y os di su tierra; y os dije: Yo soy Jehová vuestro Dios; no temáis a los dioses de los amorreos, en cuya tierra habitáis; pero no habéis obedecido a mi voz.*

De campesino a caudillo

Un ángel de Dios, se sienta debajo de un árbol de tronco fuerte y grueso, copa grande, redonda y apretada, corteza gris y lisa, con hojas perennes y alternas con el margen dentado, y cuyo fruto es una bellota, la encina tiene unos veinticinco metros de altura, en la comunidad de Ofra, ubicada al norte de Micmas, a seis kilómetros y medio de Bet-el; el dueño de la encina es el campesino Joás, de la tribu de Manasés, de la familia de Abiezer; su hijo Gedeón sacude el trigo en el lagar, para esconderlo de los madianitas.

Entonces el ángel de Dios se le aparece, y le dice:

Jehová está contigo, varón esforzado y valiente.

Y Gedeón le responde:

—Ah, señor mío, si Jehová está con nosotros, ¿por qué nos ha sobrevenido todo esto? ¿Y dónde están todas sus maravillas que nuestros padres nos han contado?, diciendo: ¿No nos sacó Jehová de Egipto? Y ahora Jehová nos ha desamparado, y nos ha entregado en mano de los madianitas.

Y mirándole Jehová le dice:

Ve con esta tu fuerza, y salvarás a Israel de la mano de los madianitas. ¿No te envío yo?

Entonces le responde:

—Ah, señor mío, ¿con qué salvaré yo a Israel? He aquí que mi familia es pobre en Manasés, y yo el menor de la casa de mi padre.

Jehová le dice:

Ciertamente yo estaré contigo, y derrotarás a los madianitas como un solo hombre.

Y él responde:

—Yo te ruego que si he hallado gracia delante de ti, me des señal de que tú has hablado conmigo. Te ruego que no te vayas de aquí hasta que yo vuelva a ti, y saque mi ofrenda y la ponga delante de ti.

Y Él le responde:

Yo esperaré hasta que vuelvas.

Entra Gedeón a casa, prepara rápido un cabrito, y panes sin levadura; y pone la carne en un canastillo, y el caldo en una olla, y sacándolo se lo presenta debajo de aquella encina.

Entonces el ángel de Dios, le dice:

Toma la carne y los panes sin levadura, y ponlos sobre esta peña, y vierte el caldo.

Y él así lo hace.

Y extendiendo el ángel de Jehová el báculo que tiene en su mano, toca con la punta la carne y los panes sin levadura; y el fuego sube de la peña, el cual consume la carne y los panes sin levadura. Y el ángel de Jehová desaparece de su vista.

Viendo entonces que era el ángel de Jehová, exclama:

—¡Ah, señor!, ¡que he visto al ángel de Jehová cara a cara!

Pero Jehová le dice:

Paz a ti; no tengas temor, no morirás.

Y Gedeón emprende la primera acción en obediencia y fidelidad a Dios: con diez de sus siervos derriba de noche, por temor a que en el día lo vean los hombres de la ciudad, el altar de Baal que su padre tiene, y corta la imagen de Asera que está junto a él y hace leña de su madera, edifica un altar a Jehová, y sacrifica un toro sobre el altar edificado.

Los hombres cuando se enteran de que es Gedeón el que derribó sus ídolos, rodean su casa y le piden al padre que lo saque para matarlo, pero Joás abiezerita, les dice:

—¿Contenderán ustedes por Baal? ¿Defenderán su causa? Si verdaderamente Baal es un Dios, pues que se defienda por sí solo, ¿para qué se meten ustedes?

Al oír que sus dioses eran quitados de en medio de Israel, los madianitas y amalecitas y los del oriente se juntan a una, y pasan y acampan en el espacioso y verde valle de Jezreel, que se extiende hacia el norte y este desde el monte Carmelo, es una llanura aluvial que ofrece a lo lejos la sensación de ver un campo de esmeraldas en medio de lagunas y albuferas.

Lleno del Espíritu Santo Gedeón convoca a la unidad; al tocar el cuerno los abiezeritas se unen primero; luego todo Manasés vino a él; siguieron los pueblos de Aser, de Zabulón y Neftalí, todos formados como un solo hombre dispuestos para la batalla. Todos creían en el liderazgo y carisma de Gedeón, Dios el primero, menos Gedeón.

—¿Yo ganaré la victoria? ¿Quién soy yo y la casa de mi padre para dirigir al pueblo? Un pobre campesino, nunca he peleado con nadie, evito siempre los problemas, ¿y ahora tengo la tarea de enfrentarme a este numeroso enemigo?

Gedeón está a punto de desfallecer, al hacerse estas preguntas, después de haber recibido el informe de sus espías que envió al valle de Jezreel, como parte de su estrategia militar:

Los madianitas están unidos con los amalecitas, un pueblo de mercenarios y depredadores de Cades-Bernea, en el desierto del Neguev, al sur de Palestina, enemigos declarados del pueblo de Dios, que habrían de ser exterminados por mandato divino, a su tiempo, ya que se opusieron al Trono del Altísimo peleando contra Moisés en la batalla de Redifin; y con los hijos del oriente, tribus nómadas, que ocupan las regiones al este y noreste de Palestina, más allá de Amón y Moab y tienen un distrito septentrional donde las gentes de Harán llevan a pastar sus rebaños; hacia el sur se extienden hasta Arabia. Todos ellos están tendidos en el valle como langostas en multitud, y sus camellos son innumerables como la arena que está en la ribera del mar.

Por eso Gedeón se atreve a pedir a Dios señales de que ganará la batalla.

—Si has de salvar a Israel por mi mano como has dicho, he aquí que yo pondré un vellón de lana en la era; y si el rocío estuviere en el vellón solamente, quedando seca toda la otra tierra, entonces entenderé que salvarás a Israel por mi mano, como lo has dicho.

Y acontece así, pues cuando se levanta de mañana, exprime el vellón y saca de él el rocío, un tazón lleno de agua.

Mas Gedeón dice a Dios:

—No se encienda tu ira contra mí, si aún hablare esta vez; solamente probaré ahora otra vez con el vellón. Te ruego que solamente el vellón quede seco, y el rocío sobre la tierra.

Y aquella noche lo hace Dios así; solo el vellón queda seco, y en toda la tierra hay rocío.

La batalla de los 300

Gedeón, conocido también como Jerobaal, reúne a sus guerreros junto a la fuente de Harod, que brota de la base del monte Gilboa, con una anchura de cuatro metros y medio y una profundidad de sesenta centímetros, ubicada a trece kilómetros al noroeste de Betseán, en la ladera noroeste del monte. El caudillo intuye que es un lugar excepcionalmente estratégico, pues al defender el monte protegen el manantial del enemigo situado en la llanura; y la fuente es indispensable, pues ya no hay más agua corriente por ninguna parte, y su curso hace posible que los ubicados en la colina impidan que la fuente caiga en manos del enemigo que está en la llanura, pero tampoco ellos pueden acercarse a beber pues su imprudencia podría costarles la vida, ya que los juncos y arbustos de la ribera sirven al adversario para prepararles emboscadas, pues ellos están al norte, más allá del collado de More, en el valle.

Gedeón pasa revista a su ejército: treinta y dos mil guerreros, y dice para sus adentros que es imposible ganar la guerra con estos hombres; desde su perspectiva humana, declara una improbable victoria contra un ejército enemigo diez veces superior en número.

Aun así, el caudillo pregona al pueblo, por mandato divino, que el que tema y se estremezca, madrugue y se marche a casa, y veintidós mil le toman la palabra, y se van; el cuerpo de Gedeón empieza a alterarse con rapidez entre las contracciones de los músculos y la relajación, «no es posible, solo quedan diez mil», piensa.

Sin embargo, para Dios aún son muchos, y le dice:

> *Llévalos a las aguas, y allí los probaré; y del que yo te diga: Vaya éste contigo, irá contigo; mas de cualquiera que yo te diga: Este no vaya contigo, el tal no irá.*

Entonces lleva al pueblo a las aguas; y Jehová le dice a Gedeón:

Cualquiera que lamiere las aguas con su lengua como lame el perro, a aquel pondrás aparte; asimismo a cualquiera que se doblare sobre sus rodillas para beber.

Un guerrero avispado está al acecho de una posible emboscada tras los juncos y arbustos de la ribera, y no se arrodilla para beber el agua sino que la toma con su mano y la lame con su lengua como lame el perro.

Y el número de los que lamen llevando el agua con la mano a su boca es de trescientos hombres; y todo el resto del pueblo dobla sus rodillas para beber las aguas, y demuestra así que no es apto para la guerra.

Entonces Jehová dice a Gedeón:

Con estos trescientos hombres que lamieron el agua os salvaré, y entregaré a los madianitas en tus manos; y váyase toda la demás gente cada uno a su lugar.

El propósito de Dios es claro, la victoria sobre sus enemigos va a ser de Él, no de los israelitas.

Para que no digan: Mi mano me ha salvado.

Así que Gedeón envía a los israelitas a sus casas, y solo se queda con trescientos guerreros bravos, dispuestos a dar la vida por la causa, por la liberación de sus enemigos, y decididos a terminar con la opresión. Los 300 serán de inspiración al mundo.

El caudillo de Israel tiene la audacia de descender con Fura su criado hasta los puestos avanzados de la gente armada que está en el campamento, y escucha que hay temor entre el enemigo:

—He aquí yo soñé un sueño —cuenta un soldado a su compañero—: Veía un pan de cebada que rodaba hasta el campamento de Madián, y llegó a la tienda, y la golpeó de tal manera que cayó, y la trastornó de arriba abajo, y la tienda cayó.

Y su compañero responde y dice:

—Esto no es otra cosa sino la espada de Gedeón, hijo de Joás, varón de Israel. Dios ha entregado en sus manos a los madianitas con todo el campamento.

Cuando Gedeón oye este sueño y su interpretación, adora; y vuelto al campamento de Israel, dice:

—¡Levántense, porque Jehová ha entregado el campamento de Madián en nuestras manos!

Organiza a sus hombres en tres escuadrones, da a todos ellos trompetas en sus manos, y cántaros vacíos, con teas ardiendo dentro de los cántaros. Y les dice:

—Mírenme a mí, y hagan como hago yo; he aquí que cuando yo llegue al extremo del campamento, harán ustedes lo que yo hago. Yo tocaré la trompeta, y todos los que están conmigo; y ustedes tocarán entonces las trompetas alrededor de todo el campamento, y dirán: ¡Por Jehová y por Gedeón!

Llega pues el caudillo con cien hombres que están con él, al extremo del campamento, al principio de la guardia de la medianoche, cuando acaban de renovar los centinelas; y tocan las trompetas, y quiebran los cántaros que llevan en sus manos.

Y los tres escuadrones tocan las trompetas, y quiebran los cántaros, toman en la mano izquierda las teas, y en la derecha las trompetas con que tocan, y gritan: «¡Por la espada de Jehová y de Gedeón!».

Y se están firmes cada uno en su puesto en derredor del campamento; entonces todo el ejército echa a correr dando gritos y huyendo.

Y los trescientos tocan las trompetas; y Jehová pone la espada de cada uno contra su compañero en todo el campamento. Y el ejército huye hasta Bet-sita, en dirección de Zerera, y hasta la frontera de Abel mehola en Tabat.

Y juntándose los de Israel, de Neftalí, de Aser y de todo Manasés, siguen a los madianitas hasta exterminarlos; es una masacre.

Tras la aplastante victoria, los israelitas dicen a Gedeón:

—Sé nuestro señor, tú, y tu hijo, y tu nieto; pues que nos has librado de mano de Madián.

Mas Gedeón responde:

—No seré señor sobre ustedes, ni mi hijo tampoco: Jehová será Señor de ustedes.

Y en los siguientes cuarenta años no hay guerra. Sin embargo, cuando muere Gedeón, los hijos de Israel vuelven a prostituirse, y van tras los baales, y escogen por dios a Baal-berit. Y la ingratitud del pueblo es tan grande que se olvida de Jehová su Dios, que los ha librado de todos sus enemigos en derredor; ni se muestra agradecido con la casa de Jerobaal, el cual es Gedeón, conforme a todo el bien que él había hecho a Israel.

El pueblo de Israel cae de nuevo en la idolatría de los heteos, amorreos, ferezeos, heveos y jebuseos, y toman de sus hijas por mujeres, y dan sus hijas a los hijos de ellos, y sirven a sus dioses abandonando a Jehová y Él los abandona en manos de sus acérrimos enemigos: los filisteos que los tratan con crueldad y humillación durante cuarenta años, hasta que de nuevo imploran la misericordia infinita de Dios, de su Rey Soberano, y de nuevo la mano protectora del Creador del Universo les brinda auxilio en sus tribulaciones, por medio de un hombre, como siempre lo hace, y en esta ocasión su ungido es Sansón, quien los libra de la mano del opresor. Y los que mató al derribar con su fuerza la casa sobre los principales, y sobre todo el pueblo que estaba en ella, fueron muchos más que los que había matado durante su vida.

A la muerte de Sansón, surge el último de los jueces y caudillos del pueblo de Israel, el profeta Samuel.

Todo Israel, pues, desde Dan, en la costa de Jaffa que se extiende al sudeste de la costa cercana a Jope en la frontera con los filisteos, hasta Beerseba, en el Neguev, conoce que Samuel es fiel profeta de Jehová.

—Contra Jehová hemos pecado —reconocen los israelitas.

Y Samuel juzga al pueblo.

«Hasta aquí nos ayudó Jehová»

Los filisteos, al enterarse de que el pueblo de Israel se reúne en Mizpa, marchan con sus armas y carros de hierro y más de trescientos mil hombres para masacrarlos definitivamente, quieren borrar del mapa a ese pueblo que odian sobremanera, pero el profeta Samuel ora a Jehová y Jehová contesta al ver que los israelitas se han vuelto, por fin, en pos de Él, han quemado los dioses falsos de los filisteos y de las demás naciones de su alrededor.

Entonces Jehová pelea por ellos, y truena desde los cielos con gran estruendo contra los filisteos y son vencidos por los israelitas quienes los persiguen hasta Bet-car, población situada a siete kilómetros de Jerusalén, y tras la victoria contundente los israelitas recuperan el territorio que sus eternos enemigos les habían quitado, desde Ekrón hasta Gad.

—Hasta aquí nos ayudó Jehová —expresa Samuel en Mizpa al término de la contienda.

Samuel juzga al pueblo de Israel en Bet-el, Gilgal y Mizpa todo el tiempo de su ministerio y edifica un altar a Jehová en Ramá, su ciudad natal. Pero acontece que al paso de los años Samuel envejece y sus hijos, Joel y Abías, jueces en Beerseba, no siguen su ejemplo, y son avaros y corruptos, pervertidores del derecho. Los ancianos del pueblo, pues, se reúnen con el profeta en Ramá y le piden un rey como lo tienen todos los pueblos de la tierra:

—Pues tus hijos —le dicen— no son dignos de ser jueces.

Cuando Samuel ora a Jehová por semejante blasfemia, de pedir un rey cuando tienen ya por rey al Soberano de toda la tierra, Jehová le responde:

> *Oye la voz del pueblo en todo lo que te digan; porque no te han desechado a ti, sino a mí me han desechado, para que no reine sobre ellos.*

> *Conforme a todas las obras que han hecho desde el día que los saqué de Egipto hasta hoy, dejándome a mí y sirviendo a dioses ajenos, así hacen también contigo.*
> *Ahora, pues, oye su voz; mas protesta solemnemente contra ellos, y muéstrales cómo les tratará el rey que reinará sobre ellos.*

Y Samuel hace conforme a la palabra de Jehová, mas el pueblo exige rey.

El pueblo hebreo pide ya una monarquía, no como un plan político sino como un respiro para sobrevivir, al estar rodeado de enemigos poderosos y feroces: los filisteos en la zona occidental de las montañas palestinas; los amonitas en el este y los amalecitas desde el sur, amenazan con tragárselos; piensan que es necesario organizarse para no sucumbir, sus príncipes no tienen agilidad ni consistencia para reaccionar con eficacia ante los frecuentes embates del enemigo y han perdido la fe al aseverar que su Rey Invisible no los escucha ni los defiende.

Dios nombra a Saúl por rey

Así termina una etapa de Israel, la teocracia —donde el Señor era su único rey y autoridad, y las doce tribus se mantenían unidas debido a su compromiso común con el pacto divino, representada en el Arca de Dios—, y surge la monarquía donde el Creador de los Cielos expresará su gobierno a través de un rey elegido por Él.

Y Dios escoge a Saúl de la tribu de Benjamín, la más pequeña de las doce tribus de Israel. Esta tribu, ubicada a seis kilómetros al norte de Jerusalén, estuvo a punto de desaparecer, poco tiempo atrás, por la perversa acción de los hombres de Gabaa de Benjamín cuando atacan a un levita y a su concubina que van de paso de Belén de Judá de donde es la mujer, a la parte más remota del monte de Efraín de donde es el levita. Un anciano les da posada para que pasen la noche y es cuando llegan los malvados moradores de la ciudad y rodean la casa, amenazan con matar al levita y sacan a la mujer para violarla, toda la noche y hasta la madrugada abusan de ella, y muere al siguiente día. Cuando el levita sale de la casa y ve a su mujer muerta, la echa sobre su asno y prosigue su camino hasta Efraín, y al llegar a su casa toma el cuchillo y parte el cuerpo de su mujer en doce pedazos y los envía por todo el territorio de Israel. Hay conmoción, los pedazos de la mujer sacuden el ánimo del pueblo y un sentimiento de indignación primero, y luego de pena profunda se apoderan de los israelitas al conocer la infamia de los hombres de Gabaa, y marchan contra esa ciudad por cuanto han hecho maldad y crimen en Israel, cuatrocientos mil hombres a pie que sacan espada. Desde Dan hasta Beerseba y la tierra de Galaad, a Jehová en Mizpa, los hombres se reúnen con los representantes de toda la tribu de Benjamín, diciendo:

—¿Qué maldad es esta que ha sido hecha entre ustedes?

Entreguen, pues, ahora a esos hombres perversos que están en Gabaa, para que los matemos, y quitemos el mal de Israel.

Mas los de Benjamín no quieren oír la voz de sus hermanos los hijos de Israel, sino que se juntan de las ciudades en Gabaa para pelear contra ellos, y fueron veintiséis mil hombres que sacan espada, sin contar con los que moran en Gabaa, que son setecientos hombres escogidos, y del total de ellos se encuentran setecientos guerreros, que son zurdos, todos los cuales tiran una piedra con la honda a un cabello, y no fallan.

Y son contados los varones de Israel, fuera de Benjamín, cuatrocientos mil hombres que sacan espada, todos son hombres de guerra.

La batalla de Gabaa

Al despuntar el alba, los hombres de Judá salen primero a la guerra, por orden de Jehová consultado un día antes en Mizpa; su objetivo es debilitar el muro humano formado por el ejército de Benjamín frente a la ciudad de Gabaa, pero ya los están esperando, y con gran furor los hijos de Benjamín penetran el centro de las fuerzas enemigas y las desbaratan, derribando por tierra en aquel primer día de batalla veintidós mil hombres de los hijos de Israel.

El segundo día de la batalla, en el mismo lugar, en la entrada de Gabaa, los israelitas atacan porque así lo manda Jehová al consultarlo una noche antes, y vuelven a sufrir bajas considerables; dieciocho mil guerreros pierden la vida frente a los hijos de Benjamín.

Entonces suben todos los hijos de Israel, y todo el pueblo, y llegan a la casa de Dios, frente al Arca de Jehová que estaba en Mizpa en esa época, y preguntan:

—¿Qué pasa, Señor nuestro?

Y lloran y se sientan allí a esperar su respuesta. Ayunan aquel día hasta la noche; y ofrecen holocaustos y ofrendas de paz delante de Jehová. Y está ahí el sacerdote Finees hijo de Eleazar, hijo de Aarón, que ministra delante del Arca.

Y preguntan al Señor:

—¿Volveremos aún a salir contra los hijos de Benjamín, nuestros hermanos, para pelear, o desistiremos?

Y Jehová les responde:

Subid, porque mañana yo os los entregaré.

Israel cambia de táctica militar y pone emboscadas alrededor de Gabaa. Sube contra la ciudad y se forman en batalla delante de Gabaa como los dos días anteriores.

Y salen los hijos de Benjamín al encuentro del pueblo, alejándose de la ciudad; se habían confiado; comenzando a herir a algunos israelitas, matándolos como las otras veces por los caminos, uno de los cuales sube a Bet-el, y el otro a Gabaa en el campo; y matan unos treinta hombres de Israel. Y los hijos de Benjamín dicen:

—Vencidos son delante de nosotros, como antes.

Mas los hijos de Israel tienen su urdimbre, y dicen:

—Huiremos, y los alejaremos de la ciudad hasta los caminos.

Saben, como Gedeón, el gran guerrero del Dios de los Ejércitos, que el engaño es la esencia del arte de la guerra, para ganar la batalla.

Entonces se levantan todos los de Israel de su lugar, y se ponen en orden de batalla en Baal-tamar; y también las emboscadas de Israel salen de su lugar, de la pradera de Gabaa. Y vienen contra esta ciudad diez mil hombres escogidos de todo Israel, y la batalla arrecia; mas ellos no se dan cuenta de que el desastre los acecha.

Y derrota el Dios de los Ejércitos a Benjamín delante de Israel; y mueren veinticinco mil cien hombres de Benjamín, y todos sacaban espada.

Y ven los benjamitas su derrota; y los hijos de Israel ceden campo a Benjamín, porque confían en las emboscadas que están detrás de Gabaa, y estos hombres acometen de inmediato a los de Gabaa, y avanzan y hieren a filo de espada a toda la ciudad.

Y es la señal concertada entre los hombres de Israel en el campo de batalla y los que tienen la emboscada, hacer subir una gran humareda de la ciudad.

Luego, pues, que los de Israel retroceden en la batalla como parte de la estrategia, los de Benjamín miran hacia atrás; y he aquí que el humo de la ciudad sube al cielo.

Entonces se vuelven los hombres de Israel, y los de Benjamín se llenan de temor, porque se dan cuenta de que el desastre ya lo tienen encima.

Vuelven, por tanto, la espalda a los hijos de Israel hacia el camino del desierto; pero la batalla los alcanza, y los que salían de las ciudades los destruyen en medio de ellos.

Así cercan a los de Benjamín, los acosan y abaten desde Menúha hasta enfrente de Gabaa hacia donde nace el sol.

Y caen de Benjamín dieciocho mil hombres, todos ellos hombres de guerra.

Volviéndose luego, huyen hacia el desierto, a la peña de Rimón, y de ellos son abatidos cinco mil hombres en los caminos; y son perseguidos aún hasta Gidom, y matan de ellos a dos mil hombres. En total, mueren en la batalla veinticinco mil cien hombres de guerra de Benjamín. Sólo se salvan seiscientos hombres que huyen al desierto, a la peña de Rimón, los cuales estuvieron allí cuatro meses.

Y los hombres de Israel vuelven sobre los hijos de Benjamín y matan a filo de espada, así a los hombres de cada ciudad y a las bestias y todo lo que fue hallado; asimismo ponen fuego a todas las ciudades que encuentran a su paso.

Los varones de Israel juran en Mizpa que ninguno dará a su hijo o hija en casamiento a los de la tribu de Benjamín, y tras la matanza se dan cuenta de que falta una tribu de los hijos de Israel y elevan a Dios un gran llanto, preguntando por qué ha pasado todo esto al pueblo.

Y se arrepienten de lo hecho, y hacen lo posible por que esta tribu no desaparezca. Entonces preguntan ¿qué tribu de Israel no subió a la reunión delante de Jehová? Porque el juramento es la muerte a todo aquel que no acuda al llamado en Mizpa. Y encuentran que los moradores de Jabes Galaad, población ubicada al este del Jordán, a treinta y cinco kilómetros al sur del mar de Galilea, no acuden al llamado, tolerando con su actitud un acto inadmisible de inmoralidad en el pueblo, y se les sentencia a muerte, pero de esta manera:

—Vayan y hieran a filo de espada a los moradores de Jabes Galaad, con las mujeres y niños. Pero matarán a todo varón, y a toda mujer que haya conocido ayuntamiento de varón.

Y los ejecutadores de la orden hallan cuatrocientas doncellas, y las traen al campamento en Silo, que está en la tierra de Canaán.

Toda la congregación habla a los hijos de Benjamín, que están en la peña de Rimón, y los llaman en paz, no quieren que ninguna tribu de Israel se pierda y les dan las cuatrocientas doncellas en casamiento, pero faltan doscientas, y los israelitas recomiendan a los benjamitas que pongan emboscadas en las viñas, y cuando salgan las hijas de Silo a bailar en coros, se las roben, y si los padres reclaman, los israelitas responderán. Así lo hacen, y todos contentos. Los seiscientos hijos de Benjamín sobrevivientes de la guerra civil vuelven a su heredad, cada uno con su mujer, y reedifican las ciudades, y habitan en ellas hasta hoy.

De ahí viene Saúl de la tribu de Benjamín, la más pequeña de las doce tribus de Israel.

Saúl reina

Saúl es el ungido de Jehová para ser el primer rey de su pueblo Israel; desarrolla conciencia de sus propias limitaciones y debilidades, y obra en consecuencia.

Antes de ser llamado por Dios, cuida de las mulas de su padre, y el aspecto del joven es hermoso, no hay otro más hermoso que él; de hombros arriba sobrepasa a cualquiera del pueblo. Toma por esposa a Ahinoam, con quien procrea tres hijos, a Jonatán, a Isuí y a Malquisúa, y dos hijas, a Merab, la mayor, y a Mical, la menor; más otros dos hijos que tiene con una concubina de nombre Rispah, a Armoni y a Meribbaal.

Saúl reina treinta y dos años sobre Israel y su vida está llena de altibajos y claroscuros; es un hombre en sus inicios sencillo, de humilde corazón, se cree insignificante para ser rey, mas Dios está con él en todo momento; por eso sale victorioso en sus batallas.

—¿No soy yo hijo de Benjamín, de la más pequeña de la tribu de Israel? Y mi familia, ¿no es la más pequeña de todas las familias de la tribu de Benjamín? ¿Por qué, pues, me has dicho cosa semejante?

Estas preguntas, como muestra de su humildad, las hace Saúl al vidente Samuel, un varón de Dios, un hombre insigne, a quien ha ido para que le declare por el paradero de las asnas que se perdieron en el territorio de Benjamín, y es recibido por el profeta en una forma sorprendente:

—Yo soy el vidente; sube delante de mí al lugar alto, y come hoy conmigo, y por la mañana te despacharé, y te descubriré todo lo que está en tu corazón. Y de las asnas que se te perdieron hace ya tres días, pierde cuidado de ellas, porque se han hallado. Mas ¿para quién es todo lo que hay de codiciable en Israel, sino para ti y para toda la casa de tu padre?

Y es que Dios le ha revelado a Samuel:

Mañana a esta misma hora yo enviaré a ti un varón de la tierra de Benjamín, al cual ungirás por príncipe sobre mi pueblo Israel, y salvará a mi pueblo de mano de los filisteos; porque yo he mirado a mi pueblo, por cuanto su clamor ha llegado hasta mí.

Y luego que Samuel ve a Saúl, Jehová le dice:

He aquí éste es el varón del cual te hablé; este gobernará a mi pueblo.

Saúl, por encargo de su padre Cis, sale con su criado a buscar unas mulas que se le han perdido; y él pasa el monte de Efraín, y de ahí a la tierra de Salisa y no las hallan; pasan luego por la tierra de Saalim, y tampoco; después pasan por la tierra de Benjamín, y tampoco las encuentran.

Cuando llegan a la tierra de Zuf, Saúl dice a su criado que le acompaña:

—Ven, volvámonos; porque quizá mi padre, abandonada la preocupación por las asnas, estará acongojado por nosotros.

Han llegado más allá de las fronteras de Benjamín, a una ciudad llamada Zuf, cristalizada por la abundante miel, de ahí el significado de su nombre, que sus pobladores comercializan en todo el territorio de Israel. Zuf o también llamada Ramataim de Zofim, es el lugar de origen de Elcana, padre de Samuel y el lugar de nacimiento de Samuel, también llamado Ramá, ubicado a ocho kilómetros del noroeste de Jerusalén.

El criado responde:

—He aquí ahora hay en esta ciudad un varón de Dios, que es hombre insigne; todo lo que él dice acontece sin falta. Vamos, pues, allá; quizá nos dará indicio acerca del objeto por el cual emprendimos nuestro camino.

Saúl responde a su criado:

—Vamos ahora; pero ¿qué llevaremos al varón? Porque el pan de nuestras alforjas se ha acabado, y no tenemos qué ofrecerle al varón de Dios. ¿Qué tenemos?

Entonces vuelve el criado a responder a Saúl, diciendo:

—He aquí se halla en mi mano la cuarta parte de un ciclo de plata; esto daré al varón de Dios, para que nos declare nuestro camino.

Responde entonces Saúl a su criado:

—Dices bien; anda, vamos.

Y caminan rumbo a la ciudad donde está el varón de Dios.

Y cuando suben por la cuesta de la ciudad, hallan a unas doncellas que salen por agua, a las cuales preguntan:

—¿Está en este lugar el vidente?

Ellas, respondiéndoles, dicen:

—Sí, helo allí delante de ti; date prisa, pues, porque hoy ha venido a la ciudad en atención a que el pueblo tiene hoy un sacrificio en el lugar alto.

Cuando entréis en la ciudad, le encontraréis luego, antes de que suba al lugar alto a comer; pues el pueblo no comerá hasta que él haya llegado, por cuanto él es el que bendice el sacrificio; después de esto comen los convidados. Subid, pues, ahora, porque ahora le hallaréis.

Saúl y su criado se dan prisa, suben a la ciudad; y cuando están en medio de ella, he aquí Samuel viene hacia ellos para subir al lugar alto. Ya Dios le ha revelado al profeta lo que sucedería ese día.

Al siguiente día, en un lugar reservado, al extremo de la ciudad, antes de partir a su casa y pidiendo al criado que se adelantara, Saúl siente en su cabeza la caída de un aceite de gratos olores, y un beso de Samuel, quien le dice:

—¿No te ha ungido Jehová por príncipe sobre su pueblo Israel?

Y el Espíritu de Dios viene con poder sobre Saúl, y profetiza y es mudado en otro hombre.

Días más tarde Samuel convoca a los hijos de Israel en Mizpa, y les dice:

—Así ha dicho Jehová el Dios de Israel:

Yo saqué a Israel de Egipto, y os libré de manos de los egipcios, y de mano de todos los reinos que os afligieron, pero vosotros habéis desechado hoy a vuestro Dios, que os guarda de todas vuestras aflicciones y angustias, y habéis dicho: No, sino pon rey sobre nosotros. Ahora, pues, presentaos delante de Jehová por vuestras tribus y por vuestros millares.

Samuel, entonces, pide que se acercasen todas las tribus de Israel: Es tomada la tribu de Benjamín. Y hace llegar la tribu de Benjamín por sus familias, y es tomada la familia de Matri; y de ella es tomado Saúl, hijo de Cis. Y le buscan pero no lo hallan. Preguntan, pues, otra vez a Jehová si aún no había venido allí aquel varón. Y responde Dios:

He aquí que él está escondido entre el bagaje.

Entonces corren y lo traen de allí; y puesto en medio del pueblo, desde los hombros arriba es más alto que todo el pueblo. Y Samuel dice:

—¿Han visto al que ha elegido Jehová, que no hay semejante a él en todo el pueblo?

Entonces el pueblo aclama con alegría, diciendo:

—¡Viva el rey!

Tras la ceremonia, Samuel envía a todo el pueblo cada uno a su casa. Saúl también se va a su casa en Gabaa, y van con él los hombres de guerra cuyos corazones Dios ha tocado. Pero algunos perversos dicen:

—¿Cómo nos ha de salvar este?

Y le tienen en poco, y no le traen presentes; mas él disimula.

Mientras tanto, los enemigos de Israel siguen fuertes.

A los pocos días Nahas amonita acampa contra Jabes de Galaad, y sus moradores ruegan:

—Haz alianza con nosotros, y te serviremos. Es la voz desesperada de un pueblo apartado del camino de Dios; entregado a la idolatría, confiando en ídolos de piedra o madera que no tienen poder, olvidándose de su Dios Todopoderoso.

Nahas pone una condición para humillar no solo al pueblo de Jabes de Galaad sino a todo Israel:

—Cada uno de vosotros saque el ojo derecho.

Los ancianos del pueblo piden un plazo de siete días para pedir ayuda:

—Y si no hay nadie que nos defienda, saldremos a ti —le dicen.

El pueblo, al escuchar semejante amenaza, alza su voz y llora. Y Saúl que venía del campo, tras los bueyes, pregunta:

—¿Qué tiene el pueblo que llora? —Y le cuentan las palabras de los hombres de Jabes.

Al escuchar Saúl lo que pretende Nahas amonita, el Espíritu de Dios viene sobre él con poder; y él se enciende en ira en gran manera.

Y tomando un par de bueyes, los corta en trozos y los envía por todo el territorio de Israel por medio de mensajeros, diciendo:

—Así se hará con los bueyes del que no saliere en pos de Saúl y en pos de Samuel. Y cae temor de Jehová sobre el pueblo, y salen como un solo hombre.

El rey pasa revista en Bezec; y cuenta de los hijos de Israel trescientos mil, y son treinta mil los hombres de Judá.

Saúl dispone al pueblo en tres compañías, y entran en medio del campamento a la vigilia de la mañana, y hieren a los amonitas hasta que el día calienta; y los que quedan son dispersos, de tal manera que no quedan dos de ellos juntos.

Es la primera gran victoria del rey Saúl y hay gritos de júbilo.

Entonces el pueblo pregunta a Samuel:

—¿Quiénes son los que decían: «Ha de reinar Saúl entre nosotros»? Dadnos esos hombres, y los mataremos.

Y Saúl responde:

—No morirá hoy ninguno, porque hoy Jehová ha dado salvación en Israel.

Y el profeta Samuel invita al pueblo a Gilgal para renovar allí el reino.

Y allí todo el pueblo inviste a Saúl por rey de Israel delante de Jehová.

Samuel en su discurso de despedida como juez de Israel dice que si se ha corrompido que alguien lo señale, y todos confirman su honradez en el cargo; les reclama su pecado de haber pedido rey cuando tienen a un Rey Soberano, a lo cual el pueblo reconoce su pecado y pide perdón y la oración de Samuel, quien les dice:

—Esperad aún ahora, y mirad esta gran cosa que Jehová hará delante de vuestros ojos. ¿No es ahora la siega del trigo? Yo clamaré a Jehová, y él dará truenos y lluvias, para que conozcáis y veáis que es grande vuestra maldad que habéis hecho ante los ojos de Jehová, pidiendo para vosotros rey.

Y Samuel clama a Jehová, y Jehová da truenos y lluvias en aquel día; y cae gran temor en el pueblo, porque la recolección de frutos en Israel es una época de secas donde nunca llueve, de ahí el pavor del pueblo por aquel torbellino impetuoso después del cielo despejado.

Entonces dice todo el pueblo a Samuel:

—Ruega por tus siervos a Jehová tu Dios, para que no muramos; porque a todos nuestros pecados hemos añadido este mal de pedir rey para nosotros.

Y Samuel responde:

—No temáis; vosotros habéis hecho todo este mal; pero con todo eso no os apartéis en pos de Jehová, sino servidle con todo vuestro corazón. No os apartéis en pos de vanidades que no aprovechan ni libran, porque son vanidades. Pues Jehová no desamparará a su pueblo, por su grande nombre; porque Jehová ha querido haceros pueblo suyo.

»Así que, lejos sea de mí que peque yo contra Jehová cesando de rogar por vosotros; antes os instruiré en el camino bueno y recto. Solamente temed a Jehová y servidle de verdad con todo vuestro corazón, pues considerad cuán grandes cosas ha hecho por vosotros. Mas si perseverareis en hacer mal, vosotros y vuestro rey pereceréis.

Saúl llega a ser un gran guerrero, y siempre sale victorioso en todas las batallas porque Dios está con él; ya ha reinado un año; y cuando cumple dos años sobre Israel, selecciona a dos mil hombres que están en Micmas, una zona montañosa entrecortada por cañones profundos que van de este a oeste, en el límite de las tribus de Benjamín y Efraín, junto al vado, en el Monte Bet-el, y mil que estaban con su hijo el valeroso Jonatán en Gabaa de Benjamín, al suroeste de Micmas. Con solo tres mil hombres Saúl se enfrenta a sus más odiados enemigos, los filisteos que son en formación de guerra tan numerosos como la arena que está a la orilla del mar: treinta mil carros, seis mil hombres de a caballo, y todo el pueblo filisteo sube y acampa cerca del vado de Micmas, al oriente de Bet-avén.

Al ver la gran multitud de sus enemigos los israelitas se acobardan y corren a esconderse en cuevas, en fosos, en peñascos, en rocas y cisternas. No creen a la palabra del profeta de Dios, Samuel, que les ha dicho que derrotarán a sus enemigos por muy numerosos que sean, solo tienen que esperarlo siete días para ofrecer holocaustos a Jehová, pero muchos desertan y Saúl tiene miedo de quedarse solo, y comete su primer gran error: ofrece él mismo sin estar autorizado el holocausto y las ofrendas de paz a Jehová.

En cuanto termina llega el profeta, y le reclama:

—Locamente has hecho; no guardaste el mandamiento de Jehová tu Dios que él te había ordenado; pues ahora Jehová hubiera confirmado tu reino sobre Israel para siempre.

»Mas ahora tu reino no será duradero. Jehová se ha buscado un varón conforme a su corazón, al cual Jehová ha designado para que sea príncipe sobre su pueblo, por cuanto tú no has guardado lo que Jehová te mandó.

Las luchas encarnizadas entre filisteos e israelitas siguen año tras año, sin descanso; los israelitas se han hecho odiosos a los ojos de los filisteos, quienes tienen ventaja con sus armamentos: carros de hierro, espadas y lanzas, filosos cuchillos y hachas colocándose en el último período de la prehistoria como uno de los pueblos dominantes en toda la región; superando con mucho el armamento de los israelíes, que combaten con arcos, flechas y ondas, a excepción de Saúl y Jonatán que traían espada.

Un día, Jonatán el príncipe valiente, dice a su criado que trae las armas:

—Ven y pasemos a la guarnición de los filisteos, que está de aquel lado.

Y no le dice nada a su padre. Camina entre peñascos y desfiladeros, y confía en Dios cuando le dice a su escudero:

—No es difícil para Jehová salvar con muchos o con pocos.

Y cuando los enemigos ven al príncipe Jonatán y a su criado, se dicen:

—He aquí los hebreos, que salen de las cavernas donde se habían escondido. —Y le gritan—: ¡Subid a nosotros y platicaremos!

Jonatán comprende que Dios está entregando en sus manos a los filisteos, y trepa entre los peñascos, y tras él su paje de armas, y matan en pocos metros a veinte hombres, y esta matanza causa pánico en el campamento de los filisteos, quienes gritan:

—¡¡Nos atacan los hebreos!!

Y la tierra tiembla ante la presencia de Jehová, y los centinelas de Saúl ven desde Gabaa de Benjamín cómo la multitud está turbada y va de un lado a otro y es deshecha.

Saúl pide al sacerdote Ahías que traiga el Arca de Dios para consultar qué debe hacer, y mientras habla con el sacerdote, el alboroto que hay en el campamento de los enemigos aumenta, crece en gran manera.

Entonces Saúl dice al sacerdote:

—Detén tu mano.

Y juntando Saúl a todo el pueblo que con él está, llegan hasta el lugar de la batalla; y he aquí que la espada de cada uno está vuelta contra su compañero, y hay gran confusión. Y los hebreos que han estado con los filisteos de tiempo atrás, y han venido con ellos de los alrededores al campamento, se ponen también del lado de los israelitas que están con Saúl y con Jonatán. Asimismo, todos los israelitas escondidos en el monte de Efraín, oyendo que los filisteos huyen, también ellos los persiguen en aquella batalla. Así salva Jehová a Israel aquel día. Y llega la batalla hasta Bet-avén. Pero los hombres de Israel son puestos en apuro aquel día; porque Saúl ha juramentado al pueblo, diciendo:

—Cualquiera que coma pan antes de caer la noche, antes que haya tomado venganza de mis enemigos, sea maldito.

Y todo el pueblo no había probado pan. Y todo el pueblo llega a un bosque, donde hay miel en la superficie del campo. Entra, pues, el pueblo en el bosque, y he aquí que la miel corre; pero no hay quien lleve su mano a su boca, porque el pueblo teme el juramento. Pero Jonatán no ha oído cuando su padre juramenta al pueblo, y alarga la punta de una vara que trae en su mano, y la moja en un panal de miel, lleva su mano a la boca; y son aclarados sus ojos.

Entonces habla uno del pueblo, y le dice:

—Tu padre ha hecho jurar solemnemente al pueblo, diciendo: «Maldito sea el hombre que tome hoy alimento». Y el pueblo desfallece.

Responde Jonatán:

—Mi padre ha turbado el país. Ved ahora cómo han sido aclarados mis ojos, por haber gustado un poco de esta miel. ¿Cuánto más si el pueblo hubiera comido libremente hoy del botín tomado de sus enemigos? ¿No se habría hecho ahora mayor estrago entre los filisteos? Y hieren aquel día a los filisteos desde Micmas hasta Ajalón; pero el pueblo estaba muy cansado. Y se lanza el pueblo sobre el botín, y toman ovejas, vacas y becerros, los degollan en el suelo; y el pueblo los come con sangre. Entonces, le dan aviso a Saúl, diciendo:

—El pueblo peca contra Jehová, comiendo la carne con la sangre.

Y él dice:

—Vosotros habéis prevaricado; rodadme ahora acá una piedra grande.

Además, dice Saúl:

—Esparcíos por el pueblo, y decidles que me traigan cada uno su vaca, y cada cual su oveja, y degolladlas aquí, y comed; y no pequéis contra Jehová comiendo la carne con la sangre.

Y trae todo el pueblo cada cual por su mano su vaca aquella noche, y las degollan allí. Y edifica Saúl altar a Jehová; este altar es el primero que edifica a Jehová. Y dice Saúl:

—Descendamos de noche contra los filisteos, y los saquearemos hasta la mañana, y no dejaremos de ellos ninguno. —Y ellos dicen:

—Haz lo que bien te pareciere.

Dice luego el sacerdote:

—Acerquémonos aquí a Dios.

Y Saúl consulta a Dios:

—¿Descenderé tras los filisteos? ¿Los entregarás en manos de Israel?

Mas Jehová no le da respuesta aquel día. Entonces dice Saúl:

—Venid acá todos los principales del pueblo, y sabed y en qué ha consistido este pecado hoy; porque vive Jehová que salva a Israel, que aunque fuere en Jonatán mi hijo, de seguro morirá.

Y no hubo en todo el pueblo quien le respondiese.

Dice luego a todo Israel:

—Vosotros estaréis a un lado, y yo y Jonatán, mi hijo, estaremos al otro lado. —Y el pueblo respondió a Saúl:

—Haz lo que bien te pareciere.

Entonces Saúl dice a Jehová Dios de Israel:

—Da suerte perfecta. Y la suerte cae sobre Jonatán y Saúl, y el pueblo sale libre. —Y Saúl dice:

—Echad suertes entre mí y Jonatán, mi hijo. —Y la suerte cae sobre Jonatán. Entonces Saúl dice a Jonatán:

—Declárame lo que has hecho. —Y Jonatán se lo declara y dice:

—Ciertamente gusté un poco de miel con la punta de la vara que traía en mi mano; ¿y he de morir? —Y Saúl responde:

—Así me haga Dios y aun me añada, que sin duda morirás, Jonatán. —Entonces el pueblo dice a Saúl:

—¿Ha de morir Jonatán, el que ha hecho esta grande salvación en Israel? No será así. Vive Jehová, que no ha de caer un cabello de su cabeza en tierra, pues ha actuado hoy con Dios. Así el pueblo libra de morir a Jonatán. Y Saúl deja de perseguir a los filisteos; y los filisteos se van a su casa.

Saúl hace guerra, pues, a todos sus enemigos en derredor, y Dios está con él: contra Moab, contra los hijos de Amón, contra Edom, contra los reyes de Soba, y contra los filisteos; y los vence a todos. Y el nombre del general de su ejército es Abner, hijo de Ner, tío de Saúl.

Pasan diez años de guerras, y un día Samuel dice a Saúl:

Jehová te ha puesto por rey sobre su pueblo Israel; ahora, pues, está atento a las palabras de Jehová. Así ha dicho Jehová de los ejércitos:

> *Yo castigaré lo que hizo Amalec a Israel al oponérsele en el camino cuando subía de Egipto.*
> *Ve, pues, y hiere a Amalec, y destruye todo lo que tiene, y no te apiades de él; mata a hombres, mujeres, niños, y aun los de pecho, vacas, ovejas, camellos y asnos.*

La batalla de Refidim

Cuando los ángeles caídos quieren impedir los propósitos de Dios, desbaratan la retaguardia de todos los débiles que marchan rumbo a la Tierra Prometida; atacan a traición y devoran lo que encuentran a su paso, esto pasa en Refidim, un lugar de descanso, ubicado entre los desiertos de Sin y Saní, cerca del monte Sinaí, mas Dios está con su pueblo y con Moisés su ungido santo en la batalla.Con espíritu demoniaco Amalec y sus huestes irrumpen el campamento de los israelitas con la intención de exterminarlos, pero son rechazados por hombres escogidos del siervo de Dios poniendo al frente de ellos a un gran capitán, Josué, quien derrota a sus enemigos.

La marcha de la esperanza para los hijos de la promesa inicia en Egipto, cruzan en seco el mar Rojo y recorren miles de kilómetros por veredas desérticas, empolvadas sus ropas bajo la masa de gas incandescente que no cae sobre ellos perpendicularmente porque una columna de nube los protege; y avanzan aun por las noches, no obstante, sus huesos entumidos por el gélido viento, porque luciérnagas divinas cual columnas de fuego alumbran su camino, un camino no exento de penalidades; un camino pedregoso que parece no tener fin, y por donde las maravillas del Hacedor son una constante. No cesa de mostrar su amor con pan del cielo para que su pueblo coma; y con agua que brota de la roca para saciar su sed; y ahora va a librarlos de un mortal ataque de Amalec, el espíritu inmundo que pretende acabar con el rebaño escogido.

En la cumbre del collado está Moisés, con la vara de la Autoridad Divina en su mano, y observa el rudo combate; alzando su mano ve que prevalece Israel, mas ya cansado al bajarla ve que prevalece Amalec. Y las manos de Moisés se cansan; por lo que toman una piedra, y la ponen debajo de él, y se sienta sobre ella; y Aarón y Hur sostienen sus manos; el uno de un lado y el otro de otro, y así hay en sus manos firmeza hasta que se pone el sol.

Y Josué deshace a Amalec y a su pueblo a filo de espada.

La victoria es de Dios.

Por eso dice Jehová a Moisés:

> *Escribe esto para memoria en un libro, y di a Josué que raeré del todo la memoria de Amalec de debajo del cielo.*

Y Moisés edifica un altar, y llama su nombre Jehová-nisi; y dice:

—Por cuanto la mano de Amalec se levantó contra el trono de Jehová, Jehová tendrá guerra con Amalec de generación en generación.

Amalec es engendrado por Tamma, concubina de Elifaz, hijo de Esaú, también conocido como Edom, el rojo, nieto de Abraham.

El pueblo amalecita es conocido como un pueblo semita, ambulante, merodea la ruta comercial cerca del Sinaí, para asaltar, robar y matar a los viajeros que cruzan por ese territorio. Recibe el nombre de su rey Amalec que significa «belicoso». Los amalecitas creen que los israelitas, inexpertos en el combate y cansados de caminar por el desierto, son presa fácil y los atacan por la espalda. Mas Jehová truena contra ellos.

Saúl combate a Amalec

Saúl, al conocer los designios de Dios por medio de su profeta, convoca al pueblo y les pasa revista en Telaim, doscientos mil de a pie, y diez mil hombres de Judá.

Pide a los ceneos que viven en la ciudad de Amalec se aparten para no ser destruidos, pues ellos fueron aliados del pueblo de Dios durante su peregrinar por el desierto. Luego, planea, conduce y ejecuta la emboscada.

En un ataque violento y sorpresivo sobre los moradores de Amalec, el genio militar de Saúl coarta la libertad de movimiento y restringe al máximo la capacidad de combate de las defensas del enemigo en su extenso territorio, los amalecitas huyen y son perseguidos por las huestes de Saúl desde la población de Havila hasta llegar a Shur, que está al oriente de Egipto. Todos caen a filo de espada… excepto el rey Agag, y lo mejor de las ovejas y del ganado mayor, de los animales engordados, de los carneros y de todo lo bueno; ni Saúl ni el pueblo que está con él quieren destruirlos, y desobedecen el mandato divino.

Y Dios dice a Samuel:

> *Me pesa haber puesto por rey a Saúl, porque se ha vuelto en pos de mí, y no ha cumplido mis palabras.*

El profeta al escuchar las palabras de Jehová se entristece y pide clemencia para Saúl a quien ama.

Al siguiente día de madrugada, Samuel va en busca de Saúl para notificarle la sentencia divina, y le informan:

—Saúl ha venido a Carmel, y he aquí se levantó un monumento, y dio la vuelta, y pasó adelante y descendió a Gilgal.

Gilgal, ubicado a once kilómetros al noroeste de Betel, forma parte del circuito anual de Samuel para ofrecer sacrificios a Dios. Es el punto de encuentro de los israelitas para la batalla contra los filisteos donde Saúl, desobedeciendo a Dios, ofrece él mismo un holocausto sin estar autorizado; y ahora, se encuentra de nuevo con el profeta sólo para escuchar que ha sido desechado.

El rey al recibir al profeta le dice:

—Bendito seas tú de Jehová; yo he cumplido la palabra de Jehová.

Samuel entonces contesta:

—¿Pues qué balido de ovejas y bramido de vacas es este que yo oigo con mis oídos?

Y Saúl responde:

—De Amalec los han traído; porque el pueblo perdonó lo mejor de las ovejas y de las vacas, para sacrificarlas a Jehová, tu Dios, pero lo demás lo destruimos.

Entonces dice Samuel:

—Déjame declararte lo que Jehová me ha dicho esta noche. —Y él responde:

—Di.

Samuel expresa:

—Aunque eras pequeño en tus propios ojos, ¿no has sido hecho jefe de las tribus de Israel, y Jehová te ha ungido por rey sobre Israel? Y Jehová te envió en misión y dijo: «Ve, destruye a los pecadores de Amalec, y hazles guerra hasta que los acabes». ¿Por qué, pues, no has oído la voz de Jehová, sino que vuelto al botín has hecho lo malo ante los ojos de Jehová?

Y Saúl responde a Samuel:

—Antes bien he obedecido la voz de Jehová, y fui a la misión que Jehová me envió, y he traído a Agag, rey de Amalec, y he destruido a los amalecitas. Mas el pueblo tomó del botín ovejas y vacas, las primicias del anatema, para ofrecer sacrificios a Jehová, tu Dios, en Gilgal.

Y Samuel dice:

—¿Se complace Jehová tanto de los holocaustos y víctimas, como en que se obedezca a las palabras de Jehová? Ciertamente el obedecer es mejor que los sacrificios, y el prestar atención que la grosura de los carneros. Porque como pecado de adivinación es la rebelión, y como ídolos e idolatría la obstinación. Por cuanto tú desechaste la palabra de Jehová, él también te ha desechado para que no seas rey.

Saúl, entonces, reconoce:

—Yo he pecado; pues he quebrantado el mandamiento de Jehová y tus palabras, porque temía al pueblo y consentí a la voz de ellos. Perdona, pues, ahora mi pecado, y vuelve conmigo para que adore a Jehová.

Samuel responde:

—No volveré contigo, porque desechaste la palabra de Jehová, y Jehová te ha desechado para que nos seas rey sobre Israel.

Y volviéndose Samuel para irse, él le agarra la punta de su manto, y éste se rasga.

Entonces Samuel le dice:

—Jehová ha rasgado hoy de ti el reino de Israel, y lo ha dado a un prójimo tuyo mejor que tú. Además, el que es la Gloria de Israel no mentirá, ni se arrepentirá, porque no es hombre para que se arrepienta.

Y él dice:

—Yo he pecado; pero te ruego que me honres delante de los ancianos de mi pueblo y delante de Israel, y vuelvas conmigo para que adore a Jehová tu Dios.

Y Samuel vuelve tras Saúl y adora Saúl a Jehová.

Después pide Samuel a Agag rey de Amalec. Y Agag viene a él alegremente. Y dice Agag:

—Ciertamente ya pasó la amargura de la muerte.

Y Samuel dice:

—Como tu espada dejó a las mujeres sin hijos, así tu madre será sin hijo entre las mujeres.

Entonces Samuel corta en pedazos a Agag delante de Jehová en Gilgal.

Después Samuel se va a Ramá, y Saúl sube a su casa en Gabaa de Saúl, y nunca más vuelven a encontrarse, pero Samuel llora a Saúl porque le ama.

Años más tarde, dice Jehová a Samuel:

¿Hasta cuándo llorarás a Saúl, habiéndolo yo desechado para que no reine sobre Israel? Llena tu cuerno de aceite, y ven, te enviaré a Isaí de Belén, porque de sus hijos me he provisto de rey.

Y dice Samuel:

—¿Cómo iré? Si Saúl lo sabe, me mata.

Jehová responde:

> *Toma contigo una becerra de la vacada, y di: A ofrecer sacrificio a Jehová he venido.*
> *Y llama a Isaí al sacrificio, y yo te enseñaré lo que has de hacer; y me ungirás al que yo te dijere.*

En busca del ungido de Jehová

Y ahí está el profeta Samuel cumpliendo la orden de Jehová, rodeado de los ancianos de Belén, cerca del ícono del pueblo, el pozo de agua alcalina que está junto a la puerta, y se van a ofrecer el sacrificio al Todopoderoso en una peña, a la orilla de la ciudad.

Después Isaí invita al profeta a comer a su casa, y les presenta a sus hijos: Eliab, el primogénito, el segundo Abinadab, Simea el tercero, el cuarto Natanael, el quinto Radal, el sexto Ozem y el séptimo, de quien se olvida por un momento, es David. Y las hijas son Sarvia y Abigail. Los hijos de Sarvia son tres: Abisai, Joab y Asael, y Abigail dio a luz a Amasa.

Cuando el profeta ve a Eliab, alto, gallardo, con su uniforme militar pues combate como miembro del ejército de Saúl a los filisteos, dice para sí:

—De cierto delante de Jehová está su ungido. —Pero Dios lo detiene, y le dice:

> *No mires a su parecer, ni a lo grande de su estatura, porque yo lo desecho; porque Jehová no mira lo que mira el hombre; pues el hombre mira lo que está delante de sus ojos, pero Jehová mira el corazón.*

Y uno a uno van pasando los hijos de Eli hasta Ozem, y la respuesta de Jehová es la misma:

> *Yo los rechazo.*

Entonces Samuel le pregunta a Isaí:

—¿Son estos todos tus hijos?

E Isaí se acuerda del menor de todos, David que cuida las ovejas.

Y dice Samuel a Isaí:

—Envía por él, porque no nos sentaremos a la mesa hasta que él venga aquí.

Envía, pues, por él.

Alabanza por la bondad y el poder de Dios

El pastorcito David descansa sobre una roca junto a sus ovejas, y con las cuerdas de su begena, en inspiración divina, canta dulces melodías a Jehová, y el eco de las montañas las repite para llenar de paz y amor el alma de los moradores de la región.

El dulce cantor de Israel expresa el contenido de su adoración a Jehová:

SALMO 145

Te exaltaré, mi Dios, mi rey, y bendeciré tu nombre eternamente y para siempre.
Cada día te bendeciré, y alabaré tu nombre eternamente y para siempre.
Grande es Jehová, y digno de suprema alabanza, y su grandeza es inescrutable.
Generación a generación celebrará tus obras, y anunciará tus poderosos hechos. En la hermosura de la gloria de tu magnificencia, y en tus hechos maravillosos meditaré. Del poder de tus hechos estupendos hablarán los hombres, y yo publicaré tu grandeza. Proclamarán la memoria de tu inmensa bondad, y cantarán tu justicia.
Clemente y misericordioso es Jehová, lento para la ira, y grande en misericordia. Bueno es Jehová para con todos, y sus misericordias sobre todas sus obras.
Te alaben, oh Jehová, todas tus obras, y tus santos te bendigan, la gloria de tu reino digan, y hablen de tu poder, para hacer saber a los hijos de los hombres sus poderosos hechos, y la gloria de la magnificencia de su reino. Tu reino es reino de todos los siglos, y tu señorío en todas las generaciones.

Sostiene Jehová a todos los que caen, y levanta a todos los oprimidos. Los ojos de todos esperan en ti, y tú les das su comida a su tiempo. Abres tu mano, y colmas de bendición a todo ser viviente. Justo es Jehová en todos sus caminos, y misericordioso en todas sus obras. Cercano está Jehová a todos los que le invocan, a todos los que le invocan de veras. Cumplirá el deseo de los que le temen; oirá asimismo el clamor de ellos, y los salvará. Jehová guarda a todos los que le aman, mas destruirá a todos los impíos.
La alabanza de Jehová proclamará mi boca, y todos bendigan su santo nombre eternamente y para siempre.
EEste es

Dios dice al profeta Samuel:

Este es.

El fulgor de intenso oro que despide la abundante caballera de aquel niño de escasos diez años hace resplandecer la estancia; es hermoso y rubio con caireles que adornan sus ojos apacibles de un cielo azul en día despejado.

Envuelto en una túnica blanca atada a su cintura con delgado cordel, con su vara y su cayado; sandalias de piel de borrego; un saco pastoril con piedras en el zurrón que trae, y una honda colgada en su brazo izquierdo, el pastorcito David llega a la mesa obediente al llamado de su padre:

—Heme aquí —le dice.

Entonces, el profeta de Dios toma el cuerno del aceite y lo unge en medio de sus hermanos con la mirada recelosa de Eliab, el primogénito.

Y desde aquel día, el Espíritu de Dios fortalece a David para siempre.

Samuel unge al pequeño David.

Mientras el pueblo de Israel sigue soportando el castigo de haber pedido rey «al igual que todos los pueblos alrededor». El rey implacable es Saúl, hijo de un hombre valeroso llamado Cis de Gabaa, de la tribu de Benjamín, la más pequeña de las doce tribus de Israel.

Saúl es atormentado

El espíritu de Dios se aparta de Saúl, y en su lugar imperan los espíritus malos enviados por Jehová para atormentarlo por su desobediencia.

De pronto, el rey sufre cefalea, hipertensión, ansiedad, angustia y ataques coléricos; hasta el zumbido de una mosca le molesta, y todo eso preocupa a su familia y a todos los demás hombres que le rodean, así que uno de sus consejeros le recomienda escuchar música para calmar su espíritu, pero no cualquier música sino aquella que salga de un instrumento de cuerda ejecutada por un virtuoso.

—Yo conozco uno —dice un criado—, es un pastorcito que cuida del rebaño de ovejas de su padre Isaí de Belén.

—Que lo traigan —ordena el rey.

Al poco tiempo traen al pastorcito a la recámara de Saúl, y cuando lo ve su apariencia hermosa lo cautiva. Sus ojos de un azul intenso como el cielo en un día despejado; su caballera rubia como el sol, su cuerpo esbelto no mayor de un metro, a sus once años de edad, estaba envuelto en una túnica de blanca lana, elaborada por su madre para tan célebre ocasión; calza sandalias con suela de cuero de vaca, atadas con finas y muy delgadas agujetas alrededor de los tobillos. En sus manos trae su inseparable arpa, es una caja de resonancia en forma de barco, tapa armónica de piel y doce cuerdas de tripa de cordero, con un solo brazo curvo.

—¿Cómo te llamas? —pregunta Saúl.

—David, hijo de tu siervo Isaí, efrateo de Belén de la tribu de Judá —responde el muchacho.

—Cántame —pide el rey.

Y David, lleno del Espíritu Santo que un año antes había recibido con el ungimiento del profeta Samuel, entona con musical acento:

SALMO 6

Jehová no me reprendas en tu enojo, ni me castigues con tu ira. Ten misericordia de mí, oh Jehová, porque estoy enfermo; sáname, oh Jehová, porque mis huesos se estremecen. Mi alma también está muy turbada; y Tú, Jehová, ¿hasta cuándo?
Vuélvete, oh Jehová, libra mi alma; sálvame por tu misericordia, porque en la muerte no hay memoria de ti; en el Seol, ¿quién te alabará?
Me he consumido a fuerza de gemir. Todas las noches inundo de llanto mi lecho. Riego mi cama con mis lágrimas. Mis ojos están gastados de sufrir; se han envejecido a causa de todos mis angustiadores.
Apartaos de mí todos los hacedores de iniquidad; porque Jehová ha oído la voz de mi lloro. Jehová ha oído mi ruego; ha recibido Jehová mi oración. Se avergonzarán y se turbarán mucho todos mis enemigos; se volverán y serán avergonzados de repente.

Saúl se emociona hasta las lágrimas al escuchar el canto, los espíritus malos huyen ante el divino Salmo; y el rey siente alivio, por primera vez en mucho tiempo; ya no podrá estar sin David, así que le pide al padre se quede su hijo en el reino, junto a él; y lo aloja en su casa, en Gaaba de Benjamín.

Pero, dos años más tarde, Saúl tiene que salir a combatir a los enemigos de su reino, y se olvida del pastorcito, quien regresa a ayudar a su padre en las tareas de siempre al cuidado de sus ovejas.

David, lleno del Espíritu Santo, cinco años después de su ungimiento por Samuel, pastorea su rebaño y sube una escarpada montaña donde le espera un peligro: un león está al acecho, detrás de unas piedras, esperando que pase el pastorcillo valiente para echársele encima, pero David lo ve a tiempo y sacando una piedra de su saco pastoril la pone en la gruesa gamuza de su honda y a una velocidad impresionante la arroja contra la bestia destrozándole la cabeza. No es éste el primer peligro al que se enfrenta. Días antes, un oso de enormes dimensiones se apodera de una de sus ovejas y cuando David se da cuenta corre tras de él y con su honda le lanza la piedra con presteza y le quiebra la mandíbula antes de que pudiera devorar a su presa. Por valles, desiertos y montañas, el pastorcito sigue cuidando fielmente su rebaño de ovejas; es virtuoso con el arpa y admirado por todo el pueblo; eleva sus cantos llenos de amor, de fe y de esperanza a un Dios Todopoderoso:

SALMO 23

Jehová es mi pastor; nada me faltará.
En lugares de delicados pastos me hará descansar;
Junto a aguas de reposo me pastoreará.
Confortará mi alma, Me guiará por sendas de justicia por amor de su nombre.
Aunque ande en valle de sombra de muerte, no temeré mal alguno, porque tú estarás conmigo; tu vara y tu cayado me infundirán aliento
Aderezas mesa delante de mí en presencia de mis angustiadores; unges mi cabeza con aceite; mi copa está rebosando.
Ciertamente el bien y la misericordia me seguirán todos los días de mi vida, y en la casa de Jehová moraré por largos días.
Y alaba el poder y gloria de Jehová:

SALMO 29

Tributad a Jehová, oh hijos de los poderosos, dad a Jehová la gloria y el poder.
Dad a Jehová la gloria debida a su nombre; adorad a Jehová en la hermosura de la santidad.
Voz de Jehová sobre las aguas; truene el Dios de gloria, Jehová sobre las muchas aguas.
Voz de Jehová con potencia; voz de Jehová con gloria.
Voz de Jehová que quebranta los cedros; quebrantó Jehová los cedros de Líbano.
Los hizo saltar como becerros; al Líbano y al Sirión como hijos de búfalos.
Voz de Jehová que derrama llamas de fuego; voz de Jehová que hace temblar el desierto; hace temblar Jehová el desierto de Cades.
Voz de Jehová que desgaja las encinas, y desnuda los bosques; en su templo todo proclama su gloria.
Jehová preside en el diluvio, y se sienta Jehová como rey para siempre.
Jehová dará poder a su pueblo; Jehová bendecirá a su pueblo con paz.

Cuando David entra a sus dieciséis años protagoniza una de las peleas más grandiosas que el mundo ha conocido jamás, diseñada por Dios para manifestar su gloria, y dejar una enseñanza para la posteridad; son tiempos de lucha y tribulación de su pueblo Israel, mas para el Todopoderoso son tiempos de gracia y misericordia para fortalecer la fe de sus escogidos. El encuentro entre un adolescente inexperto en las artes de la guerra, y un coloso que desde su juventud es diestro para el combate, es necesario, pues ¿dónde quedaría la maravilla ante lo imposible?

David, montado en su asno, recorre veintidós kilómetros, desde Belén al valle de Ela, para ver a sus hermanos Eliab, Abinadab y Sama, enlistados en el ejército de Israel y listos para el combate contra los filisteos. Su padre le encarga llevarles granos de trigo deliciosos que han sido previamente dorados por su madre en una sartén; lleva también pan de trigo y quesos de leche, para entregarlos al comandante militar de sus hermanos, y de paso ver que están bien de salud, que aún están vivos.

El pastorcito trae su honda lista para enfrentarse a un oso o a un león, o a cualquier bestia peligrosa en su camino, como ya lo ha hecho en otras ocasiones; siente una paz interior, sí, ya la ha sentido antes, y entona este Salmo para la gloria de Dios:

SALMO 93

> *Jehová reina; se vistió de magnificencia; Jehová se vistió, se ciñó de poder, afirmó también el mundo, y no se moverá.*
> *Firme es tu trono desde entonces; Tú eres eternamente.*
> *Alzaron los ríos, o Jehová, los ríos alzaron sus sonidos; alzaron los ríos sus ondas.*
> *Jehová en las alturas es más poderoso que el estruendo de las muchas aguas, más que las recias ondas del mar.*
> *Tus testimonios son muy firmes; la santidad conviene a tu casa, o Jehová, por los siglos y para siempre.*

A su paso por el bosque, las ramas de los árboles aplauden de contento; el trino de las aves se escucha en concierto angelical y el viento esparce su dulce canto sobre los montes de Judá.

David se acerca a su destino al ver a lo lejos el verdor de los abedules, olivos, los milenarios robles y los árboles elas, que sombrean la región de Efes-damim; y rodea veredas para llegar al monte Azeca donde acampan los escuadrones del Dios viviente. En frente, los filisteos han tomado la colina Soco. En medio de ellos está el valle Ela, lugar destinado para la batalla entre ambos pueblos contendientes.

Un guerrero de proporciones colosales, de nombre Goliat, de Gat, baja del campamento filisteo; mide tres metros de altura; trae un casco de bronce en su cabeza, y lleva una cota de malla, pequeños anillos de metal unidos entre sí para crear una malla resistente pero flexible, esto le permite en la batalla desviar golpes de armas blancas, y la flexibilidad distribuye la fuerza de un golpe en su cuerpo y el peso de la cota asciende a cincuenta y seis kilos; no sólo eso, el coloso trae sobre sus piernas grebas de bronce, tipo medias que le cubren las pantorrillas; porta entre sus hombros una enorme jabalina del mismo metal, la punta de su lanza es como un rodillo de telar, y el peso de su lanza de hierro es de siete kilos, y por si esto fuera poco va su escudero delante de él.

Con semejante figura en el valle de Ela, el pavor se apodera de los hombres de Israel, y están en cuarentena pues el gigante los insulta durante cuarenta días y los reta a un duelo a muerte, y nadie sale. No hay ni un valiente que esté a la altura de la fe que salva.

El gigante día a día, les grita estas palabras:

—¿Por qué se han puesto en orden de batalla? ¿No soy yo filisteo y vosotros los siervos de Saúl? ¡Escoged de entre vosotros un hombre que venga contra mí!

»¡Si él pudiere pelear conmigo, y me venciere, nosotros seremos vuestros siervos; y si yo pudiere más que él, y lo venciere, vosotros seréis nuestros siervos y os serviréis!

»¡Hoy yo he desafiado al campamento de Israel, dadme un hombre que pelee conmigo!

Cuando David llega, mientras entrega los encargos de su padre a sus hermanos y al jefe de los mil, escucha aquellos insultos y su corazón se llena de celo de Dios, no hace caso de las palabras altisonantes que recibe de su cobarde hermano Eliab, cuando lo ve inquiriendo a los soldados, sólo le dice a Eliab que era un hablador, el verdadero enemigo está en el valle. La ira de David es la ira de Dios contra el paladín de los filisteos. Y pegunta en el campamento:

—¿Quién es este incircunciso que provoca al ejército del Dios viviente?

Y le responden:

—Es Goliat el filisteo de Gad. Él se adelanta para provocar a Israel. Al que le venciere, el rey le enriquecerá con grandes riquezas, y le dará a su hija, y eximirá de tributos a la casa de su padre en Israel.

Y preguntando aquí y allá recibe las mismas respuestas; entonces van con el rey a decirle lo que David anda haciendo, y el rey lo llama.

La premura de la situación no es para pedir cartas credenciales, ni recordar viejos tiempos de aquel pastorcito que cinco años antes hacía huir sus malos espíritus, así que el rey lo amonesta por su proceder en el campamento. Y le dice:

—No podrás ir contra aquel filisteo, para pelear con él; porque tú eres muchacho, y él un hombre de guerra desde su juventud.

Y David responde:

—No desmaye el corazón de ninguno a causa de él; tu siervo irá y peleará contra este filisteo, así como maté un león y un oso que intentaban llevarse ovejas de mi manada, así daré muerte al filisteo.

Y agrega:

—Dios que me ha librado de las garras del león y de las garras del oso, él también me librará de la mano de este incircunciso.

El rey Saúl ve cuánta seguridad y determinación hay en aquel jovencito, y alcanza a percibir un círculo de luz difusa que rodea su cuerpo; su pelo como la rubia alborada, sus ojos de azul celeste y esa voz impetuosa que brota de sus labios como el ruido de muchas aguas, revelan el poder del Espíritu Santo que hay en él. Saúl se estremece al discernirlo, y deja entonces el destino del pueblo de Israel en manos de aquel muchacho, pues según la regla de la guerra, cuando dos paladines se enfrentan a muerte, antes de iniciar la batalla, el pueblo perdedor sirve al ganador, a fin de evitar la matanza.

Y David se apresta para la pelea.

Saúl es el más alto de todo el pueblo de Israel, y lo que hace a continuación podría ser cómico si no fuera dramático y desesperante el momento que viven: viste al jovencito con sus ropas, le pone su pesado casco de bronce, le da su enorme espada y le arma de coraza que casi le impide andar y respirar, porque el rey de Israel aún no entiende el plan de Dios. David desecha la ropa, el casco, la espada y la coraza, pues le dice que no puede dar un paso con tanto peso encima; es un pastor no un guerrero, un pastor conforme al corazón de Dios; y toma su cayado, desciende al arroyo que circunda el valle y escoge cinco piedras lisas, las pone en el saco pastoril, en el zurrón que trae, y luego toma su honda para enfrentar a Goliat. El gigante lo ve y se ríe, lo toma en poco; porque era muchacho, y rubio, y de hermoso parecer, y dice a David:

—¿Soy yo perro para que vengas a mí con palos? Ven a mí, y daré tu carne a las aves del cielo y a las bestias del campo. Y maldice a David por sus dioses.

Esa actitud de soberbia y menosprecio le va a costar la cabeza, pues David responde:

—Tú vienes a mí con espada, lanza y jabalina; mas yo vengo a ti en el nombre de Jehová de los ejércitos, el Dios de los escuadrones de Israel, a quien tú has provocado. Jehová te entregará hoy en mis manos, y yo te venceré, y te cortaré la cabeza, y daré hoy los cuerpos de los filisteos a las aves del cielo y a las bestias de la tierra; y toda la tierra sabrá que hay Dios en Israel.

»Y sabrá toda esta congregación que Jehová no salva con espada y con lanza; porque de Jehová es la batalla, y él os entregará en nuestras manos.

Sin más palabras, el gigante y su escudero delante de él van al encuentro de David. El joven se da prisa, y corre a la línea de batalla contra el filisteo, y metiendo David su mano en la bolsa, toma de allí una piedra, y la tira con la honda, y la piedra queda clavada en la frente del filisteo, y cae de bruces, entonces el joven corre y se coloca frente al filisteo, y tomando la espada de él y sacándola de su vaina, lo remata, y le corta con ella la cabeza, y cuando los filisteos ven a su paladín muerto, y a su escudero que huye, ellos también huyen llenos de pavor, pero son perseguidos por los de Israel y los de Judá hasta llegar al valle y hasta las puertas de Ecrón. Y caen los heridos de los filisteos por el camino de Saarim hasta Gat y Ecrón, y vuelven los hijos de Israel de perseguir a los filisteos y saquean su campamento que habían establecido en Soco, en tierra de Judá.

David toma la cabeza del filisteo y la trae a Jerusalén, pero las armas de él las pone en su tienda que el rey ya ha ordenado le hagan.

David vence a Goliat.

Y cuando Saúl vio a David que salía a encontrarse con el filisteo, pregunta a Abner, general del ejército:

—Abner, ¿de quién es hijo este joven? —Y Abner responde:

—Vive tu alma, oh rey, que no lo sé. —Y el rey dice:

—Pregunta de quién es hijo ese muchacho.

Y cuando David regresa de matar al filisteo, Abner lo llamó y lo llevó delante de Saúl, y le pregunta el rey olvidadizo:

—Muchacho, ¿de quién eres hijo? —Y éste le contesta:

—Yo soy David, hijo de tu siervo Isaí efrateo de Belén de la tribu de Judá.

Sí, es David el divino cantor de Israel.

Y toca su arpa:

SALMO 9:

> *Te alabaré, oh Jehová, con todo mi corazón; contaré todas tus maravillas.*

Me alegraré y me regocijaré en ti; cantaré a tu nombre, oh Altísimo.
Mis enemigos volvieron atrás; cayeron y perecieron delante de ti.
Porque has mantenido mi derecho y mi causa; te has sentado en el trono juzgando con justicia.
Reprendiste a las naciones, destruiste al malo, borraste el nombre de ellos eternamente y para siempre.
Los enemigos han perecido; han quedado desolados para siempre; y las ciudades que derribaste, su memoria pereció con ellas.
Pero Jehová permanecerá para siempre; ha dispuesto su trono para juicio.
Él juzgará al mundo con justicia, y a los pueblos con rectitud.
Jehová será el refugio del pobre, refugio para el tiempo de angustia.
En ti confiarán los que conocen tu nombre, por cuanto tú, oh Jehová, no desamparaste a los que te buscaron.
Cantad a Jehová, que habita en Sión; publicad entre los pueblos sus obras.
Porque el que demanda la sangre se acordó de ellos; no se olvidó del clamor de los afligidos.
Ten misericordia de mí, Jehová; mira mi aflicción que padezco a causa de los que me aborrecen, Tú que me levantas de las puertas de la muerte, para que cuente yo tus alabanzas en las puertas de la hija de Sion, y me goce en tu salvación
Se hundieron las naciones en el hoyo que hicieron; en la red que escondieron fue tomado su pie.
Jehová se ha hecho conocer en el juicio que ejecutó; en la obra de sus manos fue enlazado el malo
Los malos serán trasladados al Seol, todas las gentes que se olvidan de Dios.
Porque no para siempre será olvidado el menesteroso, ni la esperanza de los pobres perecerá perpetuamente.
Levántate, oh Jehová; no se fortalezca el hombre; sean juzgadas las naciones delante de ti.
Pon, oh Jehová, temor en ellos; conozcan las naciones que no son sino hombres.

Saúl y el pueblo dicen al unísono:

—¡Amén!

Todo el pueblo de Israel ha visto la manifestación gloriosa en el valle de Ela, así como sus antepasados vieron la majestuosidad del Omnipotente cuando abrió las aguas del mar Rojo para que pasaran en seco y se libraran de la acechanza de los egipcios.

Un pacto de lealtad y amistad eterna

Acontece luego que cuando termina de hablar con Saúl, el alma de Jonatán queda ligada a la de David, y lo ama Jonatán como a sí mismo, con un amor puro y sin mácula; y David corresponde con un amor dulce, y más maravilloso que el amor de las mujeres, porque los funde en uno el amor del Dios Altísimo.

Jonatán acepta que jamás será rey, por derecho de sangre, porque el pueblo ama a David; su amor, pues, es benigno, sin envidia ni jactancia; sin envanecimiento, sin rencor; sin espejismos ilusorios del desierto de Neguev; no se goza en los actos injustos de su padre hacia su amigo sino se goza en la verdad, en la verdad del pueblo: David será su próximo rey porque Dios está con él a cada instante, y Jonatán lo acepta, no busca lo suyo y todo lo soporta, incluso la acusación de traidor que le hace su padre, todo por amor a David. Los designios de Dios son inescrutables, Él usa esa amistad para allanar el camino hacia el trono de su ungido, una amistad que anticipa el molde divino de los postreros tiempos, que el propio David, profeta y divino cantor de Israel, menciona en uno de sus Salmos, cuando dice:

> *...Y príncipes consultarán unidos contra Jehová y contra su ungido, diciendo: Rompamos sus ligaduras, Y echemos de nosotros sus cuerdas.*

Y en otro canto, dice:

> *Oh Dios, da tus juicios al rey. Y tu justicia al hijo del rey.*

Él juzgará a tu pueblo con justicia. Y a tus afligidos con juicio...

> *Porque él librará al menesteroso que clamare, Y al afligido que no tuviere quien le socorra.*
> *Tendrá misericordia del pobre y del menesteroso, Y salvará la vida de los pobres. Y se orará por él continuamente.*

Será su nombre para siempre. Se perpetuará su nombre mientras dure el sol. Benditas serán en él todas las naciones; Lo llamarán bienaventurado.

Habla de un Amigo que llegaría desde los cielos para confirmar su descendencia para siempre, y edificaría su trono por todas las generaciones.

Un amigo único llegaría a la Tierra por el Pacto Davítico, y vendría a sus amigos, no sus siervos, porque el siervo no está al tanto de lo que hace su amo, este amigo pondría al tanto a sus amigos del más alto conocimiento del Rey Celestial, porque los amaría con amor sacrificial, sería benigno, sin envidias ni jactancia; sin envanecimiento y sin rencor, no se gozaría en los actos injustos, se gozaría en la Verdad de Su Palabra, y lo soportaría todo con humildad, por amor a sus amigos.

David y Jonatán en todo tiempo se aman y son como hermanos en tiempos de angustia; cierto, el hombre que tiene amigos ha de mostrarse amigo; y amigo hay más unido que un hermano. En un pacto de hermandad escrito en su espíritu, Jonatán se quita el manto que lleva, y se lo da a David, y otra ropa suya, hasta su espada, su arco y su talabarte, es decir, por decisión propia y en un acto voluntario, el príncipe le entrega su investidura al valiente guerrero que, con una honda dirigida por Dios, salva a su pueblo de caer en la esclavitud de los filisteos.

Para David, Jonatán es más rápido que un águila y más fuerte que un león; un guerrero temerario con una fe inquebrantable en el Todopoderoso cuando Jonatán siempre afirma frente a los enemigos numerosos que en la lucha no es difícil para Jehová salvar con muchos o con pocos.

—No apartarás tu misericordia de mi casa para siempre. Le dice Jonatán a David, porque le ama mucho, pues le ama como a sí mismo. —Y agrega—: Cuando Jehová haya cortado uno por uno los enemigos de David de la tierra, no dejes que el nombre de Jonatán sea quitado de la casa de David. ¡Júralo, júralo!

Jonatán sabe que David será rey de Israel, Dios está con él, y no será de ninguna manera estorbo en el propósito de Jehová porque Jonatán ama a David en gran manera. Las reglas de la guerra establecen que el nuevo rey mata a todos los descendientes del rey caído para evitar un brote de inconformidad, una rebeldía que generalmente termina en una guerra intestina. No cabe la posibilidad de ningún sobreviviente, esa es la regla. Mas en el caso de David y Jonatán es la excepción que confirma la regla:

—¡Lo juro! —responde David.

—¡Júralo por Dios! —le pide el príncipe de Israel, a lo que David, responde:

—¡Lo juro!

David adquiere destreza en el arte de la guerra, todos sus enemigos huyen delante de él en el campo de batalla, es temible con su espada, experto en el arco y la flecha, diestro con el cuchillo, llega siempre vencedor a todas las ciudades de Israel junto a su rey, y las mujeres salen a su encuentro y bailan y cantan con gran júbilo:

—¡¡Saúl hirió a sus miles!! ¡¡Y David a sus diez miles!!

Entonces, un mal espíritu que jamás lo abandonaría se apodera de Saúl: El espíritu de la personalidad paranoica. Siente la angustia y la preocupación de perder su reino, y ahí está junto a él ese pastor que un día llama para que a sus pies le toque con el arpa y le entone cantos de alabanza; ese jovencito que se enfrenta al gigante Goliat, con una actitud de valentía confiando en el Todopoderoso, actitud que ni él, ni su hijo Jonatán; actitud que ningún comandante de su ejército ni ningún otro hombre de Israel tiene frente a la más grande amenaza de su reino.

—Saúl mató a sus miles y David a sus diez miles; no le falta más que el reino —piensa para sus adentros, y desde aquel día Saúl planea matar a David. No solo es el malestar por la pérdida de su corona a manos de este joven, sino porque opaca todo el pasado triunfal del rey.

Recuerda muy claro al profeta que le anunció el abandono de Dios y que su reino era dado a un prójimo mejor que él.

—Hoy he visto claramente y oído muy de cerca a quién Dios le ha dado mi reino: a David, a mi prójimo, mejor que yo —rumia el rey Saúl.

Y las mujeres de las ciudades de Israel seguían cantando y danzando, para recibir al rey Saúl, con panderos, con cánticos de alegría y con instrumentos de música:

—¡¡Saúl mató a sus miles y David a sus diez miles!!

Entonces David, el divino cantor de Israel, saca su arpa de la cabalgadura y canta:

SALMO 47

Pueblos todos, batid las manos;
Aclamad a Dios con voz de júbilo.
Porque Jehová el Altísimo es temible;
Rey grande sobre toda la tierra.
Él someterá a los pueblos debajo de nosotros,
Y a las naciones debajo de nuestros pies.
Él nos elegirá nuestras heredades;
La hermosura de Jacob, al cual amó.
Subió Dios con júbilo,
Jehová con sonido de trompeta,
Cantad a Dios, cantad;
Cantad a nuestro Rey cantad;
Porque Dios es el Rey de toda la tierra;
Cantad con inteligencia
Reinó Dios sobre las naciones;
Se sentó Dios sobre su santo trono.
Los príncipes de los pueblos se reunieron
Como pueblo del Dios de Abraham;
Porque de Dios son los escudos de la tierra;
Él es muy exaltado.

Y el corazón de Saúl se llena de odio, envidia y celo.

El rey planea matar a David sin verse involucrado directamente, pero el mal espíritu que ya se ha apoderado de él no le permite pensar con claridad.

Ya en su casa en Gabaa, Saúl le pide a David:

—Cántame.

Y el Divino cantor de Israel entona este Salmo para la honra de Dios, y para calmar la aflicción del rey visible a todo el pueblo, quien se siente a punto de descender al sepulcro, abandonado; se siente como en un hoyo profundo, solo, en tinieblas, lejos de Dios y sin esperanza:

SALMO 88

Oh Jehová, Dios de mi salvación,
Día y noche clamo delante de ti,
Llegue mi oración a tu presencia;
Inclina tu oído a mi clamor.
Porque mi alma está hastiada de males,
Y mi vida cercana al Seol.
Soy contado entre los que descienden al sepulcro;
Soy como hombre sin fuerza,
Abandonado entre los muertos,
Como los pasados a espada que yacen en el sepulcro,
De quienes no te acuerdas ya,
Y que fueron arrebatados de tu mano.
Me has puesto en el hoyo profundo,
En tinieblas, en lugares profundos.
Sobre mí reposa tu ira,
Y me has afligido con todas tus ondas.
Has alejado de mí mis conocidos;
Me has puesto por abominación a ellos;
Encerrado estoy, y no puedo salir.
Mis ojos enfermaron a causa de mi aflicción;
Te he llamado, oh Jehová, cada día;
He extendido a ti mis manos.
¿Manifestarás tus maravillas a los muertos?
¿Se levantarán los muertos para alabarte?
¿Será contada en el sepulcro tu misericordia,
O tu verdad en el Abadón?
¿Serán reconocidas en las tinieblas tus maravillas,
Y tu justicia en la tierra del olvido?
Mas yo a ti he clamado, oh Jehová,
Y de mañana mi oración se levantará delante de ti
¿Por qué, oh Jehová, desechas mi alma?
¿Por qué escondes de mí tu rostro?
Yo estoy afligido y menesteroso;
Desde la juventud he llevado tus terrores, he estado medroso.
Sobre mí han pasado tus iras,
Y me oprimen tus terrores
Me han rodeado como aguas continuamente;

A una me han cercado.
Has alejado de mí al amigo y al compañero,
Y a mis conocidos has puesto en tinieblas.

La persecución

De pronto Saúl intenta atravesar el cuerpo de David con una lanza, porque piensa: «Enclavaré a David en la pared». Pero David, ágil, esquiva el ataque.

—Hijo mío, perdona, un mal espíritu me atormenta, tú lo sabes, pero ya no puedo tenerte cerca de mí para que con tu música se ahuyente, te haré jefe de mil —le dice.

La verdad es que Saúl teme a David por cuanto sabe que Dios está con él, mientras que a él lo ha abandonado.

Sí, en verdad Dios está con David, quien se muestra prudente en todos los asuntos públicos, mas todo Israel y todo Judá aman a David, porque él sale y entra delante de ellos.

Hay una promesa que el rey Saúl no ha cumplido a David cuando ofreció dar a su hija en matrimonio a aquel que matara al gigante Goliat. Entonces dice Saúl a David:

—He aquí, yo te daré Merab mi hija mayor por mujer, con tal que me seas hombre valiente, y pelees las batallas de Jehová.

Mas Saúl decía:

—No será mi mano contra él, sino que será contra él la mano de los filisteos.

Pero David responde:

—¿Quién soy yo, o qué es mi vida, o la familia de mi padre en Israel, para que yo sea yerno del rey?

Y llegado el tiempo en que Merab, hija de Saúl, se había de dar a David, el rey cambia de parecer y fue dada por mujer a un oscuro y desconocido Adriel meholatita.

Este cambio causa en Mical, la hija menor del rey, una alegría, pues está enamorada de David.

Mical, casi de la misma edad de David, hermosa, de piel blanca como la nieve, de pelo rojizo y ojos color aceituna, con un cuerpo sensual que se dibuja dentro de su vestido de seda fina y colores llamativos, queda profundamente impresionada por el valor, el coraje y la fe que el pastorcito ha demostrado a todo el pueblo de Israel al enfrentarse con el gigante Goliat de Gad. Desde ese día que lo ve platicando con su padre, y luego con su hermano Jonatán, en ningún momento deja de pensar en él; es el hombre de sus sueños, el príncipe que le dará el amor ardiente que necesita; anhela sus caricias, y el fuego de su voz le quema, «¿Esto es amor?», se pregunta. Sí sentía que lo amaba, es el héroe del pueblo, el paladín que ha venido a reanimar el alma de Israel, pero su hermana Merab estaba de por medio. La costumbre era que la hija mayor se casara, y el compromiso de darle a una hija por vencer al paladín de los filisteos, se refería a Merab, una mujer mayor que David, de piel morena clara, elegante y dulce, de pelo negro y ojos negros, grandes y hermosos como carbones encendidos, con un porte majestuoso al andar, pasiva y obediente, pero su belleza era menor que la de su hermana Mical.

Ese día al final del combate contra Goliat, con la cabeza del gigante en una mano y su espada en la otra, el intercambio de miradas entre David y Mical fue la chispa que incendió con el tiempo dos almas apasionadas. No sería ya un casamiento sólo por la alianza, un compromiso de Estado; no. Sería una boda real, largamente esperada por los contrayentes cuatro años después de conocerse.

Por eso, el cambio de parecer de Saúl no le molesta a David. Da su hija Merab a un desconocido, pero ahí estaba ella, Mical, la mujer de sus sueños.

Cuando Saúl sabe del amor furtivo de su hija menor por David, se la ofrece con el propósito de librarse de él, pues dice «la mano de los filisteos lo matará». Y pide a sus siervos que le digan en secreto a David:

—He aquí el rey te ama, y todos sus siervos te quieren bien; sé, pues, yerno del rey.

Y David contesta:

—¿Les parece poco ser yerno del rey, siendo yo un hombre pobre y de ninguna estima?

Y los siervos le dicen al rey lo que David ha dicho.

Entonces Saúl les instruye:

—Decid esto a David: El rey no desea la dote, sino cien prepucios de filisteos, para que sea tomada venganza de los enemigos del rey.

Pero Saúl quiere hacer caer a David en manos de los filisteos.

Cuando los siervos declaran a David estas palabras, le parece bien, y se pone manos a la obra antes de que el plazo se cumpliese, se va con su gente y mata a doscientos filisteos; y trae David los prepucios de ellos y los entrega todos al rey, a fin de hacerse yerno del rey. Y Saúl le da su hija Mical por mujer.

Solo que el mal espíritu del rey lo acorrala. Tiene miedo de David, su hija Mical lo ama, su hijo Jonatán, el heredero del trono, también lo ama; está en un callejón sin salida, no sabe qué hacer; y cada vez que sale a campaña contra los filisteos, aquel pastorcito convertido ya a sus veinte años en un temible guerrero brilla más que todos los siervos de Saúl, por esa razón siente que su reino se tambalea, y le declara la guerra abierta a David. Pide a Jonatán su hijo, y a todos sus siervos, que maten al hijo de Isaí, pero Jonatán ama a David en gran manera, y le da aviso:

—Saúl, mi padre, procura matarte, por tanto cuídate hasta la mañana, y estate en lugar oculto y escóndete.

Jonatán habla a su padre abogando por su amigo:

—No peque el rey contra su siervo David, porque ninguna cosa ha cometido contra ti, y porque sus obras han sido muy buenas contigo; pues él tomó su vida en su mano, y mató al filisteo, y Jehová dio gran salvación a todo Israel. Tú lo viste, y te alegraste; ¿por qué, pues, pecarás contra la sangre inocente matando a David sin causa?

Y escucha Saúl la voz de Jonatán, y jura Saúl:

—Vive Jehová, que no morirá.

Jonatán se alegra, corre a contarle a David el juramento de su padre y él mismo lo trae frente a él. Entonces David está delante de él como antes.

Y el Divino Cantor de Israel entona esta alabanza, que endulza el alma del rey y de sus siervos:

SALMO 66

Aclamad a Dios con alegría, toda la tierra.
Cantad la gloria de su nombre;
Poned gloria en su alabanza.
Decid a Dios: ¡Cuán asombrosas son tus obras!
Por la grandeza de tu poder se someterán a ti todos tus enemigos
Toda la tierra te adorará,
Y cantará a ti;
Cantará a tu nombre.
Venid, y ved las obras de Dios,
Temible en hechos sobre los hijos de los hombres.
Volvió el mar en seco;
Por el río pasaron a pie;
Allí en él nos alegramos.
Él señorea con su poder para siempre;
Sus ojos atalayan sobre las naciones;
Los rebeldes no serán enaltecidos.
Bendecid, pueblos, a nuestro Dios,
Y haced oír la voz de su alabanza.
Él es quien preservó la vida a nuestra alma,
Y no permitió que nuestros pies resbalasen.
Porque tú nos probaste, oh Dios;
Nos ensayaste como se afina la plata.
Nos metiste en la red;
Pusiste sobre nuestros lomos pesada carga.
Hiciste cabalgar hombres sobre nuestra cabeza;
Pasamos por el fuego y por el agua,
Y nos sacaste a abundancia.
Entraré en tu casa con holocaustos;
Te pagaré mis votos,
Que pronunciaron mis labios
Y habló mi boca, cuando estaba angustiado
Holocaustos de animales engordados te ofreceré,
Con sahumerio de carneros;
Te ofreceré en sacrificio bueyes y machos cabríos.

Selah

Venid, oíd todos los que teméis a Dios,
Y contaré lo que ha hecho a mi alma.

A Él clamé con mi boca,
Y fue exaltado con mi lengua
Si en mi corazón hubiese yo mirado a la iniquidad,
El Señor no me habría escuchado.
Mas ciertamente me escuchó Dios;
Atendió a la voz de mi súplica.
Bendito sea Dios,
Que no echó de sí mi oración, ni de mí su misericordia.

¿Qué son las melodías divinas sino un bálsamo al alma? Así la personalidad paranoica del rey desaparece por el momento.

Mas la guerra llega otra vez, y David sale a enfrentar a los enemigos del reino y hace estragos en el campo de batalla, hace huir a los filisteos, y así aumenta su gloria; y regresa victorioso, avivando como fuego consumidor la desconfianza y el recelo de Saúl, casi hasta llegar a la esquizofrenia.

David canta para el rey, con ritmo y consonancia:

SALMO 146

Alaba, oh alma mía, a Jehová.
Alabaré a Jehová en mi vida;
Cantaré salmos a mi Dios mientras viva.
No confiéis en los príncipes,
Ni en hijo de hombre, porque no hay en él salvación.
Pues sale su aliento, y vuelve a la tierra;
En ese mismo día perecen sus pensamientos.

Bienaventurado aquel cuyo ayudador es el Dios de Jacob,
Cuya esperanza está en Jehová su Dios,
El cual hizo los cielos y la tierra,
El mar, y todo lo que en ellos hay;
Que guarda verdad para siempre,
Que hace justicia a los agraviados,
Que da pan a los hambrientos.

Jehová liberta a los cautivos;
Jehová abre los ojos a los ciegos;
Jehová levanta a los caídos;
Jehová ama a los justos.
Jehová guarda a los extranjeros;

Al huérfano y a la viuda sostiene,
Y el camino de los impíos trastorna.

Reinará Jehová para siempre;
Tu Dios, oh Sion, de generación en generación.
Aleluya.

De pronto, el mal espíritu regresa con más fuerza a Saúl, pues no hay peor enfermo que el que no desea curarse, ni confía en la misericordia de Dios, porque Él es el que manda la salud y la enfermedad; el que manda a los buenos y a los malos espíritus.

El rey toma una jabalina y la lanza a David mientras aún toca el arpa, y el Espíritu de Dios desvía el golpe y la clava en la pared, entonces David huye, y escapa aquella noche para no regresar jamás.

Saúl manda a sus hombres a rodear la casa de David para que en la madrugada lo asesinen, mas Mical avisa a David:

—Si no salvas tu vida esta noche, mañana serás hombre muerto.

Y Mical descuelga a David por una ventana; y él escapa a toda prisa, preguntándose a cada instante:

«¿Qué hice yo? ¿Por qué esta persecución? ¿Por qué el rey quiere quitarme la vida? ¿No salvé su reino al enfrentarme con Goliat y vencerlo? ¿No derroté en la batalla a los filisteos? ¿No pagué con el prepucio de doscientos filisteos la dote para ser su yerno? ¿Por qué?».

Y entona este Salmo al Altísimo:

SALMO 57

Ten misericordia de mí, oh Dios, ten misericordia de mí;
Porque en ti ha confiado mi alma,
Y en las sombras de tus alas me ampararé
Hasta que pasen los quebrantos.
Clamaré al Dios Altísimo,
Al Dios que me favorece.
Él enviará desde los cielos, y me salvará
De la infamia del que me acosa;

Selah

Dios enviará su misericordia y su verdad.

Mi vida está entre leones;
Estoy echado entre hijos de hombres que vomitan llamas;
Sus dientes son lanzas y saetas,
Y su lengua espada aguda.

Exaltado seas sobre los cielos, oh Dios;
Sobre toda la tierra sea tu gloria.

Red han armado a mis pasos;
Se ha abatido mi alma;
Hoyo han cavado delante de mí;
En medio de él han caído ellos mismos.

Selah

Pronto está mi corazón, oh Dios, mi corazón está dispuesto;
Cantaré, y trovaré salmos.
Despierta alma mía; despierta, salterio y arpa;
Me levantaré de mañana.
Te alabaré entre los pueblos, oh Señor;
Cantaré de ti entre las naciones.
Porque grande es hasta los cielos tu misericordia,
Y hasta las nubes tu verdad.

Exaltado seas sobre los cielos, oh Dios;
Sobre toda la tierra sea tu gloria.

Cuando entran a la casa para aprehender a David, Mical pone una estatua sobre la cama, y le acomoda por cabecera una almohada de pelo de cabra y la cubre con la ropa:

—Está enfermo —les dice a los mensajeros del rey.

Cuando regresan, Saúl les dice:

—Tráiganlo como está para matarlo.

Cuando entran a la recámara, he aquí que descubren el engaño, y el rey truena contra su hija:

—¿Por qué me has engañado así, y has dejado escapar a mi enemigo?

Y Mical, que teme por su vida ante un padre casi esquizofrénico, y ama a David, miente, para darle tiempo a su amado a estar fuera de su alcance:

—Porque él me dijo: «Déjame ir; si no, yo te mataré».

David huye a las montañas de Benjamín, a buscar respuestas, y llega a Ramá, cerca de Gabaón y Mizpa, a ocho kilómetros al norte de Jerusalén, ahí vive el profeta de Dios, Samuel, su mentor espiritual, el único que, sin duda, tiene las respuestas que tanto necesita su alma turbada por el acoso y la persecución.

Y le cuenta todo, y ambos se dirigen a la aldea de nombre Naiot, una comunidad donde viven los profetas que trabajan bajo la dirección de Samuel. Manda el rey a buscarlos hasta esa aldea, y los soldados se encuentran con los profetas y empiezan a profetizar con ellos; al saberlo Saúl manda a otros mensajeros para que traigan a David, pero sucede lo mismo, los mensajeros profetizan, y la tercera vez sucede lo mismo, sus mensajeros se mezclan con los profetas a profetizar; entonces Saúl decide ir a Ramá, y al llegar a un profundo y ancho pozo en la aldea de Secú, pregunta a uno de los que estaban ahí:

—¿Dónde están Samuel y David?

Y uno de ellos responde:

—He aquí están en Naiot en Ramá.

Y se dirige al lugar indicado cuando de pronto viene sobre él el Espíritu de Dios, y sigue andando y profetizando hasta que llega a Naiot en Ramá. Y él también se despoja de sus vestidos, y profetiza igualmente delante de Samuel, y se desnuda todo aquel día y toda aquella noche.

—¿También Saúl entre los profetas? —dice la gente, y se vuelve famoso el dicho en todo Israel.

David sabe que no está seguro en ninguna parte del reino de Saúl y decide jugar su última carta: Jonatán, su amigo entrañable, su hermano en el espíritu. Huye de Naiot en Ramá, y encara al hijo de su perseguidor:

—¿Qué he hecho yo? ¿Cuál es mi maldad, o cuál mi pecado contra tu padre, para que busque mi vida?

Jonatán le dice enternecido por la situación de angustia en que se encuentra su único y gran amigo:

—En ninguna manera, no morirás. He aquí que mi padre ninguna cosa hará, grande ni pequeña, que no me la descubra; ¿por qué, pues, me ha de encubrir mi padre este asunto? No será así.

—Tu padre sabe claramente que yo he hallado gracia delante de tus ojos, y dirá: «No sepa esto Jonatán, para que no se entristezca»; y ciertamente, vive Jehová y vive tu alma, que apenas hay un paso entre yo y la muerte.

Entonces Jonatán, con el corazón en la mano, le dice a David:

—Lo que deseare tu alma, haré por ti.

David entonces le instruye de esta manera:

—He aquí que mañana será luna nueva, y yo acostumbro a sentarme con el rey a comer; mas tú dejarás que me esconda en el campo hasta la tarde del tercer día. Si tu padre hiciere mención de mí, dirás: «Me rogó mucho que lo dejase ir corriendo a Belén su ciudad, porque todos los de su familia celebran allá el sacrificio anual». Si él dijere: «Bien está, entonces tendrá paz tu siervo»; mas si se enojare, sabe que la maldad está determinada de parte de él. Harás, pues, misericordia con tu siervo, ya que has hecho entrar a tu siervo en pacto de Jehová contigo; y si hay maldad en mí, mátame tú, pues no hay necesidad de llevarme hasta tu padre.

Y Jonatán le contesta:

—Nunca tal te suceda; antes bien, si yo supiere que mi padre ha determinado maldad contra ti, ¿no te lo avisaría yo?

Pregunta David:

—¿Quién me dará aviso si tu padre te respondiere ásperamente?

Y contesta Jonatán:

—Ven, salgamos al campo. —Y salieron ambos al campo.

Entonces dice Jonatán a David:

—¡Jehová, Dios de Israel, sea testigo! Cuando le haya preguntado a mi padre mañana a esta hora, o el día tercero, si resultare bien para con David, entonces enviaré a ti para hacértelo saber. Pero si mi padre intentare hacerte mal, Jehová haga así a Jonatán, y aun le añada, si no te lo hiciere saber y te enviaré para que te vayas en paz. Y esté Jehová contigo, como estuvo con mi padre.

Y si yo viviere, harás conmigo misericordia de Jehová, para que no muera.

Y no apartarás tu misericordia de mi casa para siempre. Cuando Jehová haya cortado uno por uno los enemigos de David de la tierra, no dejes que el nombre de Jonatán sea quitado de la casa de David.

Así Jonatán hace pacto con la casa de David, diciendo:

—Requiéralo Jehová de la mano de los enemigos de David.

Y Jonatán hace jurar a David otra vez, porque le ama, pues le ama como a sí mismo.

Luego le dice Jonatán:

—Mañana es nueva luna, y tú serás echado de menos, porque tu asiento estará vacío. Estarás, pues, tres días, y luego descenderás y vendrás al lugar donde estabas escondido el día que ocurrió esto mismo, y esperarás junto a la piedra de Ezel. Y yo tiraré tres saetas hacia aquel lado, como ejercitándome al blanco. Luego enviaré al criado, diciéndole: «Ve, busca las saetas». Y si dijere al criado: «He allí las saetas más acá de ti», tómalas; tú vendrás, porque paz tienes, y nada malo hay, vive Jehová. Mas si yo dijere al muchacho así: «He allí las saetas más allá de ti»; vete, porque Jehová te ha enviado. En cuanto al asunto de que tú y yo hemos hablado, esté Jehová entre nosotros dos para siempre.

David, pues, se esconde en el campo a esperar, y toma su arpa y las cuerdas empiezan a vibrar de sentimiento, y en su plegaria pide ayuda en la aflicción:

SALMO 13

¿Hasta cuándo, Jehová? ¿Me olvidarás para siempre?
¿Hasta cuándo esconderás tu rostro de mí?
¿Hasta cuándo pondré consejos en mi alma, con tristezas en mi corazón cada día?
¿Hasta cuándo será enaltecido mi enemigo sobre mí?

Mira, respóndeme, oh Jehová Dios mío;
Alumbra mis ojos, para que no duerma de muerte;
Para que no diga mi enemigo: Lo vencí.
Mis enemigos se alegrarían, si yo resbalara

Mas yo en tu misericordia he confiado;
Mi corazón se alegrará en tu salvación.
Cantaré a Jehová,
Porque me ha hecho bien.

Al llegar la nueva luna, se sienta el rey a comer pan. Es una tradición en el pueblo de Israel, pues en la primera luna llena de primavera es cuando, guiados por Moisés, salen de la esclavitud de Egipto en la que padecieron por cuatrocientos treinta años, hacia la libertad, característica principal para vivir como persona, y no sólo eso, sino para estar conscientes de que la unidad de las doce tribus los hace un pueblo único sobre todos los pueblos de la tierra, los hace pueblo del Dios Todopoderoso. Y Saúl juega en ese momento crucial de la historia un papel extraordinario en el desarrollo del pueblo de Dios que pasa de tribal a monarquía. El tímido cuidador de asnas de pronto se convierte en el primer rey del pueblo de Israel, un monarca con arrojo y valentía, pero sus numerosos triunfos lo llenan de soberbia e ingratitud y olvida, o lo que es peor, desobedece al que pelea por él todas sus batallas, a Jehová de los Ejércitos.

Y el rey se sienta en su silla, como siempre suele hacerlo en la fiesta solemne, en el asiento junto a la pared, y Jonatán se levanta, y se sienta Abner al lado de Saúl, y el lugar de David queda vacío.

Mas aquel día Saúl no dice nada, porque dice para sus adentros: «Le habrá acontecido algo, y no está limpio; de seguro no está purificado».

Al siguiente día, el segundo día de la nueva luna, acontece también que el asiento de David está vacío. Y Saúl dice a Jonatán:

—¿Por qué no ha venido a comer el hijo de Isaí hoy ni ayer?

Y Jonatán responde:

—David me pidió encarecidamente que le dejase ir a Belén, diciendo: Te ruego que me dejes ir, porque nuestra familia celebra sacrificio en la ciudad, y mi hermano me lo ha mandado; por lo tanto, si he hallado gracia en tus ojos, permíteme ir ahora para visitar a mis hermanos. Por esto, pues, no ha venido a la mesa del rey.

Entonces se enciende la ira de Saúl contra Jonatán, y le dice:

—Hijo de la perversa y rebelde, ¿acaso no sé yo que tú has elegido al hijo de Isaí para confusión tuya, y para confusión de la vergüenza de tu madre? Porque todo el tiempo que el hijo de Isaí viviere sobre la tierra, ni tú estarás firme, ni tu reino. Envía pues, ahora, y tráemelo, porque ha de morir.

Y Jonatán responde a su padre Saúl y le dice:

—¿Por qué morirá? ¿Qué ha hecho?

Entonces Saúl le arroja una lanza para herirlo; de donde entiende Jonatán que su padre está resuelto a matar a David.

Y se levanta Jonatán con exaltada ira, y no come pan el segundo día de la nueva luna; porque le invade el dolor a causa de David, porque su padre le ha afrentado.

Al otro día de mañana, sale Jonatán al campo, al tiempo señalado con David, y un muchacho pequeño con él.

Y dice al muchacho:

—Corre y busca las saetas que yo tirare.

Y cuando el muchacho corre, él tira la saeta de modo que pasara más allá de él. Y llegando el muchacho donde está la saeta que Jonatán había tirado, Jonatán da voces tras el muchacho, y dice:

—¿No está la saeta más allá de ti?

Y volvió a gritar Jonatán tras el muchacho:

—Corre, date prisa, no te pares.

Y el muchacho de Jonatán recoge las saetas, y viene a su señor.

Pero ninguna cosa llega a entender el muchacho; solamente Jonatán y David entienden de lo que se trata.

Luego da Jonatán sus armas a su muchacho, y le dice:

—Vete y llévalas a la ciudad.

Y luego de que el muchacho se va, se levanta David del lado del sur, y se inclina tres veces postrándose en la tierra; y besándose el uno al otro, lloran el uno con el otro; y David llora aún más fuerte, y siente que el corazón se le desgarra. Jonatán no cesa de llorar, es llanto lastimero, solidario, de impotencia, de angustia, está entre la espada y la pared, entre su padre enloquecido de celos y de envidia, y su amigo verdadero, al que ama entrañablemente.

Jonatán habla primero:

—Vete en paz, porque ambos juramos por el nombre de Jehová, diciendo:

«Jehová esté entre tú y yo, entre tu descendencia y mi descendencia para siempre».

David se levanta y se va; y Jonatán entra a la ciudad.

El Dulce Cantor de Israel admira de nuevo los árboles frondosos de los montes de Benjamín, las ramas se inclinan a su paso ante el viento frío que azota aquella tierra, y de nuevo su arpa emite un clásico divino:

SALMO 62

En Dios solamente está acallada mi alma;
De él viene mi salvación.
Él solamente es mi roca y mi salvación;
Es mi refugio, no resbalaré mucho.
¿Hasta cuándo maquinaréis contra un hombre,
Tratando todos vosotros de aplastarle
Como pared desplomada y como cerca derribada?
Solamente consultan para arrojarle de su grandeza.
Aman la mentira;
Con su boca bendicen, pero maldicen en su corazón.

Selah

Alma mía, en Dios solamente reposa,
Porque de él es mi esperanza.
Él solamente es mi roca y mi salvación.
Es mi refugio, no resbalaré.
En Dios está mi salvación y mi gloria;
En Dios está mi roca fuerte, y mi refugio.
Esperad en él en todo tiempo, oh pueblo;
Derramad delante de él vuestro corazón;
Dios es nuestro refugio

Selah

Por cierto, vanidad son los hijos de los hombres,
Mentira los hijos de varón;

Pesándolos a todos igualmente en la balanza,
Serán menos que nada.
No confiéis en la violencia,
Ni en la rapiña; no os envanezcáis;
Si se aumentan las riquezas, no pongáis el corazón en ellas.

Una vez habló Dios;
Dos veces he oído esto:
Que de Dios es el poder,
Y tuya, oh Señor, es la misericordia;
Porque tú pagas a cada uno conforme a su obra.

David ve la aldea de Nob, morada de sacerdotes, ubicada al norte de Jerusalén, y al entrar en ella se encuentra al sacerdote Ahimelec, un descendiente de Eli, el maestro del niño Samuel. Ahimelec, sumo sacerdote de Israel, se sorprende, y le dice:

—¿Cómo vienes tú solo, y nadie contigo?

Responde David:

—El rey me encomendó un asunto, y me dijo: «Nadie sepa cosa alguna del asunto a que te envío, y lo que te he encomendado»; y yo les señalé a los criados un cierto lugar. Ahora, pues, ¿qué tienes a mano? Dame cinco panes, o lo que tengas.

El sacerdote responde:

—No tengo pan común a la mano, solamente tengo pan sagrado; pero lo daré si los criados se han guardado a lo menos de mujeres.

Y David responde al sacerdote:

—En verdad las mujeres han estado lejos de nosotros ayer y anteayer; cuando yo salí, ya los vasos de los jóvenes eran santos, aunque el viaje es profano; ¿cuánto más no serán santos hoy sus vasos?

Así el sacerdote le da el pan sagrado, porque allí no hay otro pan sino los panes de la proposición, los cuales son quitados de la presencia de Jehová, para poner panes calientes el día que aquellos son quitados.

Los panes de la proposición consisten en doce tortas cocidas, preparadas con flor de harina, que se colocan sobre una mesa en el compartimiento Santo del tabernáculo y se reemplazan todos los sábados o días de reposo.

David pregunta a Ahimelec:

—¿No tienes aquí a mano lanza o espada? Porque no tomé en mi mano mi espada ni mis armas, por cuanto la orden del rey era apremiante.

Y el sacerdote responde:

—La espada de Goliat el filisteo, al que tú venciste en el valle de Ela, está aquí envuelta en un velo detrás del efod; si quieres tomarla, tómala; porque aquí no hay otra sino esa.

Y dice David:

—Ninguna como ella; dámela.

En la aldea está de paso uno de los siervos de Saúl, de nombre Doeg, edomita, el principal de los pastores del rey, y corre para darle aviso que al que persigue está con el sacerdote Ahimelec.

Y levantándose David aquel día huye de la presencia de Saúl, y se va a Aquis rey de Gat, una de las cinco ciudades filisteas, las otras son: Asdod, Gaza, Ascalón y Ecrón. Gat es la tierra precisamente del gigante Goliat, cuya espada había estado envuelta en un velo detrás del efod de la aldea del sacerdote Ahimelec, y que ahora porta de nuevo David.

Gat y las otras cuatro ciudades filisteas tuvieron quebrantamiento, cuando el Arca de Jehová era llevada de un lugar a otro y afligió a todos los hombres, mujeres, niños y ancianos con tumores, después que vencieron al pueblo de Israel en los tiempos del sacerdote Eli.

En el camino, el Divino Cantor de Israel entona esta alabanza a Dios:

SALMO 39

Yo dije: Atenderé a mis caminos para no pecar con mi lengua; guardaré mi boca con freno, en tanto que el impío esté delante de mí.
Enmudecí con silencio, me callé aun respecto de lo bueno, y se agravó mi dolor.

Se enardeció mi corazón dentro de mí; en mi meditación se encendió fuego; y así proferí con mi lengua.
Hazme saber, Jehová, mi fin, y cuanta sea la medida de mis días; sepa yo cuán frágil soy.
He aquí, diste a mis días término corto, y mi edad es como nada delante de ti; ciertamente es completa vanidad todo hombre que vive

Selah.

Ciertamente como una sombra es el hombre; ciertamente en vano se afana; amontona riquezas, y no sabe quién las recogerá.
Y ahora, Señor, ¿qué esperaré? Mi esperanza está en ti.
Líbrame de todas mis transgresiones; no me pongas por escarnio del insensato.
Enmudecí, no abrí mi boca, porque tú lo hiciste.
Quita de sobre mí tu plaga; estoy consumido bajo los golpes de tu mano.
Con castigos por el pecado corriges al hombre, y deshaces como polilla lo más estimado de él; ciertamente vanidad es todo hombre

Selah.

Oye mi oración, oh Jehová, y escucha mi clamor. No calles ante mis lágrimas; porque forastero soy para ti, y advenedizo, como todos mis padres.
Déjame, y tomaré fuerzas, antes que vaya y perezca.

David llega a la ciudad de Gat, ubicada en camino entre Jerusalén y Ascalón, entre la llanura costera de Israel y el pie de monte de Judea; va en busca de protección del rey Aquis, pero no le va bien, pues de inmediato algunos soldados lo reconocen y lo llevan ante el rey:

—¿No es este David, el rey de la tierra? ¿No es este de quien cantaban en las danzas, diciendo: «Hirió Saúl a sus miles, y David a sus diez miles»?

Y David tiene temor en ese instante por su vida, y de que el propósito de Dios de ser rey de Israel no se cumpla, así que se finge loco ante el rey de Gat.

Y cambia su manera de comportarse delante de ellos, y se pone a escribir en las portadas de la puerta, y deja correr la saliva por su barba.

Y dice Aquis a sus siervos:

—He aquí, ven que este hombre es demente: ¿por qué lo traen a mí? ¿Acaso me faltan locos, para que hayan traído a este que hiciese de loco delante de mí? ¿Había de entrar este en mi casa?

Yéndose luego David de allí, huye a la cueva de Adulam.

La cueva de Adulam.

En el camino eleva esta oración a Dios:

SALMO 38

Jehová, no me reprendas en tu furor, ni me castigues en tu ira.
Porque tus saetas cayeron sobre mí, y sobre mí ha descendido tu mano.
Nada hay sano en mi carne, a causa de tu ira; ni hay paz en mis huesos, a causa de mi pecado.
Porque mis iniquidades se han agravado sobre mi cabeza, como carga pesada se han agravado sobre mí.
Hieden y supuran mis llagas, a causa de mi locura.
Estoy encorvado, estoy humillado en gran manera, ando enlutado todo el día.
Porque mis lomos están llenos de ardor, y nada sano hay en mi carne.

Estoy debilitado y molido en gran manera; gimo a causa de la conmoción de mi corazón.
Señor, delante de ti están todos mis deseos, y mi suspiro no te es oculto.
Mi corazón está acongojado, me ha dejado mi vigor, y aun la luz de mis ojos me falta ya.
Mis amigos y mis compañeros se mantienen lejos de mi plaga, y mis cercanos se han alejado.
Los que buscan mi vida arman lazos, y los que procuran mi mal hablan iniquidades, y meditan fraudes todo el día.
Mas yo, como si fuera sordo, no oigo; y soy como mudo que no abre la boca.
Soy, pues, como hombre que no oye, y en cuya boca no hay reprensiones.
Porque en ti, oh Jehová, he esperado; Tú responderás, Jehová Dios mío.
Dije: No se alegren de mí; cuando mi pie resbale, no se engrandezcan sobre mí.
Pero yo estoy a punto de caer, Y mi dolor está delante de mí continuamente.
Por tanto, confesaré mi maldad, y me contristaré por mi pecado.
Porque mis enemigos están vivos y fuertes, Y se han aumentado los que me aborrecen sin causa.
Los que pagan mal por bien me son contrarios, por seguir yo lo bueno.
No me desampares, o Jehová; Dios mío, no te alejes de mí.
Apresúrate a ayudarme, Oh Señor, mi salvación.

Llega David a la cueva de Adulam, el refugio que Dios le tiene preparado.

Y desde el fondo de su alma fluye esta alabanza:

SALMO 42

Como el ciervo brama por las corrientes de las aguas, así clama por ti, oh Dios, el alma mía.
Mi alma tiene sed de Dios, del Dios vivo; ¿Cuándo vendré, y me presentaré delante de Dios?
Fueron mis lágrimas mi pan de día y de noche, mientras me dicen todos los días: ¿Dónde está tu Dios?

Me acuerdo de estas cosas, y derramo mi alma dentro de mí; de cómo yo fui con la multitud, y la conduje hasta la casa de Dios, entre voces de alegría y de alabanza del pueblo en fiesta.
¿Por qué te abates, oh alma mía, y te turbas dentro de mí? Espera en Dios; porque aún he de alabarle, Salvación mía y Dios mío.
Dios mío, mi alma está abatida en mí; me acordaré, por tanto, de ti desde la tierra del Jordán, y de los hermonitas, desde el monte de Mizar.
Un abismo llama a otro a la voz de tus cascadas; todas tus ondas y tus olas han pasado sobre mí.
Pero de día mandará Jehová su misericordia, y de noche su cántico estará conmigo, y mi oración al Dios de mi vida.
Diré a Dios: Roca mía, ¿por qué te has olvidado de mí? ¿Por qué andaré yo enlutado por la opresión del enemigo?
Como quien hiere mis huesos, mis enemigos me afrentan, diciéndome cada día: ¿Dónde está tu Dios?
¿Por qué te abates, oh alma mía, y por qué te turbas dentro de mí? Espera en Dios; porque aún he de alabarle, Salvación mía y Dios mío.

A sus veinticinco años de edad, su cuerpo escuálido está maltratado por el frío en las noches del desierto, y por el sol del mediodía, calcinante; no ha comido en tres días; sus ropas son harapos, su pelo rubio desaliñado sobre su rostro, lo vuelve irreconocible; su barba, que tantas veces llena de saliva haciéndose pasar por loco frente al rey de los filisteos en Gat para salvar su vida, es grande y descuidada. Para él su vida en esos momentos no tiene sentido: ¿No salvó al pueblo de Israel venciendo al gigante Goliat, temible en gran manera, en el valle de Ela cuando era un adolescente? Quitó el oprobio del pueblo.

Todo el pueblo de Israel sabe que David fue ungido por el profeta Samuel, frente a su padre Isaí, su madre y sus ocho hermanos, y reinará en Israel en los tiempos de Dios.

Mientras tanto en la cueva de Adulam el cuerpo y el alma de David están en agonía, toma su arpa inseparable y entona este canto que es un grito de angustia, de dolor y de inmenso llanto:

SALMO 69:

Sálvame, oh Dios, porque las aguas han entrado hasta el alma.
Estoy hundido en cieno profundo, donde no puedo hacer pie; he venido a abismos de aguas, y la corriente me ha anegado.
Cansado estoy de llamar; mi garganta se ha enronquecido; han desfallecido mis ojos esperando a mi Dios.
Se han aumentado más que los cabellos de mi cabeza los que me aborrecen sin causa; se han hecho poderosos mis enemigos, los que me destruyen sin tener por qué. ¿Y he de pagar lo que no robé?
Dios, tú conoces mi insensatez, y mis pecados no te son ocultos.
No sean avergonzados por causa mía los que en ti confían, oh Señor Jehová de los ejércitos; no sean confundidos por mí los que te buscan, oh Dios de Israel.
Porque por amor de ti he sufrido afrenta; confusión ha cubierto mi rostro.
Extraño he sido para mis hermanos, y desconocido para los hijos de mi madre.
Porque me consumió el celo de tu casa; y los denuestos de los que te vituperaban cayeron sobre mí.
Lloré afligiendo con ayuno mi alma, y esto me ha sido por afrenta.
Puse además cilicio por mi vestido, y vine a serles por proverbio.
Hablaban contra mí los que se sentaban a la puerta, y me zaherían en sus canciones los bebedores.
Pero yo a ti oraba, oh Jehová, al tiempo de tu buena voluntad; oh Dios, por la abundancia de tu misericordia, por la verdad de tu salvación, escúchame.
Sácame del lodo, y no sea yo sumergido; sea yo libertado de los que me aborrecen, y de lo profundo de las aguas.
No me anegue la corriente de las aguas, ni me trague el abismo, ni el pozo cierre sobre mí su boca.
Respóndeme, Jehová, porque benigna es tu misericordia; mírame conforme a la multitud de tus piedades.
No escondas de tu siervo tu rostro, porque estoy angustiado; apresúrate, óyeme.
Acércate a mi alma, redímela y líbrame a causa de mis enemigos.
Tú sabes mi afrenta, mi confusión y mi oprobio; delante de ti están todos mis adversarios.

El escarnio ha quebrantado mi corazón, y estoy acongojado.
Esperé quien se compadeciese de mí, y no lo hubo; y consoladores, y ninguno hallé.
Me pusieron además hiel por comida, y en mi sed me dieron a beber vinagre.
Sea su convite delante de ellos por lazo, y lo que es para bien, por tropiezo.
Sean oscurecidos sus ojos para que no vean, y haz temblar continuamente sus lomos.
Derrama sobre ellos tu ira, y el furor de tu enojo los alcance.
Sea su palacio asolado; en sus tiendas no haya morador.
Porque persiguieron al que tú heriste, y cuentan del dolor de los que tú llagaste.
Pon maldad sobre su maldad, y no entren en tu justicia.
Sean raídos del libro de los vivientes, y no sean escritos entre los justos.
Mas a mí, afligido y miserable, tu salvación, oh Dios, me ponga en alto.
Alabaré yo el nombre de Dios con cántico, lo exaltaré con alabanza.
Y agradará a Jehová más que sacrificio de buey, o becerro que tiene cuernos y pezuñas; lo verán los oprimidos, y se gozarán.
Buscad a Dios, y vivirá vuestro corazón.
Porque Jehová oye a los menesterosos, y no menosprecia a sus prisioneros.
Alábenle los cielos y la tierra, los mares, y todo lo que se mueve en ellos.
Porque Dios salvará a Sión, y reedificará las ciudades de Judá; y habitarán allí, y la poseerán.
La descendencia de sus siervos la heredará, y los que aman su nombre habitarán en ella.

David se pregunta:

—¿Qué he hecho yo para que me persiga tanto la muerte? Soy fiel al rey desde que estoy con él; toco el arpa para calmar su espíritu, y le traigo paz; y durante diez años a su fiel servicio voy a la guerra, y triunfo; no me da a su hija mayor en casamiento como lo prometió en el campamento de Ela, se la dio a otro, está bien, yo lo acepto; por su hija Mical, me pide cien prepucios de filisteos y le llevo doscientos; y una noche en mi lecho conyugal manda a sus siervos para atraparme, pero Mical me salva y huyo por la ventana; acudo al profeta Samuel en Ramá para preguntarle por qué el rey procura matarme, y él me cuenta la historia de cómo Dios ha desechado a Saúl como rey de Israel y me ha elegido a mí, esa es la razón de su cacería, pues mientras yo viva su reino no va a prevalecer; cuando le dicen al rey Saúl dónde me encuentro, Samuel me lleva pronto a la comunidad de Naiot de Ramá, donde viven los profetas que dirige. Cuando el rey lo sabe manda de inmediato mensajeros pero el Espíritu de Dios los alcanza y profetizan; otro grupo después de mensajeros caen en la misma bendición, hasta que el rey Saúl personalmente acude para atraparme, mas aun él es tomado por el Espíritu de Dios en Naiot y se despoja de sus vestidos para profetizar delante de Samuel, y así queda desnudo todo aquel día y toda aquella noche; después huyo de la presencia del rey y vengo a ver a su hijo Jonatán, cuya alma está ligada a la mía, el que me entregó sus vestiduras de príncipe, su espada, su arco y su talabarte el día que maté a Goliat, y le pregunto:

—¿Qué he hecho yo? ¿Cuál es mi maldad, o cuál mi pecado contra tu padre, para que busque mi vida? Y aunque al principio no se da cuenta de la maldad de su padre, después me avisa de que mientras el rey Saúl viva, no descansará hasta matarme.

Por eso corro de inmediato a buscar la ayuda del sacerdote Ahimelec a Nob, y le miento para saciar mi hambre; y me entrega la espada de Goliat, pero veo ahí aquel día la presencia de Doeg edomita, que es el principal de los siervos de Saúl, detenido delante de Jehová, y salgo al siguiente día, porque de seguro el rey sabrá donde estoy, y me voy a Aquis rey de Gat para alquilarme como mercenario, pero soy descubierto por los siervos del rey filisteo, quienes le dicen al rey:

—¿No es este David el rey de la tierra? ¿No es este de quien cantaban en las danzas, diciendo: «Hirió Saúl a sus miles y David a sus diez miles»?

Y un gran temor a Aquis rey de Gat me invade, por eso me finjo loco entre ellos, y escribo en las portadas de las puertas, y dejo correr la saliva por mi barba; para convencer a Aquis de mi locura, y me echa de su reino.

Ahora mi alma está angustiada hasta la muerte.

David cimbra de nuevo las cuerdas armoniosas de su arpa maravillosa, en aquel enorme salón de estalactitas y estalagmitas de formaciones milenarias, y sus notas se escuchan como un eco divino a veinticinco metros de profundidad, y a dos kilómetros por toda la bóveda subterránea; y sobre una roca, David canta y entona alabanzas al Señor:

SALMO 142

Con mi voz clamaré;
Con mi voz pediré a Jehová misericordia.
Delante de él expondré mi queja;
Delante de él manifestaré mi angustia.
Cuando mi espíritu se angustiaba dentro de mí, Tú conociste mi senda.
En el camino en que andaba, me escondieron lazo.
Mira a mi diestra y observa, pues no hay quien me quiera conocer;
No tengo refugio, ni hay quien cuide de mi vida.
Clamé a ti, oh Jehová;
Dije: tú eres mi esperanza,
Y mi porción en la tierra de los vivientes.
Escucha mi clamor, porque estoy muy afligido.
Líbrame de los que me persiguen, porque son más fuertes que yo.
Saca mi alma de la cárcel, para que alabe tu nombre;
Me rodearán los justos,
Porque tú me serás propicio.

Dios manda 400 hombres a David

De pronto, el siervo de Dios observa una enorme sombra a la entrada de la cueva de Adulam que oscurece el gran salón; y ante sus ojos llenos de asombro desfilan por la entrada hombres harapientos como él, afligidos en extremo, endeudados y con gran amargura de espíritu. Sus hermanos y sus padres se enteran donde se encuentra y salen en busca de él, pues no se sienten seguros en Belén cuando el rey Saúl considera a David su acérrimo enemigo; y con ellos también van todos aquellos que ya no tienen nada que perder, y solo les queda el derecho de escoger su muerte: Morir de hambre en sus aldeas o unirse a David, quien es su última esperanza. Son cuatrocientos hombres labriegos, unos; pastores, otros que en forma voluntaria entregan su vida al príncipe de Israel.

David observa el rostro demacrado de cada uno de ellos, y comprende el propósito de Dios. No son expertos en la batalla, no conocen el arte de la guerra; tampoco tienen ninguna representación social, pero los designios del Señor son inescrutables, y si los trae a él es para pulirles el carácter y formar el ejército que habrá de coronar sus múltiples victorias y poner a sus enemigos por estrado de sus pies.

Ahí están con él los desarraigados, los olvidados de la justicia terrena, y lo hacen jefe de ellos: Joab, Abisai y Asael, hijos de Sarvia, su hermana; Sibecal usatita; Elhanan, hijo de Jare oregim de Belén; Jonatán, hijo de Simea hermano de David; Joseb basebet el tacmonita; Eleazar, hijo de Dodo, ahohitda; Sama, hijo de Age, aratita; Benaía, Sama arodita, Elica, Heles, Ira, Abiezer, Mebunal, Salmón, Maharai, Heleb, Itaí, Benaía, Hidal, Abi-albón, Azmavet, Eliaba, Jonatán de los hijos de Jasén, Sama ararita, Ahíam, Elifelet, Eliam, Hezral, Paarai, Igal, Bani, Selec, Naharaí, Ira, Gareb, Urías heteo, entre muchos otros asignados por Dios para ser los valientes de David.

El gran guerrero y ungido de Jehová organiza a su incipiente ejército, y en lo primero que piensa es en obtener provisiones y armas; entrenarlos y poner a salvo a sus padres. Para ello cuenta con sus familiares lejanos de Moab, porque de ahí era su bisabuela Rut que estuvo en Israel y casó con Booz.

Eran los días en que gobernaban los jueces cuando hubo una gran hambre en Israel y Elimelec, varón de Belén de Judá emigró con su esposa Noemí a los campos de Moab, con sus hijos Mahlón y Quelión; resulta que muere Elimelec; y sus hijos toman para sí mujeres de Moab, una era Orfa y la otra Rut, y mueren también los dos hijos y Noemí se queda en el desamparo; cuando escucha que Dios visita Israel y que ya hay pan, se va para allá, pero la siguen sus nueras también viudas, porque la quieren mucho; Noemí intenta disuadir a las dos, diciéndoles que se regresen a su ciudad y encuentren marido, y solo Orfa se regresa, y Rut le dice:

—No me ruegues que te deje, y me aparte de ti; porque a donde quiera que tú fueres, iré yo, y donde quiera que vivieres, viviré. Tu pueblo será mi pueblo, y tu Dios mi Dios. Donde tú murieras, moriré yo, y allí seré sepultada; así me haga Jehová y aun me añada, que solo la muerte hará separación entre nosotras dos.

Y viendo Noemí que está resuelta a ir con ella, no dice más.

Llegan a Belén y trabajan ambas en la finca de Booz, el patriarca, quien al ver a Rut se enamora de ella, y se casan. Booz engendra a Obed, y Obed engendra a Isaí, su padre.

David acude a Mizpa de Moab y le pide al rey su ayuda y la obtiene; se provee de suficientes víveres, espadas, lanzas, escudos, arcos y flechas, navajas afiladas y cuchillos, además de las hondas que los cuatrocientos hombres ejecutan con destreza. Le obsequia también asnos, mulas, caballos y carros y suficiente forraje para las bestias.

David le hace una última petición al rey de Moab:

—Yo te ruego que mi padre y mi madre estén con ustedes, hasta que sepa lo que Dios hará de mí.

Y ahí quedan sus padres en la casa del rey de Moab.

Dios abre el entendimiento al rey moabita para conocer la grandeza de David que un día será el rey de todo Israel y sus dominios abarcarán Moab.

—No hay más que regresar al lugar fuerte, la cueva de Adulam, y merodear por los caminos para subsistir —dice David.

Y entona esta hermosa alabanza:

SALMO. 46

Dios es nuestro amparo y fortaleza,
Nuestro pronto auxilio en las tribulaciones.
Por tanto, no temeremos, aunque la tierra sea removida,
Y se traspasen los montes al corazón del mar; aunque bramen y se turben sus aguas,
Y tiemblen los montes a causa de su braveza.
Del río sus corrientes alegran la ciudad de Dios,
El santuario de las moradas del Altísimo.
Dios está en medio de ella; no será conmovida.
Dios la ayudará al clarear la mañana.
Bramaron las naciones, titubearon los reinos;
Dijo él su voz, se derritió la tierra.
Jehová de los ejércitos está con nosotros;
Nuestro refugio es el Dios de Jacob.
Venid, ved las obras de Jehová,
Que ha puesto asolamiento en la tierra.
Que hace cesar las guerras hasta los fines de la tierra.
Que quiebra el arco, corta la lanza,
Y quema los carros en el fuego.
Estad quietos, y conoced que yo soy Dios;
Seré exaltado entre las naciones; enaltecido seré en la tierra.
Jehová de los ejércitos está con nosotros;
Nuestro refugio es el Dios de Jacob.

Al escuchar este cántico los valientes de David reciben de parte de Dios la hermosa virtud de la longanimidad. La largura de ánimo los acompañará hasta el último aliento.

Luego llega a la cueva Abiatar, uno de los hijos del sacerdote Ahimelec, quien consultó por él a Jehová, el que le dio el pan sagrado y la espada de Goliat en la comunidad de Nob, y con el efod en su mano, le cuenta la matanza de los sacerdotes por orden del rey Saúl.

En su paranoia Saúl cree que todos conspiran en su contra para darle su corona «al hijo de Isaí», con ese desprecio se refiere al vencedor del gigante Goliat y al triunfador de cien batallas en los campos enemigos, cuando habla con sus siervos que están a su alrededor; al sentirse traicionado por su hijo

Jonatán, les reclama que nadie nunca le dijo de la alianza que había hecho Jonatán con el hijo de Isaí.

Enseguida, Doeg edomita, le hace saber al rey que «el hijo de Isaí» había ido a Nob, al sacerdote Ahimelec, y recibido ayuda.

Entonces el rey envía por el sacerdote Ahimelec, y por toda la casa de su padre, y le dice:

—¿Por qué has conspirado contra mí, tú y el hijo de Isaí, cuando le diste pan y espada, y consultaste por él a Dios, para que levantase contra mí y me acechase, como lo hace hoy en día?

Entonces Ahimelec responde al rey, y le dice:

—¿Y quién de todos tus siervos es tan fiel como David, yerno también del rey, que sirve a tus órdenes y es ilustre en tu casa? ¿He comenzado yo desde hoy a consultar por él a Dios? Lejos sea de mí; no culpe el rey de cosa alguna a su siervo, ni a toda la casa de mi padre; porque tu siervo ninguna cosa sabe de este asunto, grande ni pequeña.

Pero el rey no desea oír eso, y le dice:

—Sin duda morirás, Ahimelec, tú y toda la casa de tu padre.

Entonces ordena a su guardia personal:

—Maten a los sacerdotes de Jehová; porque también la mano de ellos está con David, pues sabiendo ellos que huía no me lo descubrieron.

Mas los siervos del rey no cumplen esta orden por respeto a los sacerdotes y temor a Jehová.

Entonces le dice el rey a Doeg:

—Vuelve tú, y arremete contra los sacerdotes.

Y se vuelve Doeg el edomita, y acomete a los sacerdotes, y mata en aquel día a ochenta y cinco varones que visten efod de lino.

Y a Nob, ciudad de los sacerdotes, hiere a filo de espada; así a hombres como a mujeres, niños hasta los de pecho, bueyes, asnos y ovejas, todo lo hiere a filo de espada. Sólo Abiatar logra escapar, y huye tras David.

Al escuchar la masacre de sacerdotes y sus familias, David condena repugnante hecho, y asume con valentía su responsabilidad:

—Yo sabía que estando allí aquel día Doeg el edomita, él lo había de hacer saber a Saúl. Yo he ocasionado la muerte a todas las personas de la casa de tu padre. Quédate conmigo, no temas; quien buscare mi vida, buscará también la tuya; pues conmigo estarás a salvo.

El Divino Cantor de Israel toma su armoniosa arpa, y eleva este canto al Señor donde pide castigo para Doeg el asesino:

SALMO 52

¿Por qué te jactas de maldad, oh poderoso?
La misericordia de Dios es continua.
Agravios maquina tu lengua;
Como navaja afilada hace engaño,
Amaste el mal más que el bien,
La mentira más que la verdad.
Has amado toda suerte de palabras perniciosas,
Engañosa lengua.
Por tanto, Dios te destruirá para siempre;
Te asolará y te arrancará de tu morada,
Y te desarraigará de la tierra de los vivientes.
Selah

Verán los justos, y temerán;
Se reirán de él, diciendo:
He aquí el hombre que no puso a Dios por su fortaleza.
Sino que confió en la multitud de sus riquezas,
Y se mantuvo en su maldad.

Pero yo estoy como olivo verde en la casa de Dios;
En la misericordia de Dios confío eternamente y para siempre.
Te alabaré para siempre, porque lo has hecho así;
Y esperaré en tu nombre, porque es bueno, delante de tus santos.

El ejército de David es cada día más numeroso, ya no caben en la cueva de Adulam; el pueblo ama y admira al Gran Guerrero de mil victorias, al Divino Cantor de Israel, a quien Dios ha elegido para ser rey de todo su pueblo; llegan de todos los lugares de Judá para unirse a su causa; también los de Gad huyen y van a David, al lugar fuerte en el desierto, hombres de guerra muy valientes para pelear, diestros con escudo y pavés; sus rostros eran como rostros de leones, y eran ligeros como las gacelas sobre las montañas: Ezer, Obadías, Eliab, Mismana, Jeremías, Atai, Eliel, Johanán, Elzabad, Jeremías y Macbanai, su experiencia en la guerra la adquirieron como capitanes del ejército de los hijos de Gad, el menor tenía cargo de cien hombres, y el mayor de mil. Éstos pasaron el Jordán en el mes primero, cuando se había desbordado por todas sus riberas; e hicieron huir a todos los de los valles al oriente y al poniente.

Asimismo, algunos de los hijos de Benjamín y de Judá, guerreros valerosos, vinieron a David al lugar fuerte.

Y David sale a ellos, y les habla diciendo:

—Si han venido a mí para paz y para ayudarme, mi corazón será unido con ustedes; mas si es para entregarme a mis enemigos, sin haber iniquidad en mis manos, véalo el Dios de nuestros padres, y lo demande.

Entonces el Espíritu viene sobre Amasai, jefe de los treinta, y dice:

—Por ti, oh David, y contigo, oh hijo de Isaí. Paz, paz contigo, y paz con tus ayudadores, pues también tu Dios te ayuda.

Y David los recibe, y los pone entre los capitanes de la tropa.

Los hombres de David pelean para subsistir, atacan poblaciones de reinos enemigos, pero protegen a las comunidades de su propio reino. Son ya seiscientos hombres bien entrenados por su jefe en el arte de la guerra, empiezan a ser una fuerza verdadera, temible hasta para el propio rey Saúl.

Un día llega el profeta Gad, y le dice a David:

—No te estés en este lugar fuerte; anda y vete a tierra de Judá.

Y David obedece la palabra de Dios por medio de su profeta, y se interna en el bosque de Haret. Al entrar, observa a su paso las gacelas en graciosos saltos, los conejos que se esconden en sus cuevas; y los jilgueros que en las ramas de los árboles frondosos elevan un concierto musical, casi divino; escucha el murmurar de un bello manantial y a lo lejos el rugido del león de la montaña; entonces su alma se llena de frescura y sus ojos hermosos reflejan el verdor de los árboles que opacan por momentos sus ojos de azul cielo, de un azul cielo.

Y con inspiración divina toca su arpa:

SALMO 96

Cantad a Jehová cántico nuevo;
Cantad a Jehová, toda la tierra.
Cantad a Jehová, bendecid su nombre;
Anunciad de día en día su salvación.
Proclamad entre las naciones su gloria,
En todos los pueblos sus maravillas.
Porque grande es Jehová, y digno de suprema alabanza;
Temible sobre todos los dioses.
Porque todos los dioses de los pueblos son ídolos;
Pero Jehová hizo los cielos.

Alabanza y magnificencia delante de él;
Poder y gloria en su santuario.

Tributad a Jehová, oh familias de los pueblos,
Dad a Jehová la gloria y el poder.
Dad a Jehová la honra debida a su nombre;
Traed ofrendas, y venid a sus atrios.
Adorad a Jehová en la hermosura de la santidad;
Temed delante de él, toda la tierra.
Decid entre las naciones: Jehová reina.
También afirmó el mundo, no será conmovido;
Juzgará a los pueblos en justicia.
Alégrense los cielos, y gócese la tierra;
Brame el mar y su plenitud.
Regocíjese el campo, y todo lo que en él está;
Entonces todos los árboles del bosque rebosarán de contento,
Delante de Jehová que vino;
Porque vino a juzgar la tierra.
Juzgará al mundo con justicia,
Y a los pueblos con su verdad.

El Divino Cantor de Israel hace de este bosque su nuevo escondite; aquí se oculta luego de despojar a los ricos y socorrer a los pobres, acciones que quedan para inspiración del mundo.

Muy cerca del bosque está la ciudad de Keila, a unos cinco kilómetros, y sus moradores eran robados y humillados en extremo por los filisteos. Keila está en la Sefela, una de las seis secciones geográficas de la Tierra Prometida al oeste del Jordán, un terreno bajo, situado entre los montes de Judá y la llanura costera del Mediterráneo. Es aquí en esta región donde ocurren las hazañas de Sansón, ungido de Dios para libertar a su pueblo de los filisteos. Aquí es donde Sansón mata con una quijada de burro a mil soldados filisteos, en la comunidad de Lehi, y tras veinte años de gobernar a su pueblo se enamora de una hermosa mujer de nombre Dalila, quien lo traiciona por dinero al revelar a los filisteos el secreto de su poderosa fuerza que es su cabello, era el principio de su fin; su cuerpo fue enterrado entre Zora y Estaol, a unos siete kilómetros de la ciudad de Keila, en territorio de Judá.

Le avisan, pues, a David:

—He aquí que los filisteos combaten a Keila, y roban las eras.

Keila es un pueblo fortificado, se ubica a cinco kilómetros al sur de Adulam, en el camino de Hebrón a Gat. Las eras son superficies rocosas, elevadas y expuestas al viento, es difícil defenderlas, por esa razón en la época de los jueces, la mano de Madián prevaleció contra Israel, y los israelitas se hicieron cuevas en los montes, y cavernas, y lugares fortificados, pues sucedía que cuando Israel sembraba, subían los madianitas y amalecitas y los hijos del oriente contra ellos; subían y los atacaban. Y acampando contra ellos destruían los frutos de la tierra, hasta llegar a Gaza; y no dejaban qué comer en Israel, ni ovejas, ni bueyes, ni asnos.

Porque subían ellos y venían con sus tiendas en grande multitud como langostas; ellos y sus camellos eran innumerables; así venían a la tierra para devastarla, algo similar estaba ocurriendo con los moradores de Keila frente a los filisteos.

Entonces David consulta a Jehová, y le pregunta:

—¿Iré a atacar a estos filisteos?

Y Dios responde a David:

Ve, ataca a los filisteos, y libra a Keila.

Pero los hombres de David analizan con sus propios razonamientos la situación y exponen a su líder:

—He aquí que nosotros aquí en Judá estamos con miedo; ¿cuánto más si fuéramos a Keila contra el ejército de los filisteos?

Está claro que los hombres de David quedarían entre la espada y la pared: Por un lado, el ejército del rey Saúl atacándolos con todas sus fuerzas, y por otro lado, el ejército de los filisteos, y ellos, los hombres de David, quedarían atrapados en la ciudad entre dos fuegos. La razón les dice que no es conveniente realizar tal acción, militarmente hablando es un suicidio.

Entonces David vuelve a consultar a Jehová. Y Jehová le responde y dice:

> *Levántate, desciende a Keila, pues yo entregaré en tus manos a los filisteos.*

Va, pues, David con sus hombres a Keila, y en el camino entona esta alabanza:

SALMO 97

> *Jehová reina; regocíjese la tierra,*
> *Alégrense las muchas costas.*
> *Nube y oscuridad alrededor de él;*
> *Justicia y juicio son el cimiento de su trono.*
> *Fuego irá delante de él,*
> *Y abrazará a sus enemigos alrededor.*
> *Sus relámpagos alumbraron el mundo;*
> *La tierra vio y se estremeció.*
> *Los montes se derritieron como cera delante de Jehová,*
> *Delante del Señor de toda la tierra.*
> *Los cielos anunciaron su justicia,*
> *Y todos los pueblos vieron su gloria.*
> *Avergüéncense todos los que sirven a las imágenes de talla,*
> *Los que se glorían en los ídolos.*
> *Póstrense a él todos los dioses.*
> *Oyó Sion, y se alegró;*
> *Y las hijas de Judá,*
> *Oh, Jehová, se gozaron por tus juicios.*
> *Porque tú, Jehová, eres excelso sobre toda la tierra;*
> *Eres muy exaltado sobre todos los dioses.*
> *Los que amáis a Jehová, aborreced el mal;*
> *Él guarda las almas de sus santos;*
> *De mano de los impíos los libra.*
> *Luz está sembrada para el justo,*
> *Y alegría para los rectos de corazón.*

Alegraos, justos, en Jehová,
Y alabad la memoria de su santidad.

La sorpresa es el más importante multiplicador de la fuerza militar de David contra los filisteos; la rapidez de la acción es superior a la capacidad de reacción del enemigo que al verse atacado por guerreros que no esperan cae en el caos y en una derrota aplastante, y pierden todo su ganado. Así, el formidable guerrero libra a los de Keila.

Pero Saúl tenía espías por todos lados, y cuando sabe que David está en Keila se alegra, «se ha encerrado entrando en ciudad con puertas y cerraduras», piensa el rey.

Y convoca Saúl a todo el pueblo a la batalla para descender a Keila, y poner sitio a David y a sus hombres.

Mas entendiendo David que Saúl idea el mal contra él, dice a Abiatar sacerdote:

—Trae el efod.

El efod forma parte de las vestiduras sagradas que Dios ordena a Moisés sean confeccionadas para Aarón para el ejercicio de su sacerdocio. El efod es una obra primorosa, tipo chaleco, revestida de oro, que representa un elemento valioso e incorruptible; y con los colores azul, que indica majestuosidad; púrpura, sinónimo de autoridad, y carmesí, que representa el humanismo. Tiene dos hombreras que se juntan a sus dos extremos, y un cinto de obra primorosa que está sobre él, con dos piedras de ónice, donde están grabados los nombres de los hijos de Israel; seis de sus nombres en una piedra, y los otros seis nombres en la otra piedra, conforme al orden de nacimiento de ellos.

La responsabilidad que implica asumir la actividad sacerdotal, a través del efod, es la sombra de lo real y verdadero, de lo que instauraría en los tiempos venideros un Gran Sumo Sacerdote, un sacerdote inmutable, que vendría del linaje de David, por eso dice:

SALMO 110

Jehová dijo a mi Señor: Siéntate a mi diestra, hasta que ponga a tus enemigos por estrado de tus pies.
Jehová enviará desde Sion la vara de tu poder; domina en medio de tus enemigos.

Tu pueblo se te ofrecerá voluntariamente en el día de tu poder, en la hermosura de la santidad. Desde el seno de la aurora. Tienes tú el rocío de tu juventud.
Juró Jehová, y no se arrepentirá: Tú eres sacerdote para siempre, según el orden de Melquisedec.
El Señor está a tu diestra; quebrantará a los reyes en el día de su ira.
Juzgará entre las naciones, las llenará de cadáveres; quebrantará las cabezas en muchas tierras.
Del arroyo beberá en el camino, por lo cual levantará la cabeza.

Frente al efod, David consulta a Dios:

—Tu siervo tiene entendido que Saúl trata de venir contra Keila, a destruir la ciudad por causa mía. ¿Me entregarán los vecinos de Keila en sus manos? ¿Descenderá Saúl, como ha oído tu siervo? Jehová, Dios de Israel, te ruego que lo declares a tu siervo.

La persona que busca la voluntad de Dios por medio del efod, solo podía recibir la respuesta a una pregunta cada vez, y David aquí hace dos:

Y Jehová responde nada más a la segunda pregunta:

Sí, descenderá.

Por lo que David tiene que repetir la primera pregunta:

—¿Me entregarán los vecinos de Keila a mí y a mis hombres en manos de Saúl?

Y Jehová responde:

Os entregarán.

David entonces se levanta con sus seiscientos hombres, sale de Keila y anda errante de un lugar a otro.

David no deja de clamar a Dios:

SALMO 108

Mi corazón está dispuesto, oh Dios;
Cantaré y entonaré salmos; esta es mi gloria.
Despiértate, salterio y arpa;

Despertaré al alba.
Te alabaré, oh Jehová, entre los pueblos;
A ti cantaré salmos entre las naciones.
Porque más grande que los cielos es tu misericordia,
Y hasta los cielos tu verdad.
Exaltado seas hasta los cielos, oh Dios,
Y sobre toda la tierra sea enaltecida tu gloria.
Para que sean librados tus amados,
Salva con tu diestra y respóndeme.
Dios ha dicho en su santuario: Yo me alegraré;
Repartiré a Siquem, y mediré el valle de Sucot.
Mío es Galaad, mío es Manasés,
Y Efraín es la fortaleza de mi cabeza;
Judá es mi legislador.
Moab, la vasija para lavarme;
Sobre Edom echaré mi calzado;
Me regocijaré sobre Filistea.
¿Quién me guiará a la ciudad fortificada?
¿Quién me guiará hasta Edom?
¿No serás tú, oh, Dios, que nos habías desechado,
Y no salías, oh Dios, con nuestros ejércitos?
Danos socorro contra el adversario,
Porque vana es la ayuda del hombre.
En Dios haremos proezas,
Y él hollará a nuestros enemigos.

Al saber Saúl que David está fuera de Keila desiste en su persecución.

David habita con sus hombres en un monte en el desierto de Zif, al sur de Israel, es un lugar con montañas y valles áridos y rocosos y lugares fuertes, es decir, muchas cuevas donde el Guerrero de Israel podía ocultarse de Saúl.

Zif es un pueblo en la región montañosa del sur de Judá, situado a unos diez kilómetros al suroeste de Hebrón, da su nombre a la parte del desierto de Judá entre Zif y En-gadi en el mar Muerto.

En la parte oriental árida de las montañas de Judá, en una pequeña comunidad llamada Hores, el Divino Cantor de Israel establece su cuartel general. Y eleva al cielo esta oración profética:

SALMO 91

El que habita al abrigo del Altísimo
Morará bajo la sombra del Omnipotente.
Diré yo a Jehová: Esperanza mía, y castillo mío;
Mi Dios en quien confiaré.
Él te librará del lazo del cazador,
De la peste destructora.
Con sus plumas te cubrirá,
Y debajo de sus alas estarás seguro;
Escudo y adarga es su verdad.
No temerás el terror nocturno,
Ni saeta que vuele de día,
Ni pestilencia que ande en oscuridad,
Ni mortandad que en medio del día destruya.
Caerán a tu lado mil, y diez mil a tu diestra;
Mas a ti no llegará.
Ciertamente con tus ojos mirarás
Y verás la recompensa de los impíos.
Porque has puesto a Jehová que es mi esperanza,
Al Altísimo por tu habitación,
No te sobrevendrá mal,
Ni plaga tocará tu morada.
Pues a sus ángeles mandará acerca de ti,
Que te guarden en todos tus caminos.
En las manos te llevarán,
Para que tu pie no tropiece en piedra.
Sobre el león y el áspid pisarás;
Hollarás al cachorro de león y al dragón.
Por cuanto en mí ha puesto su amor, yo también lo libraré;
Le pondré en alto, por cuanto ha conocido mi nombre.
Me invocará, y yo le responderé;
Con él estaré yo en la angustia;
Lo libraré y le glorificaré.
Lo saciaré de larga vida,
Y le mostraré mi salvación.

En cuanto termina su oración le dan una gran sorpresa: su amigo del alma, Jonatán, hijo de Saúl, está aquí para verlo, y lo recibe con gran alegría, y el ánimo de David se fortalece en gran manera cuando escucha de Jonatán estas palabras:

—No temas, pues no te hallará la mano de Saúl mi padre, y tú reinarás sobre Israel, y yo seré segundo después de ti; y aun Saúl mi padre así lo sabe.

Y fluyen uno a uno los recuerdos desde su primer encuentro cuando David mata a Goliat, para entonces el príncipe Jonatán ya es célebre en Israel, pues su valentía salvó al pueblo de la espada del ejército filisteo diez años antes de su encuentro con el pastorcillo valiente.

No es difícil para Jehová salvar con muchos o con pocos

Acontece un día que Jonatán dice a su criado que le traía las armas: «Ven y pasemos a la guarnición de los filisteos, que está de aquel lado». Y no lo hace saber a su padre.

Y entre los desfiladeros por donde Jonatán procura pasar a la guarnición de los filisteos, hay un peñasco agudo de un lado, y otro del otro lado; el uno se llama Boses, y el otro Sene.

Uno de los peñascos está situado al norte, hacia Micmas, y el otro al sur, hacia Gabaa.

Dice, pues, Jonatán a su paje de armas:

—Ven, pasemos a la guarnición de estos incircuncisos; quizá haga algo Jehová por nosotros, pues no es difícil para Jehová salvar con muchos o con pocos.

Y su paje de armas le responde:

—Haz todo lo que tienes en tu corazón; ve, pues aquí estoy contigo a tu voluntad.

Dice entonces Jonatán:

—Vamos a pasar a esos hombres, y nos mostraremos a ellos.

Si nos dicen así:

—Esperen hasta que lleguemos a ustedes, entonces nos estaremos en nuestro lugar, y no subiremos a ellos.

Mas si nos dicen así:

—Suban a nosotros

Entonces subiremos, porque Jehová los ha entregado en nuestra mano; y esto nos será por señal.

Se muestran, pues, ambos a la guarnición de los filisteos, y los filisteos dicen:

—He aquí los hebreos, que salen de las cavernas donde se habían escondido.

Y los hombres de la guarnición responden a Jonatán y a su paje de armas, y dicen:

—Suban a nosotros, y les haremos saber una cosa.

Entonces Jonatán dice a su paje de armas:

—Sube detrás de mí, porque Jehová los ha entregado en manos de Israel.

Y sube Jonatán trepando con sus manos y sus pies, y tras él su paje de armas; y a los que caían delante de Jonatán, su paje de armas que iba tras él los mataba.

Y fue esta primera matanza que hacen Jonatán y su paje de armas, como veinte hombres, en el espacio de una media yugada de tierra.

Y se desata el pánico en el campamento y por el campo, y entre toda la gente de la guarnición; y los que habían ido a merodear, también ellos tienen pánico, y la tierra tiembla; hay, pues, gran consternación.

Así salva Jehová a Israel aquel día por manos de Jonatán.

Es, pues, el hijo de Saúl, un príncipe valiente y un caudillo querido por su pueblo, mas cuando Dios le hace ver tras aquella batalla en el valle de Ela que David es el elegido para ser rey de Israel, su alma queda ligada al alma de David, y lo ama Jonatán como a sí mismo. Y el hijo del rey Saúl se quitó el manto que llevaba, y se lo dio a David, y otras ropas suyas, hasta su espada, su arco y su talabarte, cedía voluntariamente su derecho sucesorio al trono en favor de su gran amigo, y ahí lo tiene enfrente, y le fortalece su mano en Dios:

—No temas, pues no te hallará la mano de Saúl mi padre, y tú reinarás sobre Israel, y si yo viviere, harás conmigo misericordia de Jehová, para que no muera, y no apartarás tu misericordia de mi casa para siempre. Cuando Jehová haya cortado uno por uno los enemigos de David de la tierra, no dejes que el nombre de Jonatán sea quitado de la casa de David.

Y Jonatán hace jurar a David otra vez, porque le ama, pues le ama como a sí mismo, con un amor limpio y sagrado para cumplir el propósito divino de coronar a David, rey de Israel.

David y Jonatán.

Y ambos hacen pacto delante de Jehová; y David se queda en Hores, y Jonatán vuelve a casa, pero ninguno de los dos sabe que ese es el último día que estarán juntos en la tierra de los vivientes.

La traición de los moradores de Zif

Zif es una ciudad de Judá, ubicada al noroeste del monte Hores, cerca del desierto que lleva su nombre, a cuarenta y cinco kilómetros al suroeste del mar Muerto, y cuando los zifios supieron que David estaba en sus contornos, y temerosos de correr la misma suerte de los sacerdotes de Nob lo denuncian al rey Saúl en Gabaa:

—¿No está David escondido en nuestra tierra en las peñas de Hores, en el collado de Aquila, que está al sur del desierto? Por tanto, rey, desciende pronto ahora, conforme a tu deseo, y nosotros lo entregaremos en la mano del rey.

Y Saúl les dice:

—Benditos sean ustedes de Jehová, que han tenido compasión de mí.

Vayan, pues, asegúrense, vean el lugar de su escondite, y quién lo ha visto allí; porque se me ha dicho que él es astuto en gran manera.

Observen, pues, e informen de todos los escondrijos donde se oculta, y vuelvan a mí con información segura, y yo iré con ustedes; y si él estuviera en la tierra, yo le buscaré entre todos los millares de Judá.

Y los zifios regresan a su ciudad.

Pero David y su gente están en el desierto de Maón, en el Arabá al sur del desierto.

Y va Saúl con su gente a buscarlo; pero es dado aviso a David, y desciende a la peña, se queda en el desierto de Maón. Cuando Saúl oye esto, sigue a David al desierto de Maón.

Saúl va por un lado del monte, David con sus hombres van por el otro lado del monte, y se da prisa David para escapar de Saúl; mas Saúl y sus hombres han encerrado a David y a su gente para capturarlos.

SALMO 54

David clama a Dios, en este Salmo:
Oh Dios, sálvame por tu nombre,
Y con tu poder defiéndeme,
Oh Dios, oye mi oración;
Escucha las razones de mi boca.

Porque extraños se han levantado contra mí,
Y hombres violentos buscan mi vida;
No han puesto a Dios delante de sí.

He aquí, Dios es el que me ayuda;
El Señor está con los que sostienen mi vida
Él devolverá el mal a mis enemigos;
Córtalos por tu verdad.

Voluntariamente sacrificaré a ti;
Alabaré tu nombre, oh Jehová, porque es bueno
Porque él me ha librado de toda angustia,
Y mis ojos han visto la ruina de mis enemigos.

Entonces viene un mensajero de Saúl, diciendo:

—Ven luego, porque los filisteos han hecho una irrupción en el país.

Vuelve, por tanto, Saúl de perseguir a David, y parte contra los filisteos.

Entonces David sube de allí y habita en los lugares fuertes de En-gadi, al sureste de Jerusalén cerca del mar Muerto, y junto a este enorme lago de agua salada con altos niveles de minerales que no permite algún tipo de vida —de ahí su nombre— está un oasis lleno de vida, frutos y agua fresca en medio del desierto, con su catarata permanente de agua de lluvia, con palmeras, viñas y balsameras, árboles robustos que sueltan savia, y olorosas flores en medio de rocas y peñas escarpadas, en donde asoman en forma esporádica las cabras montesas.

Los lugares fuertes están resguardados con obras de defensa que lo hacen capaz de resistir los ataques del enemigo; generalmente las cuevas son lugares estratégicos de escondite para David y sus seiscientos hombres, pues un ejército de tres mil guerreros escogidos de entre todo Israel, al mando del rey Saúl, los persigue para darles muerte.

En-gadi tiene muchas cuevas alrededor, y ¡oh sorpresa!, que donde se esconde David y sus hombres está el rey Saúl solo descansando.

Vuelto Saúl de combatir a los filisteos prosigue su persecución por las cumbres de los peñascos de las cabras montesas, y cansado del camino se mete a la misma cueva a descansar, mientras su escolta de seguridad se mantiene afuera «vigilando». Así, el rey Saúl queda a merced del que persigue, mas David tiene temor de atentar contra el ungido de Jehová, pues en su noble corazón Saúl aún es el rey de Israel puesto por Dios, y solo Dios puede quitarlo, «quién era él», se pregunta, y aunque sus hombres le incitan a matarlo, David solo se limita a cortarle una orilla de su manto, y en ese momento se turba su corazón por tanta osadía, y reprime a sus hombres de atentar contra el ungido de Jehová.

Saúl sale de la cueva y sigue su camino al frente de su numeroso ejército. En eso escucha a su espalda una voz conocida:

—¡Mi señor el rey! —le grita David.

Y al mirar hacia atrás, David inclina su rostro a tierra, y hace reverencia.

Y dice David a Saúl:

—¿Por qué oyes las palabras de los que dicen: «Mira que David procura tu mal»? He aquí han visto tus ojos cómo Jehová te ha puesto hoy en mis manos en la cueva; y me dijeron que te matase, pero te perdoné, porque dije: «No extenderé mi mano contra mi señor, porque es el ungido de Jehová». Y mira, padre mío, mira la orilla de tu manto en mi mano; porque yo corté la orilla de tu manto, y no te maté. Conoce, pues, y ve que no hay mal ni traición en mi mano, ni he pecado contra ti; sin embargo, tú andas a caza de mi vida para quitármela.

»Juzgue Jehová entre tú y yo, y véngueme de ti Jehová; pero mi mano no será contra ti. Como dice el proverbio de los antiguos: De los impíos saldrá la impiedad; así que mi mano no será contra ti. ¿Tras quién ha salido el rey de Israel? ¿A quién persigues? ¿A un perro muerto? ¿A una pulga? Jehová, pues, será juez, y él juzgará entre tú y yo. Él vea y sustente mi causa, y me defienda de tu mano.

Y cuando David termina de decir estas palabras a Saúl, Saúl dice:

—¿No es esta la voz tuya, hijo mío David? —Y alza Saúl su voz y llora, y dice a David—. Más justo eres tú que yo, que me has pagado con bien, habiéndote yo pagado con mal. Tú has mostrado hoy que has hecho conmigo bien; pues no me has dado muerte, habiéndome entregado Jehová en tu mano. Porque ¿quién hallará a su enemigo, y lo dejará ir sano y salvo? Jehová te pague con bien por lo que en este día has hecho conmigo. Y ahora, como yo entiendo que tú has de reinar, y que el reino de Israel ha de ser en tu mano firme y estable, júrame, pues, ahora por Jehová, que no destruirás mi descendencia después de mí, ni borrarás mi nombre de la casa de mi padre.

Entonces David jura a Saúl. Y se va Saúl a su casa, y David y sus hombres suben al lugar fuerte.

Muere Samuel, el profeta de Dios

Llega a David la noticia de la muerte del profeta de Dios Samuel, y se entristece en gran manera.

Todo Israel llora al profeta, su historia está en íntima relación con él, pues representa la transición del período de jueces a la monarquía.

Organiza a los levitas en el servicio del santuario, obra que será completada por David en el trono; Samuel recolecta tesoros para construir el templo que visualiza en el tiempo de Salomón; recuerda la pascua y mantiene al pueblo siempre agradecido con Dios por liberarlo de Egipto, y si bien en vida no siempre lo valoraron, en su muerte, en cambio, recibe una gran honra. Samuel, el profeta de Dios, es ejemplo de fe a las generaciones futuras.

Su nacimiento fue un verdadero milagro

Cuando escaseaba la palabra de Dios en tiempos del sacerdote Eli, nace Samuel llamado por Dios para ser su ungido, dirigir al pueblo de Israel, nombrar a su primer rey en la persona de Saúl y luego destituirlo por desobedecer a Dios, y ungir con aceite a un adolescente de nombre David que llegaría a ser un hombre conforme al corazón de Dios, el Divino Cantor y el rey de todo Israel.

El pueblo recuerda aún las primeras palabras que Samuel dirige a toda la casa de Israel:

—Si de todo su corazón se vuelven a Jehová, quiten los dioses ajenos y a Astarot de entre ustedes, y preparen su corazón a Jehová, y sólo a Él sirvan, y Él los librará de la mano de los filisteos.

Los israelitas obedecen al profeta, derriban los baales y a Astarot, y se consagran sólo a Dios, luego, todo el pueblo se reúne en Mizpa, y cuando lo saben los filisteos sus príncipes suben contra ellos; y al oír esto los hijos de Israel, tienen gran temor, y piden a Samuel que ore a Dios y el profeta ora y Dios lo escucha, así que cuando los filisteos llegan para pelear contra los hijos de Israel, Jehová truena aquel día con gran estruendo sobre los filisteos, y los atemoriza, y son vencidos delante de Israel.

Y huyen los filisteos, mas los hijos de Israel los persiguen hasta derrotarlos completamente, y en los tiempos del profeta los filisteos jamás vuelven a entrar en el territorio de Israel y el pueblo rescata las ciudades que sus enemigos habían tomado, desde Ecrón hasta Gat.

Entonces Samuel habla al pueblo, y dice:

—Hasta aquí nos ayudó Jehová.

La tumba del profeta Samuel.

El pueblo sepulta a Samuel en su casa en Ramá y David entona esta alabanza a Jehová:

SALMO 1

Bienaventurado el varón que no anduvo en consejo de malos,
Ni estuvo en camino de pecadores,
Ni en silla de escarnecedores se ha sentado;
Sino que en la ley de Jehová está su delicia,
Y en su ley medita de día y de noche.
Será como árbol plantado junto a corrientes de aguas,
Que da su fruto a su tiempo,
Y su hoja no cae;
Y todo lo que hace, prosperará.
No así los malos,
Que son como el tamo que arrebata el viento.
Por tanto, no se levantarán los malos en el juicio,
Ni los pecadores en la congregación de los justos.
Porque Jehová conoce el camino de los justos;
Mas la senda de los malos perecerá.

David se levanta y va al desierto de Parán, una región montañosa de piedra caliza, con algunas llanuras; aquí los manantiales son escasos y distantes entre sí, la vegetación verde escasea por las lluvias esporádicas. La supervivencia es difícil para el Divino Cantor de Israel quien, a pesar de todo, nunca deja de alabar a Dios:

SALMO 34

Bendeciré a Jehová en todo tiempo;
Su alabanza estará de continuo en mi boca.
En Jehová se gloriará mi alma;
Lo oirán los mansos y se alegrarán.
Engrandeced a Jehová conmigo,
Y exaltemos a una su nombre.
Busqué a Jehová y Él me oyó,
Y me libró de todos mis temores,
Los que miraron a Él fueron alumbrados,
Y sus rostros no fueron avergonzados.
Este pobre clamó, y le oyó Jehová,
Y lo libró de todas sus angustias.
El ángel de Jehová acampa alrededor de los que le temen,
Y los defiende.
Gustad, y ved que es bueno Jehová;
Dichoso el hombre que confía en Él.
Temed a Jehová, vosotros sus santos,
Pues nada falta a los que le temen.
Los leoncillos necesitan, y tienen hambre;
Pero los que buscan a Jehová no tendrán falta de ningún bien.
Venid, hijos, oídme;
El temor de Jehová os enseñaré.
¿Quién es el hombre que desea vida,
Que desea muchos días para ver el bien?
Guarda tu lengua del mal,
Y tus labios de hablar engaño.
Apártate del mal, y haz el bien;
Busca la paz, y síguela.
Los ojos de Jehová están sobre los justos,
Y atentos sus oídos al clamor de ellos.
La ira de Jehová contra los que hacen mal,
Para cortar de la tierra la memoria de ellos.
Claman los justos, y Jehová oye,

Y los libra de todas sus angustias.
Cercano está Jehová a los quebrantados de corazón;
Y salva a los contritos de espíritu.

Muchas son las aflicciones del justo,
Pero de todas ellas le librará Jehová.
Él guarda todos sus huesos;
Ni uno de ellos será quebrantado.
Matará al malo la maldad,
Y los que aborrecen al justo serán condenados.
Jehová redime el alma de sus siervos,
Y no serán condenados cuantos en Él confían.

En Maón, una región árida que cae hacia el mar Muerto, a unos trece kilómetros de Hebrón, hay un hombre muy rico que tiene su hacienda en Carmel de tres mil ovejas y mil cabras, y cuando esquila sus ovejas, David envía a diez jóvenes para que le digan al hacendado:

—Sea paz a ti, y paz a tu familia, y paz a todo cuanto tienes. He sabido que tienes esquiladores. Ahora, tus pastores han estado con nosotros; no les tratamos mal, ni les faltó nada en todo el tiempo que han estado en Carmel. Pregunta a tus criados, y ellos te lo dirán. Hallen, por tanto, estos jóvenes gracia a tus ojos, porque hemos venido en buen día; te ruego que des lo que tuvieres a mano a tus siervos, y a tu hijo David.

Pero Nabal, hombre duro de corazón y de malas obras, responde a los jóvenes enviados por David:

—¿Quién es David?, ¿y quién es el hijo de Isaí? Muchos siervos hay hoy que huyen de sus señores. ¿He de tomar yo ahora mi pan, mi agua, y la carne que he preparado para mis esquiladores, y darla a hombres que no sé de dónde son?

Y los jóvenes se vuelven por su camino, y manifiestan a David las palabras dichas por Nabal.

Entonces David, dice a sus hombres:

—Cíñase cada uno su espada.

Ciertamente en vano he guardado todo lo que este tiene en el desierto, sin que nada le haya faltado de todo cuanto es suyo; y él me ha vuelto mal por bien.

Así haga Dios a los enemigos de David y aun les añada, que de aquí a mañana, de todo lo que fuere suyo no he de dejar con vida ni un varón.

Y suben tras David como cuatrocientos hombres, y dejan doscientos con el bagaje.

Abigail, mujer de Nabal, una mujer hermosa y de buen entendimiento, sabe por un criado lo acontecido:

—He aquí David envió mensajeros del desierto que saludasen a nuestro amo, y él los ha zaherido.

Y aquellos hombres han sido muy buenos con nosotros, y nunca nos trataron mal, ni nos faltó nada en todo el tiempo que anduvimos con ellos, cuando estábamos en el campo. Muro fueron para nosotros de día y de noche, todos los días que hemos estado con ellos apacentando las ovejas. Ahora, pues, reflexiona y ve lo que has de hacer, porque el mal ya está resuelto contra nuestro amo y contra toda su casa; pues él es un hombre tan perverso, que no hay quien pueda hablarle.

Entonces, Abigail se apresura a ir al encuentro de David con doscientos panes, dos cueros de vino, cinco ovejas guisadas, cinco medidas de grano tostado, cien racimos de uvas pasas, y doscientos panes de higos secos, y los carga todo en asnos, a escondidas de su esposo.

Y montando un asno, desciende por una parte secreta del monte y he aquí David y sus hombres vienen frente a ella, y ella les sale al encuentro.

Cuando Abigail ve a David, baja prontamente del asno, y postrándose sobre su rostro delante de David, se inclina a tierra; y se echa a sus pies, y le dice:

—Señor mío, sobre mí sea el pecado; mas te ruego que permitas que tu sierva hable a tus oídos, y escucha las palabras de tu sierva. No hagas caso ahora, mi señor, de ese hombre perverso, de Nabal; porque conforme a su nombre, así es. Él se llama Nabal, y la insensatez está con él; mas yo tu sierva no vi a los jóvenes que tú enviaste.

»Ahora, pues, señor mío, vive Jehová, y vive tu alma, que Jehová te ha impedido el venir a derramar sangre y vengarte por tu propia mano. Sean, pues, como Nabal tus enemigos, y todos los que procuran mal contra mi señor.»Y ahora este presente que tu sierva ha traído a mi señor, sea dado a los hombres que siguen a mi señor. Y yo te ruego que perdones a tu sierva esta ofensa; pues Jehová de cierto hará casa estable a mi señor, por cuanto mi señor pelea las batallas de Jehová, y mal no se ha hallado en ti en tus días.

»Aunque alguien se haya levantado para perseguirte y atentar contra tu vida, con todo, la vida de mi señor será ligada en el haz de los que viven delante de Jehová tu Dios, y él arrojará la vida de tus enemigos como de en medio de la palma de una honda.

»Y acontecerá que cuando Jehová haga con mi señor conforme a todo el bien que ha hablado de ti, y te establezca por príncipe sobre Israel, entonces, señor mío, no tendrás motivo de pena ni remordimientos por haber derramado sangre sin causa, o por haberte vengado por ti mismo. Guárdese, pues, mi señor, y cuando Jehová haga bien a mi señor, acuérdate de tu sierva.

Y David responde a Abigail:

—Bendito sea Jehová Dios de Israel, que te envió para que hoy me encontrases. Y bendito sea tu razonamiento, y bendita tú, que me has estorbado hoy de ir a derramar sangre, y a vengarme por mi propia mano.

»Porque vive Jehová Dios de Israel que me ha defendido de hacerte mal, que si no te hubieras dado prisa en venir a mi encuentro, de aquí a mañana no le hubiera quedado con vida a Nabal ni a un varón.

Y David recibe de su mano lo que le ha traído, y le dice:

—Sube en paz a tu casa, y mira que he oído tu voz, y te he tenido respeto.

Abigail, entonces, vuelve a Nabal para declararle todo, pero tiene miedo porque su esposo está completamente ebrio, pues tiene un gran banquete en su casa, como banquete de rey, pero al día siguiente cuando ya a Nabal se le habían pasado los efectos del vino, le refiere su mujer estas cosas; y desmaya su corazón en él, y se queda como piedra.

Y diez días después, Jehová hiere a Nabal, y muere.

Luego que David oye que Nabal ha muerto, dice:

—Bendito sea Jehová, que juzgó la causa de mi afrenta recibida de mano de Nabal, y ha preservado del mal a su siervo; y Jehová ha vuelto la maldad de Nabal sobre su propia cabeza.

Después David envía por Abigail. Los siervos de David le dicen:

—David nos ha enviado a ti, para tomarte por su mujer.

Y ella se levanta e inclina su rostro a tierra, diciendo:

—He aquí tu sierva, que será una sierva para lavar los pies de los siervos de mi señor.

Y levantándose luego Abigail con cinco doncellas que le servían, montó en un asno y siguió a los mensajeros de David, para ser su mujer.

David toma también a Ahinoam de Jezreel, y ambas fueron sus mujeres.

Porque Saúl ha dado a su hija Mical mujer de David a Palti hijo de Lais, que era de Galim.

Por cierto, Saúl no desiste de perseguir a David, a quien llama hijo, le agradece que le haya respetado su vida en la cueva de En-gadi, y le promete ya no perseguirlo. El rey, olvidando todas esas falsedades que un día estuvieron en su boca, al saber que David está escondido en el collado de Haquila, al oriente del desierto de Zif, organiza la persecución con tres mil hombres escogidos de Israel. Los chismosos son los mismos zifios; quieren quedar bien con el rey y estar exentos de cualquier sospecha de amistad con el que considera su enemigo.

Acampa, pues, Saúl en el collado de Haquila, que está al oriente del desierto, junto al camino. Y está David en el desierto, y al saber de la nueva persecución, mueve la cabeza. «Hasta cuándo cesará el rey de perseguirlo», parece decir para sus adentros.

Lo primero que hace es enviar espías para ubicar a su perseguidor.

Y se levanta David, y viene al sitio donde Saúl acampa; y mira David el lugar donde duermen Saúl y Abner, hijo de Ner, general de su ejército. Y está Saúl durmiendo en el campamento, y el pueblo está acampado en derredor de él.

Entonces David dice a Ahimelec heteo y a Abisai hijo de Sarvia, hermano de Joab:

—¿Quién descenderá conmigo a Saúl en el campamento?

Y dice Abisai:

—Yo descenderé contigo.

David, pues, y Abisai van de noche al ejército; y he aquí que Saúl está tendido durmiendo en el campamento, y su lanza clavada en tierra a su cabecera; y Abner y el ejército están tendidos alrededor de él.

Entonces dice Abisai a David:

—Hoy ha entregado Dios a tu enemigo en tu mano; ahora, pues, déjame que le hiera con la lanza, y lo enclavaré en tierra de un golpe, y no le daré segundo golpe.

Y David responde a Abisai:

—No le mates; porque ¿quién extenderá su mano contra el ungido de Jehová, y será inocente?

Dice además David:

—Vive Jehová, que si Jehová no lo hiere, o su día llegue para que muera, o descendiendo en batalla perezca, guárdeme Jehová de extender mi mano contra el ungido de Jehová. Pero toma ahora la lanza que está a su cabecera, y la vasija de agua, y vámonos.

Se lleva, pues, David la lanza y la vasija de agua de la cabecera de Saúl, y se van; y no hay nadie que viese, ni entendiese, ni velase, pues todos duermen; porque un profundo sueño enviado de Jehová ha caído sobre ellos.

Entonces pasa David al lado opuesto, y se pone en la cumbre del monte a lo lejos, habiendo gran distancia entre ellos.

Y da voces David al pueblo, y a Abner, hijo de Ner, diciendo:

—¿No respondes, Abner?

Entonces Abner responde y dice:

—¿Quién eres tú que gritas al rey?

Y contesta David a Abner:

—¿No eres tú un hombre?, ¿y quién hay como tú en Israel? ¿Por qué, pues, no has guardado al rey, tu señor? Porque uno del pueblo ha entrado a matar a tu señor, el rey.

Esto que has hecho no está bien. Vive, Jehová, que eres digno de muerte, porque no has guardado a tu señor, al ungido de Jehová. Mira pues, ahora, dónde está la lanza del rey, y la vasija de agua que estaba a su cabecera.

Y conociendo Saúl la voz de David, dice:

—¿No es esta tu voz, hijo mío David?

Y David responde:

—Mi voz es, rey señor mío. ¿Por qué persigue así mi señor a su siervo? ¿Qué he hecho? ¿Qué mal hay en mi mano?

»Ruego, pues, que el rey mi señor oiga ahora las palabras de su siervo. Si Jehová te invita contra mí, acepte él la ofrenda; mas si fueren hijos de hombres, malditos sean ellos en presencia de Jehová, porque me han arrojado hoy para que no tenga parte en la heredad de Jehová, diciendo: «Ve y sirve a dioses ajenos».

»No caiga, pues, ahora mi sangre en tierra delante de Jehová, porque ha salido el rey de Israel a buscar una pulga, así como quien persigue una perdiz por los montes.

Entonces dice Saúl:

—He pecado; vuélvete, hijo mío David, que ningún mal te haré más, porque mi vida ha sido estimada preciosa hoy a tus ojos. He aquí yo he hecho neciamente, y he errado en gran manera.

Y David responde:

—He aquí la lanza del rey; pase acá uno de los criados y tómela.

Y Jehová pague a cada uno su justicia y su lealtad; pues Jehová te había entregado hoy en mi mano, mas yo no quise extender mi mano contra el ungido de Jehová.

Y he aquí, como tu vida ha sido estimada preciosa hoy a mis ojos, así sea mi vida a los ojos de Jehová, y me libre de toda aflicción.

Y Saúl dice a David:

—Bendito eres tú, hijo mío David; sin duda emprenderás tú cosas grandes, y prevalecerás.

Entonces David se va por su camino, y Saúl vuelve a su lugar.

Mas David no confía en las palabras del rey Saúl y recuerda las palabras del príncipe Jonatán: «Mientras estés vivo, mi padre no cesará de buscarte para matarte pues representas un peligro para el trono».

Entonces David dice en su corazón, sin consultar a Dios:

—Al fin seré muerto algún día por la mano de Saúl; nada, por tanto, me será mejor que fugarme a la tierra de los filisteos, para que Saúl no se ocupe de mí, y no me ande buscando más por todo el territorio de Israel; y así escaparé de su mano.

Se levanta, pues, David, y con los seiscientos hombres que tiene consigo se pasa a Aquis, hijo de Maoc, rey de Gat.

Y mora David con Aquis en Gat, él y sus hombres, cada uno con su familia; David con sus dos mujeres, Ahinoam jezreelita y Abigail la que fue mujer de Nabal el de Carmel.

Cuando Saúl sabe que David está en Gat, no le busca más.

Y David dice a Aquis:

—Si he hallado gracia ante tus ojos, séame dado lugar en alguna de las aldeas para que habite allí; pues ¿por qué ha de morar tu siervo contigo en la ciudad real?

Y Aquis le da aquel día Siclag.

David permanece en la tierra de los filisteos, un año y cuatro meses.

Y el Divino Cantor de Israel no cesa de entonar alabanzas a Jehová:

SALMO 28

A ti clamaré, oh Jehová,
Roca Mía, no te desentiendas de mí,
Para que no sea yo, dejándome tú,
Semejantes a los que descienden al sepulcro.
Oye la voz de mis ruegos cuando clamo a ti,
Cuando alzo mis manos hacia tu santo templo.

No me arrebates juntamente con los malos,
Y con los que hacen iniquidad,
Los cuales hablan paz con sus prójimos,
Pero la maldad está en su corazón.
Dales conforme a su obra, y conforme a la perversidad de sus hechos;
Dales su merecido conforme a la obra de sus manos.
Por cuanto no atendieron a los hechos de Jehová,
Ni a la obra de sus manos.
Él los derribará, y no los edificará.
Bendito sea Jehová,
Que oyó la voz de mis ruegos.
Jehová es mi fortaleza y mi escudo;
En Él confió mi corazón, y fui ayudado,
Por lo que se gozó mi corazón,
Y con mi cántico le alabaré.
Jehová es la fortaleza de su pueblo,
Y el refugio salvador de su ungido.
Salva a tu pueblo, y bendice a tu heredad;
Y pastoréales y susténtales para siempre.

David con sus hombres hacen incursiones contra los gesuritas, los gezritas y los amalecitas; porque estos habitan de largo tiempo la tierra, desde como quien va a Shur hasta la tierra de Egipto.

Y asola David el país, y no deja con vida hombre ni mujer; y se lleva las ovejas, las vacas, los asnos, los camellos y las ropas, y regresaba a Aquis.

Y le pregunta Aquis:

—¿Dónde has merodeado hoy?

Y David contesta:

—En el Neguev de Judá, y el Neguev de Jeramel, o en el Neguev de los ceneos.

Ni hombre ni mujer deja David con vida para que viniesen a Gat; diciendo: No sea que den aviso de nosotros y digan: Esto hizo David. Y esta fue su costumbre todo el tiempo que moró en la tierra de los filisteos.

Y Aquis cree a David todo lo que le dice, y piensa:

—Él se ha hecho abominable a su pueblo de Israel, y será siempre mi siervo.

Sin embargo, la guerra contra Israel, su odiado enemigo, es inevitable. Y Aquis le advierte:

—Ten entendido que has de salir conmigo a campaña, tú y tus hombres.

Y David responde:

—Muy bien, tú sabrás lo que hará tu siervo.

Y Aquis dice a David:

—Por tanto, yo te constituiré, guarda de mi persona durante toda mi vida.

La invasión a Siclag

David combate a los amalecitas, enemigos de Dios —que como una plaga aparecen por todos lados— cuando incursiona desde la ciudad de Siclag, su asentamiento, hasta la región desértica de Shur, en el límite nororiental de Egipto.

Los amalecitas no son descendientes de Amalec, hijo de Esaú, hijo de Jacob, sino un pueblo de nombre coincidente que hace enojar a Jehová Dios, en Refidim cuando ataca por la retaguardia a su pueblo cansado de caminar y que cruza por esa ruta, a la salida de Egipto; por lo que Jehová dice a Moisés:

—Escribe esto para memoria en un libro, y di a Josué que raeré del todo la memoria de Amalec de debajo del cielo.

Y Moisés dice:

—Por cuanto la mano de Amalec se levantó contra el trono de Jehová, Jehová tendrá guerra con Amalec de generación a generación.

El incumplimiento de este supremo mandato, por parte del rey Saúl, hace que Dios lo deseche para siempre, y nombre en su lugar a David, un hombre escogido porque lo encuentra conforme a su corazón.

Teniendo en mente el deseo de Dios, David llega hasta los dominios de los amalecitas desde Javilla hasta Shur, quienes amenazan la frontera sur de Judá, pero aunque logra aniquilar a la mayoría, no los extermina, y regresa a Siclag con sus seiscientos hombres.

Siclag, una población filistea, que el rey Aquis, de Gat, ofrece a David para esconderse de la persecución del rey Saúl, es un sitio estratégico; si bien este territorio ya pertenecía a Israel, y estaba asignado a la tribu de los hijos de Judá en el extremo sur, hacia la frontera de Edom, según el Libro de Josué, capítulo 15, versículo 31, entre las veintinueve ciudades que le fueron repartidas por Josué, y en medio de la heredad de los hijos de Judá, Simeón, tuvo en su heredad para su familia, además de Beerseba, la ciudad de Siclag (Josué 19, 2-15); lo cierto es que los filisteos aparecen como dueños de Siclag en el reinado de Saúl, hasta que la ciudad le es concedida a David en pago por sus servicios de guardia personal de Aquis.

Siclag está ubicada en una colina, en unas dos mil hectáreas, en la orilla sur del río Laquis, que desemboca en el mar Mediterráneo, entre Beerseba y Gaza, a ciento sesenta y ocho metros sobre el nivel del mar. La rodean como guardianes celosos, numerosos árboles de olivo, alerce y álamo que perfuman el ambiente, y sus plantas de algodón y ajenjo están tendidas en un largo valle hacia el río, lo que convierte a Siclag en un frondoso oasis, en medio del enorme desierto del Neguev.

Su entrada y salida es un camino zigzagueante por donde regresan David y sus hombres a descansar sin saber que pronto saldrán de nuevo.

Así es. El rey Aquis lo manda llamar para asignarle la retaguardia de sus tropas en la guerra que está a punto de comenzar contra el rey Saúl, y sale pensando en la enorme responsabilidad que le espera al pelear contra sus hermanos los israelitas, y deja sin protección a los moradores de Siclag. Sus enemigos, los amalecitas, lo observan, David ha cometido un error táctico y ellos sabrán aprovecharlo. La población está indefensa y es hora de atacar para devastar y llevar prisionera a toda la gente de David.

Al día siguiente de la partida de David y sus hombres para cubrir la retaguardia del rey Aquis, cientos de camellos y miles de amalecitas, armados de espadas, arcos y flechas, lanzas y cuchillos levantan una gigantesca polvareda por el camino zigzagueante, van rumbo a Siclag a destruirlo todo; nada los detiene. Las mujeres corren con sus niños en los brazos de un lado para otro, gritan, piden socorro; los ancianos y los jóvenes no tienen armas de guerra, llenos de angustia toman sus hachas y pedazos de palo dispuestos a la defensa, pero todo es inútil; las flechas incendiarias consumen sus tiendas y las casas construidas de piedra caliza con estructuras de grano fino y uniforme pertenecientes a David y sus principales jefes son derribadas; un mercenario egipcio de gran estatura que venía con los amalecitas, tras de prender fuego a una vivienda intenta atravesar con su flecha a uno de los jóvenes defensores, pero el comandante le ordena que no lo haga: «valen más vivos que muertos», le dice, y ordena a sus hombres que sean encadenados todos los prisioneros para venderlos en el mercado de esclavos. Entre los rehenes se encuentran las dos mujeres de David, Ahinoam jezreelita y Abigail la que fue mujer de Nabal el de Carmel.

Los filisteos desconfían de David

Frente a frente, están formados para la batalla el ejército de los filisteos en Afec y el de los israelitas junto a la fuente que está en Jezreel.

Es obvio que David jamás pelearía contra el rey Saúl y sus hombres, por eso los príncipes de los filisteos al ver formados para la batalla a David y a sus hombres, en la retaguardia con el rey Aquis, se enojan, y reclaman:

—Despide a este hombre para que se vuelva al lugar que le señalaste, y no venga con nosotros a la batalla, no sea que en la batalla se nos vuelva enemigo; porque ¿con qué cosa volvería mejor a la gracia de su señor que con las cabezas de estos hombres? ¿No es este David, de quien cantaban en las danzas, diciendo: «Saúl hirió a sus miles, y David a sus diez miles»?

Entonces Aquis llama a David y le dice:

—Vive Jehová, que tú has sido recto, y que me ha parecido bien tu salida y tu entrada en el campamento conmigo, y que ninguna cosa mala he hallado en ti desde el día que viniste a mí hasta hoy; mas a los ojos de los príncipes no agradas. Vuélvete, pues, y vete en paz, para no desagradar a los príncipes de los filisteos.

Y David responde a Aquis:

—¿Qué he hecho? ¿Qué has hallado en tu siervo desde el día que estoy contigo hasta hoy, para que yo no vaya y pelee contra los enemigos de mi señor el rey?

Y Aquis responde a David:

—Yo sé que tú eres bueno ante mis ojos, como un ángel de Dios; pero los príncipes de los filisteos me han dicho: «No venga con nosotros a la batalla». Levántate, pues, de mañana, tú y los siervos de tu señor que han venido contigo; y levantándose al amanecer, marchad.

Y se levanta David de mañana, él y sus hombres, para irse y volver a la tierra de los filisteos; y los filisteos van a Jezreel.

Solo tres días de ausencia de David y sus hombres bastan a los amalecitas para invadir Siclag, prenderle fuego a la ciudad, encadenar a sus prisioneros, y darse a la fuga.

El corazón de David da un vuelco cuando a lo lejos, observa gigantescas columnas de humo negro que se elevan al cielo, en señal de duelo y dolor; sus hombres no dan crédito a lo que ven; y exclaman todos a una sola voz:

—¡No puede ser!; ¡qué es esto, Dios y Señor nuestro!

Con el corazón acelerado suben por el camino serpenteado, y observan el siniestro, no queda nada, es una aldea fantasma llena de humo con olor a cuero quemado por sus tiendas reducidas a cenizas; y ven sus casas derrumbadas; se angustian por la esposa y por los hijos y las hijas desaparecidos, y lloran con intenso dolor como nunca antes lo habían hecho; y a David nada tampoco lo consuela; pasan horas estremeciendo al cielo con llanto y ayees de tormento.

Clámame en el día de tu angustia y yo te responderé.

Recuerda David a Jehová su Dios.

Mas la tropa anda en busca de David; tiene que haber un culpable de todo este desastre que le quebranta; y al ver a su líder igual de abatido hablan de apedrearle porque nadie más que él tiene la culpa, coinciden todos y van al ataque.

David se da cuenta y se fortalece en Dios. Nada que ver este pensamiento con el que tuvo hace un año y cuatro meses cuando se encontraba igualmente, como ahora, angustiado y abatido por la persecución del rey Saúl, para quitarle la vida.

Y lejos de buscar a Dios y fortalecerse en Él, dice para sí:

—Al fin seré muerto algún día por la mano de Saúl; nada, por tanto, me será mejor que fugarme a la tierra de los filisteos, para que Saúl no se ocupe de mí, y no me ande buscando más por todo el territorio de Israel; así escaparé de su mano.

Esta vez no, esta vez piensa diferente. Ahora, frente al peligro de ser muerto por sus hombres, se fortalece en Dios.

Y lanza con fuerza su profético clamor:

SALMO 31:

En ti, oh Jehová, he confiado; no sea yo confundido jamás; líbrame en tu justicia.
Inclina a mí tu oído, líbrame pronto; Sé tú mi roca fuerte, y fortaleza para salvarme.
Porque tú eres mi roca y mi castillo; por tu nombre me guiarás y me encaminarás.
Sácame de la red que han escondido para mí, pues tú eres mi refugio.
En tu mano encomiendo mi espíritu; Tú me has redimido, oh Jehová, Dios de verdad.
Aborrezco a los que esperan en vanidades ilusorias; mas yo en Jehová he esperado.
Me gozaré y alegraré en tu misericordia, porque has visto mi aflicción; has conocido mi alma en las angustias.
No me entregaste en mano del enemigo; pusiste mis pies en lugar espacioso.
Ten misericordia de mí, oh Jehová, porque estoy en angustia; se han consumido de tristeza mis ojos, mi alma también y mi cuerpo.
Porque mi vida se va gastando de dolor, y mis años de suspirar; se agotan mis fuerzas a causa de mi iniquidad, y mis huesos se han consumido.
De todos mis enemigos soy objeto de oprobio, y de mis vecinos mucho más, y el horror de mis conocidos; los que me ven fuera huyen de mí.
He sido olvidado de su corazón como un muerto; he venido a ser como un vaso quebrado.
Porque oigo la calumnia de muchos; el miedo me asalta por todas partes, mientras consultan juntos contra mí e idean quitarme la vida.
Mas yo en ti confío, oh Jehová; digo: Tú eres mi Dios.
En tu mano están mis tiempos; líbrame de la mano de mis enemigos y de mis perseguidores.
Haz resplandecer tu rostro sobre tu siervo; sálvame por tu misericordia.

No sea yo avergonzado, oh Jehová, ya que te he invocado; sean avergonzados los impíos, estén mudos en el Seol.
Enmudezcan los labios mentirosos, que hablan contra el justo cosas duras con soberbia y menosprecio.
¡Cuán grande es tu bondad, que has guardado para los que te temen, que has mostrado a los que esperan en ti, delante de los hijos de los hombres!
En lo secreto de tu presencia los esconderás de la conspiración del hombre; los pondrás en un tabernáculo a cubierto de contención de lenguas.
Bendito sea Jehová, porque ha hecho maravillosa su misericordia para conmigo en ciudad fortificada.
Decía yo en mi premura: Cortado soy de delante de tus ojos; pero tú oíste la voz de mis ruegos cuando a ti clamaba.
Amad a Jehová, todos vosotros sus santos; a los fieles guarda Jehová, y paga abundantemente al que procede con soberbia.
Esforzaos todos vosotros los que esperáis en Jehová, y tome aliento vuestro corazón.

David toma acción al fortalecerse en Dios.

—Abiatar, yo te ruego que me acerques el efod —pide David con urgencia.

Y Abiatar, hijo de Ahimelec, descendiente de Eli, acerca el efod a David.

El efod es la presencia de Dios, y David lo toma y pregunta al Señor:

—¿Debo perseguir a esa banda? ¿Los podré alcanzar?

Dios le responde:

Síguelos, porque ciertamente los alcanzarás, y de cierto librarás a los cautivos.

Parte, pues, David, con sus seiscientos hombres, y llegan hasta el torrente de Besor, donde doscientos de sus hombres cansados no pueden cruzar el arroyo. Y se quedan y cuidan el equipaje de los demás.

El torrente de Besor esencialmente forma el límite sur del Neguev, y el sur de Besor es el desierto de Zin.

El Neguev bíblico incluye las ciudades de Arad, Beerseba, Gerar y Siclag, en un área de trece mil kilómetros cuadrados, tiene una forma de triángulo invertido con un vértice meridional situado en Eilat, sobre la costa del mar Rojo. Limita al oeste con la península de Sinaí, y al este con la zona meridional de Jordania.

Al seguir su camino, David y sus hombres se encuentran en el campo con un egipcio moribundo, y cuando le dan de comer vuelve en él su espíritu, y al ser interrogado por David, le dice:

—Yo soy siervo de un amalecita, y me dejó mi amo hoy hace tres días, porque estaba yo enfermo; pues hicimos una incursión a la parte del Neguev que es de los cereteos, y de Judá, y al Neguev de Caleb; y pusimos fuego a Siclag.

David le pide que lo lleve a esa tropa, el egipcio accede no sin antes juramentar a David de que no le quitará la vida ni lo entregará a su amo.

Lo lleva, pues; y he aquí que toda la tropa está confiada; los hombres comen, beben, están de fiesta al celebrar su triunfo por todo aquel gran botín tomado de la tierra de los filisteos y de la tierra de Judá.

Pero les aguarda una sorpresa al día siguiente, en medio de la resaca apenas alcanzan a sentir un temblor de tierra, son cuatrocientos fieros guerreros deseosos de vengar los agravios en Siclag, que caen sobre ellos para despedazarlos y quitarles el botín y rescatar a sus esposas, sus hijos e hijas en poder de los bandoleros; la estrategia militar de David es certera al ordenar el asalto sorpresivo en la madrugada, y destruyen el campamento; son miles los amalecitas muertos a espada, lanza y cuchillo y sólo cuatrocientos muchachos salvan su vida huyendo en sus camellos para seguir esparciendo su plaga por la tierra.

Gran triunfo del estratega David por escuchar, creer y obedecer la palabra de Dios; Él es su fortaleza, así lo dice el Divino Cantor de Israel:

SALMO 27

Jehová es mi luz y mi salvación, ¿de quién temeré?
Jehová es la fortaleza de mi vida, ¿de quién he de atemorizarme?
Cuando se juntaron contra mí los malignos, mis angustiadores y mis enemigos, para comer mis carnes, ellos tropezaron y cayeron.
Aunque un ejército acampe contra mí, no temerá mi corazón;
aunque contra mí se levante guerra, yo estaré confiado.

Una cosa he demandado a Jehová, ésta buscaré: que esté yo en la casa de Jehová todos los días de mi vida, para contemplar la hermosura de Jehová y para inquirir en su templo.

Él me esconderá en su Tabernáculo en el día del mal; me ocultará en lo reservado de su morada; sobre una roca me pondrá en alto.
Luego levantará mi cabeza sobre mis enemigos que me rodean, y yo sacrificaré en su Tabernáculo sacrificios de júbilo; cantaré y entonaré alabanzas a Jehová.
¡Oye, Jehová, mi voz con que a ti clamo!
¡Ten misericordia de mí y respóndeme!
Mi corazón ha dicho de ti: "Buscad mi rostro".

Tu rostro buscaré, Jehová; ¡no escondas tu rostro de mí!¡No apartes con ira a tu siervo!
¡Mi ayuda has sido!
No me dejes ni me desampares, Dios de mi salvación.
Aunque mi padre y mi madre me dejaran, con todo, Jehová me recogerá.
Enséñame, Jehová tu camino y guíame por senda de rectitud a causa de mis enemigos.
No me entregues a la voluntad de mis enemigos, porque se han levantado contra mí testigos falsos y los que respiran crueldad.
Hubiera yo desmayado, si no creyese que veré la bondad de Jehová en la tierra de los vivientes.
¡Espera en Jehová!
¡Esfuérzate y aliéntese tu corazón!
¡Sí, espera en Jehová!

El botín de David es tan grande que reparte a los doscientos que se quedaron, por cansancio, en el arroyo de Besor, contra la voluntad de algunos malos y perversos de su tropa, que llenos de envidia quieren impedirlo; el valiente guerrero también envía parte de su botín a sus amigos que son ancianos de Judá, con este mensaje:

—Aquí tienen un regalo del botín que rescatamos de los enemigos del Señor.

Asimismo, les envía regalos a los ancianos de Betel, Ramot de Neguev, Jatir, Aroer, Sifmot, Estemoa, Racal; a hombres y mujeres de la tercera edad en las ciudades de Jeramel; y de las ciudades quenitas de Jormá, Corasán, Atac y Hebrón, y a los ancianos de todos los lugares donde David y sus hombres vivieron.

David es conforme al corazón de Dios; su amor hacia los más necesitados, particularmente por los ancianos de Judá, su pueblo, y aún por los ancianos de aquellas ciudades en donde David y sus hombres vivieron; su valentía y destreza en el arte de la guerra; su divino canto y su infinita confianza en el Señor, lo convierten en el mejor hombre para ser rey de todo Israel.

Los planes de Dios son inescrutables, y se cumplen a su tiempo.

David canta. Nace en su alma un profético grito de angustia y un canto de alabanza, porque no entiende el silencio de Dios, en su exilio largamente prolongado:

SALMO 22

Dios mío, Dios mío, ¿por qué me has desamparado? ¿Por qué estás tan lejos de mi salvación, y de las palabras de mi clamor?
Dios mío, clamo de día y no respondes; y de noche, y no hay para mí reposo.
Pero tú eres santo, Tú que habitas entre las alabanzas de Israel.
En ti esperaron nuestros padres; esperaron, y tú los libraste.
Clamaron a ti, y fueron librados; confiaron en ti, y no fueron avergonzados.
Mas yo soy gusano, y no hombre; oprobio de los hombres, y despreciado del pueblo.
Todos los que me ven me escarnecen; estiran la boca, menean la cabeza, diciendo:
Se encomendó a Jehová; líbrele él; sálvele, puesto que en él se complacía.
Pero tú eres el que me sacó del vientre; el que me hizo estar confiado desde que estaba a los pechos de mi madre.
Sobre ti fui echado desde antes de nacer; desde el vientre de mi madre, tú eres mi Dios.
No te alejes de mí, porque la angustia está cerca; porque no hay quien ayude.
Me han rodeado muchos toros; fuertes toros de Basán me han cercado.
Abrieron sobre mí su boca. Como león rapaz y rugiente.

He sido derramado como aguas, y todos mis huesos se descoyuntaron; mi corazón fue como cera, derritiéndose en medio de mis entrañas.
Como un tiesto se secó mi vigor, y mi lengua se pegó a mi paladar; y me has puesto en el polvo de la muerte.
Porque perros me han rodeado; me ha cercado cuadrilla de malignos; horadaron mis manos y mis pies.
Contar puedo todos mis huesos; entre tanto, ellos me miran y me observan.
Repartieron entre sí mis vestidos, y sobre mi ropa echaron suertes.
Mas tú, Jehová, no te alejes; fortaleza mía, apresúrate a socorrerme.
Libra de la espada mi alma, del poder del perro mi vida.
Sálvame de la boca del león, y líbrame de los cuernos de los búfalos.
Anunciaré tu nombre a mis hermanos; en medio de la congregación te alabaré.
Los que teméis a Jehová, alabadle; glorificadle, descendencia toda de Jacobo, y temedle vosotros, descendencia toda de Israel.
Porque no menospreció ni abominó la aflicción del afligido, ni de él escondió su rostro; sino que cuando clamó a él, le oyó.
De ti será mi alabanza en la gran congregación; mis votos pagaré delante de los que le temen.
Comerán los humildes, y serán saciados; alabarán a Jehová los que le buscan; vivirá vuestro corazón para siempre.
Se acordarán, y se volverán a Jehová todos los confines de la tierra, y todas las familias de las naciones adorarán delante de ti.
Porque de Jehová es el reino, y él regirá las naciones.
Comerán y adorarán todos los poderosos de la tierra; se postrarán delante de él todos los que descienden al polvo, aun el que no puede conservar la vida a su propia alma.
La prosperidad le servirá; esto será contado de Jehová hasta la postrera generación.
Vendrán, y anunciarán su justicia; a pueblo no nacido aún, anunciarán que él hizo esto.

El siervo de Jehová dirige a Jehová las palabras de este cántico el día que le libró Jehová de mano de todos sus enemigos, y de mano de Saúl:

Te amo, oh Jehová, fortaleza mía.
Jehová, roca mía y castillo mío, y mi libertador; Dios mío, fortaleza mía, en él confiaré' mi escudo, y la fuerza de mi salvación, mi alto refugio.
Invocaré a Jehová, quien es digno de ser alabado, y seré slvo de mis enemigos.
Me roderon ligaduras de muerte, y torrentes de perversidad me atemorizaron.
Ligaduras del Seol me rodearon, me tendieron lazos de muerte.
En mi angustia invoqué a Jehová, y clamé a mi Dios. Él oyó mi voz desde su templo, y mi clamor llegó delante de Él a sus oídos.
La tierra fue conmovida y tembló; se conmovieron lso cimientos de los montes, y se estremecieron, porque se indignó Él.
Humo subió d su nariz, y de su boca fuego consumidor; carbones fueron por Él encendidos.
Inclinó los cielos, y descendió; y había densas tinieblas debajo de sus pies.
Cabalgó sobre un querubín, y voló; voló sobre las alas del viento.
Puso tinieblas por su escondedero, por cortina suya alrededor de sí; oscuridad de aguas, nubes de los cielos.
Por el resplandor de su presencia, sus nubes pasaron; granizo y carbones ardientes.
Tronó en los cielos Jehová, y el Altísimo dio su voz; granizo y carbones de fuego.
Envió sus saetas, y los dispersó; lanzó relámpagos, y los destruyó.
Entonces aparecieron los abismos de las aguas, y quedaron al descubierto los cimientos del mundo, a tu reprensión, oh Jehová, por el soplo del aliento de tu nariz.
Envió desde lo alto; me tomó, me sacó de las muchas aguas.
Me libró de mi poderoso enemigo, y de los que me aborrecían; pues eran más fuertes que yo.
Me asaltaron en el día de mi quebranto, mas Jehová fue mi apoyo.
Me sacó a lugar espacioso; me libró, porque se agradó de mí.
Jehová me ha premiado conforme a mi justicia; conforme a la limpieza de mis manos me ha recompensado.
Porque yo he guardado los caminos de Jehová, y no me aparté impíamente de mi Dios.

Pues todos sus juicios estuvieron delante de mí, y no me he apartado de sus estatutos.
Fui recto para con él, y me he guardado de mi maldad.
Por lo cual me ha recompensado Jehová conforme a mi justicia; conforme a la limpieza de mis manos delante de su vista.
Con el misericordioso te mostrarás misericordioso, y recto para con el hombre íntegro.
Limpio te mostrarás para con el limpio, y severo serás para con el perverso.
Porque tú salvarás al pueblo afligido, y humillarás los ojos altivos.
Tú encenderás mi lámpara; Jehová mi Dios alumbrará mis tinieblas.
Contigo desbarataré ejércitos, y con mi Dios asaltaré muros.
En cuanto a Dios, perfecto es su camino, y acrisolada la palabra de Jehová; Escudo es a todos los que en él esperan.
Porque ¿quién es Dios sino solo Jehová? ¿Y qué roca hay fuera de nuestro Dios?
Dios es el que me ciñe de poder, y quien hace perfecto mi camino; quien hace mis pies como de ciervas, y me hace estar firme sobre mis alturas;
Quien adiestra mis manos para la batalla,
Grandes triunfos da a su rey, y hace misericordia a su ungido, a David y a su descendencia, para siempre.

Un canto profético que resalta al ungido de Jehová, y anticipa un pacto Davítico en donde su descendencia heredará para siempre la misericordia de Dios.

SALMO 121

Alzaré mis ojos a los montes; ¿de dónde vendrá mi socorro?
Mi socorro viene de Jehová, que hizo los cielos y la tierra.
No dará tu pie al resbaladero, ni se dormirá el que te guarda.
He aquí, no se adormecerá ni dormirá el que guarda a Israel.
Jehová es tu guardador; Jehová es tu sombra a tu mano derecha.
El sol no te fatigará de día, ni la luna de noche.
Jehová te guardará de todo mal; Él guardará tu alma.
Jehová guardará tu salida y tu entrada desde ahora y para siempre.

El Divino Cantor de Israel al ver las proezas de Dios, sus victorias, sus montes, los cielos resplandecientes de luz intermitente, lanza a los cuatro vientos su enorme sentimiento de gratitud, de reconocimiento y amor al Ser Supremo:

SALMO 19

Los cielos cuentan la gloria de Dios, y el firmamento anuncia la obra de sus manos.
Un día emite palabra a otro día, y una noche a otra noche declara sabiduría.
No hay lenguaje, ni palabras, ni es oída su voz.
Por toda la tierra salió su voz, y hasta el extremo del mundo sus palabras. En ellos puso tabernáculo para el sol; y éste, como esposo que sale de su tálamo, se alegra cual gigante para correr el camino.
De un extremo de los cielos es su salida, y su curso hasta el término de ellos; y nada hay que se esconda de su calor.
La ley de Jehová es perfecta, que convierte el alma; el testimonio de Jehová es fiel, que hace sabio al sencillo.
Los mandamientos de Jehová son rectos, que alegran el corazón; el precepto de Jehová es puro, que alumbra los ojos.
El temor de Jehová es limpio, que permanece para siempre; los juicios de Jehová son verdad, todos justos.
Deseables son más que el oro, y más que mucho oro afinado; y dulces más que miel, y que la que destila del panal.
Tu siervo es además amonestado con ellos; en guardarlos hay grande galardón.
¿Quién podrá entender sus propios errores? Líbrame de los que me son ocultos.
Preserva también a tu siervo de las soberbias; que no se enseñoreen de mí; entonces seré íntegro, y estaré limpio de gran rebelión.
Sean gratos los dichos de mi boca y la meditación de mi corazón delante de ti, Oh Jehová, roca mía, y redentor mío.

La batalla de Jezreel

La batalla de Jezreel es una batalla perdida antes de iniciar la guerra, frente al monte de Gilboa.

Cuando Saúl ve el campamento de los filisteos tiene pavor, y su corazón se estremece en gran manera, pues sus enemigos son tan numerosos como la arena del mar, y consulta a Jehová, pero Jehová no responde ni por sueños, ni por Urim, ni por profetas.

Ante el silencio de Dios, Saúl el que presenta holocaustos por su propia autoridad, el desobediente en el caso de los amalecitas, el que se erige una estatua en Carmel, comete el último y más grande pecado: consulta a una adivina.

Dirige sus pasos a la aldea Endor, una comunidad que está a casi diez kilómetros de distancia del valle de Jezreel donde sus hombres ya están dispuestos para la batalla, y disfrazado contacta a una hechicera para que le haga venir al profeta Samuel de entre los muertos.

Dios no le habla a Saúl ni por Urim ni por profeta, entonces, la pregunta obligada aquí es «¿El Creador de los Cielos y la Tierra utiliza a un profeta muerto por medio de una adivina para hablar con Saúl?». La respuesta es no, de ninguna manera. El Todopoderoso no puede contradecir su Palabra, pues es inmutable y no tiene sombra de variación. Es un Ser de principios, ¿cómo va a prohibir a su pueblo la adivinación y luego practicarla Él? No tiene sentido.

Al evocar al espíritu del profeta muerto, Saúl sabe la sentencia, Dios la anticipa:

> *El hombre y la mujer que evocare espíritu de muertos o se entregare a la adivinación ha de morir.*

Lo dice en Levíticos 20, 27.

Así que su muerte es una muerte anunciada.

Lo que hace Satanás por medio de la visión espiritista es repetir lo que ha escuchado, acerca de la sentencia, por eso Satanás dice a Saúl:

—Mañana estarás conmigo, tú y tus hijos.

Y Saúl, un hombre en ese momento desesperado, atribulado, al borde de la locura, también sabe la tremenda derrota que va a tener su ejército:

> *Jehová te entregará derrotado delante de tus enemigos; por un camino saldrás contra ellos, y por siete caminos huirás delante de ellos.*

Está escrito en Deuteronomio 28, 25.

La adivina de Endor es una enseñanza de cómo el enemigo de la obra de Dios utiliza a sus adoradores para repetir lo que ya es del dominio público: la muerte para él y sus hijos de los que evocan a los muertos y la maldición para el ejército del pueblo.

El valle de Jezreel.

El valle de Jezreel es fértil, significa «Dios sembrará», su extenso verdor abarca doscientos treinta y tres kilómetros cuadrados, y tiene un río con aguas refrescantes que recorren permanentemente una distancia de setenta kilómetros en dirección oeste-noroeste, para desembocar en una enorme bahía en el mar Mediterráneo; el valle muestra sus imponentes guardianes que juegan un papel muy importante en la historia del Divino Creador: las montañas de Nazaret y el monte Tabor, por el este; y el sur con el monte Gilboa y las montañas de Samaria, y por el oeste con el Monte Carmelo y la inmensa belleza natural de su bosque.

El ejército de Israel espera la voz de su líder que lo motive y aliente hacia la victoria, pero el rey apenas puede sostenerse en pie, es de madrugada, recién llega de Endor y se coloca al frente de sus hombres.

Al clarear el alba, los filisteos caen como langostas; el ruido de los carros de hierro, cien mil guerreros a caballo, cien mil más montados en camellos y cuatrocientos mil hombres a pie turban el corazón de los israelitas; ven miles de escuadrones perfectamente alineados que penetran por el centro, y aunque reaccionan y lanzan una lluvia de flechas que hace retroceder momentáneamente a sus enemigos, los israelitas son vulnerables en su flanco derecho por donde los carros de los filisteos penetran para destrozarlos; al romper su hegemonía, los israelitas vuelven a sufrir un feroz ataque por el flanco izquierdo con oleadas de guerreros salvajes montados en briosos corceles; el embate de los hombres en camellos y los cuatrocientos mil hombres a pie destrozan el núcleo del ejército israelí que huye despavorido hacia el monte Gilboa, pero son alcanzados por una lluvia de flechas que ensombrecen el horizonte y la historia de Israel, al atravesar el cuerpo de miles de israelitas, entre ellos los hijos del rey: Jonatán, Abinadab y Malquisúa, y Saúl se ve perdido, pero sabe que no puede rendirse. Le entrega su espada a su escudero y le pide que lo traspase, pero su escudero tiembla ante esa petición, entonces Saúl se echa sobre su propia espada. Y viendo su escudero a Saúl muerto, él también se echa sobre su espada, y muere con él.

El valle pierde su verdor y se torna rojizo por la sangre de los caídos que han combatido con denuedo; hieden los cuerpos inertes y la atmósfera otrora pura se vuelve insoportable, irrespirable, en el monte de Gilboa.

El amalecita mentiroso

A la mañana siguiente, un joven amalecita que venía del campamento de Saúl, con sus vestidos rasgados y tierra sobre su cabeza, llega ante la presencia de David en Siclag, y creyendo que recibiría gran recompensa al darle la noticia de la muerte del rey, su perseguidor, se postró en tierra e hizo reverencia.

—¿De dónde vienes? —le pregunta David.

—Me he escapado del campamento de Israel —responde.

—¿Qué pasó? Te ruego me lo digas.

—El pueblo huyó de la batalla, y también muchos del pueblo cayeron y son muertos; también Saúl y Jonatán, su hijo, murieron.

—¿Cómo sabes que han muerto Saúl y Jonatán su hijo? —pregunta.

—Casualmente vine al monte de Gilboa, y hallé a Saúl que se apoyaba sobre su lanza, y venían tras de él carros y gente de a caballo. Y mirando él hacia atrás, me vio y me llamó; y yo dije: «Heme aquí».

»Y me preguntó: «¿Quién eres tú?» Y yo le respondí: «Soy amalecita».

»Él me volvió a decir: «Te ruego que te pongas sobre mí y me mates, porque se ha apoderado de mí la angustia; pues mi vida está aún toda en mí».

»Y yo entonces me puse sobre él y lo maté, porque sabía que no podía vivir después de su caída; y tomé la corona que tenía en su cabeza, y la argolla que traía en su brazo, y las he traído acá a mi señor.

Al escuchar esta historia, David y los que con él están rasgan sus vestidos; lloran, lamentan y ayunan hasta la noche, por Saúl y por Jonatán su hijo, por el pueblo de Jehová y por la casa de Israel, porque habían caído a filo de espada.

—¿De dónde eres tú? —le pregunta David al joven.

—Yo soy hijo de un extranjero, amalecita —responde.

Y David le dice:

—¿Cómo no tuviste temor de extender tu mano para matar al ungido de Jehová?

Entonces David llama a uno de sus hombres, y le dice:

—Ve y mátalo.

Y él lo hiere, y muere. Y David le dice:

—Tu sangre sea sobre tu cabeza, pues tu misma boca atestiguó contra ti, diciendo: «Yo maté al ungido de Jehová».

El monte de Gilboa donde yace el mayor número de los guerreros muertos, y están los cadáveres de Saúl y de sus hijos, ya es de maldición:

—¡Montes de Gilboa, ni rocío ni lluvia caiga sobre vosotros, ni seáis tierras de ofrendas!; ¡porque allí fue desechado el escudo de los valientes, el escudo de Saúl, como si no hubiera sido ungido con aceite!

Es David quien llora a grito abierto al conocer la fatal noticia:

—¡Ha perecido la gloria de Israel sobre tus alturas! ¡Cómo han caído los valientes! No lo anunciéis en Gat, ni deis las nuevas en las plazas de Ascalón; para que no salten de gozo las hijas de los incircuncisos. Sin sangre de los muertos, sin grosura de los valientes, el arco de Jonatán no volvía atrás, ni la espada de Saúl volvió vacía.

»Saúl y Jonatán, amados y queridos; inseparables en su vida, tampoco en su muerte fueron separados; más ligeros eran que águilas, más fuertes que leones. Hijas de Israel, llorad por Saúl, quien os vestía de escarlata con deleites, quien adornaba vuestras ropas con ornamentos de oro. ¡Cómo han caído los valientes en medio de la batalla! ¡Jonatán, muerto en tus alturas!

»Angustia tengo por ti, hermano mío Jonatán, que me fuiste muy dulce. Más maravilloso me fue tu amor que el amor de las mujeres. ¡Cómo han caído los valientes, han perecido las armas de guerra!

David reina en Judá

David es coronado rey.

Dios ordena luego a David que more en Hebrón, y vienen los varones de Judá y ungen allí a David por rey sobre la casa de Judá.

Pero Abner, hijo de Ner, general del ejército de Saúl, toma a Is-boset hijo de Saúl, de 40 años de edad, y lo lleva a Mahanaim, y lo hace rey sobre Galaad, sobre Gesuri, sobre Jezreel, sobre Efraín, sobre Benjamín y sobre todo Israel, once tribus del norte siguen a Is-boset, y solamente los de la casa de Judá siguen a David.

Dieron aviso a David de que los valientes de Jabes de Galaad sepultaron los huesos de Saúl y de sus hijos.

Resulta que los filisteos cuando andan despojando a los muertos, hallan a Saúl y a sus tres hijos tendidos en el monte de Gilboa. Le cortan la cabeza, le despojan de las armas; y envían mensajeros por toda la tierra de los filisteos para que lleven las buenas nuevas al templo de sus ídolos y al pueblo. Ponen sus armas en el templo de Astarot, y cuelgan su cuerpo en el muro de Bet-san. Mas oyendo los de Jabes de Galaad esto que los filisteos hicieron a Saúl, todos los hombres valientes se levantan y andan toda aquella noche, y quitan el cuerpo de Saúl y los cuerpos de sus hijos del muro de Bet-san; y viniendo a Jabes, los queman allí.

Después, toman sus huesos para sepultarlos debajo de un árbol en Jabes, y ayunan siete días.

No queda, pues, en ese instante, ningún recuerdo de aquel pueblo temeroso llamado Jabes de Galaad, que casi es destruido cuando se niega a pelear con Israel, para castigar a los moradores de la ciudad de Gabaa, de la tribu de Benjamín que habían cometido una atrocidad con un levita. En aquellos días, cuando no había rey en Israel, y cada quien hacía lo que mejor le convenía, un levita y su mujer pasan la noche en casa de un hombre bondadoso que les da posada, pero los habitantes de la ciudad, hombres perversos, se reúnen frente a la casa para violar al levita, sin embargo, este saca a su mujer que es de Belén de Judá, los hombres la violan toda la noche y ella muere; el levita, al siguiente día, levanta el cuerpo de la mujer y la sube a uno de los dos asnos que llevaba y sigue su camino rumbo a su casa en la parte más remota del monte de Efraín, en donde, al llegar corta el cuerpo de su mujer en doce pedazos, los envía por todo el territorio de Israel, y al conocer la acción aberrante de los hombres de Gabaa, cuatrocientos mil hombres de a pie que sacan espada se reúnen como un solo hombre, desde Dan hasta Beerseba y la tierra de Galaad, a Jehová en Mizpa, pues el Arca del Pacto de Dios está allí en aquellos días, y Finees, hijo de Eleazar, hijo de Aarón, ministra delante de ella en aquellos días; y después de consultar a Jehová, quien ordena la batalla, acuerdan castigar a los habitantes de Gabaa, pero los hijos de la tribu de Benjamín no lo permiten, y se enfrentan a todas las tribus de Israel, perdiendo la guerra con veintiséis mil hombres, más setecientos hombres escogidos de Gabaa, y son masacrados, casi desaparece en esos días Benjamín, la tribu más pequeña de los hijos de Israel; todas sus ciudades son quemadas; y sus habitantes ancianos, mujeres y niños, así como todos los animales son muertos a filo de espada.

Pero el remordimiento de los hijos de Israel es grande, pues de aquella tribu de Benjamín sólo quedan seiscientos hombres que se esconden en el desierto.

Hay un juramento previo de los varones de Israel: Ninguno de ellos dará su hija a los de Benjamín por mujer. Entonces, ¿qué hacer para que esta tribu no desaparezca?

Y preguntan, ¿quién de todas las tribus de Israel no subió a la reunión delante de Jehová? Porque habían hecho también el juramento contra el que no subiese a Jehová en Mizpa, diciendo: «Sufrirá la muerte».

Entonces, encuentran que ninguno de los hombres de Jabes-galaad había ido a la reunión, y de inmediato envían allá a doce mil hombres de los más valientes, con la orden terminante de destruir a todos los moradores, con las mujeres y niños.

—Pero haréis de esta manera —le dicen a los guerreros—. Mataréis a todo varón, y a toda mujer que haya conocido ayuntamiento de varón.

Hallan de los moradores de Jabes-galaad cuatrocientas doncellas que no han conocido ayuntamiento de varón, y las traen al campamento en Silo, que está en la tierra de Canaán.

En ese momento, llaman a los hijos de Benjamín que están escondidos en la peña de Rimón, en el desierto y les dan por mujeres las que han guardado vivas de las mujeres de Jabes-galaad, más doscientas doncellas que fueron raptadas en Silo, que está al norte de Bet-el.

Los pocos hombres de Jabes-galaad que escapan de aquella matanza, vuelven a vivir en paz y a multiplicarse al correr del tiempo, hasta convertir aquel lugar en una ciudad próspera. Hasta que los amonitas, el pueblo enemigo, los convierten en sus vasallos.

Los amonitas son descendientes de Ammón, hijo de Lot; y son despreciados por los israelitas por las costumbres corruptas que tienen, y por su origen incestuoso, ya que Ammón y su hermano Moab fueron producto de una relación sexual entre Lot y sus hijas; luego que Sodoma y Gomorra son destruidas, la madre de ellas es convertida en estatua de sal por su desobediencia, y ellas y su padre se esconden en una cueva. Las hijas temen no llegar a tener varón, pues sus prometidos se niegan a salir de Sodoma y mueren en la ciudad, y deciden darle de beber vino al padre y duermen con el padre sin que él se dé cuenta por los efectos de la bebida. Las dos hijas de Lot conciben de su padre; la mayor da a luz a un hijo, llama su nombre Moab; la menor también da luz a un hijo, y llama su nombre Ben-ammi, el cual es padre de los amonitas.

Los amonitas, pues, mantienen por mucho tiempo la explotación y humillación constante a los hombres de Jabes de Galaad; son hombres perversos que piden a los hombres de Jabes de Galaad que suplican una alianza con ellos «que a cada uno de todos vosotros sacara el ojo derecho, y ponga esta afrenta sobre todo Israel». Al saber el rey Saúl estas palabras, el Espíritu de Dios viene sobre él con poder, y él se enciende en ira en gran manera. Y convoca al pueblo a la guerra, y todos salen como un solo hombre a combatir; de los hijos de Israel trescientos mil, y treinta mil los hombres de Judá; es la primera campaña militar de Saúl, después de ser ungido por Jehová rey de Israel. Dispone Saúl al pueblo en tres compañías, entran en medio del campamento a la vigilia de la mañana, y hieren a los amonitas hasta que el día calienta. Así libera Saúl a los hombres de Jabes de Galaad, y ahora ellos honran a su rey rescatando sus restos y los de sus hijos para quemarlos y sepultar sus huesos debajo de un árbol.

Por esta razón David envía mensajeros a los de Jabes de Galaad, diciéndoles:

—Benditos seáis vosotros de Jehová, que habéis hecho esta misericordia con vuestro señor, con Saúl, dándole sepultura. Ahora, pues, Jehová haga con vosotros misericordia y verdad; y yo también os haré bien por esto que habéis hecho. Esfuércense, pues, ahora vuestras manos, y sed valientes; pues muerto Saúl, vuestro señor, los de la casa de Judá me han ungido por rey sobre ellos.

Primera batalla a muerte

El general Abner sale de Mahanaim, capital del reino de Is-boset, hijo de Saúl, y va rumbo a Gabaón. Mahanaim es el «campamento de Dios», nombrado así por Jacob cuando vio a ángeles que salieron a su encuentro días antes de reconciliarse con su hermano Esaú que había prometido matarlo por hacerse pasar por él y recibir de su padre la bendición de la primogenitura; hay un final feliz entre los gemelos: Esaú corre al encuentro de su hermano, le abraza, se echa sobre su cuello, le besa; y ambos lloran.

Gabaón, ciudad ubicada al este del río Jordán, no lejos de Mahanaim, es un pueblo fundado por hombres astutos que engañan a Josué para firmar un pacto de alianza con ellos, temerosos de ser destruidos al ordenar Dios terminar con todos los pueblos que habitaran la Tierra prometida. Gabaón no es una ciudad pequeña, es una gran ciudad, como una de las ciudades reales, y todos sus hombres eran fuertes.

Luego Josué tiene que defender a esos incómodos aliados y de paso derrotar a los cinco reyes cananeos, que se han coaligado para atacar a los habitantes de Gabaón por su alianza con los israelitas: Adonisedec, rey de Jerusalén; Honam, rey de Hebrón; Piream, rey de Jarmut; Jafia, rey de Laquis, y Debir, rey de Eglón.

—¡Sol, detente en Gabaón!; ¡y tú, luna, en el valle de Ajalón! —exclama Josué.

Y el sol se detiene y la luna se para, casi un día entero, hasta que el pueblo de Israel se venga de sus enemigos. ¿Hay algo difícil para Dios? El mismo Dios que hace la luz, como también el día y la noche, sin el sol, según leemos en Génesis capítulo 1 del versículo 13 al 19 puede detener en forma sobrenatural el sol, también hacer que la luna se detuviera. Hablamos del Creador Omnipotente, quien sustenta todas las cosas con la palabra de su poder puede hacer todo lo que Él quiera con sus obras, si hay un propósito en Su voluntad, y en este caso el propósito está claro: para que su pueblo se vengara de sus enemigos. ¿Es posible para Dios? Claro que sí. La aceptación del conocimiento y poder ilimitado de Dios basta.

Gabaón está al lado oeste de la meseta central de Benjamín, y tiene un pozo cilíndrico que mide doce metros de diámetro y diez metros de profundidad y llega hasta el borde del agua, es un importante abastecimiento del preciado líquido, no sólo para los moradores de la ciudad, sino para todos los moradores de las ciudades circunvecinas, incluida Mahanaim.

En este lugar se ven frente a frente Abner y sus hombres fieles a Is-boset y Joab y los siervos fieles de David. Se paran los unos a un lado del estanque, y los otros al otro lado. Va a empezar una batalla feroz.

El primero en lanzar el reto fue Abner, un personaje imponente en el reino de Saúl, su primo, y jefe supremo de sus fuerzas armadas; es hijo de Ner, tío de Saúl, y es el que introduce al jovencito David ante el rey luego de la victoriosa batalla que sostuvo el pastorcillo contra el gigante Goliat, cuya cabeza traía en la mano; en la batalla de Jezreel, el general Abner tiene una participación gris, abandonando al rey Saúl en el monte de Gilboa a merced de sus enemigos. A la muerte de su primo, Abner patrocina a Is-boset, uno de los hijos menores de Saúl, al principio se le nombra como Es-baal; Saúl engendra a Jonatán, Malquisúa, Abinadab y Es-baal, que significa «hombre de baal» y recuerda la idolatría, por lo que cambia su nombre a Is-boset, que significa «hombre de vergüenza».

El general Abner, al proclamar a Is-boset como rey de las tribus del norte de Israel, aspira a tener el poder tras el trono, y ahora, frente a los aliados de David encabezados por el general Joab en el estanque de Gabaón, enfrenta su primer reto.

Y dice Abner a Joab:

—Levántense ahora los jóvenes, y maniobren delante de nosotros.

Y Joab responde:

—Levántense.

E inicia una encarnizada lucha entre doce guerreros de Benjamín por parte de Is-boset, y doce de los siervos de David. Con la espada en la mano caen cabezas por todas partes, el costado de cada uno de los guerreros es atravesado por su adversario, y tras ese duelo diabólico, la lucha se generaliza a tal grado que la sangre de los valientes guerreros de ambos bandos forma un estanque siniestro. Abner pierde su primera batalla contra el ejército de David y escapa, pero ahí estaban los tres hijos de Sarvia, hermana de David: Joab, Abisai y Asael, y Asael lo persigue pues era ligero de pies como una gacela del campo, solo que Abner, experimentado guerrero, lo ve de lejos y le pide que no se meta con él, que se aparte a su derecha o a su izquierda, que recoja los despojos de los guerreros enemigos muertos en la batalla, pero Asael quiere obtener como preciado trofeo la cabeza del general Abner, e insiste en la persecución.

—¿No eres tú Asael? —le pregunta Abner, y Asael contesta:

—Sí.

—Apártate deen pos de mí; ¿por qué he de herirte hasta derribarte? ¿Cómo levantaría yo entonces mi rostro delante de Joab tu hermano?

Pero Asael se pregunta a sí mismo «¿cómo dejar ir vivo al comandante del ejército de Is-boset?». Y con ese pensamiento se acerca demasiado al enemigo, y éste lo atraviesa con su lanza por el estómago y su punta sale por la espalda; Asael cae muerto, y el comandante sigue su camino hasta Mahanaim. El saldo de la sangrienta batalla es de trescientos sesenta muertos del bando de Is-boset y veinte del bando de David. La guerra civil ha iniciado. Abner es perseguido ahora por Joab y Abisai cuando supieron de la muerte de Asael, su hermano, ya es algo personal no tanto de orgullo militar, Abner tiene que pagar. Empieza a anochecer cuando los hermanos, encabezando el ejército de David, llegan a la colina de Amma, que está delante de Gía, un manantial burbujeante, junto al desierto del camino de Gabaón. Los fieles a David ya estaban en territorio enemigo, perteneciente a la tribu de Benjamín, y todos los hombres fieles a Is-boset acudieron al llamado de Abner quien se hizo fuerte en la punta del collado de Amma.

—¿Consumirá la espada perpetuamente? —grita Abner desde lo alto a Joab, pidiendo estratégicamente una tregua, y agrega—. ¿No sabes tú que el final será la amargura? ¿Hasta cuándo no dirás al pueblo que se vuelva de perseguir a sus hermanos?

Joab sabe que también su ejército está cansado y acepta la propuesta para evitar más derramamiento de sangre entre hermanos. Toca el cuerno, y todo el pueblo se detiene, y no persigue más a los de Israel. Ya es una gran victoria para el ejército de David. Toman luego a Asael, y lo sepultan en el sepulcro de su padre en Belén. Caminan toda aquella noche y les amanece en Hebrón, mientras que Abner y los suyos caminan por el Arabá toda aquella noche, y pasando el Jordán, cruzan por todo Britón y llegan a Mahanaim.

Hubo larga guerra entre la casa de Saúl y la casa de David; pero David se iba fortaleciendo, y la casa de Saúl se iba debilitando.

La pasión de Abner

El general Abner ha amado en secreto y durante muchos años a Rizpa, una hermosa mujer de cabellos negros sedosos y ojos profundamente oscuros, de piel bronceada y un cuerpo delicado. Es hija de Ayya, y concubina del rey Saúl, con quien procreó a Armoni y Meribbaal; Rizpa es una mujer a quien en esta etapa de la historia se le registra como digna y valiente. Corresponde al amor de Abner y se une a él en matrimonio en medio del escándalo del pueblo, y de la indignación del recién proclamado rey Is-boset.

En los protocolos no escritos de los reinos las concubinas de los reyes cuando estos mueren pasan a ser posesión de su sucesor. Sin guardar las formas, Abner, el poderoso jefe de las fuerzas armadas del pueblo de Israel, proclama su amor y devoción por Rizpa y se enfrenta a la reprensión de su nuevo rey.

—¿Por qué te has llegado a la concubina de mi padre? —le reprende Isboset al general, pues consideraba inmoralidad sexual y traición, el tomar una concubina de la casa real.

Abner contesta con dureza a su rey:

—¿Soy yo cabeza de perro que pertenezca a Judá? Yo he hecho hoy misericordia con la casa de Saúl, tu padre, con sus hermanos y sus amigos, y no te he entregado en mano de David; ¿y tú me haces hoy cargo del pecado de esta mujer? Así haga Dios a Abner y aun le añada, si como ha jurado Jehová a David, no haga yo así con él, trasladando el reino de la casa de Saúl, y confirmando el trono de David sobre Israel y sobre Judá, desde Dan hasta Beerseba.

Así es como Abner envía mensajeros a David para entregar a todo Israel en sus manos, no porque sabía que Dios ya lo tenía en sus planes, sino porque sufre la reprimenda de su vida por parte de su débil rey.

—Has pacto conmigo —pide Abner a David.

Y el rey de Judá le dice:

—Bien, haré pacto contigo, pero no vengas a mí si antes no me traes a Mical, la hija de Saúl.

David también reclama a Mical directamente al rey Is-boset:

—Restitúyeme mi mujer Mical, la cual desposé conmigo por cien prepucios de filisteos.

La princesa Mical es una joven bellísima, de piel blanca como la nieve y ojos de verde esmeralda que se enamora de David desde el primer día que lo ve, triunfante con la cabeza del gigante Goliat en la mano, frente a su padre Saúl. Su amor por el pastorcillo de cabellos rubios y ojos azules no decae cuando sabe que su padre le promete entregar a su hermana mayor, Merab, en casamiento, lo sigue amando en silencio. Mas cuando Merab es entregada a otro y no a David, de nuevo renace su esperanza de unirse al amor de su vida.

Ahora el rey de Judá le exige al rey de las tribus del norte de Israel, Is-boset, como condición para una alianza de paz que le entregue a su hermana, la princesa Mical, e Is-boset lo hace. Pide al comandante Abner se la quite a Palti y se la lleve a David.

Palti se sorprende ante la presencia del general Abner en su casa, «qué hace este hombre aquí», se pregunta y tiene miedo. No es para menos, le van a quitar a su mujer. Pero él suplica, llora, grita, clama que no se la lleven, pero es inútil, hay un bien mayor, un acuerdo político, un pacto de paz de por medio, y es despojado de lo que cree es suyo y a quien ama desesperadamente, y la sigue durante un buen trecho, unos tres kilómetros hasta llegar a la aldea de Bahurim, en el camino de Jerusalén hacia el Jordán, cerca del monte de los Olivos, cuando el militar con voz ruda y tajante le dice al verlo:

—¡Anda, vuélvete!

Y Palti da la media vuelta y regresa a su casa triste, con grande angustia y aflicción, ya no hay quien lo consuele, sus ojos enrojecen por el llanto, y ahora solo vivirá de sus recuerdos.

Abner se conmueve al ver la escena, porque él mismo, en su momento, tiene esa impotencia de no hacer nada por el amor de su vida, Rizpa, cuando el rey Saúl la toma como concubina. Pero ahora ella es libre, muerto el rey, y él, Abner, será, sin duda, el comandante en jefe de las fuerzas armadas de David al proclamarse rey de todo Israel.

Luego de llevar a Mical ante David, Abner se eleva a los más altos niveles políticos de gobierno, y habla a favor de la unificación del reino de David, con los ancianos de Israel y con los de Benjamín, luego llega hasta Hebrón, y parece decirle al futuro rey de todo Israel: misión cumplida.

David hace banquete a Abner y a los veinte hombres que con él vienen, y dice Abner a David:

—Yo me levantaré e iré, y juntaré a mi señor el rey a todo Israel, para que hagan contigo pacto, y tú reines como lo desea tu corazón.

David despide luego a Abner, y él se va en paz.

Mas está en Joab el deseo de vengar la muerte de su hermano, y cuando llega a Hebrón después de una incursión militar de donde trae gran botín, le dicen que su archienemigo ha venido al rey y se ha ido en paz.

Molesto, Joab reclama a David, pero nada obtiene, y saliendo de la presencia del rey envía mensajeros tras Abner y le hace venir con engaños sin que David lo sepa.

Joab va a matar a Abner, en venganza por la muerte de su hermano Asael, pero no puede hacerlo en Hebrón, pues es una ciudad de refugio ordenada por Dios para aquellos hombres que han asesinado sin intención, como ocurre en el caso de Abner que trata de evitar en su momento la muerte de Asael y que lo mata sólo en defensa propia.

El propósito original de esta orden divina de que su pueblo creara ciudades de refugio —Cedes, Siquem y Hebrón— es establecer un sistema legal especial que impidiera la muerte de un ser humano por parte de un vengador de la sangre, y en este preciso momento se está describiendo a Joab, por eso el jefe militar de David, a escondidas de su jefe, hace regresar al general Abner y lo lleva aparte en medio de la puerta, es decir, afuera de la ciudad, para hablar con él en secreto; y allí, en venganza de la muerte de Asael, su hermano, le hiere por la quinta costilla, y muere, ejerciendo Joab su propia justicia y juicio contra el juicio y la justicia de Dios. Joab, a su tiempo, pagaría con su vida este crimen.

Al saber todo Israel de este asesinato a traición, el rey Is-boset tiembla, la hermosa Rispá viste de luto y el rey David desgarra sus vestiduras, y dice:

—Inocente soy yo y mi reino, delante de Jehová, para siempre, de la sangre de Abner, hijo de Ner. Caiga sobre la cabeza de Joab, y sobre toda la casa de su padre; que nunca falte de la casa de Joab quien padezca de flujo, ni leproso, ni quien ande con báculo, ni quien muera a espada, ni quien tenga falta de pan.

Entonces David agrega y dice a Joab y a todo el pueblo que con él está:

—Rasgad vuestros vestidos, y ceñíos de cilicio, y haced duelo delante de Abner. —Y el rey David va detrás del féretro.

Sepultan a Abner en Hebrón, y alzando el rey su voz, llora junto al sepulcro de Abner; y llora también todo el pueblo.

Y endechando el rey al mismo Abner, dice:

—¿Había de morir Abner como muere un villano?

Tus manos no estaban atadas, ni tus pies ligados con grillos; caíste como los que caen delante de malos hombres.

Y todo el pueblo vuelve a llorar sobre él.

Y David ayuna todo ese día, y todo el pueblo entiende entonces que no ha procedido del rey matar a Abner, hijo de Ner.

David canta:

SALMO 90

Señor, tú nos ha sido refugio de generación en generación.
Antes que naciesen los montes y formases la tierra y el mundo, desde el siglo y hasta el siglo, tú eres Dios.
Vuelves al hombre hasta ser quebrantado, y dices: Convertíos, hijos de los hombres.
Porque mil años delante de tus ojos son como el día de ayer que pasó, y como una de las vigilias de la noche.
Los arrebatas como con torrente de aguas; son como sueño, como la hierba que crece en la mañana.
En la mañana florece y crece; a la tarde es cortada y se seca.

Porque con tu furor somos consumidos, y con tu ira somos turbados.
Pusiste nuestras maldades delante de ti, nuestros yerros a la luz de tu rostro.
Porque todos nuestros días declinan a causa de tu ira; acabamos nuestros años como un pensamiento.
Los días de nuestra edad son setenta años; y si en los más robustos son ochenta años, con todo, su fortaleza es molestia y trabajo, porque pronto pasan, y volamos.
¿Quién conoce el poder de tu ira, y tu indignación según que debes ser temido?
Enséñanos de tal modo a contar nuestros días, que traigamos al corazón sabiduría.
Vuélvete, oh Jehová; ¿hasta cuándo? Y aplácate para con tus siervos.
De mañana sácianos de tu misericordia, y cantaremos y nos alegraremos todos nuestros días.
Alégranos conforme a los días que nos afligiste, y los años en que vimos el mal.
Aparezca en tus siervos tu obra, y tu gloria sobre sus hijos.
Sea la luz de Jehová nuestro Dios sobre nosotros, y la obra de nuestras manos confirma sobre nosotros; sí, la obra de nuestras manos confirma.

El drama que pone fin a un reinado rebelde a los designios de Dios, el de Saúl, es el asesinato de Is-boset, por parte de dos hombres, capitanes de bandas de merodeadores, Baana y Recab, que con sus familias moran como forasteros bajo el estandarte de la tribu de Benjamín.

Los asesinos creen que recibirán grandes riquezas cuando le presenten la cabeza del rey enemigo a David, pero un hombre como David, justo, con un corazón puro, les da el pago que merecen por matar a traición, mientras dormía en su cama, al hijo de Saúl: ordena su ejecución; les cortan las manos y los pies, y los cuelgan sobre el estanque en Hebrón. Luego toman la cabeza de Is-boset, y la entierran en el sepulcro de Abner en Hebrón.

El hijo de Jonatán

Lodebar es una pequeña aldea ubicada en el sector de Galaad, a trece kilómetros del mar de Galilea, y su nombre significa: «No hay palabra de Dios»; es un lugar desolado, siniestro; en donde pocas veces la luz del sol penetra y la luz de la luna y las estrellas no esparcen sus límpidos fulgores.

¿Quién podría subsistir ahí? Solo un hombre, lisiado desde niño —una incapacidad física que lo vuelve aún más vulnerable—, se refugia en este laberinto de miserias y penurias, su nombre es Mefi-boset, hijo del príncipe Jonatán, y nieto del rey Saúl. Es el único heredero legítimo al trono y, por lo tanto, se esconde para salvar su vida de manos de los filisteos, primero tras la batalla de Jezreel, y ahora del rey David, quien, muerto Iz-boset, asume el trono de todo Israel.

Mefi-boset, pues, está olvidado de todos y por todos, según parece, en Lodebar, la tierra inhóspita de los proscritos, de los desposeídos, de los que ya perdieron toda esperanza.

Cuando ocurre la batalla de Jezreel donde caen Saúl y Jonatán «inseparables en vida, tampoco en su muerte fueron separados; más ligeros eran que águilas, más fuertes que leones», Mefi-boset tiene cinco años de edad; su nodriza, temerosa de la entrada a la ciudad de los filisteos, lo toma en brazos y huye, pero en su huida, se le cae el niño y queda cojo.

Jonatán es el hombre que causa a David una gran angustia por su muerte, porque ambos se amaban en forma entrañable, con un amor divino dentro del plan de Dios para facilitar el acceso de su ungido al trono, y es quien hace un pacto con David para que respete su descendencia.

Pero Mefi-boset no conoce este acuerdo, por eso su alma miserable se estremece cuando escucha a un mensajero tocar su puerta, y le dice: «El rey te llama». Él sabe que es digno de muerte, pero también sabe de la misericordia del rey, «me humillaré y pediré clemencia, quizá se apiade de mí», medita mientras se encamina a Jerusalén.

Los ancianos de Israel reconocen a David

En Hebrón los acontecimientos ocurren en forma vertiginosa. Tras siete años de reinar en Judá, ahora los ancianos de las tribus del norte llegan uno a uno a colocar su estandarte a los pies de David, el imponente guerrero, el elegido de Jehová, el Dios de Abraham, Isaac y Jacob, llamado Israel.

—Henos aquí, hueso tuyo y carne tuya somos —le dicen.

Y aun antes de ahora, cuando Saúl reinaba sobre nosotros, eras tú quien sacaba a Israel a la guerra, y lo volvías a traer. Además, Jehová te ha dicho: «tú apacentarás a mi pueblo Israel, y tú serás príncipe sobre Israel».

Y ungen a David por rey sobre todo Israel. Todo el pueblo escucha al Divino Cantor de Israel entonar un Salmo que habla de las excelencias de la ley de Dios:

SALMO 119

Bienaventurados los perfectos de camino, los que andan en la ley de Jehová.
Bienaventurados los que guardan sus testimonios, y con todo el corazón le buscan;
pues no hacen iniquidad los que andan en sus caminos.
Tú encargaste que sean muy guardados tus mandamientos.
¡Ojalá fuesen ordenados mis caminos para guardar tus estatutos!
Entonces no sería yo avergonzado, cuando atendiese a todos tus mandamientos.
Te alabaré con rectitud de corazón cuando aprendiere tus justos juicios.
Tus estatutos guardaré; no me dejes enteramente.
¿Con qué limpiará el joven su camino? Con guardar tu palabra.

Con todo mi corazón te he buscado; no me dejes desviarme de tus mandamientos.
En mi corazón he guardado tus dichos, para no pecar contra ti.
Bendito tú, oh Jehová; enséñame tus estatutos.
Con mis labios he contado todos los juicios de tu boca.
Me he gozado en el camino de tus testimonios más que de toda riqueza.
En tus mandamientos meditaré; consideraré tus caminos.
Me regocijaré en tus estatutos; no me olvidaré de tus palabras.
Haz bien a tu siervo; que viva, y guarde tu palabra.
Abre mis ojos, y miraré las maravillas de tu ley.
Forastero soy yo en la tierra; no encubras de mí tus mandamientos.
Quebrantada está mi alma de desear tus juicios en todo tiempo.
Reprendiste a los soberbios, los malditos, que se desvían de tus mandamientos.
Aparta de mí el oprobio y el menosprecio, porque tus testimonios he guardado.
Príncipes también se sentaron y hablaron contra mí; mas tu siervo meditaba en tus estatutos, pues tus testimonios son mis delicias y mis consejeros.
Abatida hasta el polvo está mi alma; vivifícame según tu palabra.
Te he manifestado mis caminos, y me has respondido; enséñame tus estatutos.
Hazme entender el camino de tus mandamientos, para que medite en tus maravillas.
Se deshace mi alma de ansiedad; susténtame según tu palabra.
Aparta de mí el camino de la mentira, y en tu misericordia concédeme tu ley.
Escogí el camino de la verdad; he puesto tus juicios delante de mí.
Me he apegado a tus testimonios; oh Jehová, no me avergüences.
Por el camino de tus mandamientos correré, cuando ensanches mi corazón.
Enséñame, oh Jehová, el camino de tus estatutos, y lo guardaré hasta el fin.
Dame entendimiento, y guardaré tu ley, y la cumpliré de todo corazón.

Guíame por la senda de tus mandamientos, porque en ella tengo mi voluntad.
Inclina mi corazón a tus testimonios, y no a la avaricia.
Aparta mis ojos, que no vean la vanidad; avívame en tu camino.
Confirma tu palabra a tu siervo, que te teme.
Quita de mí el oprobio que he temido, porque buenos son tus juicios.
He aquí yo he anhelado tus mandamientos; vivifícame en tu justicia.
Venga a mí tu misericordia, oh Jehová; tu salvación, conforme a tu dicho.
Y daré por respuesta a mi avergonzador, que en tu palabra he confiado.
No quites de mi boca en ningún tiempo la palabra de verdad, porque en tus.
juicios espero.
Guardaré tu ley siempre, para siempre y eternamente.
Y andaré en libertad, porque busqué tus mandamientos.
Hablaré de tus testimonios delante de los reyes, y no me avergonzaré; y me regocijaré en tus mandamientos, los cuales he amado.
Alzaré asimismo mis manos a tus mandamientos que amé, y meditaré en tus estatutos.
Acuérdate de la palabra dada a tu siervo, en la cual me has hecho esperar.
Ella es mi consuelo en mi aflicción, porque tu dicho me ha vivificado.
Los soberbios se burlaron mucho de mí, mas no me he apartado de tu ley.
Me acordé, oh Jehová, de tus juicios antiguos, y me consolé.
Horror se apoderó de mí a causa de los inicuos que dejan tu ley.
Cánticos fueron para mí tus estatutos en la casa en donde fui extranjero.
Me acordé en la noche de tu nombre, oh Jehová, y guardé tu ley.
Estas bendiciones tuve porque guardé tus mandamientos.
Mi porción es Jehová; he dicho que guardaré tus palabras.
Tu presencia supliqué de todo corazón; ten misericordia de mí según tu palabra.
Consideré mis caminos, y volví mis pies a tus testimonios.
Me apresuré y no me retardé en guardar tus mandamientos.

Compañías de impíos me han rodeado, mas no me he olvidado de tu ley.
A medianoche me levanto para alabarte por tus justos juicios.
Compañero soy yo de todos los que te temen y guardan tus mandamientos.
De tu misericordia, oh Jehová, está llena la tierra; enséñame tus estatutos.
Bien has hecho con tu siervo, oh Jehová, conforme a tu palabra.
Enséñame buen sentido y sabiduría, porque tus mandamientos he creído.
Antes que fuera yo humillado, descarriado andaba; mas ahora guardo tu palabra.
Bueno eres tú, y bienhechor; enséñame tus estatutos.
Contra mí forjaron mentira los soberbios, mas yo guardaré de todo corazón tus mandamientos.
Se engrosó el corazón de ellos como cebo, mas yo en tu ley me he regocijado.
Bueno me es la ley de tu boca que millares de oro y plata.
Tus manos me hicieron y me formaron; hazme entender, y aprenderé tus mandamientos.
Los que te temen me verán, y se alegrarán, porque en tu palabra he esperado.
Conozco, oh Jehová, que tus juicios son justos, y que conforme a tu fidelidad me afligiste.
Sea ahora tu misericordia para consolarme, conforme a lo que has dicho a tu siervo.
Vengan a mí tus misericordias, para que viva, porque tu ley es mi delicia.
Sean avergonzados los soberbios, porque sin causa me han calumniado; pero yo meditaré en tus mandamientos.
Vuélvanse a mí los que temen y conocen tus testimonios.
Sea mi corazón íntegro en tus estatutos, para que no sea yo avergonzado.
Desfallece mi alma por tu salvación, mas espero en tu palabra.
Desfallecieron mis ojos por tu palabra, diciendo: ¿Cuándo me consolarás?
Porque estoy como el odre al humo; pero no he olvidado tus estatutos.

¿Cuántos son los días de tu siervo? ¿Cuándo harás juicio contra los que me persiguen?
Los soberbios me han cavado hoyos; mas no proceden según tu ley.
Todos tus mandamientos son verdad; sin causa me persiguen; ayúdame.
Casi me han echado por tierra, pero no he dejado tus mandamientos.
Vivifícame conforme a tu misericordia, y guardaré los mandamientos de tu boca.
Para siempre, oh Jehová, permanece tu palabra en los cielos.
De generación en generación es tu fidelidad; tú afirmaste la tierra, y subsiste.
Por tu ordenación subsisten todas las cosas hasta hoy, pues todas ellas te sirven.
Si tu ley no hubiese sido mi delicia, ya en mi aflicción hubiera perecido.
Nunca jamás me olvidaré de tus mandamientos, porque con ellos me has vivificado.
Tuyo soy yo, sálvame, porque he buscado tus mandamientos.
Los impíos me han aguardado para destruirme; mas yo consideré tus testimonios.
A toda perfección he visto fin; amplio sobremanera es tu mandamiento.
¡Oh, cuánto amo yo tu ley! Todo el día es ella mi meditación.
Me has hecho más sabio que mis enemigos con tus mandamientos, porque siempre están conmigo.
Más que todos mis enseñadores he entendido, porque tus testimonios son mi meditación.
Más que los viejos he entendido, porque he guardado tus mandamientos; de todo mal camino contuve mis pies, para guardar tu palabra.
No me aparté de tus juicios, porque tú me enseñaste.
¡Cuán dulces son a mi paladar tus palabras! Más que la miel a mi boca.
De tus mandamientos he adquirido inteligencia; por tanto, he aborrecido todo camino de mentira.
Lámpara es a mis pies tu palabra, y lumbrera a mi camino.
Juré y ratifiqué que guardaré tus justos juicios.

Afligido estoy en gran manera; vivifícame, oh Jehová, conforme a tu palabra.
Te ruego, oh Jehová, que te sean agradables los sacrificios voluntarios de mi boca, y me enseñes tus juicios.
Mi vida está de continuo en peligro, mas no me he olvidado de tu ley.
Me pusieron lazo los impíos, pero yo no me desvié de tus mandamientos.
Por heredad he tomado tus testimonios para siempre, porque son el gozo de mi corazón.
Mi corazón incliné a cumplir tus estatutos de continuo, hasta el fin.
Aborrezco a los hombres hipócritas; mas amo tu ley.
Mi escondedero y mi escudo eres tú; en tu palabra he esperado.
Apartaos de mí, malignos, pues yo guardaré los mandamientos de mi Dios.
Susténtame conforme a tu palabra, y viviré; y no quede yo avergonzado de mi esperanza.
Sostenme, y seré salvo, y me regocijaré siempre en tus estatutos.
Hollaste a todos los que se desvían de tus estatutos, porque su astucia es falsedad.
Como escorias hiciste consumir a todos los impíos de la tierra; por tanto, yo he amado tus testimonios.
Mi carne se ha estremecido por temor de ti, y de tus juicios tengo miedo.
Juicio y justicia he hecho; no me abandones a mis opresores.
Afianza a tu siervo para bien; no permitas que los soberbios me opriman.
Mis ojos desfallecieron por tu salvación, y por la palabra de tu justicia.
Haz con tu siervo según tu misericordia, y enséñame tus estatutos.
Tu siervo soy yo, dame entendimiento para conocer tus testimonios.
Tiempo es de actuar, oh Jehová, porque han invalidado tu ley.
Por eso he amado tus mandamientos más que el oro, y más que oro muy puro.
Por eso estimé rectos todos tus mandamientos sobre todas las cosas, y aborrecí todo camino de mentira.

Maravillosos son tus testimonios; por tanto, los ha guardado mi alma.
La exposición de tus palabras alumbra; hace entender a los simples.
Mi boca abrí y suspiré, porque deseaba tus mandamientos.
Mírame, y ten misericordia de mí, como acostumbras con los que aman tu nombre.
Ordena mis pasos con tu palabra, y ninguna iniquidad se enseñoree de mí.
Líbrame de la violencia de los hombres, y guardaré tus mandamientos.
Haz que tu rostro resplandezca sobre tu siervo, y enséñame tus estatutos.
Ríos de agua descendieron de mis ojos, porque no guardaban tu ley.
Justo eres tú, oh Jehová, y rectos tus juicios.
Tus testimonios, que has recomendado, son rectos y muy fieles.
Mi celo me ha consumido, porque mis enemigos se olvidaron de tus palabras.
Sumamente pura es tu palabra, y la ama tu siervo.
Pequeño soy yo, y desechado, mas no me he olvidado de tus mandamientos.
Tu justicia es justicia eterna, y tu ley la verdad.
Aflicción y angustia se han apoderado de mí, mas tus mandamientos fueron mi delicia.
Justicia eterna son tus testimonios; dame entendimiento, y viviré.
Clamé con todo mi corazón; respóndeme, Jehová, y guardaré tus estatutos.
A ti clamé; sálvame, y guardaré tus testimonios.
Me anticipé al alba, y clamé; esperé en tu palabra.
Se anticiparon mis ojos a las vigilias de la noche, para meditar en tus mandamientos.
Oye mi voz conforme a tu misericordia; oh Jehová, vivifícame conforme a tu juicio.
Se acercaron a la maldad los que me persiguen; se alejaron de tu ley.
Cercano estás tú, oh Jehová, y todos tus mandamientos son verdad.

Hace ya mucho que he entendido tus testimonios, que para siempre los has establecido.
Mira mi aflicción, y líbrame, porque de tu ley no me he olvidado.
Defiende mi causa, y redímeme; vivifícame con tu palabra.
Lejos está de los impíos la salvación, porque no buscan tus estatutos.
Muchas son tus misericordias, oh Jehová; vivifícame conforme a tus juicios.
Muchos son mis perseguidores y mis enemigos, mas de tus testimonios no me he apartado.
Veía a los prevaricadores, y me disgustaba, porque no guardaban tus palabras.
Mira, oh Jehová, que amo tus mandamientos; vivifícame conforme a tu misericordia.
La suma de tu palabra es verdad, y eterno es todo juicio de tu justicia.
Príncipes me han perseguido sin causa, pero mi corazón tuvo temor de tus palabras.
Me regocijo en tu palabra como el que halla muchos despojos.
La mentira aborrezco y abomino; tu ley amo.
Siete veces al día te alabo a causa de tus justos juicios.
Mucha paz tienen los que aman tu ley, y no hay para ellos tropiezo.
Tu salvación he esperado, oh Jehová, y tus mandamientos he puesto por obra.
Mi alma ha guardado tus testimonios, y los he amado en gran manera.
He guardado tus mandamientos y tus testimonios, porque todos mis caminos están delante de ti.
Llegue mi clamor delante de ti, oh Jehová; dame entendimiento conforme a tu palabra.
Llegue mi oración delante de ti; líbrame conforme a tu dicho.
Mis labios rebozarán alabanza cuando me enseñes tus estatutos.
Hablará mi lengua tus dichos, porque todos tus mandamientos son justicia.
Esté tu mano pronta para socorrerme, porque tus mandamientos he escogido.
He deseado tu salvación, oh Jehová, y tu ley es mi delicia.
Viva mi alma y te alabe, y tus juicios me ayuden.

Yo anduve errante como oveja extraviada; busca a tu siervo, porque no me he olvidado de tus mandamientos.
El rey David unifica a Israel
David es elegido por Dios para ser rey de Israel desde el principio de los tiempos:
Sobre ti fui echado desde antes de nacer; desde el vientre de mi madre, tú eres mi Dios.

Como desciende el rocío de los montes de Judá, así desciende el aceite de la unción sobre la cabeza de David siendo un niño, y baja hasta el borde de sus vestiduras para recibir el Espíritu Santo que lo llena de valor, fortaleza y dominio propio.

Con su espíritu fortalecido salva a Israel a la edad de dieciséis años cuando vence al poderoso Goliat. Y como el oro que se prueba con fuego, así es sometida su fe en numerosas pruebas durante catorce años de lucha constante, sufrimientos y persecuciones, incesantes amenazas de muerte, locura fingida entre los siervos filisteos; la fría soledad de la cueva de Adulam; las traiciones y deslealtades, y tras esa vorágine de pasiones desbordantes incomprensibles, emerge un rey desde la roca del manto de la tierra como un diamante de corte perfecto para brillar con luz propia.

Todo Israel lo unge en Hebrón en presencia del Señor, a los treinta años de edad.

David, el Divino Cantor de Israel, al ver la unidad de su pueblo, entona este Salmo:

SALMO 133

¡Mirad cuán bueno y cuán delicioso es habitar los hermanos juntos en armonía!
Es como el buen óleo sobre la cabeza, el cual desciende sobre la barba,
La barba de Aarón, y baja hasta el borde de sus vestiduras;
Como el rocío de Hermón, que desciende sobre los montes de Sion;
Porque allí envía Jehová bendición y vida eterna.

David es el rey más grande en la historia de su pueblo: consolida el reino de Dios, unifica a la nación, conquista a las naciones enemigas, trae prosperidad y paz al pueblo, y como parte esencial de su reinado y misión en esta tierra, recibe del Altísimo la promesa del pacto de una dinastía y un reino eterno.

Aun en los momentos de su debilidad como hombre, la gracia de Dios demostró ser más grande que el pecado de David; pese a sufrir las consecuencias de su yerro, al aceptar en forma humilde que ha hecho lo malo delante de Sus ojos, la gracia de Dios le da en todo momento ayuda, consuelo y fortaleza.

Entonces, el Divino Cantor de Israel eleva un himno que resuena por los montes de Judea que resguardan la ciudad:

SALMO 93

Jehová reina; se vistió de magnificencia; Jehová se vistió, se ciñó de poder. Afirmó también el mundo, y no se moverá.
Firme es tu trono desde entonces; Tú eres eternamente.
Alzaron los ríos, oh Jehová, los ríos alzaron su sonido; alzaron los ríos sus ondas.
Jehová en las alturas es más poderoso que el estruendo de las muchas aguas, más que las recias ondas del mar.
Tus testimonios son muy firmes; la santidad conviene a tu casa, oh Jehová, por los siglos y para siempre.

La conquista de Jerusalén

El genio militar del rey David se revela una vez más al marchar a Jerusalén, para desposeer a los jebuseos de su fortaleza sobre el monte Sion.

Jerusalén.

Sabe de la posición estratégica de la ciudad desde el punto de vista político y militar: tras siete años reinando en Hebrón, ahora como rey de todo Israel evitará el descontento de los pueblos del norte que ven con recelos ser gobernados desde el sur; Jerusalén está más al norte y será vista como neutral por todas las tribus israelitas; además, la ciudad nunca ha pertenecido a una tribu hebrea y no tiene sustento ningún supuesto convenio de no agresión de los jebuseos con los hijos de Israel.

Ahí establecerá su reino y será la capital unificada de las tribus de Israel.

Los jebuseos son descendientes de Canaán, hijo de Cam, hijo de Noé.

Dios promete entregar a Abraham y a su descendencia toda la tierra de Canaán, comprendida desde las costas de Egipto hasta la orilla del río Éufrates, en donde se establecen diversos pueblos, entre ellos Filistea, Siria y Líbano.

En Jacob llamado por Dios Israel se cumple esta promesa. Las doce tribus de Israel toman posesión tras la conquista de la Tierra por parte de Josué.

Los jebuseos llegan procedentes de Siria, a una aldea fundada por un grupo de pobladores de origen desconocido —cien años antes—, que habitan en grutas excavadas en las rocas. La comunidad se asienta en una colina de cien metros de altura, llamada Ofel, conocida después como Sion.

Los jebuseos la conquistan al ver que el lugar ofrece grandes ventajas militares en caso de un ataque enemigo: hay una fuente de agua inagotable; está rodeada de profundos valles, al este corre el Cedrón, al oeste el Tyropeón, al sur está aislada por la confluencia de ambos valles, y al norte por una hondonada del terreno. Los conquistadores se instalan en ese lugar y lo llaman Hurushalim o Jerusalem que significa «fundación de Salem», en honor al nombre de su dios, Salem el dios del atardecer. Luego construyen una muralla alrededor que la convierte en una plaza inexpugnable, y es la primera fortificación que tiene Jerusalén en su historia que la convierte en una ciudad importante.

Los jebuseos ya llevan trescientos años poseyendo Jerusalén y hay testimonios de su interrelación con el pueblo de Dios desde que el patriarca Abram (después sería llamado Abraham) llega de derrotar a cuatro reyes poderosos que han derrotado a cinco reyes de la región de Sodoma y Gomorra, quienes se rebelan contra la alianza de los cuatro reyes de las naciones que gobiernan sobre ellos. En el transcurso de sus ataques, los cuatro reyes toman a Lot y sus posesiones.

Cuando Abram sabe de su sobrino cautivo levanta un ejército de trescientos dieciocho pastores de ovejas, y con una fe inquebrantable, haciendo honor al título que Dios le da de ser el Padre de la Fe, persigue a los cuatro reyes, y los alcanza. Con una sabiduría militar nunca antes vista planea un estratégico ataque al anochecer, con la división de su tropa en dos grupos y asalto sorpresivo; tiene éxito. Los cuatro reyes y sus hombres todos valerosos, hombres de guerra, que días antes derrotaron a cinco reyes con sus ejércitos numerosos, huyen ante el ataque sorpresivo del Amigo de Dios, en recuerdo siempre de la frase de los hombres de fe: Lo mismo salva Dios con pocos que con muchos.

Los cuatro reyes: Quedorlaomer, rey de Elam; Tidal, rey de Goim; Amrafel, rey de Sinar, y Arioc, rey de Elasar y sus ejércitos ya maltrechos, son perseguidos por Abram y sus pastores, desde Dan hasta Hoba al norte de Damasco, es decir, Abram y sus hombres recorren más de trescientos kilómetros, para recuperar a su sobrino Lot y sus bienes, y a las mujeres y demás rehenes, así como los bienes de los cinco reyes derrotados.

A su regreso, Abram es recibido con bombos y platillos, y con gran exclamación de júbilo por los pueblos vencidos: Sodoma, Gomorra, Adma, Zeboim y Bela, que es Zoar.

Abram entrega los bienes que corresponden a los cinco reyes y cuando estos lo quieren recompensar, Abram rechaza la recompensa porque no quiere que se diga que un hombre hace rico a Abram.

Entonces aparece en escena una figura profética y divina que cautiva el espíritu de Abram, él es Melquisedec, rey de Salem y sacerdote del Dios Altísimo, y saca pan y vino, una manera de proyectar lo que será en su día —en el tiempo de Dios— un sacrificio de redención.

Y le bendice, diciendo: «Bendito sea Abram del Dios Altísimo, creador de los cielos y de la tierra; y bendito sea el Dios Altísimo, que entregó tus enemigos en tu mano». Y Abram, estremecido en el espíritu al verlo y reconociendo su inexplicable grandeza, le da los diezmos de todo.

Melquisedec significa «rey de justicia y paz», en Salem está su tabernáculo, y su habitación en Sion.

Jerusalem, o mejor conocido como Jerusalén, que también es Jebús, es sitiada por David y todo el pueblo de Israel, ante la mirada desafiante de los jebuseos que se sienten seguros con sus resistentes murallas defensivas; y que preguntan si no saben que en tiempo de la repartición de la tierra prometida, los hijos de Benjamín no pudieron conquistarlos; tampoco los hijos de Judá pudieron echarlos de su ciudad. Sin embargo, tienen un antecedente de derrota.

Cuando Adonisedec, rey de Jerusalén, oye que Josué ha tomado Hai, y que la ha asolado como había hecho a Jericó y a su rey, y que los moradores de Gabaón han hecho paz con los israelitas, y que están entre ellos, tiene gran temor; porque Gabaón es una gran ciudad, como una de las ciudades reales, y mayor que Hai, y todos sus hombres son fuertes, por lo cual Adonisedec convoca a cuatro reyes más para unirse contra los de Gabaón y destruirlos, pero estos piden y reciben auxilio de Josué y sus guerreros, sus aliados, y se entabla una encarnizada lucha en donde al final el rey de Jerusalén es derrotado y muerto junto con los otros cuatro reyes.

Ahora otro poderoso guerrero de nombre David, rey de Israel, está frente a los jebuseos, al pie de sus murallas, para escribir una epopeya nacional inigualable, y llenar una página gloriosa que trascenderá por todas las naciones del mundo: la conquista de Jerusalén, la ciudad que el Dios Altísimo, el rey de justicia y paz que mora en Sion, convertirá en el centro de sus bendiciones.

—¡El primero que ataque a los jebuseos será jefe y capitán! —exclama David a su tropa.

Y el primero en atacar es Joab, hijo de Sarvia, así que se convierte en jefe.

David, el estratega militar, sabe que Jerusalén, inexpugnable, tiene un punto débil: la fuente de agua.

En tiempos de paz, los jebuseos bajan a la gruta por el agua que necesitan, y en tiempos de guerra utilizan el ingenioso sistema hidráulico que han construido. Desde el interior de la ciudad cuentan con un túnel vertical, hecho a través de la roca de la montaña, hasta alcanzar el nivel de la fuente de agua. Desde ahí excavaron otro túnel horizontal, hasta desembocar en la gruta donde brota el agua. De ese modo, en caso de un ataque enemigo, los jebuseos no tienen más que bloquear herméticamente la entrada exterior a la gruta, y entonces el agua en vez de fluir hacia afuera fluye hacia el túnel horizontal que han hecho, hasta llenarlo; y una vez allí, con cuerdas y baldes la suben por el túnel vertical, sin necesidad de salir de la ciudad.

David no lo piensa dos veces y ordena atacar el punto débil:

—¡Desbloquead la puerta de entrada de la gruta del agua! —ordena a sus hombres.

De esa manera, evita más derramamiento de sangre; sólo espera que tras la resistencia a la caballería desplegada hacia los flancos y la infantería destruyendo el centro, las fuerzas enemigas se refugien tras sus murallas y al tiempo serán rendidas por la sed.

Los jebuseos luchan con denuedo en sus carros de hierro, los lanceros, guerreros fieros, repelan el ataque de Joab y sus hombres y los arqueros desde las murallas lanzan innumerables flechas que oscurecen el azul del cielo bajo el sol ardiente, pero todo es inútil, están perdidos, y lo saben, los enemigos son numerosos, entonces, tocan retirada con su cuerno de búfalo y una vez dentro de sus murallas los jebuseos quedan atrapados sin agua. Al poco tiempo, rinden la plaza con la condición de que los dejen morar en la ciudad como extranjeros y sirvientes, y David acepta.

El Divino Cantor de Israel expresa al Dios temible su reconocimiento de que de Él es la victoria, y por los cuatro puntos cardinales se escucha esta plegaria:

SALMO 76

Dios es conocido en Judá; en Israel es grande su nombre, en Salem está su tabernáculo, y su habitación en Sion.
Ahí quebró las saetas del arco, el escudo, la espada y las armas de guerra.
Glorioso eres tú, poderoso más que los montes de caza.
Los fuertes de corazón fueron despojados, durmieron su sueño; no hizo uso de sus manos ninguno de los varones fuertes, a tu reprensión, oh Dios de Jacob, el carro y el caballo fueron entorpecidos.
Tú, temible eres tú; ¿y quién podrá estar en pie delante de ti, cuando se encienda tu ira?
Desde los cielos hiciste oír juicio; la tierra tuvo temor y quedó suspensa cuando te levantaste, oh Dios, para juzgar, para salvar a todos los mansos de la tierra.
Ciertamente la ira del hombre te alabará; tú reprimirás el resto de las iras.
Prometed, y pagad a Jehová vuestro Dios; todos los que están alrededor de él, traigan ofrendas al Temible.
Cortará él el espíritu de los príncipes; temible es a los reyes de la tierra.

Hiram

El palacio de David se construye en dos niveles, el primero ocupa la espaciosa sala del recibidor con una alfombra de color púrpura, con urdimbre y trama de seda, con una densidad de quinientos dieciocho mil nudos por metro cuadrado que llega de la entrada a los pies del rey, sentado en su trono hecho de marfil y oro, con incrustaciones de diamantes, desde donde atiende los asuntos de su gobierno y concede audiencia a representantes de las naciones circunvecinas sometidas al reino. La corona del rey es sin igual, de oro de Ofir, con un diamante de dos quilates, incoloro y con una claridad plena de luz perfecta. Junto al rey se observan, en una primorosa manta de color azul tejida a mano, dos triángulos superpuestos que forman una estrella con seis triángulos equiláteros que se contactan entre ellos a través sólo de dos de las figuras geométricas, que de modo simbólico expresan la íntima relación de Jehová Dios con la humanidad, y en forma directa, la hermosa estrella de seis puntas evoca al pueblo de Israel el pacto incondicional de la Tierra que Dios hizo con Abraham, pues uno de los triángulos apunta hacia arriba y el otro hacia abajo.

La estrella de David.

En el segundo nivel del palacio está la habitación del rey, con una cama grande acolchonada con finas pieles; ventanas amplias cubiertas de vidrio blanco traslúcido, que debido a la combinación de la arena fundida con óxidos metálicos eran de varios colores; y con una amplia terraza de cedro tallado desde donde acostumbra a observar el caserío de su pueblo.

Todo el palacio está hecho con delicado gusto y lujo sin igual, digno de un rey, con piedras labradas y madera de cedro; con pilares cimentados sobre la roca y las gruesas superficies verticales que cierran los espacios tienen la fachada de mármol igual que los pisos. El desarrollo de esta majestuosa construcción se lleva a cabo en una extensión de trescientos treinta metros cuadrados, situado en la parte más alta de Jerusalén, orientado hacia el este, desde donde se aprecia toda la ciudad, así como las tierras agrícolas y un camino que se bifurca en el horizonte.

Hiram, rey de Tiro, es el artífice del palacio. Tiro es una ciudad fenicia fundada en las costas del mar Mediterráneo, y su rey, cuyo nombre significa «noble» o «dedicado», pone manos a la obra para construirlo, y encabeza un ejército de albañiles y maestros de obra; carpinteros, canteros para los muros los cuales edifican la casa de David; y artesanos hábiles. Vienen con él también comerciantes fenicios que traen de lejanas tierras cerámica, joyas de oro y plata, utensilios de cobre y bronce, plomo, estaño, ámbar, cereales y lana; marfil, plumas de avestruz y papiro; vinos, aceites, especias, perfumes y telas; así como armas de bronce y hierro, fabricados por los propios fenicios para reforzar la seguridad del rey David.

El Divino Cantor de Israel no cesa de alabar a Dios por tantas bendiciones recibidas.

SALMO 87

Su cimiento está en el monte santo.
Ama Jehová las puertas de Sion más que todas las moradas de Jacob.
Cosas gloriosas se han dicho de ti, Ciudad de Dios.
Yo me acordaré de Rahab y de Babilonia entre los que me conocen; he aquí Filistea y Tiro, con Etiopía; éste nació allá.
Y de Sion se dirá: Éste y aquél han nacido en ella, y el Altísimo mismo lo establecerá.
Jehová contará al inscribir los pueblos: Éste nació allí.
Y cantores y tañedores en ella dirán: Todas mis fuentes están en ti.

La batalla final de David contra los filisteos

La batalla final de David contra los filisteos es en dos episodios, y en los dos el rey de Israel destroza a sus enemigos en el fértil valle de Refaim, rodeado de palmeras y de olorosos álamos, olivos y viñedos.

Refaim, tierra de los gigantes, se ubica cerca de Jerusalén y Belén, registrada como frontera entre las tribus de Judea y Benjamín. En ese momento está dominada por los filisteos, quienes se extienden por todo el valle en posición de guerra, con sus temibles armas de hierro, lanzas y espadas con empuñadura en forma de cabeza de caballo, portando cada uno sus escudos y sus carros herrados, era éste un ejército numeroso, como la arena del mar.

David consulta a Jehová:

—¿Iré contra los filisteos? ¿Los entregarás en mis manos?

Y Jehová responde a David:

—Ve, porque ciertamente entregaré a los filisteos en tus manos

David llega al valle y al frente de sus valientes, y de todo el pueblo de Israel que le sigue, se lanza contra sus enemigos históricos y les causa una gran mortandad; los filisteos se retiran del campo de batalla para tomar aliento, dejando sus ídolos, David los quema, y nombra aquel lugar: Baal-perazamin, porque dice:

«Quebrantó Jehová a mis enemigos delante de mí como corriente impetuosa». Pero no pasan ni treinta días cuando los filisteos vuelven a extenderse por todo el valle de Refaim. Buscan la revancha, y David, de nuevo, consulta a Jehová, y Él le responde:

> *No subas, sino rodéalos, y vendrás a ellos enfrente de las balsameras.*

Y cuando oigas ruido como de marcha por las copas de las balsameras, entonces te moverás; porque Jehová saldrá delante de ti a herir el campamento de los filisteos.

Y David hace lo que Dios le ordena: rodea el campo de batalla y llega a los enormes árboles de álamo, balsámicos, y derrota al pueblo filisteo en forma definitiva, hasta someterlos a servidumbre.

El Arca de Dios

El rey de Israel consolida la paz para su pueblo, establece en Jerusalén la capital del reino, reconstruye la ciudad que ya lleva su nombre, la Ciudad de David, y edifica su palacio. Ahora le nace en su corazón traer el Arca de Dios a la ciudad, y para ello escoge a treinta mil hombres de Israel, y se levanta David y parte de Baala de Judá con todo el pueblo que tiene consigo, para hacer pasar de allí el Arca del Testimonio, sobre el cual es invocado el nombre de Jehová de los ejércitos, que mora entre los querubines.

Cuando Adán y Eva son expulsados del Paraíso terrenal, por cometer el pecado de la desobediencia, Dios pone al oriente del huerto de Edén querubines, y una espada encendida que se revuelve por todos lados, para guardar el camino del árbol de la vida, para que nadie, sin autorización de Él, pueda comer de sus frutos y viva para siempre.

¿Cuáles son esos frutos por las que el hombre y la mujer puedan vivir para siempre con el Señor? Sus leyes y ordenanzas, sin duda, que fueron codificadas por Moisés; una de esas ordenanzas, la de cómo debe ser Su Santuario, revela el secreto del árbol de la vida resguardado con tanto celo por los querubines.

En el Libro de Éxodo, capítulo 37, está la ordenanza del Señor:

> *Harán también un arca de madera de acacia, cuya longitud será de dos codos y medio, su anchura de codo y medio, y su altura de codo y medio.*
> *Y la cubrirás de oro puro por dentro y por fuera, y harás sobre ella una cornisa de oro alrededor.*
> *Fundirás para ella cuatro anillos de oro, que pondrás en sus cuatro esquinas; dos anillos a un lado de ella, y dos anillos al otro lado.*
> *Harás unas varas de madera de acacia, las cuales cubrirás de oro.*
> *Y meterás las varas por los anillos a los lados del arca, para llevar el arca con ellas.*

Las varas quedarán en los anillos del arca; no se quitarán de ella.
Y pondrás en el arca el testimonio que yo te daré.
Y harás un propiciatorio de oro fino, cuya longitud será de dos codos y medio, y su anchura de codo y medio.
Harás también dos querubines de oro; labrados a martillo los harás en los dos extremos del propiciatorio.
Harás, pues, un querubín en un extremo, y un querubín en el otro extremo; de una pieza con el propiciatorio harás los querubines en sus dos extremos.
Y los querubines extenderán por encima las alas, cubriendo con sus alas el propiciatorio; sus rostros el uno enfrente del otro, mirando al propiciatorio los rostros de los querubines.
Y pondrás el propiciatorio encima del arca, y en el arca pondrás el testimonio que yo te daré.
Y de allí me declararé a ti, y hablaré contigo de sobre el propiciatorio, de entre los dos querubines que están sobre el arca del testimonio, todo lo que yo te mandare para los hijos de Israel.
En el centro de este pacto con Israel, está el Lugar Santo, el tabernáculo:
Harás el tabernáculo de diez cortinas de lino torcido, azul, púrpura y carmesí; y lo harás con querubines de obra primorosa...y también harás un velo de azul, púrpura, carmesí y lino torcido; será hecho de obra primorosa, con querubines...Y pondrás el velo debajo de los corchetes, y meterás allí, del velo adentro, el arca del testimonio; y aquel velo os hará separación entre el lugar santo y el santísimo.
Pondrás el propiciatorio sobre el arca del testimonio en el lugar santísimo...Allí me reuniré con los hijos de Israel; y el lugar será santificado con mi gloria.
Y santificaré el tabernáculo de reunión y el altar; santificaré asimismo a Aarón y a sus hijos, para que sean mis sacerdotes.
Y habitaré entre los hijos de Israel, y seré su Dios.
Y conocerán que yo soy Jehová su Dios, que los saqué de la tierra de Egipto, para habitar en medio de ellos. Yo Jehová su Dios.

Así, en la parte más interior, llamada el Lugar Santísimo, está el Arca del Pacto, a la que ninguna persona inmunda puede entrar ni tocar el Arca para que no muera.

Ahora, pues, los querubines que antes fueron puestos al oriente del huerto de Edén, para guardar el camino del árbol de la vida, ahora guardan el Arca de Dios; es decir, el Arca de Dios que guarda sus leyes y decretos es el árbol de la vida; el bosquejo de un porvenir glorioso con el Príncipe de paz, mensajero de vida eterna.

El pueblo de Israel recibe de Dios honra y gloria cuando respeta el Arca, pero maldiciones, plagas, enfermedades y muerte cuando se atreve a tratarla con desprecio, como ocurre con Ofni y Finees, hijos del sacerdote Eli, que Dios decide quitarles la vida, porque cometen innumerables aberraciones y llevan el Arca del Pacto, junto con el pueblo de Israel que no tenía jueces ni rey, al campo de batalla, en donde si bien los filisteos primero se estremecieron de espanto al ver el Arca de Dios, luego logran vencer a los israelitas y les quitan el Arca. Eli pierde, de parte de Dios, la bendición de seguir ministrando las cosas sagradas y concluye con él el sacerdocio de Aarón. También muere instantes después de saber que han perdido la guerra, que sus hijos están muertos y que el Arca del Pacto está con los filisteos.

Dios cumple así la palabra que le reveló en Silo, a su escogido, un jovencito de nombre Samuel:

> *Aquel día yo cumpliré contra Elí todas las cosas que he dicho sobre su casa, desde el principio hasta el fin.*
> *Y le mostraré que yo juzgaré su casa para siempre, por la iniquidad que él sabe; porque sus hijos han blasfemado a Dios, y él no los ha estorbado.*
> *Por tanto, yo he jurado a la casa de Elí que la iniquidad de la casa de Elí no será expiada jamás, ni con sacrificios ni con ofrendas.*

El Arca es llevada por los filisteos, para su desgracia.

La maldición persigue a los filisteos desde Eben-ezer a Asdod, porque tratan con desprecio el Arca de Dios, y los llena de tumores producidos por irradiaciones de alto poder cósmico. Todos sus campos se llenan de ratones, miles de moradores de Asdod mueren en medio de fuertes dolores internos. Se reúnen, pues, los príncipes de los filisteos y acuerdan llevar el Arca a Ecrón, otra ciudad importante, pero sus moradores gritan de angustia al saberlo:

«Han pasado a nosotros el Arca del Dios de Israel para matarnos a nosotros y a nuestro pueblo», gritan.

Así que finalmente, tras siete meses de mortandad y plagas, los príncipes deciden devolver el Arca al pueblo de Israel con expiación por haberla tomado a la fuerza, y pusieron junto al Arca conforme al número de los príncipes de los filisteos, cinco tumores de oro, y cinco ratones de oro, y dieron gloria al Dios de Israel.

Estos fueron los tumores de oro que pagaron los filisteos en expiación a Jehová: por Asdod uno, por Gaza uno, por Ascalón uno, por Gat uno y por Ecrón uno. Y los ratones de oro fueron conforme al número de todas las ciudades de los filisteos pertenecientes a los cinco príncipes.

Hacen un carro nuevo llevado por dos vacas donde colocan el Arca del Pacto, y dejan que las vacas se encaminen, y andando y bramando, las vacas llegan al poblado israelí de Bet-semes, donde algunos campesinos segaban el trigo en el valle; y alzando los ojos vieron el Arca, y se regocijaron cuando la vieron.

Sólo que los hombres de Bet-semes cometen el error de mirar dentro del Arca de Jehová, lo que cuesta por esta imprudencia la vida de cincuenta mil hombres. La mortandad hace llorar a los sobrevivientes de esta desgracia.

Piden, entonces, a los habitantes de Quiriat-jearim que se la lleven, que se lleven la carreta, con el Arca del Pacto y la caja donde están todas las joyas del holocausto de los filisteos a Jehová.

Así que los moradores de Quiriat-jearim la llevan con sumo cuidado y respeto, y la ponen en casa de Abinadab, situada en el collado; y santifican a Eleazar, su hijo, para que guardase el Arca de Jehová.

Veinte años está el Arca del Pacto en casa de Eleazar, hasta que el rey David decide ir por ella, sólo que aunque es una buena decisión y lo hace de todo corazón, no lo hace conforme a las instrucciones que da Dios a Moisés, y ocurre una desgracia.

Coloca el Arca de Dios sobre un carro nuevo movido por bueyes, y David y toda la casa de Israel danzan delante de Jehová con júbilo y cánticos; con toda clase de instrumentos de madera de haya; con arpas, salterios, panderos, flautas y címbalos.

De pronto Uza, un benjamita, extendió su mano al Arca de Dios, y la sostuvo porque los bueyes tropezaban; esto ocurre en el terreno propiedad de Nacón, a unos cuatro kilómetros de la casa de Abidanab. Entonces, el furor de Jehová se enciende contra Uza, y lo hiere allí Dios por aquella temeridad, y cae muerto junto al Arca.

David, al ver esto, se estremece hasta sus entrañas y tuvo temor a Jehová. Y se pregunta:

«¿Cómo ha de venir a mí el Arca de Jehová?».

Así que David prefiere llevar el Arca a casa de Obed-edom geteo, que estaba cerca del lugar del incidente. Y en esa casa estuvo el Arca tres meses; y bendijo Jehová a Obed-edom y a toda su casa, por el respeto y la reverencia que tuvieron al Arca.

Al saberlo David va, y lleva con alegría y como Dios manda, el Arca del Pacto de casa de Obed-edom a la ciudad de David:

> *Fundirás para ella cuatro anillos de oro, que pondrás en sus cuatro esquinas; dos anillos a un lado de ella, y dos anillos al otro lado. Harás unas varas de madera de acacia, las cuales cubrirás de oro. Y meterás las varas por los anillos a los lados del Arca, para llevar el Arca con ellas.*

Luego dice David al pueblo:

—Nadie, excepto los levitas, podrá llevar el Arca de Dios. El SEÑOR los ha elegido a ellos para que carguen el Arca del SEÑORy para que le sirvan para siempre.

Luego David manda llamar a los sacerdotes Sadoc y Abiatar, y a los siguientes jefes levitas: Uriel, Asaías, Joel, Semaías, Eliel y Aminadab. Les dice:

—Ustedes son los jefes de las familias levitas. Deben purificarse ustedes mismos y a todos los demás levitas, a fin de que puedan traer el Arca del Señor, Dios de Israel, al lugar que le he preparado. Como no fueron ustedes, los levitas, los que llevaban el Arca la primera vez, el enojo del Señor nuestro Dios se encendió contra nosotros. No habíamos consultado a Dios acerca de cómo trasladarla de la manera apropiada.

Así que los sacerdotes y los levitas se purifican para poder trasladar el Arca del Señor, Dios de Israel, a Jerusalén.

Entonces los levitas llevan el Arca de Dios sobre los hombros con las varas para transportarla, tal como el Señor le había indicado a Moisés.

David también ordena a los jefes levitas que nombren un coro de entre los levitas formado por cantores y músicos, para entonar alegres canciones al son de arpas, liras y címbalos.

De modo que los levitas nombran a Hemán, hijo de Joel, junto con sus hermanos levitas: Asaf, hijo de Berequías, y Etán, hijo de Cusaías, del clan de Merari. Los siguientes hombres son elegidos como sus ayudantes: Zacarías, Jaaziel, Semiramot, Jehiel, Uni, Eliab, Benaía, Maaseías, Matatías, Elifelehu, Micnías y los porteros Obed-edom y Jeiel.

Los músicos Hemán, Asaf y Etán son elegidos para hacer resonar los címbalos de bronce. Zacarías, Aziel, Semiramot, Jehiel, Uni, Eliab, Maaseías y Benaía son elegidos para tocar las arpas. Matatías, Elifelehu, Micnías, Obed-edom, Jeiel y Azazías son elegidos para tocar las liras. Quenanías, el jefe de los levitas, es seleccionado por su habilidad para dirigir el coro.

Berequías y Elcana son elegidos para vigilar el Arca. Sebanías, Josafat, Natanael, Amasai, Zacarías, Benaía y Eliezer —todos sacerdotes— son elegidos para tocar las trompetas cuando marchan delante del Arca de Dios. Obed-edom y Jehías también son elegidos para vigilar el Arca.

El Divino Cantor de Israel entona alabanzas a Jehová Dios, y sacrifica un buey y un carnero engordado, y danza con toda su fuerza delante de Jehová, vestido con un efod de lino, y lanza su alegría al viento:

SALMO 33

Alegraos, oh justos, en Jehová; en los íntegros es hermosa la alabanza.
Aclamad a Jehová con arpa; cantadle con salterio y decacordio cantadle cántico nuevo; hacedlo bien, tañendo con júbilo.
Porque recta es la palabra de Jehová, y toda su obra es hecha con fidelidad.
Él ama justicia y juicio; de la misericordia de Jehová está llena la tierra.
Por la palabra de Jehová fueron hechos los cielos, y todo el ejército de ellos por el aliento de su boca.
Él junta como montón las aguas del mar; Él pone en depósito los abismos.
Tema a Jehová toda la tierra; temad delante de Él todos los habitantes del mundo.

Porque Él dijo, y fue hecho; Él mandó, y existió.
Jehová hace nulo el consejo de las naciones, y frustra las maquinaciones de los pueblos.
El consejo de Jehová permanecerá para siempre; los pensamientos de su corazón por todas las generaciones.
Bienaventurada la nación cuyo Dios es Jehová, el pueblo que Él escogió como heredad para sí.
Desde los cielos miró Jehová; vio a todos los hijos de los hombres; desde el lugar de su morada miró sobre todos los moradores de la tierra.
Él formó el corazón de todos ellos; atento está a todas sus obras.
El rey no se salva por la multitud del ejército, ni escapa el valiente por la mucha fuerza.
Vano para salvarse es el caballo; la grandeza de su fuerza a nadie podrá librar.
He aquí el ojo de Jehová sobre los que le temen, sobre los que esperan en su misericordia, para librar sus almas de la muerte, y para darles vida en tiempo de hambre.
Nuestra alma espera a Jehová; nuestra ayuda y nuestro escudo es Él.
Por tanto, en Él se alegrará nuestro corazón, porque en su santo nombre hemos confiado.
Sea tu misericordia, oh Jehová, sobre nosotros, según esperamos en ti.

Así todo el pueblo con júbilo y sonido de trompeta, arpa, salterio y decacordio, traslada el Arca a la ciudad de David, y cuando llega Mical, hija de Saúl, mira desde una ventana, y ve al rey David que salta y danza delante de Jehová; y le menosprecia en su corazón.

El Arca de la Alianza.

Meten, pues, el Arca de Jehová, y la ponen en su lugar en medio de una tienda que su ungido le ha levantado; y sacrifica David holocaustos y ofrendas de paz delante de Jehová.

Y cuando el rey termina de ofrecer los holocaustos y ofrendas de paz, bendice al pueblo en el nombre de Jehová de los ejércitos.

Y reparte a todo el pueblo, y a toda la multitud de Israel, así a hombres como a mujeres, a cada uno un pan, y un pedazo de carne y una torta de pasas. Y se va todo el pueblo, cada uno a su casa.

Vuelve luego David para bendecir su casa; y saliendo Mical a recibir al rey, le dice:

—¡Cuán honrado ha quedado hoy el rey de Israel, descubriéndose hoy delante de las criadas de sus siervos, como se descubre sin decoro un cualquiera!

Mical es la joven princesa, hija menor del rey Saúl, que se enamora a primera vista de aquel jovencito de dieciséis años cuando habla con el rey teniendo la cabeza del filisteo Goliat en su mano. No le importa que sea un simple pastor que se convierte al correr de los años en criado de su padre para tocar con el arpa cantos que le alivien el espíritu atormentado; ella siente una poderosa atracción por aquel cuidador de ovejas, y cree perder toda esperanza cuando su padre compromete a su hermana mayor, Merab. Pero el matrimonio se frustra, entonces al rey Saúl le informan de que su hija Mical quiere a David, quien ya era uno de sus principales guerreros, y los casa, como un arreglo político, con la condición de que David le traiga cien prepucios de filisteos. El guerrero le trae doscientos, pero más tarde Saúl se arrepiente del arreglo matrimonial y lo manda asesinar en la casa de su hija, quien rápido le advierte a su marido de la amenaza y lo ayuda a salir en forma furtiva por la ventana, engañando a los soldados que llevan la misión de matar a David. En venganza, con David en el exilio, Saúl la da a otro hombre de nombre Palti, hijo de Lais, de Galim, pueblo de la tribu de Benjamín.

Cuando Saúl se suicida al perder la guerra contra los filisteos en el monte de Gilboa, el sucesor es su hijo Is-boset que apoya el comandante militar Abner y lo hace rey de Israel de las tribus del norte, mientras que David es hecho rey de Judea en el sur.

David pide a Abner primero, y luego a Is-boset como condición de paz, la devolución de su esposa Mical, lo que ocurre a los pocos días. Luego Abner es muerto en Hebrón y el rey Is-boset asesinado por dos capitanes de bandas de asaltantes.

Al ser proclamado rey de todo Israel, David conquista Jerusalén y establece allí su trono; manda a construir su palacio y vive con Mical, quien ahora, lejos del amor que le tuvo en aquel tiempo, lo ve con desprecio, diciéndole:

—¡Baila descubriéndose hoy delante de las criadas de sus siervos, como se descubre sin decoro un cualquiera!

David responde a Mical:

—Fue delante de Jehová, quien me eligió en preferencia a tu padre y a toda tu casa, para constituirme por príncipe sobre el pueblo de Jehová, sobre Israel. Por tanto, danzaré delante de Jehová. Y aun me haré más vil que esta vez, y seré bajo a tus ojos; pero seré honrado delante de las criadas de quienes has hablado.

Mical es expulsada del palacio para vivir en otro edificio de la ciudad de David, y nunca llega a tener hijos hasta el día de su muerte.

David entra a su recámara, y entona suavemente con su arpa una exhortación a las naciones para que alaben a Dios.

SALMO 67

Dios tenga misericordia de nosotros, y nos bendiga; haga resplandecer su rostro sobre nosotros; para que sea conocido en la tierra tu camino, en todas las naciones tu salvación.
Te alaben los pueblos, oh Dios; todos los pueblos te alaben.
Alégrense y gócense las naciones, porque juzgarás los pueblos con equidad, y pastorearás las naciones en la tierra.
Te alaben los pueblos, oh Dios; todos los pueblos te alaben.
La tierra dará su fruto; nos bendecirá Dios, el Dios nuestro.
Bendíganos Dios, y témanlo todos los términos de la tierra.

Dios ha dado a David reposo de todos sus enemigos en derredor.

Un pacto divino

Promete Dios a David un trono estable eternamente.

Desde el balcón de su palacio el rey observa la tienda del Arca de la Alianza y se le hace un nudo en la garganta.

«Edificaré casa a Jehová», piensa para sus adentros. Y dice el rey al profeta Natán:

—Mira ahora, yo habito en casa de cedro, y el Arca de Dios está entre cortinas.

Y Natán responde al rey:

—Haz todo lo que está en tu corazón, porque Jehová está contigo.

Cuando el profeta se retira a su aposento, en la noche escucha la voz de Dios:

> *Ve y di a mi siervo David: Así ha dicho Jehová: ¿Tú me has de edificar casa en que yo more?*
> *Ciertamente no he habitado en casa desde el día en que saqué a los hijos de Israel de Egipto hasta hoy, sino que he andado en tienda y en tabernáculo.*
> *Y en todo cuanto he andado con todos los hijos de Israel, ¿he hablado yo palabra a alguna de las tribus de Israel, a quien haya mandado apacentar a mi pueblo de Israel, diciendo: ¿Por qué no me habéis edificado casa de cedro?*
> *Ahora, pues, dirás así a mi siervo David: Así ha dicho Jehová de los ejércitos: Yo te tomé del redil, de detrás de las ovejas, para que fueses príncipe sobre mi pueblo, sobre Israel; y he estado contigo en todo cuanto has andado, y delante de ti he destruido a todos tus enemigos, y te he dado nombre grande, como el nombre de los grandes que hay en la tierra.*
> *Además, yo fijaré lugar a mi pueblo Israel y lo plantaré, para que habite en su lugar y nunca más sea removido, ni los inicuos le aflijan más, como al principio, desde el día en que puse jueces*

sobre mi pueblo Israel; y a ti te daré descanso de todos tus enemigos. Asimismo Jehová te hace saber que él te hará casa.
Y cuando tus días sean cumplidos, y duermas con tus padres, yo levantaré después de ti a uno de tu linaje, el cual procederá de tus entrañas, y afirmaré su reino.
Él edificará casa a mi nombre, y yo afirmaré para siempre el trono de su reino.
Yo le seré a él padre, y él me será a mí hijo. Y si él hiciere mal, yo le castigaré con vara de hombres, y con azotes de hijos de hombres; pero mi misericordia no se apartará de él como la aparté de Saúl, al cual quité de delante de ti.
Y será afirmada tu casa y tu reino para siempre delante de tu trono, y tu trono será estable eternamente.

Conforme a todas estas palabras, y conforme a toda esta visión, así habla Natán a David.

Y entra el rey David y se postra delante de Jehová, y dice:

—Señor Jehová, ¿quién soy yo, y qué es mi casa, para que tú me hayas traído hasta aquí?

»Y aún te ha parecido poco esto, Señor Jehová, pues también has hablado de la casa de tu siervo en lo porvenir. ¿Es así como procede el hombre, Señor Jehová?

»¿Y qué más puede añadir David hablando contigo? Pues tú conoces a tu siervo, Señor Jehová.

»Todas estas grandezas has hecho por tu palabra y conforme a tu corazón, haciéndolas saber a tu siervo.

»Por tanto, tú te has engrandecido, Jehová Dios; por cuanto no hay como tú, ni hay Dios fuera de ti, conforme a todo lo que hemos oído con nuestros oídos.

»¿Y quién como tu pueblo, como Israel, nación singular en la tierra? Porque fue Dios para rescatarlo por pueblo suyo, y para ponerle nombre, y para hacer grandezas a su favor, y obras terribles a tu tierra, por amor de tu pueblo que rescataste para ti de Egipto, de las naciones y de sus dioses.

»Porque tú estableciste a tu pueblo Israel por pueblo tuyo para siempre; y tú, oh Jehová, fuiste a ellos por Dios.

»Ahora pues, Jehová Dios, confirma para siempre la palabra que has hablado sobre tu siervo y sobre su casa, y haz conforme a lo que has dicho.

»Que sea engrandecido tu nombre para siempre, y se diga: «Jehová de los ejércitos es Dios sobre Israel»; y que la casa de tu siervo David sea firme delante de ti.

»Porque tú, Jehová de los ejércitos, Dios de Israel, revelaste al oído de tu siervo, diciendo: «Yo te edificaré casa». Por esto tu siervo ha hallado en su corazón valor para hacer delante de ti esta súplica.

»Ahora pues, Jehová Dios, tú eres Dios, y tus palabras son verdad, y tú has prometido este bien a tu siervo.

»Ten ahora a bien bendecir la casa de tu siervo, para que permanezca perpetuamente delante de ti, porque tú, Jehová Dios, lo has dicho, y con tu bendición será bendita la casa de tu siervo para siempre.

Cuando Dios hace un pacto incondicional con Abraham, Su amigo, lo colma de promesas: un hijo a través de su esposa Sara; Isaac; una gran nación por medio de su nieto, Jacob llamado a ser Israel; y otras naciones que saldrían de él, de Abraham, por medio de Ismael, su hijo: las naciones árabes; y promete a Su amigo toda la tierra de Canaán; que su nombre será engrandecido y que por él serán benditas todas las familias de la Tierra; y como señal de estas promesas: la circuncisión, porque sin sangre, no hay pacto.

El pacto de Dios con el rey David también es incondicional porque sin importar la conducta de su ungido y sus descendientes —aunque advierte que si pecan serán castigados con vara de hombre, y con azotes de hijos de hombres—, Dios se mantendrá firme a su promesa de no anular su pacto.

Dios reafirma el pacto de Abraham en el Pacto de David al prometerle, por medio del profeta Natán:

> *...Yo fijaré lugar a mi pueblo Israel y lo plantaré, para que habite en su lugar y nunca más sea removido, ni los inicuos le aflijan más, como al principio.*
> *Del linaje de David viene la esperanza mesiánica: un rey recto y universal —promete Dios—, con un gobierno eterno; amigo*

de los pobres y que resiste a los opresores; honrado como hijo del Eterno y conductor del pueblo elegido a la victoria sobre la muerte. El rey David es el modelo que Dios usará en los días venideros a través de sus anunciadores para proclamar el nacimiento del rey cuyo reino es infinito, en Belén, quien gobernará en justicia, como David; y más allá de David, como reconoce en su Salmo 110: El Señor le dijo a mi Señor, su descendiente asumirá un reino universal; será rey y sacerdote para siempre y Príncipe de paz; y la sangre que derramará el Hijo de David sellará la promesa porque como está escrito: Sin sangre no hay pacto.

Salmo de acción de gracias de David

Entonces, en aquel día, David comienza a aclamar a Jehová por mano de Asaf y de sus hermanos:

SALMO 105

Alabad a Jehová, invocad su nombre, dad a conocer en los pueblos sus obras.
Cantad a él, cantadle salmos; hablad de todas sus maravillas.
Gloriaos en su santo nombre; alégrese el corazón de los que buscan a Jehová.
Buscad a Jehová y su poder; buscad su rostro continuamente.
Haced memoria de las maravillas que ha hecho, de sus prodigios, y de los juicios de su boca.
Oh vosotros, hijos de Israel su siervo, hijos de Jacob, sus escogidos.
Jehová, él es nuestro Dios; sus juicios están en toda la tierra.
Él hace memoria de su pacto perpetuamente, y de la palabra que él mandó para mil generaciones; del pacto que concertó con Abraham, y de su juramento a Isaac; el cual confirmó a Jacob por estatuto, y a Israel por pacto sempiterno, diciendo: A ti daré la tierra de Canaán, porción de tu heredad.
Cuando ellos eran pocos en número, pocos y forasteros en ella, y andaban de nación en nación, y de un reino a otro pueblo, no permitió que nadie los oprimiese; antes por amor de ellos castigó a los reyes.
No toquéis, dijo, a mis ungidos, ni hagáis mal a mis profetas.
Cantad a Jehová toda la tierra, proclamad de día en día su salvación.
Cantad entre las gentes su gloria, y en todos los pueblos sus maravillas.
Porque grande es Jehová, y digno de suprema alabanza, y de ser temido sobre todos los dioses.

Porque todos los dioses de los pueblos son ídolos; mas Jehová hizo los cielos.
Alabanza y magnificencia delante de él; poder y alegría en su morada.
Tributad a Jehová, oh familias de los pueblos; dad a Jehová gloria y poder.
Dad a Jehová la honra debida a su nombre; traed ofrenda, y venid delante de él; postraos delante de Jehová en la hermosura de su santidad.
Temed en su presencia, toda la tierra; el mundo será aún establecido, para que no se conmueva.
Alégrense los cielos, y gloríese la tierra, y digan en las naciones: Jehová reina.
Resuene el mar, y su plenitud; alégrese el campo, y todo lo que contiene.
Entonces cantarán los árboles de los bosques delante de Jehová, porque viene a juzgar la tierra.
Aclamad a Jehová, porque él es bueno; porque su misericordia es eterna.
Y decid: Sálvanos, oh Dios, salvación nuestra; recógenos, y líbranos de las naciones, para que confesemos tu santo nombre, y nos gloriemos en tus alabanzas.
Bendito sea Jehová Dios de Israel, de eternidad a eternidad.

Y dice todo el pueblo a una sola voz:

—Amén.

El rey eterno conducirá a su pueblo a la victoria

SALMO 89

Las misericordias de Jehová cantaré perpetuamente; de generación en generación haré notoria tu fidelidad con mi boca.
Porque dije: Para siempre será edificada misericordia; en los cielos mismos afirmarás tu verdad.
Hice pacto con mi escogido; juré a David mi siervo, diciendo:
Para siempre confirmaré tu descendencia, y edificaré tu trono por todas las generaciones.
Celebrarán los cielos tus maravillas, oh Jehová, tu verdad también en la congregación de los santos, y formidable sobre todos cuantos están alrededor de él.
Oh Jehová, Dios de los ejércitos, ¿Quién como tú? Poderoso eres, Jehová, y tu fidelidad te rodea.
Tú tienes dominio sobre la braveza del mar; cuando se levantan sus ondas, tú las sosiegas.
Tú quebrantas a Rahab como a herido de muerte; con tu brazo poderoso esparciste a tus enemigos.
Tuyos son los cielos, tuya también la tierra; el mundo y su plenitud, tú lo fundaste.
El norte y el sur, tú los creaste; el Tabor y el Hermón cantarán en tu nombre.
Tuyo es el brazo potente; fuerte es tu mano, exaltada tu diestra.
Justicia y juicio son el cimiento de tu trono; misericordia y verdad van delante de tu rostro.
Bienaventurado el pueblo que sabe aclamarte; andará, oh Jehová, a la luz de tu rostro, en tu nombre se alegrará todo el día, y en tu justicia será enaltecido.

Porque tú eres la gloria de su potencia, y por tu buena voluntad acrecentarás nuestro poder.
Porque Jehová es nuestro escudo, y nuestro rey es el Santo de Israel.
Entonces hablaste en visión a tu santo, y dijiste: He puesto el socorro sobre uno que es poderoso; he exaltado a un escogido de mi pueblo.
Hallé a David mi siervo; lo ungí como mi santa unción.
Mi mano estará siempre con él, mi brazo también lo fortalecerá.
Cetro de justicia es el cetro de su reino.

SALMO 45

Rebosa mi corazón palabra buena; dirijo al rey mi canto; mi lengua es pluma de escribiente muy ligero.
Eres el más hermoso de los hijos de los hombres; la gracia se derramó en tus labios; por tanto, Dios te ha bendecido para siempre.
Ciñe tu espada sobre el muslo, oh valiente, con tu gloria y con tu majestad.
En tu gloria sé prosperado; cabalga sobre palabra de verdad, de humildad y de justicia, y tu diestra te enseñará cosas terribles.
Tus saetas agudas, con que caerán pueblos debajo de ti, penetrarán en el corazón de los enemigos del rey.
Tu trono, oh Dios, es eterno y para siempre; cetro de justicia es el cetro de tu reino.
Has amado la justicia y aborrecido la maldad; por tanto, te ungió Dios, el Dios tuyo, con óleo de alegría más que a tus compañeros.
Mirra, áloe y casia exhalan todos tus vestidos; desde palacios de marfil te recrean.
Hijas de reyes están entre tus ilustres; está la reina a tu diestra con oro de Ofir.
Oye, hija, y mira, e inclina tu oído; olvida tu pueblo, y la casa de tu padre; y deseará el rey tu hermosura; e inclínate a él, porque él es tu señor.
Y las hijas de Tiro vendrán con presentes; implorarán tu favor los ricos del pueblo.

Toda gloriosa es la hija del rey en su morada; de brocados de oro es su vestido.
Con vestidos bordados será llevada al rey; vírgenes irán en pos de ella, compañeras suyas serán traídas a ti.
Serán traídas con alegría y gozo; entrarán en el palacio del rey.
En lugar de tus padres serán tus hijos, a quienes harás príncipes en toda la tierra.
Haré perpetua la memoria de tu nombre en todas las generaciones, por lo cual te alabarán los pueblos eternamente y para siempre.

Un rey amigo de los pobres

SALMO 72

Oh Dios, da tus juicios al rey, y tu justicia al hijo del rey.
Él juzgará a tu pueblo con justicia, y a tus afligidos con juicio.
Los montes llevarán paz al pueblo, y los collados justicia.
Juzgará a los afligidos del pueblo, salvará a los hijos de los menesterosos, y aplastará al opresor.
Te temerán mientras duren el sol y la luna, de generación en generación.
Descenderá como la lluvia sobre la hierba cortada; como el rocío que destila sobre la tierra.
Florecerá en sus días justicia, y muchedumbre de paz, hasta que no haya luna.
Dominará de mar a mar, y desde el río hasta los confines de la tierra.
Ante él se postrarán los moradores del desierto, y sus enemigos lamerán el polvo.
Los reyes de Tarsis y de las costas traerán presentes; los reyes de Sabá y de Seba ofrecerán dones.
Todos los reyes se postrarán delante de él; todas las naciones le servirán.
Porque él librará al menesteroso que clamare, y al afligido que no tuviere quien le socorra.
Tendrá misericordia del pobre y del menesteroso, y salvará la vida de los pobres.
De engaño y de violencia redimirá sus almas, y la sangre de ellos será preciosa ante sus ojos.
Vivirá, y se le dará del oro de Sabá, y se orará por él continuamente; todo el día se le bendecirá.

Será echado un puñado de grano en la tierra, en las cumbres de los montes; su fruto hará ruido como el Líbano, y los de la ciudad florecerán como la hierba de la tierra.
Será su nombre para siempre, se perpetuará su nombre mientras dure el sol. Benditas serán en él todas las naciones; lo llamarán bienaventurado.
Bendito Jehová Dios, el Dios de Israel, el único que hace maravillas.
Bendito su nombre glorioso para siempre, y toda la tierra sea llena de su gloria. Amén y amén.

Los levitas encargados del Arca

David deja allí, delante del Arca del Pacto de Jehová, a Asaf y a sus hermanos, para que ministrasen de continuo delante del Arca, cada cosa en su día; y a Obed-edom y a sus sesenta y ocho hermanos; y a Obe-edon hijo de Jedutún y a Hosa como porteros.

Asimismo, al sacerdote Sadoc, y a los sacerdotes sus hermanos, delante del tabernáculo de Jehová en el lugar alto que estaba en Gabaón, para que sacrificasen continuamente, a mañana y tarde, holocaustos a Jehová en el altar del holocausto, conforme a todo lo que está escrito en la ley de Jehová, que él prescribió a Israel; y con ellos a Hemán, a Jedutún y a los otros escogidos declarados por sus nombres, para glorificar a Jehová, porque es eterna su misericordia.

La paz llega por fin a Israel, y con ella la prosperidad

Cuando Dios promete a Abraham la tierra de Canaán, para el disfrute de su descendencia, desde el río de Egipto hasta el río Éufrates, su siervo Josué no alcanza a repartirla toda, pasan cuatro siglos para que el pueblo de Israel a través de su rey David pueda disfrutar de las riquezas de esta tierra, pues David conquista y somete a tributo a todos los pueblos ubicados desde el río Egipto hasta el río Éufrates: Filistea, Amalec, Edom, Moab, Amón, el reino Arameo de Damasco, en Siria; Hamat y Tifsah, ciudad colindante con el río Éufrates, venciendo a Hadad ezer hijo de Rehob, rey de Soba.

Por fin hay paz, prosperidad, abundancia de pan y júbilo en el pueblo del Señor.

«El rey te llama»

En ese tiempo de solaz esparcimiento, el rey David recuerda la promesa que le hizo al príncipe Jonatán, hijo de Saúl.

«... Y si yo viviere, harás conmigo misericordia de Jehová, para que no muera, y no apartarás tu misericordia de mi casa para siempre. Cuando Jehová haya cortado uno por uno los enemigos de David de la tierra, no dejes que el nombre de Jonatán sea quitado de la casa de David».

Así Jonatán hizo pacto con la casa de David, diciendo:

«Requiéralo Jehová de la mano de los enemigos de David».

Y Jonatán hizo jurar a David otra vez, porque le amaba, pues le amaba como a sí mismo.

Y Jonatán dijo a David, en los días de su persecución:

«Vete en paz, porque ambos hemos jurado por el nombre de Jehová, diciendo: Jehová esté entre tú y yo, entre tu descendencia y mi descendencia, para siempre».

El rey David, al asumir el trono de Israel, no solo se destaca como el gran guerrero de su pueblo; como el divino cantor y como un administrador real y verdadero, en justicia y equidad, sino también como un gobernante piadoso. Y pregunta:

—¿Ha quedado alguno de la casa de Saúl, a quien haga yo misericordia por amor de Jonatán?

David quiere honrar la promesa que le hizo a su amigo Jonatán, porque es un rey bueno y piadoso, un rey conforme al corazón de Dios.

Entonces Siba, siervo de Saúl en su tiempo, es llamado ante la presencia de David, y el rey le pregunta:

—¿Eres tú Siba? —Y él responde:

—Tu siervo.

—¿No ha quedado nadie de la casa de Saúl, a quien haga yo misericordia de Dios?

Y Siba responde:

—Aún ha quedado un hijo de Jonatán, lisiado de los pies.

Entonces el rey pregunta:

—¿Dónde está? —Y Siba responde al rey:

—He aquí, está en casa de Maquir, hijo de Amiel, en Lodebar.

Es Lodebar la tierra inhóspita de los proscritos, de los desposeídos, de los lisiados, de los que ya perdieron toda esperanza; significa dolor, miseria, tristeza y oscuridad, está en Galaad, muy cerca del mar de Galilea.

Mefi-boset está escondido allí por temor a perder la vida, pues según la costumbre de los reinos, todos los descendientes de la dinastía anterior mueren en forma irremisible.

Cuando ocurre la batalla de Jezreel donde caen Saúl y Jonatán «inseparables en vida, tampoco en su muerte fueron separados; más ligeros eran que águilas, más fuertes que leones», Mefi-boset tiene cinco años de edad; su nodriza, temerosa de la entrada a la ciudad de los filisteos, lo toma en brazos y huye, pero en su huida, se le cae el niño y queda cojo.

Jonatán es el hombre que causa a David una gran angustia por su muerte, porque ambos se amaban en forma entrañable, con un amor divino dentro del plan de Dios para facilitar el acceso de su ungido al trono, y es quien hace un pacto con David para que respete su descendencia.

Pero Mefi-boset no conoce este acuerdo, por eso su alma miserable se estremece cuando escucha a un mensajero tocar su puerta, y le dice:

—El rey te llama.

Él sabe que es digno de muerte, pero también sabe de la misericordia del rey, «me humillaré y pediré clemencia, quizá se apiade de mí», medita camino a Jerusalén.

Cuando llega ante la presencia del rey, se postra sobre su rostro y hace reverencia.

El rey le llama por su nombre:

—Mefi-boset.

Y le contesta con voz temblorosa:

—He aquí tu siervo.

David le dice:

—No tengas temor, porque yo a la verdad haré contigo misericordia por amor de Jonatán, tu padre, y te devolveré todas las tierras de Saúl, tu padre; y tú comerás siempre a mi mesa.

Y él inclinándose dice:

—¿Quién es tu siervo para que mires a un perro muerto como yo?

Entonces el rey llama a Siba, siervo de Saúl, y le dice:

—Todo lo que fue de Saúl y de toda su casa, yo lo he dado al hijo de tu señor.

Tú, pues, le labrarás las tierras, tú con tus hijos y tus siervos, y almacenarás los frutos, para que el hijo de tu señor tenga pan para comer, pero Mefi-boset, el hijo de tu señor, comerá siempre a mi mesa, como uno de los hijos del rey.

Y responde Siba al rey:

—Conforme a todo lo que ha mandado mi señor el rey a su siervo, así lo hará tu siervo. Siba tiene quince hijos y veinte siervos.

Y David confirma:

—Mefi-boset comerá en mi mesa, como uno de los hijos del rey.

Y Mefi-boset, con su pequeño hijo de nombre Micaía, se queda en Jerusalén, para comer siempre en la mesa del rey.

Un insulto imperdonable

Cuando muere el rey de los hijos de Amón, y reina en lugar suyo su hijo Hanún, el rey David envía unos embajadores que le llevan presentes y sus condolencias, de esta forma David quiere corresponder con misericordia, la ayuda que recibió años atrás de Nahas, rey de Amón cuando era perseguido por el rey Saúl. La gratitud y la misericordia de David no sólo es con Mefiboset sino también es con un rey pagano.

Sólo que el rey pagano corresponde mal, pues Hanún, aconsejado por sus príncipes, comete el imperdonable error de avergonzar a los hombres de David, acusándolos sin pruebas de espionaje, y tomando a los siervos de David les rapa la mitad de la barba, les corta los vestidos por la mitad hasta las nalgas, y los despide.

Los amonitas son descendientes de Ammón, hijo de Lot, sobrino de Abraham. Ammón es producto de una relación incestuosa entre Lot y una de sus hijas, en una cueva cerca de Zoar. Las tres tribus hebrea o israelita, amonita y moabita forman un solo grupo, que se clasifica como perteneciente a la rama aramea de la raza semítica. Por tanto, amonitas y moabitas se consideran parientes de los israelitas, quienes tienen orden desde el siervo de Dios Moisés de ser tratados con bondad, pero los amonitas eran numerosos y grandes guerreros que no respetan a los israelitas, a quienes siempre tratan como enemigos; cuando los israelitas salen de Egipto, los amonitas se niegan a ayudarlos y Dios los castiga por su falta de apoyo, dice al pueblo:

> *No entrará amonita ni moabita en la congregación de Jehová, ni hasta la décima generación de ellos; no entrarán en la congregación de Jehová para siempre, por cuanto no os salieron a recibir con pan y agua al camino, cuando salisteis de Egipto, y porque alquilaron contra ti a Balaam hijo de Beor, de Petor de Mesopotamia, para maldecirte, mas no quiso Jehová tu Dios oír a Balaam; y Jehová tu Dios te convirtió la maldición en bendición, porque Jehová tu Dios te amaba.*

No procurarás la paz de ellos ni su bien en todos los días para siempre.

Los amonitas son un pueblo pagano, ubicado al este del río Jordán hasta el desierto; adoran a los dioses Milcom y Moloc, y son crueles como sus dioses, quienes demandan en sus altares sacrificios de bebés. Nahas amonita, en el primer año del reinado de Saúl, pide a los habitantes de la ciudad de Jabes de Galaad, que si quieren vivir cada uno de ellos saque el ojo derecho y ponga esta afrenta sobre todo Israel; los amonitas abren a las mujeres que están encinta en los territorios conquistados, por eso los hombres de Jabes de Galaad les temen, y piden ayuda a su rey; Saúl sale a la defensa, derrota a los amonitas y los hace sus esclavos.

Ahora, la afrenta que cometen los hijos de Amón no es sólo contra los embajadores de David sino contra el propio rey de Israel. Los hombres de David han sido avergonzados en extremo al ser rapados la mitad de su barba, pues la barba es símbolo de un hombre libre, sólo los esclavos son lampiños; la barba es un valor universal para Israel y otras naciones orientales, es para el que la posee, su más grande ornamento. Por eso, los hombres de David están avergonzados en extremo. Y no sólo por sus barbas, también por sus vestidos cortados por la mitad, que exhiben sus nalgas.

Cuando David lo sabe, envía a encontrarles, porque ellos están en extremo avergonzados; y el rey manda a decirles que se queden en Jericó hasta que les vuelva a nacer la barba, y entonces vuelvan a Jerusalén. Y así lo hacen los embajadores.

El rey David prepara una enérgica respuesta a esta humillación de los hijos de Amón, entonces estos viendo que se han hecho odiosos a David, toman a sueldo a los sirios de Bet-rehob y a los sirios de Soba, veinte mil hombres de a pie, del rey de Maaca mil hombres, y de Is-tob doce mil hombres.

Cuando David oye esto, envía a Joab con todo el ejército de los valientes: Joseb-basebet, principal de los capitanes, que mata a ochocientos hombres en una ocasión; Eleazar, hijo de Dodo, que está con David cuando desafían a los filisteos que se han reunido allí para la batalla, y se habían alejado los hombres de Israel, este se levanta y hiere a los filisteos hasta que su mano se cansa, y queda pegada su mano a la espada. Aquel día Jehová da una gran victoria, y se vuelve el pueblo en pos de él tan solo para recoger el botín; Sama hijo de Age. Los filisteos se han reunido en Lehi, donde hay un pequeño terreno lleno de lentejas, y el pueblo había huido delante de los filisteos. Él entonces se para en medio de aquel terreno y lo defiende, mata a los filisteos; y Jehová da una gran victoria. Adino, Eleazar y Sama son los tres valientes que se destacan entre los treinta jefes que descienden y vienen en tiempo de la siega a David en la cueva de Adulam; y el campamento de los filisteos está en el valle de Refaim.

David entonces está en el lugar fuerte, y hay en Belén una guarnición de los filisteos. David dice con vehemencia:

—¡Quién me diera a beber del agua del pozo de Belén que está junto a la puerta! —Lo escuchan los treinta jefes, todos aptos para la guerra, mas la aptitud no basta, es la actitud la que cuenta, es decir, el ejercicio de la voluntad y conciencia que Dios da a los hombres.

Entonces, los tres valientes, en el ejercicio de esa voluntad y conciencia, se levantan, irrumpen por el campamento de los filisteos, y sacan agua del pozo de Belén que está junto a la puerta; y la traen a David; mas él no la bebe, sino que la derrama para Jehová, diciendo:

—Lejos sea de mí, oh Jehová, que yo haga esto. ¿He de beber yo la sangre de los varones que fueron con peligro de su vida? —Y no la bebe.

Otro valiente que envía David con Joab es Abisai, hermano de Joab, es el principal de los treinta. Este en una ocasión alza su lanza contra trescientos, a quienes mata, y gana renombre con los tres. Él es el más renombrado de los treinta, y llega a ser su jefe; mas no iguala a los tres primeros.

También está entre el grupo de valientes, Benaía, hijo de Joiada. Este mata a dos leones de Moab; y él mismo desciende y mata a un león en medio de un foso cuando está nevando. También mata a un egipcio, hombre de gran estatura; y tiene el egipcio una lanza en su mano, pero desciende contra él con un palo, arrebata al egipcio la lanza de la mano, y lo mata con su propia lanza. David lo nombra jefe de su guardia personal.

Asael, hermano de Joab también está entre el grupo de valientes de David; le siguen Elhanán hijo de Dodo de Belén; Sama, Elica, Heles, Ira, Abiezer, Salmón, Heleb, hijo de Baana, Itaí, hijo de Ribai, de Gaaba de los hijos de Benjamín; Benaía piratonita, Hidai del arroyo de Gaas; Abi-albón arbatita; Eliaba saalbonita, Jonatán, de los hijos de Jasén.

Vienen también con Joab para la batalla contra los hijos de Amón; Elifelet, hijo de Ahasbai; Eliam, hijo de Ahitofel; Hezrai carmelita; Igal, hijo de Natán, de Soba; Naharai beerotita, escudero de Joab, hijo de Sarvia; Ira itrita, Gareb itrita y Urías heteo.

Todos estos son hombres de guerra muy valientes para pelear, diestros con escudo y pavés; sus rostros son como rostros de leones, y son ligeros como las gacelas sobre las montañas.

Son herederos de la actitud positiva del siervo de Dios Josué y de Caleb, dos de los doce príncipes de Israel enviados por Moisés para espiar la tierra prometida del otro lado del Jordán: mientras diez de estos príncipes mostraron una actitud pesimista: «Es tierra de gigantes, sus murallas son inexpugnable, y las de Jericó son las más grandes que hemos visto; no, no podemos conquistar la tierra», expresan en aquel entonces al pueblo, y el pueblo les cree y se niega a entrar, ignorando el poder de Dios. Josué y Caleb exclaman que sí se puede, que Dios está con su pueblo, pero no les creen. Después de cuarenta años de que todo Israel vagara por el desierto en castigo por su incredulidad, la siguiente generación demuestra con hechos que el poder de Dios está con ella al vencer, en el ejercicio de su voluntad y conciencia, a esos gigantes en su propia tierra: Sibecai husatita mata a Sipai, de los descendientes de los gigantes; Elhanan mata a Lahmi, hermano de Goliat geteo, el asta de cuya lanza es como un rodillo de telar; y un gigante con seis dedos en pies y manos, veinticuatro por todos que injuria a Israel, lo mata Jonatán, hijo de Simea, hermano de David.

La batalla contra los amonitas

Los hijos de Amón observan el avance de los israelitas y se ponen en orden de batalla a la entrada de la puerta; Hanún identifica sus efectivos, la estructura de mando, la disposición del personal, unidades y el equipo de la fuerza militar incluyendo tanto a hijos de Amón como a mercenarios; estudia todos los factores de orden de batalla sobre las fuerzas enemigas para dirigir a los jefes de las veinte unidades ubicadas a la puerta como a los jefes de las otras veinte unidades más allá del campo, sus apreciaciones sobre los probables cursos de acción del enemigo; rodeado por todos sus consejeros de guerra, Hanun cree tener segura la victoria sobre el pueblo de Israel. La estrategia es clara, atacarán a los israelitas de frente y a la retaguardia, pues los sirios de Soba, de Rehob, de Is-tob y de Maaca, treinta y tres mil hombres por todos, están aparte en el campo.

Joab, por su parte, analiza las acciones del enemigo que se mueve en dos frentes, el número de esas acciones afectará la situación de sus tropas; observa que los hijos de Amón y sus aliados se mueven hacia posiciones de ataque en las puertas de la ciudad, pero también se mueven hacia afuera del campo donde se librará la batalla para cerrar en círculo a los hijos de Israel.

Joab reacciona rápido, entresaca de todos los escogidos de Israel, y se pone en orden de batalla contra los sirios, y llama a Abisaí, su hermano, para entregarle el resto del ejército, alinearlo contra los amonitas e informarle las tácticas del enemigo y sus efectivos. Atacarán por el frente y la retaguardia, con más de cuarenta mil hombres de a caballo; cerca de mil carros; y treinta mil hombres de a pie que sacan espada, son expertos con la lanza y flecheros por excelencia.

—Hay que tomar acción de inmediato —le dice, y establece la logística para contrarrestar el ataque de la fuerza enemiga desplegada por el campo—. Hay que alinearnos en dos frentes: yo me voy contra los sirios y tú contra los amonitas. Si los sirios pudieran más que yo, tú me ayudarás; y si los hijos de Amón pudieren más que tú, yo te daré ayuda.

Y agrega alzando su voz para que todo su ejército lo oiga:

—Esfuérzate y esforcémonos por nuestro pueblo, y por las ciudades de nuestro Dios; y haga Jehová lo que bien le pareciere.

Su discurso motiva en gran manera a todo el pueblo que está con él, sabe que una derrota sería fatal para los habitantes de Israel; sabe también que el enemigo es poderoso con armamento mortífero y diestro en la guerra como ningún otro al que se hayan enfrentado jamás. Pero también sabe que de Jehová son las batallas, y antes de iniciar la guerra cantan la alabanza del rey David:

SALMO 46

Dios es nuestro amparo y fortaleza.
Nuestro pronto auxilio en las tribulaciones.
Por tanto, no temeremos, aunque la tierra sea removida, y se traspasen los montes al corazón del mar; aunque bramen y se turben sus aguas, y tiemblen los montes a causa de su braveza.
Del río sus corrientes alegran la ciudad de Dios, el santuario de las moradas del Altísimo.
Dios está en medio de ella; no será conmovida.
Dios le ayudará al clarear la mañana.
Bramaron las naciones, titubearon los reinos.
Dio él su voz, se derritió la tierra.
Jehová de los ejércitos está con nosotros; nuestro refugio es el Dios de Jacob.
Venid, ved las obras de Jehová, que ha puesto asolamientos en la tierra.
Que hace cesar las guerras hasta los fines de la tierra.
Que quiebra el arco, corta la lanza.
Y quema los carros en el fuego.
Estad quietos, y conoced que yo soy Dios; seré exaltado entre las naciones; enaltecido seré en la tierra.
Jehová de los ejércitos está con nosotros; nuestro refugio es el Dios de Jacob.

Joab y los escuadrones de Israel avanzan para pelear contra los sirios; mas ellos huyen delante de él. Dios ha puesto un espíritu de cobardía en los enemigos. Y los hijos de Amón, viendo que los sirios retroceden, huyen también ellos delante de Abisai, su hermano, y entran a la ciudad. Entonces Joab volvió a Jerusalén.

Los sirios no se dan por perdidos, y envían embajadores y traen a los sirios que están al otro lado del Éufrates, cuyo capitán es Sofac, general del ejército de Hadad-ezer.

David sabe de este avance y se apresta para acudir a la batalla, reúne a todo el pueblo y cruza el Jordán. Sus enemigos son siete mil hombres de los carros, y cuarenta mil hombres de a pie, y se enfrentan al poderoso rey de Israel para caer muertos en la batalla; asimismo David mata a Sofac, general del ejército, y el pueblo sirio, viéndose perdido, pide paz y se entregan en calidad de siervos.

Un año más tarde, Joab saca las fuerzas del ejército y destruye la tierra de los hijos de Amón, y viene y sitia a Rabá. Mas David está en Jerusalén; y Joab bate a Rabá, y la destruye.

Mientras dura la batalla contra los amonitas, David en Jerusalén protagoniza un drama grotesco y sublime, escrito en el Segundo Libro de Samuel y en las Crónicas del Pueblo, como uno de los episodios más escandalosos y espectaculares en los rincones palaciegos.

El encanto de Betsabé

David observa a Betsabé.

La pasión del rey David por una mujer hermosa y sensual de nombre Betsabé es ahora la causa de su impureza espiritual. En el censo Satanás se levanta contra Israel, e incita a David a empadronar al pueblo, que estaba prohibido por Dios, y con ello provoca la muerte de setenta mil hombres; ahora con un sentimiento de lujuria, en la búsqueda de un placer ilícito, sabe que la mujer deseada es esposa de uno de sus treinta hombres valientes, Urías heteo; es hija al mismo tiempo de Eliam, otro de sus valientes y es nieta de Ahitofel, uno de sus consejeros principales, pero nada de esto le importa; el desbordamiento de su pasión insana lo lleva a cometer adulterio y asesinato y a olvidar el amor de Dios; sin razonar que el ocuparse de la carne es muerte, por cuanto los designios de la carne son enemistad contra el que lo ungió como rey; por lo tanto, lo que David ha hecho es desagradable ante los ojos de Jehová, quien por medio de su profeta Natán habrá de castigarlo con vara de hombres, y con azotes de hijos de hombres, mas Su misericordia no se aparta del rey de Israel porque disciplina y amor para David forman parte de Su perfecta paternidad.

—Jehová ha remitido tu pecado; no morirás —le dice el profeta Natán.

David, avergonzado y humilde, eleva este canto al Todopoderoso:

SALMO 51

Ten piedad de mí, oh Dios, conforme a tu misericordia; conforme a la multitud de tus piedades borra mis rebeliones.
Lávame más y más de mi maldad, y límpiame de mi pecado.
Porque yo reconozco mis rebeliones, y mi pecado está siempre delante de mí.
Contra ti, contra ti solo he pecado, y he hecho lo malo delante de tus ojos; para que seas reconocido justo en tu palabra, y tenido por puro en tu juicio, he aquí, en maldad he sido formado y en pecado me concibió mi madre.
He aquí, tú amas la verdad en lo íntimo, y en lo secreto me has hecho comprender sabiduría.
Purifícame con hisopo, y seré limpio; lávame, y seré más blanco que la nieve.
Hazme oír gozo y alegría, y se recrearán los huesos que has abatido.
Esconde tu rostro de mis pecados, y borra todas mis maldades.
Crea en mí, oh Dios, un corazón limpio, y renueva un espíritu recto dentro de mí.
No me eches de delante de ti, y no quites de mí tu santo Espíritu.
Vuélveme el gozo de tu salvación, y espíritu noble me sustente.
Entonces enseñaré a los transgresores tus caminos, y los pecadores se convertirán a ti.
Líbrame de homicidios, oh Dios, Dios de mi salvación; cantará mi lengua tu justicia.
Señor, abre mis labios, y publicará mi boca tu alabanza.
Porque no quieres sacrificio, que yo lo daría; no quieres holocausto.

Los sacrificios de Dios son el espíritu quebrantado; al corazón contrito y humillado no despreciarás tú, oh Dios.
Haz bien con tu benevolencia a Sion, edifica los muros de Jerusalén, entonces te agradarán los sacrificios de justicia, el holocausto u ofrenda del todo quemada; entonces ofrecerán becerros sobre tu altar.
Mas las consecuencias del pecado del rey David las sufrirá hasta su último aliento:
No se apartará jamás de tu casa la espada, por cuanto me menospreciaste, y tomaste la mujer de Urías heteo para que fuese tu mujer.
He aquí yo he de levantar el mal sobre ti de tu misma casa, y tomaré tus mujeres delante de tus ojos, y las daré a tu prójimo, el cual yacerá con tus mujeres a la vista del sol.
Porque tú lo hiciste en lo secreto; mas yo haré esto delante de todo Israel y a pleno sol.

David se humilla a lo sumo delante de Dios al reconocer que había hecho lo malo delante de sus ojos, y dice a Natán:

—Pequé contra Jehová. —Y Natán responde:

—También Jehová ha remitido tu pecado; no morirás—. Mas por cuanto en este asunto hiciste blasfemar a los enemigos de Jehová, el hijo que te ha nacido ciertamente morirá.

Los hechos ocurren un año atrás cuando, al caer la tarde, el rey desde su terraza observa a una mujer hermosa y joven bañándose desnuda con movimientos rítmicos y sensuales que exacerban sus sentidos y desencadenan en él una atracción sexual irresistible, al borde del paroxismo.

Ninguna mujer en su vida ha despertado tanta lascivia, ni le ha exaltado una pasión desenfrenada como la que siente en ese momento; el cuerpo femenino apetecible que los tenues rayos del sol remarcan su hermosura satisface los deseos de su adictiva sexualidad; sus ojos podrían contemplar toda la tarde si fuera posible esa perfección hecha mujer; y la mujer al sentirse observada se refocila en su concupiscencia. Corresponde sutil; sus pechos voluptuosos que con parsimonia acaricia son ingredientes del mágico hechizo que hacen perder la razón al rey de Israel. Ha caído bajo el encanto de la joven.

—¿Quién es ella? —pregunta el rey David a sus criados. —Y le responden:

—Aquella es Betsabé, hija de Eliam, mujer de Urías heteo.

Y envía por ella, no podía esperar más; su cuerpo tembloroso de la pasión desbordada lo necesita con vehemencia. Ella viene a él con destellos de pasión anticipada, embelesada, porque el que la ha llamado es el rey de Israel. Y sin decir más palabras, ambos se funden en un desenfreno sexual donde el tiempo se detiene y todo a su alrededor desaparece, solo son ellos, viven el uno para el otro en el éxtasis de un amor furtivo pero dulce como el pecado.

Y en la culminación de su relación sexual, el clímax, hay una sensación de liberación repentina y placentera de la tensión acumulada, que se repite una y otra vez toda la noche en el remolino de la pasión embriagadora que inicia, sí, en forma pueril, pero se transforma muy pronto para bien o para mal, en un amor de trascendencia histórica más allá de la razón.

Al siguiente día ella se purifica de su inmundicia, y vuelve a su casa.

El rey David, ungido del Señor, sabe que los designios de la carne son enemistad contra Dios, y no le puede agradar de ninguna manera; queda atrapado en el palacio de su conciencia, al discernir su impudicia que al concebir da a luz el pecado y que, siendo consumado, lo condena a muerte. Pero la gravedad de su falta se agiganta al conocer esta noticia:

—Estoy encinta —le informa Betsabé.

David cree tener la solución al problema y le pide a Joab que le envíe a Urías heteo, lo cual hace con prontitud. El marido, engañado, llega a Palacio y el rey lo hace sentir importante, le pregunta por la salud de Joab, y por la salud del pueblo, y por el estado de guerra. Ya a medianoche lo manda a su casa.

—Desciende a tu casa, y lava tus pie —le dice David a Urías, y le envía un presente de la mesa real.

Mas Urías duerme a la puerta de la casa del rey con todos los siervos de su señor, y no desciende a su casa. Y hacen saber esto al rey.

Y dice David a Urías:

—¿No has venido de camino? ¿Por qué, pues, no desciendes a tu casa?

Urías responde:

—El Arca e Israel y Judá están bajo tiendas, y mi señor Joab, y los siervos de mi señor, en el campo; ¿y había yo de entrar en mi casa para comer y beber, y a dormir con mi mujer?

Por vida tuya, y por vida de tu alma, que yo no haré tal cosa.

Y David dice a Urías:

—Quédate aquí aún hoy, y mañana te despacharé.

Y se queda Urías en Jerusalén aquel día y el siguiente. David lo convida a comer y a beber con él, hasta embriagarlo. Entonces, él sale a la tarde a dormir en su cama con los siervos de su señor; mas no desciende a su casa.

A la mañana siguiente, David escribe a Joab una carta, la cual envía por mano de Urías.

Dice en la carta:

«Poned a Urías al frente, en lo más recio de la batalla, y retiraos de él, para que sea herido y muera».

Joab, siguiendo instrucciones, al sitiar la ciudad, pone a Urías en el lugar donde sabe que están los hombres más valientes.

Saliendo luego los de la ciudad, pelean contra Joab, y caen algunos del ejército de los siervos de David; y muere también Urías, el heteo.

Entonces envía Joab y hace saber a David todos los asuntos de la guerra.

Y manda al mensajero, diciendo:

—Cuando acabes de contar al rey todos los asuntos de la guerra, si el rey comenzare a enojarse, y te dijere: «¿Por qué os acercasteis demasiado a la ciudad para combatir? ¿No sabíais lo que suelen arrojar desde el muro? ¿Quién hirió a Abimalec hijo de Jerobaal? ¿No echó una mujer del muro un pedazo de una rueda de molino, y murió en Tebes? ¿Por qué os acercasteis tanto al muro?». Entonces tú le dirás: «También tu siervo Urías heteo está muerto».

Llega el mensajero a David y le cuenta:

—Prevalecieron contra nosotros los hombres que salieron contra nosotros al campo, bien que nosotros les hicimos retroceder hasta la entrada de la puerta; pero los flecheros tiraron contra tus siervos desde el muro, y murieron algunos de los siervos del rey; y murió también tu siervo Urías heteo.

Y David contesta al mensajero:

—Así dirás a Joab: «No tengas pesar por esto, porque la espada consume, ora a uno, ora a otro; refuerza tu ataque contra la ciudad, hasta que la rindas». Y tú aliéntale.

Al oír la mujer de Urías que su marido está muerto, hace duelo por él. Y pasado el luto, envía David y la trae a su casa; y a su tiempo nace el niño que es concebido en pecado por David y Betsabé. Mas el pago del pecado es la muerte. Lo que ha hecho David es desagradable ante los ojos de Jehová.

Jehová envía a Natán a David; y viniendo a él, le dice:

—Había dos hombres en una ciudad, el uno rico, y el otro pobre.

El rico tenía numerosas ovejas y vacas; pero el pobre no tenía más que una sola corderita, que él había comprado y criado, y que había crecido con él y con sus hijos juntamente, comiendo de su bocado y bebiendo de su vaso, y durmiendo en su seno; y la tenía como a una hija.

Y vino uno de camino al hombre rico; y éste no quiso tomar de sus ovejas y de sus vacas, para guisar para el caminante que había venido a él, sino que tomó la oveja de aquel hombre pobre, y la preparó para aquel que había venido a él.

Entonces se encendió el furor de David en gran manera contra aquel hombre, y dice a Natán:

—Vive Jehová, que el que tal hizo es digno de muerte. Y debe pagar la cordera con cuatro tantos, porque hizo tal cosa, y no tuvo misericordia.

Entonces dice Natán a David:

—¡Tú eres aquel hombre! Así ha dicho Jehová, Dios de Israel:

> *Yo te ungí por rey sobre Israel, y te libré de la mano de Saúl, y te di la casa de tu señor, y las mujeres de tu señor en tu seno; además te di la casa de Israel y de Judá; y si esto fuera poco, te habría añadido mucho más.*
> *¿Por qué, pues, tuviste en poco la palabra de Jehová, haciendo lo malo delante de sus ojos? A Urías heteo heriste a espada, y tomaste por mujer a su mujer, y a él lo mataste con la espada de los hijos de Amón.*

Por lo cual ahora no se apartará jamás de tu casa la espada, por cuanto me menospreciaste, y tomaste la mujer de Urías heteo para que fuese tu mujer.
Así ha dicho Jehová: He aquí yo haré levantar el mal sobre ti de tu misma casa, y tomaré tus mujeres delante de tus ojos, y las daré a tu prójimo, el cual yacerá con tus mujeres a la vista del sol.
Porque tú lo hiciste en secreto; mas yo haré esto delante de todo Israel y a pleno sol.

Entonces David dice a Natán:

—Pequé contra Jehová. —Y Natán dice a David:

—También Jehová ha remitido tu pecado; no morirás.

Mas por cuanto con este asunto hiciste blasfemar a los enemigos de Jehová, el hijo que te ha nacido ciertamente morirá.

Natán vuelve a su casa. Y Jehová hiere al niño que la mujer de Urías había dado a David, y enferma de gravedad.

Entonces David ruega a Dios por el niño; ayuna, entra, y pasa la noche acostado en tierra.

Y se levantan los ancianos de su casa, van a él para hacerle levantar de la tierra; mas él no quiere, ni come con ellos pan. Es presa de la angustia y la depresión. Y alza su clamor al cielo:

SALMO 102

Jehová escucha mi oración, y llegue a ti mi clamor.
No escondas de mí tu rostro en el día de la angustia; inclina a mí tu oído; apresúrate a responderme el día que te invocare.
Porque mis días se han consumido como humo, y mis huesos cual tizón están quemados.
Mi corazón está herido, y seco como la hierba, por lo cual me olvido de comer mi pan.
Por la voz de mi gemido mis huesos se han pegado a mi carne.
Soy semejante al pelícano del desierto; soy como el búho de las soledades; velo, y soy como el pájaro solitario sobre el tejado.

Cada día me afrentan mis enemigos los que contra mí se enfurecen, se han conjurado contra mí.
Por lo cual yo como ceniza a manera de pan, y mi bebida mezclo con lágrimas, a causa de tu enojo y de tu ira; pues me alzaste, y me has arrojado.
Mis días son como sombra que se va, y me has secado como la hierba.
Mas tú Jehová, permanecerás para siempre, y tu memoria de generación a generación.
Te levantarás y tendrás misericordia de Sion, porque es tiempo de tener misericordia de ella, porque el plazo ha llegado.
Porque tus siervos aman sus piedras, y del polvo de ella tienen compasión.
Entonces las naciones temerán el nombre de Jehová, y todos los reyes de la tierra tu gloria; por cuanto Jehová habrá edificado a Sion y en su gloria será visto.
Habrá considerado la oración de los desvalidos, y no habrá desechado el ruego de ellos.
Se escribirá esto para la generación venidera; y el pueblo que está por nacer alabará a JAH, porque miró desde lo alto de su santuario; Jehová miró desde los cielos de la tierra, para oír el gemido de los presos, para soltar a los sentenciados a muerte; para que publique en Sion el nombre de Jehová, y su alabanza en Jerusalén, cuando los pueblos y los reinos se congreguen en uno para servir a Jehová.
Él debilitó mi fuerza en el camino; acortó mis días.
Dije: Dios mío, no me cortes en la mitad de mis días; por generación de generaciones son tus años.
Desde el principio tú fundaste la tierra, y los cielos son obra de tus manos.
Ellos perecerán más tú permanecerás; y todos ellos como una vestidura se envejecerán; como un vestido los mudarás, y serán mudados; pero tú eres el mismo, y tus años no se acabarán.
Los hijos de tus siervos habitarán seguros y su descendencia será establecida delante de ti.

A pesar de los ruegos de David a Dios, el niño muere al séptimo día; los ancianos de la casa temen darle la noticia al rey del fallecimiento de su hijo, pues dicen entre sí: Cuando el niño aún vivía, le hablábamos, y no quería oír nuestra voz; ¿cuánto más se afligirá si le decimos que el niño ha muerto?

Mas David, viendo a sus siervos hablar entre sí, entiende que el niño ha muerto, y pregunta:

—¿Ha muerto el niño? —Y le responden:

—Sí, ha muerto.

Entonces David se levanta de la tierra, y se lava y se unge, y cambia sus ropas, y entra a la casa de Jehová, y adora. Después viene a su casa, le ponen pan en la mesa y come.

Extrañados, los ancianos de la casa preguntan a David:

—¿Qué es esto que has hecho? Por el niño, viviendo aún, ayunas y lloras; y muerto él, te levantas y comes pan.

David responde:

—Viviendo aún el niño, yo ayunaba y lloraba, diciendo: ¿quién sabe si Dios tendrá compasión de mí, y vivirá el niño? Mas ahora que ha muerto, ¿para qué he de ayunar? ¿Podré yo hacerle volver? Yo voy a él, mas él no volverá a mí.

Y en este pensamiento David enseña que los muertos no regresan a la tierra.

David consuela a Betsabé, y llegándose a ella le da un hijo, y llama su nombre Salomón.

Mientras tanto está el fragor ensordecedor de la guerra contra Rabá de los hijos de Amón, quienes se defienden con expertos flecheros desde las murallas, y centenares de guerreros en carros y a pie que irrumpen en el campo de batalla, y tras un día de lucha sin cesar, caen rendidos ante los hombres de David comandados por el general Joab, quien envía de inmediato un mensaje a David:

—Yo he puesto sitio a Rabá, y he tomado la ciudad de las aguas.

Reúne, pues, ahora al pueblo que queda, y acampa contra la ciudad y tómala, no sea que tome yo la ciudad y sea llamada de mi nombre.

Y juntando David a todo el pueblo, va contra Rabá, combate y la toma, y quita la corona de la cabeza de su rey, la cual pesa un talento de oro, y tiene piedras preciosas; y fue puesta sobre la cabeza de David. Y es muy grande el botín de la ciudad.

Saca también al pueblo que estaba en ella, y la pone a trabajar con sierras, con trillos de hierros y con hachas. Lo mismo hace David a todas las ciudades de los hijos de Amón. Y vuelve David con todo el pueblo a Jerusalén.

La ira de Jehová contra Israel, otra vez

El rey David, tentado por Satanás, desea saber qué tanta fortaleza tiene en su pueblo; en su orgullo militar quiere conocer el número total de sus siervos, podría reducir la milicia a lo estrictamente necesario en este tiempo de paz, piensa para sus adentros, y ordena a su general Joab levantar el censo. Joab se opone al principio sabiendo las consecuencias que de Dios traería esta osadía, pues sólo Dios tiene el derecho de conocer el número de sus súbditos, y darle a su ungido los suficientes recursos humanos y materiales para defender a la nación, pero el rey insiste, hay una posesión satánica en sus deseos de pronósticos dramáticos para Israel, y censa al pueblo.

> *Hay en el pueblo de Dios un millón quinientos mil hombres que sacan espada. Aquí no están contados los levitas, ni los hijos de Benjamín porque la orden del rey es abominable para Joab, y si es abominable para un siervo, para Dios es tan desagradable que hiere con gran mortandad a Israel; manda la peste y mueren setenta mil hombres. Luego Jehová envía al ángel exterminador a Jerusalén para destruirla; pero cuando él estaba destruyendo, mira Jehová, se arrepiente de aquel mal, y dice al ángel que destruye:*
> *Basta ya; detén tu mano.*

El ángel de Jehová está junto a la era de Ornán jebuseo, ubicada en el monte Moriah, uno de los siete montes que están alrededor de Jerusalén, a donde subió el amigo de Dios Abraham para sacrificar a su hijo Isaac en holocausto como su amigo se lo había pedido, proyectándose hacia el futuro.

Dios prueba a Abraham cuando le dice:

Abraham.

Y él responde:

Heme aquí.

> *Toma ahora tu hijo, tu único, Isaac, a quien amas, y vete a tierra de Moriah, y ofrécelo allí en holocausto sobre uno de los montes que yo te diré.*

Y Abraham se levanta muy de mañana, y enalbarda su asno, y toma consigo dos siervos suyos, y a Isaac su hijo; y cortó leña para el holocausto, se levanta y va al lugar que Dios le ha dicho.

Al tercer día alza Abraham sus ojos, y ve el lugar de lejos.

Entonces dice Abraham a sus siervos:

—Esperad aquí con el asno, y yo y el muchacho iremos hasta allí y adoraremos, y volveremos a vosotros.

Abraham no duda ni por un momento del amor de Dios hacia él, por eso dice con seguridad a sus siervos: «Volveremos a vosotros». Y Abraham obedece al instante la orden de sacrificar a su único hijo, al hijo de la Promesa, porque teme a Jehová y se encamina al lugar donde le indica él que tenía el poder de resucitar a su hijo Isaac si fuera necesario y procede a su ejecución ante la tranquila actitud de un hijo que confía en su padre, cuando ve que no hay oveja alguna para el sacrificio y solo escucha de su padre:

—Dios proveerá de cordero para el holocausto, hijo mío.

Entiende Isaac que él será sacrificado a Dios y lo acepta en forma voluntaria, sin protestar, y cuando Abraham extiende su mano y toma el cuchillo para degollar a su hijo, el ángel de Jehová da voces desde el cielo, y dice:

> *Abraham, Abraham.*

Y él responde:

—Heme aquí.

> *No extiendas tu mano sobre el muchacho, ni le hagas nada; porque ya conozco que temes a Dios, por cuanto no me rehusaste tu hijo, tu único.*

Entonces alza a Abraham sus ojos y mira, y he aquí a su espalda un carnero trabado en un zarzal por sus cuernos; y fue Abraham y tomó el carnero, y lo ofrece en holocausto en lugar de su hijo.

Y llama el ángel de Jehová a Abraham por segunda vez desde el cielo:

Por mí mismo he jurado, dice Jehová, que por cuanto has hecho esto, y no me has rehusado tu hijo, tu único hijo; de cierto te bendeciré, y multiplicaré tu descendencia como las estrellas del cielo y como la arena que está a la orilla del mar; y tu descendencia poseerá las puertas de sus enemigos.
En tu simiente serán benditas todas las naciones de la tierra, por cuanto obedeciste a mi voz.

Es la fe de Abraham, una fe gloriosa con dimensiones cósmicas, ejemplar y de gran bendición para todas las familias de la tierra. Es el holocausto, la enseñanza de la expiación venidera, ahí en el monte Moriah, donde ahora está David alzando sus ojos para ver al ángel de Jehová que está entre el cielo y la tierra, con una espada desnuda en su mano, extendida contra Jerusalén.

Entonces David y los ancianos se postran sobre sus rostros cubiertos de cilicio.

Y dice David a Dios:

—¿No soy yo el que hizo contar el pueblo? Yo mismo soy el que pequé, y ciertamente he hecho mal; pero estas ovejas, ¿qué han hecho? Jehová, Dios mío, sea ahora tu mano contra mí, y contra la casa de mi padre, y no venga la peste sobre tu pueblo.

Y el ángel de Jehová ordena a Gad que dijese a David que subiese y construyese un altar a Jehová en la era de Ornán jebuseo.

Entonces David sube, conforme a la palabra que Gad le ha dicho en nombre de Jehová.

Y volviéndose Ornán, ve al ángel, por lo que se esconden cuatro hijos suyos que con él están. Y Ornan está trillando el trigo, cuando ve a David; y saliendo de la era se postra en tierra ante David.

Entonces David, dice a Ornán:

—Dame este lugar de la era, para que edifique un altar a Jehová; dámelo por su cabal precio, para que cese la mortandad en el pueblo.

Y Ornán responde a David:

—Tómala para ti, y haga mi señor el rey lo que bien le parezca. Y aun los bueyes daré para el holocausto, los trillos para leña, trigo para la ofrenda; yo lo doy todo.

Entonces el rey David dice a Ornán:

—No, sino que efectivamente lo compraré por su justo precio; porque no tomaré para Jehová lo que es tuyo, ni sacrificaré holocaustos que nada me cuesten.

Y David da a Ornán por aquel lugar el peso de seiscientos siclos de oro.

Y edifica allí David un altar a Jehová, en el que ofrece holocaustos y ofrendas de paz, e invoca a Jehová, quien le responde por fuego desde los cielos en el altar del holocausto. Es la proyección de Abraham, cumplida en el tiempo de David; el monte de Moriah es el monte de las ofrendas y de la paz que se extiende en el cumplimiento del pacto Davítico, hasta la ofrenda de vida de su heredero cuyo reino no tendría fin, para darle paz al mundo.

La orden del ángel de Jehová a David por medio del profeta Gad es determinante: construir un altar en la era de Ornán jebuseo, el antecedente del templo de Jerusalén, cuya construcción y ubicación exacta estará a cargo no de David, sino de su heredero inmediato, por orden de Dios, su hijo Salomón.

Entonces Jehová habla al ángel, y éste vuelve su espada a la vaina. Ahí termina el castigo que el propio rey escogió al darle opciones Dios por medio de su profeta Gad:

—Así ha dicho Jehová: «Escoge para ti, o tres años de hambre, o por tres meses ser derrotado delante de tus enemigos con la espada de tus adversarios, o por tres días la espada de Jehová, esto es, la peste en la tierra, y que el ángel de Jehová haga destrucción en todos los términos de Israel». Mira, pues, qué responderé al que me ha enviado.

David está en gran angustia antes de responder al profeta de Dios, sabe que al censar al pueblo ha hecho lo malo delante de Sus ojos, y dice:

—Ruego que yo caiga en la mano de Jehová, porque sus misericordias son muchas en extremo; pero que no caiga en manos de hombres.

Y así es como Jehová castiga con peste a Israel hasta que en su grande misericordia detiene al ángel exterminador.

David anuncia que la casa de Jehová Dios y el altar del holocausto para Israel estarán en la era comprada a Ornán. Y hace los preparativos para que su hijo cumpla con la misión que Dios le encomienda de construir el templo. Llama a los extranjeros que hay en Israel y les asigna deberes: canteros que labrasen piedra para edificar la casa de Dios; sidonios y tirios que traigan madera de cedro en abundancia. Asimismo, David prepara mucho hierro para la clavazón de las puertas, para las junturas, mucho bronce sin peso y madera de cedro sin cuenta.

Y dice David:

—Salomón, mi hijo, es muchacho y de tierna edad, y la casa que se ha de edificar a Jehová ha de ser magnífica por excelencia, para renombre y honra en todas las tierras; ahora pues, yo le prepararé lo necesario. Llama entonces a Salomón, y le dice:

—Hijo mío, en mi corazón tuve el edificar templo al nombre de Jehová mi Dios.

Mas vino a mí palabra de Jehová diciendo:

> *Tú has derramado mucha sangre, y has hecho grandes guerras; no edificarás casa a mi nombre, porque has derramado mucha sangre en la tierra delante de mí.*
> *He aquí te nacerá un hijo, el cual será varón de paz, porque yo le daré paz de todos sus enemigos en derredor; por tanto, su nombre será Salomón, esto es Pacífico, y yo daré paz y reposo sobre Israel en sus días.*
> *Él edificará casa a mi nombre, y él me será a mí por hijo, y yo le seré por padre; y afirmaré el trono de su reino sobre Israel para siempre.*

—Ahora pues, hijo mío —prosigue David— Jehová esté contigo, y seas prosperado, y edifiques casa a Jehová tu Dios, como él ha dicho de ti. Y Jehová te dé entendimiento y prudencia, para que cuando gobiernes a Israel, guardes la ley de Jehová tu Dios. Entonces serás prosperado, si cuidares de poner por obra los estatutos y decretos que Jehová mandó a Moisés para Israel. Esfuérzate, pues, y cobra ánimo; no temas, ni desmayes.

»He aquí, yo con grandes esfuerzos he preparado para la casa de Jehová cien mil talentos de oro, y un millón de talentos de plata, bronce y hierro sin medida, porque es mucho. De igual manera, he preparado madera y piedra, a lo cual tú añadirás. Tú tienes contigo muchos obreros, canteros, albañiles, carpinteros, y todo hombre experto en toda obra. Del oro, de la plata, del bronce y del hierro no hay cuenta. Levántate, y manos a la obra. Jehová esté contigo.

Asimismo, manda David a todos los principales de Israel que ayudasen a Salomón su hijo, diciendo:

—¿No está con vosotros Jehová vuestro Dios, el cual os ha dado paz por todas partes? Porque él ha entregado en mi mano a los moradores de la tierra, y la tierra ha sido sometida delante de Jehová, y delante de su pueblo.

»Poned, pues, ahora vuestros corazones y vuestros ánimos en buscar a Jehová vuestro Dios; levantaos, y edificad el santuario de Jehová Dios, para traer el Arca del Pacto de Jehová, y los utensilios consagrados a Dios, a la casa edificada al nombre de Jehová

La historia de un amor prohibido

Amnón significa «fiel», «estable», pero en este caso la definición correcta sería «imperio de lujuria» porque el desequilibrio emocional de Amnón al forzar a su hermana Tamar lo lleva a satisfacer su carne y a perder su alma. ¿Puede un hombre enfermar de amor? En el caso de Amnón, sí. Obsesionado hasta la muerte, el primogénito del rey David en su unión con Ahinoam jezreelita, engaña a su propio padre haciéndose el enfermo y rogándole que le enviara a Tamar su hermana para cuidarlo, y David cae en el engaño sin saber que vendrían acontecimientos de nefastas consecuencias para la casa real, en donde su hijo Absalón, hermano de Tamar e hijos de Maaca, hija de Talmaí rey de Gesur, cobraría con sangre su venganza. Tragedia y espada para el rey David en su propia casa, en el cumplimiento parcial de la sentencia Divina.

—Hermana mía, acuéstate conmigo —dice Amnón a Tamar, al jalarla del brazo.

Tamar se llena de horror al escuchar semejante proposición perversa.

—No, hermano mío, no hagas violencia —le suplica—, porque no se debe hacer así en Israel. No hagas tal vileza, porque ¿adónde iría yo con mi deshonra? Y aun tú serías estimado como uno de los perversos de Israel. Te ruego, pues, ahora, que hables al rey, que él no me negará a ti.

Pero Amnón, en su apetito sexual, confunde sus sentimientos al creer que es amor lo que anhela al tenerla, y no escucha la súplica de su hermana, sino que la viola.

Dios condena tal abominación en el manual religioso que tienen los levitas del pueblo de Israel, para evitar ser como los moradores de las naciones anteriores que contaminaron la tierra y fueron echadas de delante de Jehová:

> *Porque cualquiera que hiciere alguna de todas estas abominaciones, las personas que las hicieren serán cortadas de entre su pueblo.*

Guardad, pues, mi ordenanza, no haciendo las costumbres abominables que practicaron antes de vosotros, y no os contaminéis en ellas.
Yo Jehová vuestro Dios.

Absalón espera dos años; como un astuto criminal planea su venganza; todo lo tiene fríamente calculado. No borra de su mente aquella escena humillante de ver a Tamar, su hermana, con la cabeza llena de ceniza, rasgado su vestido de colores y puesta su mano sobre su cabeza gritando su vergüenza por todo el camino hasta llegar a casa. Desde que la ve sabe quién es el culpable de la afrenta y el deshonor. Pero calla, se muestra sereno; paciente espera el momento, y el momento llega.

Absalón se presenta ante el rey David y lo invita a una fiesta con motivo de la esquila de ovejas.

—He aquí, tu siervo tiene ahora esquiladores; yo ruego que venga el rey y sus siervos con tu siervo, le dice al rey, quien responde:

—No, hijo mío, no vamos todos, para que no te seamos gravosos.

Y aunque porfía con él, se niega a ir. Entonces dice Absalón:

—Pues si no, te ruego que venga con nosotros Amnón, mi hermano.

Y el rey le responde:

—¿Para qué ha de ir contigo?

Pero como Absalón le importuna, deja ir con él a Amnón y a todos los hijos del rey.

El primer paso ya está, ahora el siguiente será emborrachar a Amnón para que una vez tranquilo y confiado lo asesinen los criados de Absalón.

—Os ruego —ordena Absalón a sus criados— que miréis cuando el corazón de Amnón esté alegre por el vino; y al decir yo: «Herid a Amnón», entonces matadle, y no temáis, pues yo os lo he mandado. Esforzaos, pues, y sed valientes.

Y así lo hacen: el cuerpo de Amnón queda tendido en el suelo, ensangrentado, el horror se apodera del resto de los hijos del rey, y huyen montados cada uno en su mula.

El rumor de la muerte de los hijos del rey David llega al palacio, y cuando escucha David rasga sus vestiduras y grita amargamente, y todos sus criados que están con él hacen lo mismo, los lamentos se escuchan a lo lejos, pero en eso llega el perverso sobrino Jonadab, hijo de Simea, hermano de David, el mismo astuto y perverso que había aconsejado a Amnón, enfermo de su mórbido amor, de cómo tenía que proceder para poseer el cuerpo de su hermana Tamar. Y dice Jonadab a David:

—No diga, mi señor, que han dado muerte a todos los jóvenes del rey, pues sólo Amnón ha sido muerto; porque por mandato de Absalón esto había sido determinado desde el día en que Amnón forzó a Tamar su hermana. Por tanto, ahora no ponga mi señor el rey en su corazón ese rumor que dice: todos los hijos del rey han sido muertos; porque sólo Amnón ha sido muerto.

Entonces, el joven que está de atalaya alza sus ojos, y mira, he aquí mucha gente que viene por el camino a sus espaldas, del lado del monte.

Y dice Jonadab, el perverso primo de Amnón:

—He allí los hijos del rey que vienen; es así como tu siervo ha dicho.

Cuando él termina de hablar, he aquí los hijos del rey que vienen, y alzando su voz lloran. Y también el mismo rey y todos sus siervos lloran con muy grandes lamentos.

Es así como Amnón es cortado del pueblo de Israel, de acuerdo a la ley de Dios dada a los levitas, por su abominable y perverso proceder. Y la espada no se aparta de la casa de David.

La rebelión de Absalón

Hermoso de parecer, varonil, con una cabellera rubia que le cae como una cascada de agua al atardecer sobre sus hombros, y carismático, así es ante los ojos de los hombres Absalón, el hijo del rey David. Y no había en todo Israel ninguno tan alabado por su hermosura como Absalón; desde la planta de su pie hasta su coronilla no había en él defecto. Mas dentro de él existe un espíritu diabólico que lo orilla, primero a matar a su medio hermano Amnón en venganza por violar a Tamar, su hermana; y segundo a planear la traición contra su padre, para asegurar que sea él, Absalón, el rey de todo Israel y no como comenta todo el pueblo, Salomón.

Oponerse a los designios de Dios le cuesta la vida al príncipe, a manos del que, irónicamente, le ayuda a volver a Jerusalén del destierro: Joab.

El mar de Galilea es un lago de agua dulce y en toda su costa oriental se asienta la población del reino de Gesur, que significa «fortaleza», hasta los Altos del Golán del Sur; un país militarmente fuerte que tiene vecindad con Damasco y es el corredor comercial entre esta ciudad y Jerusalén.

Su rey Talmai hizo pacto con David, el joven guerrero que asolaba la región cuando, exiliado de Israel, en ese entonces era mercenario de los filisteos de Gat, y pasaba su tiempo asaltando no solo a los gesureos, sino también a los gerzitas y a los amalecitas.

Talmai dio su hija Maaca a David, y de esta unión nace en Hebrón Absalón.

El príncipe huye a Gesur luego de asesinar a su medio hermano Amnón, y permanece allá tres años, hasta que por intercesión de Joab, jefe de las fuerzas armadas de David, regresa a Jerusalén pero no logra ver el rostro de su padre hasta dos años después, entre tanto arma la conspiración.

El primer paso es reconciliarse con el rey, no es fácil porque utiliza como facilitador a Joab, quien, a pesar de ser vecinos, por dos ocasiones no responde hasta que Absalón manda a sus siervos a quemar el campo lleno de cebada propiedad del jefe militar, quien se presenta ante el joven príncipe y le reclama su actitud.

—¿Por qué han prendido fuego tus siervos a mi campo? —espeta Joab. Y Absalón responde:

—He aquí yo he enviado por ti, diciendo que vinieses acá, con el fin de enviarte al rey para decirle: ¿Para qué vine de Gesur? Mejor me fuera estar aún allá. Vea yo ahora el rostro del rey; y si hay en mí pecado, máteme.

Así lo hace Joab, y movido a misericordia el rey David llama a Absalón, el cual viene al rey, inclina su rostro a tierra delante de él; y el rey besa a Absalón. El primer paso del plan está hecho.

El segundo punto es adquirir carros y caballos, y cincuenta hombres que corriesen delante de él, y así lo hace. El tercero y más importante es ganar el corazón del pueblo, y para eso se levanta de mañana, y se coloca a un lado del camino junto a la puerta; y todo quien busca justicia del rey por algún pleito es atraído por la supuesta humildad y devoción a Jehová de Absalón; y este es su diálogo:

—¿De qué ciudad eres?

Entonces el quejoso responde:

—Tu siervo es de una de las tribus de Israel.

Absalón responde:

—Mira, tus palabras son buenas y justas; mas no tienes quien te oiga de parte del rey. ¡Quién me pusiera por juez en la tierra, para que viniesen a mí todos los que tienen pleito o negocio, que yo les haría justicia!

Cuando alguno se acerca a inclinarse al príncipe, él le extiende la mano, lo toma y lo besa.

Así hace con todos los israelitas que van al rey a juicio; y así Absalón roba el corazón de los de Israel. Esa es la estrategia del espíritu contrario a la obra de Dios que hay en Absalón. Y aún más se finge devoto de Jehová. Luego de cuatro años de fraguar la conspiración se presenta ante el rey, y le dice:

—Yo te ruego me permitas que vaya a Hebrón, a pagar mi voto que he prometido a Jehová. Porque tu siervo hizo voto cuando estaba en Gesur en

Siria, diciendo: Si Jehová me hiciere volver a Jerusalén, yo serviré a Jehová. —Y el rey le dice:

—Ve en paz.

Y él se levanta, y se va a Hebrón.

Las tácticas que forman parte del plan siniestro de división interna y angustia para el Elegido de Dios, son, primero, enviar mensajeros por todas las tribus de Israel, diciendo:

—Cuando oigáis el sonido de la trompeta diréis: «Absalón reina en Hebrón».

»La segunda táctica es llevar de Jerusalén cuando salía a Hebrón doscientos hombres, los cuales iban en su sencillez, sin saber nada de lo que tramaba el príncipe.

»Y la tercera, llamar a Ahitofel gilonita, consejero de David, de su ciudad de Gilo, para ofrecer los sacrificios; y entonces la conspiración ya es poderosa, y aumenta el número de seguidores a Absalón.

Y un mensajero viene a David, y le dice:

—El corazón de todo Israel se va tras Absalón.

Entonces David dice a todos sus siervos que están con él en Jerusalén:

—Levantaos y huyamos, porque no podremos escapar delante de Absalón; daos prisa a partir, no sea que apresurándose él nos alcance, y arroje el mal sobre nosotros, y hiera la ciudad a filo de espada.

Y los siervos del rey dicen al rey:

—He aquí, tus siervos están listos a todo lo que nuestro señor el rey decida.

La huida

David está afligido en gran manera. Aún resuenan en su mente las palabras del profeta de Dios Natán:

> *...Por lo cual ahora no se apartará jamás de tu casa la espada, por cuanto me menospreciaste, y tomaste la mujer de Urías heteo para que fuese tu mujer.*
> *Así ha dicho Jehová: He aquí yo haré levantar el mal sobre ti de tu misma casa, y tomaré tus mujeres delante de tus ojos, y las daré a tu prójimo, el cual yacerá con tus mujeres a la vista del sol.*
> *Porque tú lo hiciste en secreto; mas yo haré esto delante de todo Israel y a pleno sol.*

Entonces el Divino Cantor de Israel, exclama:

SALMO 25

> *A ti, oh Jehová, levantaré mi alma.*
> *Dios mío, en ti confío; no sea yo avergonzado, no se alegren de mí mis enemigos.*
> *Ciertamente ninguno de cuantos esperan en ti será confundido; serán avergonzados los que se rebelan sin causa.*
> *Muéstrame, oh Jehová, tus caminos; enséñame tus sendas.*
> *Encamíname en tu verdad, y enséñame, porque tú eres el Dios de mi salvación; en ti he esperado todo el día.*
> *Acuérdate, oh Jehová, de tus piedades y de tus misericordias, que son perpetuas.*
> *De los pecados de mi juventud, y de mis rebeliones, no te acuerdes; conforme a tu misericordia acuérdate de mí, por tu bondad, oh Jehová.*
> *Bueno y recto es Jehová; por tanto, él enseñará a los pecadores el camino.*

Encaminará a los humildes por el juicio, y enseñará a los mansos su carrera.
Todas las sendas de Jehová son misericordia y verdad, para los que guardan su pacto y sus testimonios.
Por amor de tu nombre, oh Jehová, perdonarás también mi pecado, que es grande.
¿Quién es el hombre que teme a Jehová?
Él le enseñará el camino que ha de escoger.
Gozará él de bienestar, y su descendencia heredará la tierra.
La comunión íntima de Jehová es con los que le temen, y a ellos hará conocer su pacto.
Mis ojos están siempre hacia Jehová, porque Él sacará mis pies de la red.
Mírame, y ten misericordia de mí, porque estoy solo y afligido.
Las angustias de mi corazón se han aumentado; sácame de mis congojas.
Mira mi aflicción y mi trabajo, y perdona todos mis pecados.
Mira mis enemigos cómo se han multiplicado, y con odio violento me aborrecen.
Guarda mi alma, y líbrame; no sea yo avergonzado, porque en ti confié.
Integridad y rectitud me guarden, porque en ti he esperado.
Redime, oh Dios, a Israel de todas sus angustias.

El rey salió entonces con toda su familia, en pos de él. Y deja diez mujeres concubinas, para que guardasen la casa.

Van delante de David cereteos y peleteos; y todos los geteos, seiscientos hombres de guerra que a pie desde Gat habían llegado a Jerusalén a servir al rey.

Y dice el rey a Itai geteo:

—¿Para qué vienes tú también con nosotros? Vuélvete y quédate con el rey; porque tú eres extranjero, y desterrado también de tu lugar.

»Ayer viniste, ¿y he de hacer hoy que te muevas para ir con nosotros? En cuanto a mí, yo iré a donde pueda ir; tú vuélvete, y haz volver a tus hermanos; y Jehová te muestre amor permanente y fidelidad.

Y responde Itaí al rey:

—Vive Dios, y vive mi señor el rey, que o para muerte o para vida, donde mi señor el rey estuviere, allí estará también tu siervo.

Estas palabras hacen recordar a David a su bisabuela Rut, la moabita, que ya viuda siguió considerando a Noemí su suegra, y la siguió desde los campos de Moab hasta Belén, diciéndole ante la insistencia de Noemí para que regresara a su pueblo: «No me ruegues que te deje, y me aparte de ti; porque a dondequiera que tú fueres, iré yo, y donde quiera que vivieres, viviré. Tu pueblo será mi pueblo, y tu Dios mi Dios. Donde tú murieres, moriré yo, y allí seré sepultada; así me haga Jehová, y aun me añada, que solo la muerte hará separación entre nosotras dos». Esta demostración de fidelidad trae recompensa de parte de Dios para esta extranjera dándola por esposa a Booz, hombre rico de la familia de Elimelec, pariente del marido de Noemí. Booz, pues, toma a Rut por mujer; y se llega a ella, y Jehová le da que conciba y dé a luz un hijo que llama Obed, y Obed engendra a Isaí, e Isaí engendra a David.

Itaí es un hombre de excepcional fidelidad, con devoción al rey; ama a David y lo seguirá hasta el fin sin ningún interés mezquino, no diciéndole «por ti lo hemos dejado todo, qué tendremos a cambio». No; porque él es íntegro y sincero; quiere la completa comunión con el guerrero que ha conquistado su corazón, «porque para muerte...» es decir, está resuelto a entregar su vida por David, «o para vida...» y alegrarse en su restauración. El grito de «¡Viva Jehová!» es para el rey, en esas horas de angustia, refrescante y consolador, porque viene de un gentil, de un filisteo, y «Vive mi señor el rey» le hace recordar que Dios siempre cuida de su vida en situaciones de peligro, y en este caso no será la excepción, por eso, le dice a Itaí:

—Ven, pues, y pasa.

Y pasa Itaí geteo, y todos sus guerreros, y toda su familia.

La huida del rey David de Jerusalén con toda su familia y sus siervos es una larga procesión de ayees y gemidos; lloran, gritan, claman piedad al Cielo, a Jehová de los Ejércitos, y el Divino Cantor de Israel hace cimbrar más aún la Tierra al elevar esta plegaria, con la magistral destreza de su arpa:

SALMO 5

Escucha, oh Jehová, mis palabras; considera mi gemir.
Está atento a la voz de mi clamor, Rey mío y Dios mío, porque a ti oraré.

Oh Jehová, de mañana oirás mi voz; de mañana me presentaré delante de ti, y esperaré.
Porque tú no eres un Dios que se complace en la maldad; el malo no habitará junto a ti.
Los insensatos no estarán delante de tus ojos; aborreces a todos los que hacen iniquidad.
Destruirás a los que hablan mentira; al hombre sanguinario y engañador abominará Jehová.
Mas yo por la abundancia de tu misericordia entraré en tu casa; adoraré hacia tu santo templo en tu temor.
Guíame, Jehová, en tu justicia, a causa de mis enemigos; endereza delante de mí tu camino.
Porque en la boca de ellos no hay sinceridad; sus entrañas son maldad, sepulcro abierto es su garganta, con su lengua hablan lisonjas.
Castígalos, oh Dios; caigan por sus mismos consejos; por la multitud de sus transgresiones échalos fuera, porque se rebelaron contra ti.
Pero alégrense todos los que en ti confían; den voces de júbilo para siempre, porque tú los defiendes; en ti se regocijen los que aman tu nombre.
Porque tú, oh Jehová, bendecirás al justo; como con un escudo lo rodearás de tu favor.

El valle de Cedrón.

El torrente de Cedrón es un arroyo que desemboca en el mar Muerto y su valle separa a Jerusalén del Monte de los Olivos, y al cruzar el valle hay un camino que va al desierto de Judea rodeado de imponentes montañas al oeste y el mar Muerto al este. El páramo cubre novecientos treinta y tres kilómetros cuadrados, en donde se observan riscos que llegan a tener una altura de doscientos noventa y cinco metros sobre la línea costera del mar Muerto, y algunos cerros de calizas se alzan al lado de planicies, así como profundos cañones, hasta de cuatrocientos ochenta metros, creados por varios ríos que cruzan por el desierto; y es en el desierto donde se respira la pureza y se escucha el silbo apacible y delicado de Dios, un lugar perfecto para esconderse del enemigo, y David bien lo sabe.

Por eso cruza el torrente de Cedrón y va camino al desierto con todos sus sirvientes leales y valientes, pero al ver a Sadoc, y con él a todos los levitas que llevaban el arca del pacto de Dios, le dice:

—Vuelve el arca de Dios a la ciudad. Si yo hallare gracia ante los ojos de Jehová, él hará que vuelva, y me dejará verla y a su tabernáculo. Y si dijere: «No me complazco en ti»; aquí estoy, haga de mí lo que bien le pareciere. —Y agrega—. ¿No eres tú el vidente? Vuelve en paz a la ciudad, y con vosotros vuestros dos hijos; Ahimaas tu hijo, y Jonatán hijo de Abiatar.

»Mirad, yo me detendré en los vados del desierto, hasta que venga respuesta de vosotros que me dé aviso.

Entonces Sadoc y Abiatar vuelven el Arca de Dios a Jerusalén, y se quedan allá.

David sube la cuesta de los Olivos con la cabeza cubierta y los pies descalzos para dejar sus huellas de agonía, dolor y sangre, como herencia al rey de Paz que saldrá de sus lomos cuyo reino no tendrá fin, según la promesa del pacto hecha por el Eterno Dios, el Creador de los Cielos y de la Tierra en su plan divino desde antes de la fundación del mundo. Jehová de los Ejércitos ama a David en gran manera y David siente el consuelo de Dios y es confortado.

—Ahitofel está entre los que conspiraron con Absalón —le dicen a David.

Entonces dice David:

—Entorpece ahora, oh Jehová, el consejo de Ahitofel.

Al llegar David a la cumbre del monte para adorar allí a Dios, he aquí Husai arquita que le sale al encuentro, rasgados sus vestidos, y tierra sobre su cabeza.

David le dice:

—Si pasares conmigo, me serás carga. Mas si volvieres a la ciudad y dijeres a Absalón: «Rey, yo seré tu siervo; como hasta aquí he sido siervo de tu padre, así seré ahora siervo tuyo»; entonces tú harás nulo el consejo de Ahitofel.

»¿No estarán allí contigo los sacerdotes Sadoc y Abiatar? Por tanto, todo lo que oyeres en la casa del rey, se lo comunicarás a los sacerdotes Sadoc y Abiatar. Y he aquí que están con ellos sus dos hijos, Ahimaas el de Sadoc, y Jonatán el de Abiatar; por medio de ellos me enviaréis aviso de todo lo que oyereis.

Con esa misión Husai, amigo de David, vuelve a la ciudad.

Absalón entra a Jerusalén victorioso. Su plan diabólico, con estrategias y tácticas, para dividir al reino y flagelar a su padre, el ungido de Jehová, es relativamente exitoso. Cree tener todo a su favor: el corazón del pueblo, el ejército mayoritario de todo Israel y los consejeros sabios, además del vidente de Dios y a todos los levitas. Pero no sabe que ha provocado la ira de Dios.

David sufre en esos momentos de terrible angustia cuando huye delante de Absalón, y canta al Ser Supremo:

SALMO 3:

¡Oh Jehová, cuánto se han multiplicado mis adversarios! Muchos son los que se levantan contra mí.
Muchos son los que dicen de mí: No hay para él salvación en Dios.
Mas tú Jehová, eres escudo alrededor de mí; mi gloria, y el que levanta mi cabeza.
Con mi voz clamé a Jehová, y él me respondió desde su manto santo.
Yo me acosté y dormí, y desperté, porque Jehová me sustentaba.
No temeré a diez millares de gente, que pusiera sitio contra mí.
Levántate, Jehová; sálvame, Dios mío; porque tú heriste a todos mis enemigos en la mejilla; los dientes de los perversos quebrantaste.
La salvación es de Jehová; sobre tu pueblo sea tu bendición.

SALMO 7

Jehová Dios mío, en ti he confiado; sálvame de todos los que me persiguen, y líbrame, no sea que desgarren mi alma cual león, y me destrocen sin que haya quien me libre.
Jehová Dios mío, si yo he hecho esto, si hay en mis manos iniquidad; si he dado mal pago al que estaba en paz conmigo (Antes he libertado al que sin causa era mi enemigo), persiga el enemigo mi alma, y alcáncela; huelle en tierra mi vida, y mi honra ponga en el polvo. Selah
Levántate, oh Jehová, en tu ira; álzate en contra de la furia de mis angustiadores, y despierta a favor mío el juicio que mandaste.
Te rodeará congregación de pueblo, y sobre ella vuélvete a sentar en alto.
Jehová juzgará a los pueblos; júzgame, oh Jehová, conforme a mi justicia, y conforme a mi integridad.
Fenezca ahora la maldad de los inicuos, mas establece tú al justo; porque el Dios justo prueba la mente y el corazón.
Mi escudo está en Dios, que salva a los rectos de corazón.
Dios es juez justo, y Dios está airado contra el impío todos los días.
Si no se arrepiente, Él afilará su espada; armado tiene ya su arco, y lo ha preparado.
Asimismo ha preparado armas de muerte, y ha labrado saetas ardientes.
He aquí, el impío concibió maldad, se preñó de iniquidad, y dio a luz engaño.
Pozo ha cavado, y lo ha ahondado; y en el hoyo que hizo caerá.
Su iniquidad volverá sobre su cabeza, y su agravio caerá sobre su propia coronilla.
Alabaré a Jehová conforme a su justicia, y cantaré al nombre de Jehová el Altísimo.

Cuando David pasa un poco más allá de la cumbre del monte, he aquí Siba el criado de Mefi-boset, que salía a recibirle con un par de asnos enalbardados, y sobre ellos doscientos panes, cien racimos de pasas, cien panes de higos secos, y un cuero de vino.

—¿Qué es esto? —pregunta David. Y Siba responde:

—Los asnos son para que monte la familia del rey, los panes y las pasas para que coman los criados, y el vino para que beban los que se cansen en el desierto.

Y el rey pregunta:

—¿Dónde está el hijo de tu señor?

Y Siba responde:

—He aquí él se ha quedado en Jerusalén, porque ha dicho: «Hoy me devolverá la casa de Israel el reino de mi padre».

Entonces el rey dice a Siba:

—He aquí, sea tuyo todo lo que tiene Mefi-boset.

Y responde Siba inclinándose:

—Rey señor mío, halle yo gracia delante de ti.

En camino al desierto, al este de Jerusalén y cerca del monte de los Olivos, David llega a una aldea de nombre Bahurim, y he aquí sale Simei, miembro de la familia de la casa de Saúl, maldice al rey David, le arroja piedras, y no solo se atreve a arrojarle piedras al rey, también contra todos los siervos del rey; y todo el pueblo y todos los hombres valientes estaban a su derecha y a su izquierda.

Y grita Simei, maldiciéndole:

—¡Fuera, fuera, hombre sanguinario y perverso! Jehová te ha dado el pago de toda la sangre de la casa de Saúl, en lugar del cual tú has reinado, y Jehová ha entregado el reino en mano de tu hijo Absalón; y hete aquí sorprendido en tu maldad, porque eres hombre sanguinario.

Entonces Abisai hijo de Sarvia dice al rey:

—¿Por qué maldice este perro muerto a mi señor el rey? Te ruego que me dejes pasar, y le quitaré la cabeza.

Y responde el rey:

—¿Qué tengo yo con vosotros, hijos de Sarvia? Si él así maldice, es porque Jehová le ha dicho que maldiga a David. ¿Quién, pues, le dirá: «Por qué lo haces así»?

Y dice David a Abisai y a todos sus siervos:

—He aquí, mi hijo que ha salido de mis entrañas, acecha mi vida; ¿cuánto más ahora un hijo de Benjamín? Dejadle que maldiga, pues Jehová se lo ha dicho. Quizá mirará Jehová mi aflicción, y me dará Jehová bien por sus maldiciones de hoy.

Y mientras David y los suyos iban por el camino, Simei iba por el lado del monte delante de él, andando y maldiciendo, arrojando piedras delante de él y esparciendo polvo.

El rey y todo el pueblo que con él estaba, llegaron fatigados, y descansaron allí.

Absalón y toda la gente suya, los hombres de Israel, entraron en Jerusalén, y con él Ahitofel, hombre de Gilo, en el sudoeste de Judá, uno de los hombres más sabios y prudentes del pueblo, considerado divino, y su consejo en esos días era como si se consultase la palabra de Dios, por eso a David le duele la traición pero él y todo Israel conoce la razón: Ahitofel es abuelo de Betsabé y lo que hizo con su nieta no lo puede olvidar. Su hijo, Eliam, en cambio, padre de Betsabé, uno de los hombres más poderosos de David, permanece fiel. Por esta razón, David le pide a su amigo Husai, cuando este le sale a su encuentro en el monte de los olivos, apesadumbrado, rasgados sus vestidos y tierra sobre su cabeza, queriendo acompañar al rey hacia el exilio, que mejor vaya a Jerusalén se finja leal a Absalón y frustre los consejos del sabio Ahitofel, para llevar la conspiración al fracaso. Husai obedece. Y David alza sus ojos al cielo y pide:

—Entorpece ahora, oh Jehová, el consejo de Ahitofel.

Y eleva este cántico al compás de su arpa inseparable, pidiendo la destrucción de enemigos traicioneros.

SALMO 55

Escucha, oh Dios, mi oración. y no te escondas de mi súplica.
Está atento y respóndeme; clamo en mi oración, y me conmuevo, a causa de la voz del enemigo, por la oposición del impío; porque sobre mí echaron iniquidad, y con furor me persiguen.
Mi corazón está dolorido dentro de mí, y terrores de muerte sobre mí han caído.
Temor y temblor vinieron sobre mí, y terror me ha cubierto.

Y dije: ¡Quién me diese alas como de paloma! Volaría yo y descansaría.
Ciertamente huiría lejos; moraría en el desierto, me apresuraría a escapar del viento borrascoso, de la tempestad.
Destrúyelos, oh Señor, confunde la lengua de ellos; porque he visto violencia y rencilla en la ciudad.
Día y noche la rodean sobre sus muros, e iniquidad y trabajo hay en medio de ella.
Maldad hay en medio de ella, y el fraude y el engaño no se apartan de sus plazas.
Porque no me afrentó un enemigo, lo cual habría soportado; ni se alzó contra mí el que me aborrecía, porque me hubiera ocultado de él; sino tú, hombre, al parecer íntimo mío, mi guía, y mi familiar; que juntos comunicábamos dulcemente los secretos, y andábamos en amistad en la casa de Dios.
Que la muerte les sorprenda; desciendan vivos al Seol, porque hay maldad en sus moradas, en medio de ellos.
En cuanto a mí, a Dios clamaré; y Jehová me salvará.
Tarde y mañana y a mediodía oraré y clamaré, y él oirá mi voz.
Él redimirá en paz mi alma de la guerra contra mí, aunque contra mí haya muchos.
Dios oirá, y los quebrantará luego. El que permanece desde la antigüedad; por cuanto no cambian, ni temen a Dios.
Extendió el inicuo sus manos contra los que estaban en paz con él; violó su pacto.
Los dichos de su boca son más blandos que mantequilla, pero guerra hay en su corazón; suaviza sus palabras más que el aceite, mas ellas son espadas desnudas.
Echa sobre Jehová tu carga, y él te sustentará; no dejará para siempre caído al justo.
Mas tú, oh Dios, harás descender aquéllos al pozo de perdición.
Los hombres sanguinarios y engañadores no llegarán a la mitad de sus días; pero yo en ti confiaré.

Es notable el potencial del rey David para organizar una misión secreta, al mandar de espías a Jerusalén a su leal amigo Husai, y a los sacerdotes Sadoc y Abiatar, junto con Ahimaas hijo de Sadoc y Jonatán, hijo de Abiatar, quienes observan con detenimiento cada paso que da Absalón para informarle al rey y tomar las providencias necesarias. El trabajo de Husai queda claro: destruir el consejo malvado de Ahitofel y avisarle de todo a David por medio de los sacerdotes Sadoc y Abiatar y estos a través de sus hijos directamente a David, para deshacer la rebelión. Los infiltrados actúan con eficiencia, rapidez y exactitud para lograr el éxito de su misión. El espionaje interno es la mejor arma de David para debilitar al usurpador, su propio hijo.

Absalón, al principio, desconfía de Husai cuando viene a su encuentro con exagerada adulación:

—¡Viva el rey, viva el rey! —exclama Husai al ver a Absalón.

Por lo que le dice:

—¿Es este tu agradecimiento para con tu amigo? ¿Por qué no fuiste con tu amigo?

Y Husai responde:

—No, sino que de aquel que eligiere Jehová y este pueblo y todos los varones de Israel, de aquél seré yo, y con él me quedaré. ¿Y a quién había yo de servir? ¿No es a su hijo? Como he servido delante de tu padre, así seré delante de ti.

Entonces, dirigiéndose a Ahitofel, le pide:

—Dad vuestro consejo sobre lo que debemos hacer.

Y Ahitofel dice a Absalón:

—Llégate a las concubinas de tu padre, que él dejó para guardar la casa; y todo el pueblo de Israel oirá que te has hecho aborrecible a tu padre, y así se fortalecerán las manos de todos los que están contigo.

Entonces ponen para Absalón una tienda sobre el terrado, y se llega Absalón a las concubinas de su padre, ante los ojos de todo Israel.

Cuando lo sabe David llora amargamente al recordar las palabras de Jehová Dios:

> *He aquí yo haré levantar el mal sobre ti de tu misma casa, y*
> *tomaré tus mujeres delante de tus ojos, y las daré a tu prójimo,*
> *el cual yacerá con tus mujeres a la vista del sol.*
> *Porque tú lo hiciste en secreto; mas yo haré esto delante de todo*
> *Israel y a pleno sol.*

Absalón consulta a Ahitofel como si consultase a Jehová.

Entonces Ahitofel dice a Absalón:

—Yo escogeré ahora doce mil hombres, y me levantaré y seguiré a David esta noche, y caeré sobre él; mientras está cansado y débil de manos; lo atemorizaré, y todo el pueblo que está con él huirá, y mataré al rey solo.

»Así haré volver a ti todo el pueblo (pues tú buscas solamente la vida de un hombre); y cuando ellos hayan vuelto, todo el pueblo estará en paz.

Este consejo parece bien a Absalón y a todos los ancianos de Israel.

Y dice Absalón:

—Llamad también ahora a Husai arquita, para que asimismo oigamos lo que él dirá.

Cuando Husaí viene a Absalón, le dice Absalón:

—Así ha dicho Ahitofel; ¿seguiremos su consejo, o no? Di tú.

Husai responde:

—El consejo que ha dado esta vez Ahitofel no es bueno. Tú sabes que tu padre y los suyos son hombres valientes, y que están con amargura de ánimo, como la osa en el campo cuando le han quitado sus cachorros. Además, tu padre es hombre de guerra, y no pasará la noche con el pueblo.

»He aquí él estará ahora escondido en alguna cueva, o en otro lugar; y si al principio cayeren algunos de los tuyos, quienquiera que lo oyere dirá: «El pueblo que sigue a Absalón ha sido derrotado». Y aun el hombre valiente, cuyo corazón sea como corazón de león, desmayará por completo; porque todo Israel sabe que tu padre es hombre valiente, y que los que están con él son esforzados.

»Aconsejo, pues, que todo Israel se junte a ti, desde Dan hasta Beerseba, en multitud como la arena que está a la orilla del mar, y que tú en persona vayas a la batalla. Entonces le acometeremos en cualquier lugar en donde se hallare, y caeremos sobre él como cuando el rocío cae sobre la tierra, y ni uno dejaremos de él y de todos los que están con él. Y si se refugiare en alguna ciudad, todos los de Israel llevarán sogas a aquella ciudad, y la arrastraremos hasta el arroyo, hasta que no se encuentre allí ni una piedra.

Entonces Absalón y todos los de Israel, dicen:

—El consejo de Husai arquita es mejor que el consejo de Ahitofel. Porque Jehová había ordenado que el acertado consejo de Ahitofel se frustrara, para que Jehová hiciese venir el mal sobre Absalón.

Dos espías en apuros

Husai comunica a los sacerdotes Sadoc y Abiatar lo sucedido:

—Así y así aconsejó Ahitofel a Absalón y a los ancianos de Israel; y de esta manera aconsejé yo. Por tanto, enviad inmediatamente y dad aviso a David, diciendo: «No te quedes esta noche en los vados del desierto, sino pasa luego el Jordán, para que no sea destruido el rey y todo el pueblo que con él está».

Y Jonatán y Ahimaas están junto a la fuente de Rogel, y va una criada y les avisa, porque ellos no pueden mostrarse viniendo a la ciudad; y ellos se dan prisa a caminar para hacérselo saber al rey David, pero son vistos por un joven que alertó a Absalón. Los espías saben que han sido descubiertos y llegan a casa de un hombre en la aldea de Bahurim, que tiene en su patio un pozo, dentro del cual se meten.

La mujer de la casa toma una manta, la extiende sobre la boca del pozo, y tiende sobre ella el grano trillado; de tal manera que el asunto pasa desapercibido, y cuando llegan los criados de Absalón a la casa de la mujer, le preguntan:

—¿Dónde está Ahimaas y Jonatán?

Y la mujer les responde:

—Ya han pasado el vado de las aguas.

Corren a buscarlos pero no los encuentran, y regresan a Jerusalén.

Los espías entonces, salen del pozo y se van, y dan aviso al rey David, diciéndole:

—Levantaos y daos prisa a pasar las aguas, porque Ahitofel ha dado tal consejo contra vosotros.

Entonces David y su gente se levantan y huyen; y llegan al río Jordán por el lado este poco antes del amanecer; sus orillas están repletas de matorrales de juncos, olivos, almendros e higueras; tamariscos y álamos blancos. Los gigantes sauces con sus ramas colgantes que tocan el suelo parecen llorar por ellos; mas la angustia de los exiliados desaparece al aspirar el suave aroma de cientos de arbustos encapsulados de unos diez metros de altura, distribuidos por toda la ribera, son eucaliptos que al rozar los cuerpos cansados, los conforta y fortalece; además, el suave murmullo de las aguas golpeando levemente las piedras de caprichosas formas ordenadas en la orilla se vuelve un canto de amor cuando todos cruzan, no falta ni uno.

La llanura del río Jordán.

El río Jordán no es profundo, es estrecho y sus aguas corren en forma lenta; desciende bruscamente desde el monte Hermón y su pico nevado, donde nace, hacia la orilla del mar de Galilea en un área lacustre de agua dulce, finalmente, desciende hasta el mar Muerto, a través de un delta en forma de abanico de suave pendiente. Su longitud total desde su nacimiento hasta donde desciende es de trescientos sesenta kilómetros en un curso, en su mayor parte, serpenteante.

Sus aguas también se caracterizan por la progresiva salinidad conforme va llegando al mar Muerto.

David y sus hombres cruzan el río Jordán muy cerca de donde Josué cruza, muchos años antes, para entrar a conquistar la Tierra Prometida desde Sitim, en las llanuras desérticas de Moab. Es una hermosa historia donde la gloria de Dios se manifiesta, una vez más al pueblo, «de dura cerviz». Las aguas del río Jordán se detienen por el Espíritu poderoso del creador del Universo, que habita en el Arca de la Alianza.

Josué le dice al pueblo:

—Santificaos, porque Jehová hará mañana maravillas entre vosotros.

Y a los sacerdotes les dice:

—Tomad el Arca del Pacto, y pasad delante del pueblo.

Y así lo hacen. Entonces Jehová habla a Josué:

Desde este día comenzaré a engrandecerte delante de los ojos de todo Israel, para que entiendan que como estuve con Moisés, así estaré contigo.
Tú, pues, mandarás a los sacerdotes que lleven el Arca del Pacto, diciendo: Cuando hayáis entrado hasta el borde del agua del Jordán, pararéis en el Jordán.

Y Josué dice a los hijos de Israel

—Acercaos, y escuchad las palabras de Jehová vuestro Dios.

»En esto conoceréis que el Dios viviente está en medio de vosotros, y que él echará delante de vosotros al cananeo, al heteo, al heveo, al ferezeo, al gergeseo, al amorreo y al jebuseo.

»He aquí, el Arca del Pacto del Señor de toda la Tierra pasará delante de vosotros en medio del Jordán.

»Tomad, pues, ahora doce hombres de la tribu de Israel, uno de cada tribu.

»Y cuando las plantas de los pies de los sacerdotes que llevan el Arca de Jehová, Señor de toda la tierra, se asienten en las aguas del Jordán, las aguas del Jordán se dividirán; porque las aguas que vienen de arriba se detendrán en un montón.

Y así es justo cuando los sacerdotes entran al Jordán, las aguas que venían de arriba se detienen como en un montón, bien lejos de la ciudad de Adam, que está al lado de Seretán, y las que descienden al mar de Arabá, al mar Salado, se acaban y son divididas; y el pueblo pasa en seco, cuarenta mil hombres armados listos para la guerra, para conquistar la Tierra Prometida, rumbo a su primer objetivo: Jericó, la enorme ciudad con sus murallas gigantes que causaron el temor de diez de los doce príncipes que había mandado Moisés a espiar la Tierra.

Los doce hombres de Israel tomaron doce piedras del río, una cada uno, como Josué les ordena; piedras que serán una señal para el pueblo.

Josué les dice:

—Y cuando vuestros hijos pregunten a sus padres mañana, diciendo «¿qué significan estas piedras?» Les responderéis: «Las aguas del Jordán fueron divididas delante del Arca del Pacto de Jehová; cuando ella pasó el Jordán, las aguas del Jordán se dividieron»; y estas piedras servirán de monumento conmemorativo a los hijos de Israel para siempre.

Luego Jehová habló a Josué, diciendo:

> *Manda a los sacerdotes que lleven el Arca del Testimonio, que suban del Jordán.*

Así lo hace Josué, y en ese momento acontece la gloriosa maravilla de volver otra vez a su lugar el agua del Jordán, corriendo como antes sobre todos sus bordes.

Los reyes de los amorreos que están al otro lado del Jordán al occidente, y todos los reyes de los cananeos que están cerca del mar, oyen del poder del Dios de Israel y tiemblan, desfallece su corazón. Un Dios que seca las aguas del río Jordán es, sin duda, un Dios Todopoderoso, y no hay más aliento en ellos delante de los hijos de Israel.

El pueblo sube del Jordán y acampa en Gilgal, al lado oriental de Jericó.

Y les dice Josué:

—Cuando mañana pregunten vuestros hijos a sus padres, y dijeren: «¿Qué significan estas piedras?», declararéis a vuestros hijos, diciendo: «Israel pasó en seco por este Jordán». Porque Jehová vuestro Dios secó las aguas del Jordán delante de vosotros, hasta que habíais pasado, a la manera que Jehová vuestro Dios lo había hecho en el mar Rojo, el cual secó delante de nosotros hasta que pasamos; para que todos los pueblos de la tierra conozcan que la mano de Jehová es poderosa; para que temáis a Jehová vuestro Dios todos los días.

Otra vista del río Jordán.

El siervo de Dios Josué no llega a conquistar toda la Tierra Prometida, es el rey David el que lo hace, y extiende sus dominios más allá de Canaán: conquista y hace siervos a los jebuseos, sirios, amonitas, moabitas, edomitas, filisteos y amalecitas.

Con David las doce tribus de Israel se consolidan, sus dominios se agigantan, la prosperidad no tiene límites y la paz parece eterna, pero no. Es la espada que no se aparta de la casa de David la que la rompe: la rebelión de Absalón está en curso, y su hijo lo persigue hasta la muerte.

El traidor se ahorca

Ahitofel, al ver que su consejo es desechado, sabe que la rebelión de Absalón está perdida, porque el consejo de Husai favorece a David, pues le compra tiempo para cruzar el Jordán, recuperarse y reagrupar sus fuerzas, por lo que sufrir una humillación del rey no lo soportaría. La pieza que mueve David, al mandar a Husai a Jerusalén a invalidar el consejo de Ahitofel, da jaque mate. Y gana la partida. Ya todo es cuestión de tiempo.

Así que Ahitofel enalbarda su asno, va a su casa, la pone en orden y se ahorca.

Mahanaim

Llega el rey David a la ribera oriental del Jordán y entra a Mahanaim, el «campamento de Dios»; aquí es donde, muchos años antes, un grupo de ángeles salen al encuentro de Jacob cuando huía de Labán su tío y suegro, como una manifestación divina de protección permanente, según la promesa del Creador de los Cielos hecha en Bet-el, cuando huía de Esaú su hermano. Es una bella historia de amor a la elección.

Inicia con la oración de Isaac, hijo de Abraham el amigo de Dios en Beerseba. Isaac ora a Jehová por Rebeca, su mujer, que es estéril, hija de Betuel arameo de Padam aram, hermana de Labán arameo, de las lejanas tierras de Oriente. La oración es oída y aceptada por Dios, y Rebeca concibe. Los dos hijos que están en su vientre luchan con denuedo causándole dolor y fastidio, tanto que prefiere morir, y consulta a Jehová, y Jehová le responde:

> *Dos naciones hay en tu seno, y dos pueblos serán divididos desde tus entrañas; el un pueblo será más fuerte que el otro pueblo, y el mayor servirá al menor.*

Entonces, el día de su alumbramiento sale el primero rubio, y era todo velludo como una pelliza; y lo llaman Esaú.

Después sale su hermano, trabada su mano al calcañar de Esaú; y es llamado Jacob.

Esaú, diestro en la caza, es amado más por Isaac, mas su mujer Rebeca ama más a Jacob, que prefiere habitar en tiendas.

Esaú tiene en poco su primogenitura, es decir, la bendición de su padre, y lo que con ella trae: sus derechos y privilegios, la seguridad de sucederle como jefe de familia y heredar una porción doble de sus bienes, cuando se la vende a su hermano Jacob por un plato de lentejas, un delicioso guiso rojo con especias aromáticas que le avivan los sentidos del olfato, la vista y el gusto.

—Véndeme este día tu primogenitura, si quieres probar mi platillo —le dice Jacob a un Esaú cansado y hambriento, después de un día de cacería, y le responde:

—He aquí yo me voy a morir; ¿para qué, pues, me servirá la primogenitura? —Y se la vende.

Así Esaú desprecia la primogenitura.

Cuando Isaac envejece, sus ojos oscurecen, no ve, y Jacob suplanta a Esaú para obtener la bendición, pero Esaú, con lágrimas, le pide perdón a Dios por haber vendido su primogenitura mas Dios no lo oye, y aborrece a su hermano, y jura matarlo después de los días de luto de su padre.

Cuando Rebeca sabe esas palabras, le dice a Isaac:

—Fastidio tengo de mi vida, a causa de las hijas de Het. Si Jacob toma mujer de las hijas de Het, como estas, de las hijas de esta tierra, ¿para qué quiero la vida?

Het, segundo hijo de Canaán y bisnieto de Noé a través de Cam, es el padre del pueblo hitita, y dos de las esposas de Esaú eran de las hijas de Het, quienes se convirtieron en fuente de aflicción para Rebeca e Isaac.

Entonces Isaac llama a Jacob, lo bendice, y le manda diciendo:

—No tomes mujer de las hijas de Canaán.

»Levántate, ve a Padam-aram, a casa de Betuel, padre de tu madre, y toma allí mujer de las hijas de Labán, hermano de tu madre.

»Y el Dios omnipotente te bendiga, te haga fructificar y te multiplique, hasta llegar a ser multitud de pueblo; te dé la bendición de Abraham, y a tu descendencia contigo, para que heredes la tierra en que moras, que Dios dio a Abraham.

Y cuando va en camino, después de recorrer mil sesenta kilómetros desde Beerseba, con sus barrancos, frondosos oasis y amenazadores volcanes, soportando vientos secos que provocan temperaturas muy calurosas, llega de noche a cierto lugar, un valle angosto y árido, al pie de un monte y se acuesta a dormir, y sueña: he aquí una escalera que estaba apoyada en tierra, y su extremo tocaba en el cielo; y he aquí ángeles de Dios que subían y descendían por ella.

Y ve a Jehová que está en lo alto de ella, y escucha su voz:

Yo soy Jehová, el Dios de Abraham tu padre, y el Dios de Isaac; la tierra en que estás acostado te la daré a ti y a tu descendencia. Será tu descendencia como el polvo de la tierra, y te extenderás al occidente, al oriente, al norte y al sur; y todas las familias de la tierra serán benditas en ti y en tu simiente.
He aquí, yo estoy contigo, y te guardaré por doquiera que fueres, y volveré a traerte a esta tierra; porque no te dejaré hasta que haya hecho lo que te he dicho.

Cuando Jacob despierta del sueño, dice:

—Ciertamente Jehová está en este lugar, y yo no lo sabía.

Y tiene miedo, y dice:

—¡Cuán terrible es este lugar! No es otra cosa que casa de Dios, y puerta del cielo.

Y llama el nombre de aquel lugar Bet-el.

Y hace voto diciendo:

—Si fuere Dios conmigo, y me guardare en este viaje en que voy, y me diere pan para comer y vestido para vestir, y si volviere en paz a casa de mi padre, Jehová será mi Dios. Y esta piedra que he puesto por señal, será casa de Dios; y de todo lo que me dieres, el diezmo apartaré para ti.

Jacob sigue su camino y llega a la tierra de los orientales, y ve a una pastora de lindo semblante y de hermoso parecer, y se enamora de ella. Es Raquel, hija de Labán, hermano de su madre.

—Amo a Raquel —le dice a Labán. Yo te serviré siete años por ella.

Y Labán responde:

—Mejor es que te la dé a ti, y no que la dé a otro hombre; quédate conmigo.

Cumplido el plazo Jacob pide a Raquel, el padre de ella organiza un banquete y en la noche en lugar de darle a Raquel le da a su hija mayor Lea; y él se llega a ella.

Jacob reclama el engaño a la mañana siguiente, y le dice Labán:

—No se hace así en nuestro lugar, que se dé la menor antes de la mayor. Pero cumple la semana de siete días de festín con Lea; y te daré también la otra, por el servicio que hagas conmigo otros siete años.

Conviene Jacob y trabaja siete años más para Labán. Al término del plazo, Jacob decide regresar, pero su tío y suegro se lo impide ofreciéndole ganado, y se queda Jacob seis años más, se enriquece el varón muchísimo, y llega a tener muchas ovejas, siervas y siervos, camellos y asnos.

Luego Jehová le dice:

> *Vuélvete a la tierra de tus padres, y a tu parentela, y yo estaré contigo.*

Entonces se levanta Jacob, y sube sus hijos y sus mujeres sobre los camellos, y pone en camino todo su ganado, y todo cuanto ha adquirido, el ganado de su ganancia que ha obtenido en Padan-aram, para volverse a Isaac su padre en la tierra de Canaán.

Huye Jacob de Labán, cruza el río Éufrates y se dirige al monte de Galaad. Es aquí donde su tío-suegro lo alcanza tras siete días de camino.

Y Dios que cuida a sus elegidos, advierte a Labán arameo en sueños aquella noche:

> *Guárdate que no hables a Jacob descomedidamente.*

Luego de un intercambio de reproches, Jacob y Labán firman un pacto de no agresión. Y Labán llama aquel lugar Mizpa, por cuanto dice:

—Atalaye Jehová entre tú y yo, cuando nos apartemos el uno del otro.

Así es como al seguir su camino Jacob llega a Mahanaim, en donde un ejército de ángeles le sale al encuentro para confirmar la protección divina. Y Jacob exclama:

—Campamento de Dios es éste.

Mahanaim es una ciudad de refugio cuando Josué reparte la tierra conquistada, lugar santo al principio; luego, llega a ser ciudad fortificada y capital de Is-boset, cuando Abner, hijo de Ner, general del ejército de Saúl, encabeza la oposición al rey David, ahora el rey de todo Israel llega a este lugar huyendo de su hijo.

Absalón le pisa los talones, pasa el Jordán con toda la gente de Israel dispuesto a acabar con su padre; el espíritu diabólico, contrario a los designios de Dios, lo tiene prisionero, y David lo sabe y sufre porque ama a su hijo. Absalón nombra a Amasa jefe del ejército en lugar de Joab. Amasa es hijo de un varón de Israel llamado Itra, el cual se había llegado a Abigail, hija de Nahas, hermana de Sarvia, madre de Joab. Y acampa Israel con Absalón en tierra de Galaad.

La batalla del bosque de Efraín

La decisiva batalla en el bosque de Efraín, ubicado al este del río Jordán, a diecinueve kilómetros al norte de Jerusalén, cobra la vida de veinte mil personas: es el costo sangriento de una rebelión sin sentido.

Y es en este bosque, con cuevas y cascadas, robles centenarios, grandes árboles de cedros, enebros, cipreses, encinas con espesas ramas, menhires, araucarias y grandes extensiones de bambú; donde los sentidos se exaltan al percibir una mezcla de colores, aromas y texturas, es en este bosque donde el príncipe Absalón pierde la vida en una forma que podría llamarse cómica, pero es trágica. Nada vale para el general Joab la recomendación del rey cuando desde la puerta de la ciudad de Mahanaim le dice a él, a Abisai su hermano y a Itai, los tres capitanes que enfrentarían al príncipe rebelde:

—Tratad benignamente por amor a mí al joven Absalón. Y todo el pueblo oye semejante orden del rey.

Joab mata a Absalón, desoyendo al ungido de Jehová, clavándole tres dardos en el corazón.

Inicia la contienda

El silencio del bosque de Efraín antes sólo roto por el aire que golpea las copas de los árboles y por el movimiento de los animales que lo habitan: aves de diversos tamaños y colores, osos, leones, tigres, lobos, y víboras, entre otros, se interrumpe de pronto por los gritos de guerra de hombres belicosos que por millares se enfrentan en una batalla sin cuartel: son los hombres de David contra los insurrectos de Absalón que deciden los destinos de un reino, de una gran nación, de un gran pueblo.

Y aquel olor a hierba húmeda, a musgo, a resina de madera y al fragrante aroma de las flores se mezcla de golpe con el olor a muerte; a ese olor de sangre esparcida por cuerpos destrozados por la espada, la lanza y las flechas de arqueros despiadados. Pero el bosque cobra más vidas que las armas destructoras, pues miles de guerreros quedan atrapados en la espesura de las ramas de los árboles y son devorados por las salvajes fieras en un lóbrego festín. Desde la mañana hasta el atardecer el ruido ensordecedor de los gritos de guerra, el choque de los escudos de hierro y los ayees de dolor en los contendientes de ambos bandos preñan de luto el bosque de Efraín. Al anochecer ya todo es silencio y muerte.

Desde Mahanaim, David espera ansioso el parte de guerra.

Luego de su huida de Jerusalén, atravesar el valle de Cedrón, subir el Monte de los Olivos, recorrer el árido desierto por su pendiente escarpada, al lado de sus hombres, es recibido con amor, admiración y respeto por los habitantes de Mahanaim: Sobi hijo de Nahas, de Rabá de los hijos de Amón; Maquir hijo de Amiel, de Lodebar, y Barzilai galaadita de Rogelim, traen a David y al pueblo que estaba con él, camas, tazas, vasijas de barro, trigo, cebada, harina, grano tostado, habas, lentejas, garbanzos tostados, miel, manteca, ovejas, y queso de vaca, para que comiesen, porque dicen: «El pueblo está hambriento y cansado y sediento en el desierto».

Luego, al saber que Absalón viene tras de él para aniquilarlo, David pasa revista al pueblo que trae consigo, y pone sobre ellos jefes de millares y jefes de centenas.

Y envía David al pueblo una tercera parte bajo el mando de Joab, una tercera parte bajo el mando de Abisai hijo de Sarvia, hermano de Joab, y una tercera parte al mando de Itai geteo. Y el rey proclama su deseo de salir al frente de ellos, pero lo atajan:

—No saldrás —le dicen—. Porque si nosotros huyéramos, no harán caso de nosotros; y aunque la mitad de nosotros muera, no harán caso de nosotros; mas tú ahora vales tanto como diez mil de nosotros. Será, pues, mejor que tú nos des ayuda desde la ciudad.

Hermoso amor a la elección que Dios pone en el corazón de sus escogidos.

Entonces el rey les dice:

—Yo haré lo que bien os parezca.

Y se puso el rey a la entrada de la puerta, mientras salía todo el pueblo de ciento en ciento y de mil en mil, y es cuando David manda a Joab, a Abisai y a Itai que traten en forma benigna a su hijo Absalón.

—Por amor a mí —les implora con dulce voz paternal.

Ahora espera el parte de guerra, ahí mismo en la puerta de la ciudad.

En la refriega, Absalón se encuentra con los siervos de David; va montado en un mulo. El mulo entra por debajo de las ramas espesas de una gran encina, se le enreda la frondosa cabellera en la encina, y Absalón queda suspendido entre el cielo y la tierra; y el mulo en que iba sentado pasa adelante.

Viéndolo uno, avisa a Joab, diciendo:

—He aquí que he visto a Absalón colgado de una encina.

Y Joab responde al hombre:

—Y viéndolo tú, ¿por qué no le mataste luego allí echándole a tierra? Me hubiera placido darte diez siclos de plata, y un talabarte.

El hombre dice a Joab:

—Aunque me pesaras mil siclos de plata, no extendería yo mi mano contra el hijo del rey; porque nosotros oímos cuando el rey te mandó a ti y a Abisai y a Itai, diciendo: «Mirad que ninguno toque al joven Absalón». Por otra parte, habría yo hecho traición contra mi vida, pues que al rey nada se le esconde, y tú mismo estarías en contra.

Responde Joab:

—No malgastaré mi tiempo contigo. —Y tomando tres dardos en su mano, los clava en el corazón de Absalón, quien está aún vivo en medio de la encina.

Y diez jóvenes escuderos de Joab rodean y hieren a Absalón, hasta matarlo.

Absalón colgado y muerto.

Toman su cuerpo, le echan en un gran hoyo en el bosque, y levantan sobre él un montón muy grande de piedras; y todo Israel huye, cada uno a su tienda.

«¡Hijo mío, Absalón!, ¡hijo mío!»

El recuento final de la batalla asciende a veinte mil hombres muertos, y triunfan los hombres de David.

Mas a David solo le interesa saber por la salud de su hijo.

Joab manda a un etíope a darle la noticia de todo lo que ha visto. Y corre. Mas Ahimaas hijo de Sadoc, uno de los espías del rey en Jerusalén, insiste ante Joab de llevarle al rey la noticia, y corre por toda la llanura, y pasa delante del etíope.

David está sentado entre las dos puertas de la ciudad; el atalaya le avisa que viene uno solo corriendo.

El corazón de David da un vuelco:

—Si viene solo, buenas nuevas trae —dice.

Luego el atalaya observa a otro que corre solo, y el rey dice:

—Este también es mensajero.

El atalaya vuelve a hablar:

—Me parece el correr del primero como el correr de Ahimaas hijo de Sadoc.

Y responde el rey:

—Ese es hombre de bien, y viene con buenas nuevas.

Entonces Ahimaas dice en alta voz al rey:

—Paz.

Y se inclina a tierra delante del rey, y dice:

—Bendito sea Jehová Dios tuyo, que ha entregado a los hombres que habían levantado sus manos contra mi señor el rey.

Y el rey pregunta ansioso:

—¿El joven Absalón está bien?

Y Ahimaas responde:

—Vi yo un gran alboroto cuando envió Joab al siervo del rey y a mí tu siervo; mas no sé qué era.

Y el rey dice:

—Pasa, y ponte allí.

Y él pasa y se queda de pie.

Luego llega el etíope, y dice:

—Reciba nuevas, mi señor el rey, que hoy Jehová ha defendido tu causa de la mano de todos los que se habían levantado contra ti.

El rey entonces dice al etíope:

—¿El joven Absalón está bien?

Y el etíope responde:

—Como aquel joven sean los enemigos de mi señor el rey, y todos los que se levanten contra ti para mal.

Entonces el rey se turba, y sube a la sala de la puerta, y llora; y yendo, dice así:

—¡Hijo mío, Absalón!, ¡hijo mío!, ¡hijo mío, Absalón! ¡Quién me diera que muriera yo en lugar de ti!, ¡Absalón, hijo mío, hijo mío!

La victoria se vuelve luto

Cuando regresan los hombres de David, entran a la ciudad como derrotados, porque el rey llora y hace duelo por Absalón. ¿Cómo es posible? Se preguntan. Pero nada dicen al rey y entra el pueblo aquel día en la ciudad escondidamente, como suele entrar a escondidas el pueblo avergonzado que ha huido de la batalla.

Mas el rey, cubierto el rostro, clama en alta voz:

—¡Hijo mío Absalón!, ¡Absalón, hijo mío, hijo mío!

Joab le reclama al rey:

—Hoy has avergonzado el rostro de todos tus siervos, que hoy han librado tu vida, y la vida de tus hijos y de tus hijas, y la vida de tus mujeres, y la vida de tus concubinas, amando a los que te aborrecen, y aborreciendo a los que te aman; porque hoy has declarado que nada te importan tus príncipes y siervos; pues hoy me has hecho ver claramente que si Absalón viviera, aunque todos nosotros estuviéramos muertos, entonces estarías contento.

Levántate pues, ahora, y ve afuera y habla bondadosamente a tus siervos; porque juro por Jehová que, si no sales, no quedará ni un hombre contigo esta noche; y esto te será peor que todos los males que te han sobrevenido desde tu juventud hasta ahora.

Las palabras de Joab hacen reaccionar al rey; se levanta y se sienta a la puerta, y es dado aviso a todo el pueblo, diciendo:

—He aquí el rey está sentado a la puerta.

Entonces viene todo el pueblo delante del rey, y el pueblo es confortado; y salen gritos de júbilo y victoria, y gritan todos:

—¡Viva el rey!

El regreso

Israel está dividido y debilitado tras la rebelión y muerte de Absalón, las diferentes facciones de las tribus están dispersas por toda la tierra desde Dan hasta Beerseba a la expectativa del regreso del rey a Jerusalén, reconociendo su capacidad guerrera, su imponente figura frente a los opositores y diciendo entre ellos:

—El rey nos ha librado de mano de nuestros enemigos, y nos ha salvado de mano de los filisteos; y ahora ha huido del país por miedo de Absalón. Y Absalón, a quien habíamos ungido sobre nosotros, ha muerto en la batalla. ¿Por qué, pues, estáis callados respecto de hacer volver al rey?

Hay indecisión entre los ancianos de todo Israel.

La habilidad política del rey consiste en convocar a la unidad de todo el pueblo, sabiendo que muchos aún son sus contrarios y le temen, pero sabe también que en política no hay matrimonio por amor, todos son por conveniencia. Las diferencias se mantendrán —lo sabe bien— pero estarán subordinadas a la paz y al progreso de todo el pueblo.

Así que otra vez mueve sus piezas en el tablero del ajedrez político y envía a los sacerdotes Sadoc y Abiatar, diciendo:

—Hablad a los ancianos de Judá, y decidles: ¿Por qué seréis vosotros los postreros en hacer volver el rey a su casa, cuando la palabra de todo Israel ha venido al rey para hacerle volver a su casa? Vosotros sois mis hermanos; mis huesos y mi carne sois. ¿Por qué, pues, seréis vosotros los postreros en hacer volver al rey?

»Asimismo, diréis a Amasa: ¿No eres tú también hueso mío y carne mía? (Hijo del ismaelita Jeter y Abigail, hermana de David, por lo tanto es su sobrino y primo de Joab, abandona al rey para unirse a Absalón quien lo nombra capitán de las fuerzas rebeldes). —Y agrega—. Así me haga Dios, y aun me añada, si no fueres general del ejército delante de mí para siempre, en lugar de Joab.

Joab pierde el puesto por matar a Absalón, y desobedecer al rey tras recomendarle tratarlo con benignidad.

Con estas ofertas el rey inclina el corazón de todos los varones de Judá, como el de un solo hombre, para que enviasen a decir al rey:

—Vuelve tú, y todos tus siervos.

Vuelve, pues, el rey, y llega hasta el Jordán. Y Judá viene a Gilgal para recibir al rey y para hacerle pasar el Jordán.

Y Simei hijo de Gera, hijo de Benjamín, que es de Bahurim, se da prisa y desciende con los hombres de Judá a recibir al rey David.

Con él venían mil hombres de Benjamín; asimismo Siba, criado de la casa de Saúl, con sus quince hijos y sus veinte siervos, los cuales pasan el Jordán delante del rey. Y cruzan el vado para pasar a la familia del rey, y para hacer lo que a él le pareciera.

Entonces Simei, hijo de Gera, se postra delante del rey cuando él pasa el Jordán, y le dice:

—No me culpe mi señor de iniquidad, ni tenga memoria de los males que tu siervo hizo el día en que mi señor el rey salió de Jerusalén; no los guarde el rey en su corazón.

Porque yo tu siervo reconozco haber pecado, y he venido hoy el primero de toda la casa de José para descender a recibir a mi señor el rey.

Responde Abisai hijo de Sarvia y dice:

—¿No ha de morir por esto Simei, que maldijo al ungido de Jehová?

David entonces dice:

—¿Qué tengo yo con vosotros, hijos de Sarvia, para que hoy me seáis adversarios? ¿Ha de morir hoy alguno en Israel? ¿Pues no sé yo que hoy soy rey sobre Israel?

Y dice el rey a Simei:

—No morirás. —Y el rey se lo jura.

También Mefi-boset hijo de Jonatán, nieto de Saúl, desciende a recibir al rey; no había lavado sus pies, ni había cortado su barba, ni tampoco había lavado sus vestidos, desde el día en que el rey salió hasta el día en que vuelve en paz.

Y luego que vino a él a Jerusalén a recibir al rey, el rey le dice:

—Mefi-boset, ¿por qué no fuiste conmigo?

Y él responde:

—Rey señor mío, mi siervo me engañó; pues tu siervo había dicho: Enalbárdame un asno, y montaré en él, e iré al rey; porque tu siervo es cojo. Pero él ha calumniado a tu siervo delante de mi señor el rey; mas mi señor el rey es como un ángel de Dios; haz, pues, lo que bien te parezca.

»Porque toda la casa de mi padre era digna de muerte delante de mi señor el rey, y tú pusiste a tu siervo entre los convidados a tu mesa. ¿Qué derecho, pues, tengo aún para clamar más al rey?

Y el rey le dice:

—¿Para qué más palabras? Yo he determinado que tú y Siba os dividáis las tierras.

Y Mefi-boset dice al rey:

—Deja que él las tome todas, pues que mi señor el rey ha vuelto en paz a su casa.

También Barzilai galaadita desciende de Rogelim, y pasa el Jordán con el rey, para acompañarle al otro lado del Jordán.

Es Barzilai muy anciano, de ochenta años, y él había dado provisiones al rey cuando estaba en Mahanaim, porque era hombre muy rico.

Y el rey dice a Barzilai:

—Pasa conmigo, y yo te sustentaré conmigo en Jerusalén.

Mas Barzilai dice al rey:

—¿Cuántos años más habré de vivir, para que yo suba con el rey a Jerusalén? De edad de ochenta años soy este día. ¿Podré distinguir entre lo que es agradable y lo que no lo es? ¿Tomará gusto ahora tu siervo en lo que coma o beba? ¿Oiré más la voz de los cantores y de las cantoras? ¿Para qué, pues, ha de ser tu siervo una carga para mi señor el rey?

»Pasará tu siervo un poco más allá del Jordán con el rey; ¿por qué me ha de dar el rey tan grande recompensa? Yo te ruego que dejes volver a tu siervo, y que muera en mi ciudad, junto al sepulcro de mi padre y de mi madre. Mas he aquí a tu siervo Quimam; que pase él con mi señor el rey, y haz a él lo que bien te pareciere.

Y el rey dice:

—Pues pase conmigo Quimam, y yo haré con él como bien te parezca; y todo lo que tú pidieres de mí, yo lo haré.

Y todo el pueblo pasa el Jordán; y luego que el rey pasa besa a Barzilai, y lo bendice; y él se vuelve a casa.

El rey entonces pasa a Gilgal, y con él pasa Quimam; y todo el pueblo de Judá acompañaba al rey, y también la mitad del pueblo de Israel.

Los hombres de Israel vienen al rey, y le dicen:

—¿Por qué los hombres de Judá, nuestros hermanos, te han llevado, y han hecho pasar el Jordán al rey y a su familia, y a todos los siervos de David con él?

Y todos los hombres de Judá responden a todos los de Israel:

—Porque el rey es nuestro pariente. Mas ¿por qué os enojáis vosotros de eso? ¿Hemos nosotros comido algo del rey? ¿Hemos recibido de él algún regalo?

Entonces responden los hombres de Israel:

—Nosotros tenemos en el rey diez partes, y en el mismo David más que vosotros. ¿Por qué, pues, nos habéis tenido en poco? ¿No hablamos nosotros los primeros, respecto de hacer volver a nuestro rey? Y las palabras de los hombres de Judá son más violentas que las de los hombres de Israel.

Hay entre los hombres de Israel un hombre perverso, Seba hijo de Bicri, hombre de Benjamín, el cual toca la trompeta, y dice:

—No tenemos nosotros parte en David, ni heredad con el hijo de Isaí. ¡Cada uno a su tienda, Israel!

Así todos los hombres de Israel abandonan a David, siguiendo a Seba; mas los de Judá siguen a su rey desde el Jordán hasta Jerusalén.

Luego llega David a su casa en Jerusalén, toma a las diez mujeres concubinas que había dejado para guardar la casa, y las pone en reclusión, y las alimenta; pero nunca más se llega a ellas, sino que quedan encerradas hasta que mueren, en viudez perpetua.

Después dice el rey a Amasa:

—Convócame a los hombres de Judá para dentro de tres días y hállate tú aquí presente.

Cuando va Amasa para convocar a los de Judá se detiene más del tiempo que le ha dicho el rey, por lo que David dice a Abisai:

—Seba hijo de Bicri nos hará más daño que Absalón; toma, pues, tú los siervos de tu señor, y ve tras él, no sea que halle para sí ciudades fortificadas, y nos cause dificultad.

Entonces salen en pos de él los hombres de Joab, y los cereteos y peleteos y todos los valientes; salen de Jerusalén para ir tras Seba el separatista.

Y estando ellos cerca de la piedra grande que está en Gabaón, les sale Amasa al encuentro. Y Joab está ceñido de su ropa, y sobre ella tiene pegado a sus lomos el cinto con una daga en su vaina, la cual se le cae cuando él avanza.

Entonces Joab dice a Amasa:

—¿Te va bien, hermano mío?

Entonces, toma Joab con la diestra la barba de Amasa, para besarlo.

Y Amasa no se cuida de la daga que está en la mano de Joab; y este lo hiere con ella en la quinta costilla, derrama sus entrañas por tierra, y cae muerto sin darle un segundo golpe. Después Joab y su hermano Abisai van en persecución de Seba.

Y uno de los hombres de Joab se para junto a él, y dice:

—Cualquiera que ame a Joab y a David, vaya en pos de Joab.

Luego, Amasa yace revolcándose en su sangre en mitad del camino; y todo el que pasaba, al verle, se detenía; y viendo aquel hombre que todo el pueblo se paraba, aparta a Amasa del camino al campo, y echa sobre él una vestidura.

Luego que fue apartado del camino el cuerpo de Amasa, pasan todos los seguidores de Joab, para ir tras Seba.

Y él pasa por todas las tribus de Israel hasta Abel-bet-maaca y todo Barim; y se juntan, y le siguen también.

Y vienen y lo sitian en Abel-bet-maaca, y ponen baluarte contra la ciudad, y queda sitiada; y todo el pueblo que estaba con Joab trabaja por derribar la muralla.

Entonces una mujer sabia da voces en la ciudad, diciendo:

—Oíd, oíd; os ruego que digáis a Joab que venga acá, para que yo hable con él.

Cuando él se acerca a ella, dice la mujer:

—¿Eres tú Joab?

Y él responde:

—Yo soy.

Ella le dice:

—Oye las palabras de tu sierva.

Y él responde:

—Oigo.

Entonces ella vuelve a hablar y dice:

—Antiguamente solían decir: Quien preguntare, pregunte en Abel; y así concluían cualquier asunto.

»Yo soy de las pacíficas y fieles de Israel; pero tú procuras destruir una ciudad que es madre en Israel. ¿Por qué destruyes la heredad de Jehová?

Joab responde:

—Nunca tal, nunca tal me acontezca, que yo destruya ni deshaga.

»La cosa no es así: mas un hombre del monte de Efraín, que se llama Seba hijo de Bicri, ha levantado su mano contra el rey David; entregad a ese solamente, y me iré de la ciudad.

Y la mujer dice a Joab:

—He aquí su cabeza te será arrojada desde el muro.

La mujer va a todo el pueblo con su sabiduría; y ellos cortan la cabeza a Seba hijo de Bicri, y se la arrojan a Joab. Y él toca trompeta, y se retiran de la ciudad, cada uno a su tienda. Y Joab se vuelve al rey a Jerusalén.

David canta acción de gracias por la salvación recibida de Jehová:

SALMO 118

Alabad a Jehová, porque él es bueno; porque para siempre es su misericordia.
Diga ahora Israel, que para siempre es su misericordia.
Diga ahora la casa de Aarón, que para siempre es su misericordia.
Digan ahora los que temen a Jehová, que para siempre es su misericordia.
Desde la angustia invoqué a JAH, y me respondió JAH, poniéndome en lugar espacioso.
Jehová está conmigo; no temeré lo que me pueda hacer el hombre.
Jehová está conmigo entre los que me ayudan; por tanto, yo veré mi deseo en los que me aborrecen.
Mejor es confiar en Jehová que confiar en príncipes.
Todas las naciones me rodearon; mas en el nombre de Jehová yo las destruiré.
Me rodearon y me asediaron; mas en el nombre de Jehová yo las destruiré.
Me rodearon como abejas; se enardecieron como fuego de espinos; mas en el nombre de Jehová yo las destruiré.
Me empujaste con violencia para que cayese, pero me ayudó Jehová.
Mi fortaleza y mi cántico es JAH, y él me ha sido por salvación.
Voz de júbilo y de salvación hay en las tiendas de los justos; la diestra de Jehová hace proezas.

La diestra de Jehová es sublime; la diestra de Jehová hace valentías.
No moriré, sino que viviré, y contaré las obras de JAH.
Me castigó gravemente JAH, mas no me entregó a la muerte.
Abridme las puertas de la justicia; entraré por ellas, alabaré a JAH.
Ésta es la puerta de Jehová; por ella entrarán los justos.
Te alabaré porque me has oído, y me fuiste por salvación.
La piedra que desecharon los edificadores ha venido a ser cabeza del ángulo.
De parte de Jehová es esto, y es cosa maravillosa a nuestros ojos.
Éste es el día que hizo Jehová; nos gozaremos y alegraremos en él.
Oh Jehová, sálvanos ahora, te ruego; te ruego, oh Jehová, que nos hagas prosperar ahora.
Bendito el que viene en el nombre de Jehová; desde la casa de Jehová os bendecimos.
Jehová es Dios, y nos ha dado luz; atad víctimas con cuerdas a los cuernos del altar.
Mi Dios eres tú, y te alabaré; Dios mío, te exaltaré.
Alabad a Jehová, porque él es bueno; porque para siempre es su misericordia.

Oficiales de David

Así queda Joab sobre todo el ejército de Israel, y Benanía hijo de Joiada sobre los cereteos y peleteos, y Adoram sobre los tributos, y Josafat hijo de Ahilud era el cronista.

Seva era escriba, y Sadoc y Abiatar, sacerdotes, e Ira jaireo es también sacerdote de David.

Venganza de los gabaonitas

Gabaón es un pueblo grande y sus hombres son fuertes en los tiempos de Josué el conquistador de la Tierra. Y al oír del gran poder del Dios de Israel, de cómo separa las aguas del mar Rojo; y cómo separa las aguas del río Jordán; y cómo entrega con facilidad la gran ciudad de Jericó a los israelitas derrumbando sus gigantescas murallas, los hombres de Gabaón usan de la astucia para salvar sus vidas, pues tienen entendido que ningún pueblo que habita Canaán se salvará de la furia del Dios Todopoderoso del pueblo de Israel. Y, engañando a Josué y a todos los ancianos de Israel, se fingen extranjeros de un país lejano; niegan que vivan en Canaán y firman un pacto de no agresión. Josué ni los ancianos consultan a Jehová sobre el asunto y caen en el engaño, firman y se comprometen a defenderlos contra cualquier agresión, a cambio ellos y sus descendientes serán sus sirvientes por toda la vida.

Así es como Josué y el pueblo de Israel defienden a Gabaón del ataque de los cinco reyes de los amorreos, Adonisedec rey de Jerusalén, Hoham rey de Hebrón, Piream rey de Jarmut, Jafia rey de Laquis y Debir rey de Eglón, y los vence; ese día Josué habla a Jehová y en presencia de los israelitas, dice:

—Sol, detente en Gabaón; y tú, luna, en el valle de Ajalón,

Y el sol se detiene y la luna se para, hasta que la gente termina de vengarse de sus enemigos.

Y no hay día como aquel, ni antes ni después de él, habiendo atendido Jehová a la voz de un hombre; porque Jehová pelea por Israel.

El pacto de Israel con Gabaón sigue vigente, pero el rey Saúl no lo respeta y combate y mata a gabaonitas, y los que quedan huyen a esconderse en cuevas, en las montañas y en el desierto. Después de la muerte del rey Saúl, los hombres de Gabaón se reagrupan y viven en paz, pero Dios se acuerda de lo que hizo Israel en tiempos de Saúl, y hace que la lluvia cese durante tres años y causa hambre en el pueblo.

Es cuando el rey David consulta a Jehová:

—¿Qué pasa, Señor?

Jehová responde:

> *Es por causa de Saúl, y por aquella casa de sangre, por cuanto mató a los gabaonitas.*

Entonces el rey llama a los gabaonitas, y les pregunta:

—¿Qué haré por vosotros, o qué satisfacción os daré, para que bendigáis la heredad de Jehová?

Y los gabaonitas le responden:

—No tenemos nosotros querella sobre plata ni sobre oro con Saúl y con su casa; ni queremos que muera hombre de Israel.

Y él les dice:

—Lo que vosotros dijereis, haré.

Ellos responden:

—De aquel hombre que nos destruyó, y que maquinó contra nosotros para exterminarnos sin dejar nada de nosotros en todo el territorio de Israel, dénsenos siete varones de sus hijos, para que los ahorquemos delante de Jehová en Gabaa de Saúl, el escogido de Jehová.

Y el rey dice, sin consultar a Dios:

—Yo los daré.

El rey solo perdona a Mefi-boset hijo de Jonatán, hijo de Saúl, por el juramento de Jehová que hubo entre ellos, entre David y Jonatán hijo de Saúl, pues recuerda cuando Jonatán le dice al protegerlo de su padre que lo perseguía para matarlo: «Vete tranquilo, pues el juramento que hemos hecho los dos ha sido en el nombre del Señor, y hemos pedido que para siempre esté él entre nosotros dos y en las relaciones entre tus descendientes y los míos».

David entonces toma a dos hijos de Rizpa, hija de Aja, los cuales ella había tenido de Saúl, Armoni y Meribbaal, y a cinco hijos de Merab, hija de Saúl, los cuales ella había tenido de Adriel, hijo de Barzilai meholatita, y los entrega en manos de los gabaonitas, y ellos los ahorcan en el monte delante de Jehová; y así mueren juntos aquellos siete, los cuales son muertos en los primeros días de la siega, al comenzar la siega de la cebada.

Entonces Rizpa, con el corazón contrito y humillado, inicia una huelga de hambre como protesta silenciosa en espera de justicia, no sólo terrenal sino divina; toma una tela oscura y áspera tejida de cabra, símbolo de su profunda tristeza por el cruel sacrificio de sus hijos y la tiende para sí sobre la piedra, recordando la voz del Señor: No pagarán los hijos por los padres.

Derrama su alma quebrantada frente a la roca, desde el principio de la siega, y ahí permanecerá en vigilia hasta que llueva sobre ellos agua del cielo, es decir, hasta que Jehová responda; y no deja que ninguna ave de carroña se pose sobre los cuerpos de ellos de día, ni fiera del campo de noche.

Y avisan a David lo que hace Rizpa, y va y toma los huesos de Saúl y los huesos de Jonatán su hijo, de los hombres de Jabes de Galaad, que los habían hurtado de la plaza de Bet-sán, donde los habían colgado los filisteos, cuando los filisteos mataron a Saúl en Gilboa; y hace llevar de allí los huesos de Saúl y los huesos de Jonatán su hijo; y recogen también los huesos de los ahorcados.

Y sepultan los huesos de Saúl y los de su hijo Jonatán en tierra de Benjamín, en Zela, en el sepulcro de Cis su padre; y hacen todo lo que el rey ha mandado. Después de esto, luego que los restos mortales de sus hijos son dignamente sepultados, Dios es propicio a la tierra y la lluvia desciende del cielo. De Rizpa es la victoria.

El amor a la elección de Dios

La obra perfecta en el corazón de los hombres es reconocer y aceptar al que Dios envía. Los valientes de David lo tienen muy claro, no solo en Mahanaim, donde le piden que no salga a combatir a los rebeldes que siguen a Absalón:

—No saldrás; porque si nosotros huyéramos, no harán caso de nosotros; y aunque la mitad de nosotros muera, no harán caso de nosotros; mas tú ahora vales tanto como diez mil de nosotros. Será, pues, mejor que tú nos des ayuda desde la ciudad.

No sólo en Mahanaim, sino también cuando los filisteos, años más tarde, se rebelan del yugo de Israel y hacen la guerra, sus hombres reconociendo la valía del ungido de Jehová, le dicen:

—Nunca más de aquí en adelante saldrás con nosotros a la batalla, no sea que apagues la lámpara de Israel.

Porque ese día David encabeza el combate contra los filisteos rebeldes, pero se cansa. Y aquel hombre, que siendo adolescente venció al gigante Goliat con sólo su honda, está a punto de ser muerto con la pesada lanza de Isbi-benob, uno de los descendientes de los gigantes, mas Abisai, hijo de Sarvia, llega en su ayuda, y hiere al filisteo y lo mata.

Para los que aman la elección ,David es la lámpara de Israel.

¿Miedo a los gigantes?

Diez de los doce príncipes que Moisés había enviado a espiar la tierra de Canaán regresan temerosos después de cuarenta días y con un espíritu de cobardía informan al pueblo que es imposible entrar pues «es tierra de gigantes. Hijos de Anac, raza de los gigantes, y éramos nosotros, a nuestro parecer, como langostas; y así les parecíamos a ellos». Y por el temor a los gigantes y porque era tierra que «tragaba a sus moradores», los israelitas no entran y, en castigo, Dios los envía al desierto por cuarenta años, hasta que esa generación de incrédulos desaparece y la nueva generación cree en que el Dios de Israel es un Dios Todopoderoso. De aquellos doce príncipes, sólo Caleb, de la tribu de Judá y Oseas, a quien Moisés le puso el nombre de Josué, hijo de Nun, de la tribu de Efraín, dan alegres nuevas, porque hay en ellos otro espíritu, un espíritu de poder, de valor y de dominio propio.

Así en los tiempos del rey Saúl, los guerreros israelitas permanecen en sus tiendas cuarenta días mientras un gigante de nombre Goliat los insulta e insulta al Dios de Israel. Y todos los varones que veían aquel hombre con un espíritu de cobardía huyen de su presencia, y tienen gran temor.

Un pastorcito que de parte del Todopoderoso andaba por ahí ve que el pueblo está en cuarentena temeroso del gigante y entonces pide que le den la oportunidad de enfrentarse a él, pues en David hay otro espíritu:

—No desmaye el corazón de ninguno a causa de él —le dice el pastorcito al rey—, tu siervo irá y peleará contra este filisteo.

Cuando el rey autoriza, aquel muchacho rubio y de hermoso parecer, le grita al gigante en el Valle de Ela:

—Tú vienes a mí con espada y lanza y jabalina; mas yo vengo a ti en el nombre de Jehová de los ejércitos, el Dios de los escuadrones de Israel, a quien tú has provocado.

Y lo mata.

Ya los gigantes para los valientes de David no son problema, ni mucho menos causa de pavor o miedo. Abisai mata a Isbi-benob cuando intenta descargar su lanza contra el rey David en la batalla; Sibecai husatita mata a Saf, quien es uno de los descendientes de los gigantes. Elhanán, hijo de Jaare-oregim de Belén, destroza con su espada a Goliat geteo, el asta de cuya lanza era como el rodillo de un telar; Jonatán, hijo de Simea hermano de David, hiere mortalmente a un hombre de gran estatura cuando hubo otra guerra en Gat. Este hombre tenía doce dedos en las manos, y otros doce en los pies, veinticuatro por todos, y también era descendiente de los gigantes.

El Divino Cantor de Israel se alegra porque Jehová lo ha librado de la mano de todos sus enemigos, incluido a Saúl.

La misericordia de Dios

SALMO 36

La iniquidad del impío me dice al corazón: No hay temor de Dios delante de sus ojos.
Se lisonjea, por tanto, en sus propios ojos, de que su iniquidad no será hallada y aborrecida.
Las palabras de su boca son iniquidad y fraude; ha dejado de ser cuerdo y de hacer el bien.
Jehová, hasta los cielos llega tu misericordia, y tu fidelidad alcanza hasta las nubes.
Tu justicia es como los montes de Dios, tus juicios, abismo grande. Oh Jehová, al hombre y al animal conservas.
¡Cuán preciosa, oh Dios, es tu misericordia! Por eso los hijos de los hombres se amparan bajo la sombre de tus alas.
Serán completamente saciados de la grosura de tu casa, y tú los abrevarás del torrente de tus delicias.
Porque contigo está el manantial de la vida; en tu luz veremos la luz.
Extiende tu misericordia a los que te conocen, y tu justicia a los rectos de corazón.
No venga pie de soberbia contra mí, y mano de impíos no me mueva.
Allí cayeron los hacedores de iniquidad; fueron derribados, y no podrán levantarse.
El ungido del Dios de Jacob, El dulce cantor de Israel, está por dar su último aliento, y dice al pueblo anunciando al Mesías:
-El Espíritu de Jehová ha hablado por mí, y su palabra ha estado en mi lengua.
El Dios de Israel ha dicho, me habló la Roca de Israel: Habrá un justo que gobierne entre los hombres, que gobierne en el temor de Dios.

> *Será como luz de la mañana, como el resplandor del sol en una mañana sin nubes, como la lluvia que hace brotar la hierba de la tierra.*
> *No es así mi casa para con Dios; sin embargo, él ha hecho conmigo pacto perpetuo, ordenado en todas las cosas, y será guardado, aunque todavía no haga él florecer toda mi salvación y mi deseo.*
> *Mas los impíos serán todos ellos como espinos arrancados, los cuales nadie toma con la mano; sino que el que quiere tocarlos se arma de hierro y de asta de lanza, y son del todo quemados en su lugar.*

El Divino Cantor de Israel entona esta alabanza, para anunciar el camino de los malos:

SALMO 37:

> *No te impacientes a causa de los malignos, ni tengas envidia de los que hacen iniquidad.*
> *Porque como hierba serán pronto cortados, y como la hierba verde se secarán.*
> *Confía en Jehová, y haz el bien, y habitarás en la tierra, y te apacentarás de la verdad.*
> *Deléitate asimismo en Jehová, y él te concederá las peticiones de tu corazón.*
> *Encomienda a Jehová tu camino, y confía en él; y él hará.*
> *Exhibirá tu justicia como la luz, y tu derecho como el mediodía.*
> *Guarda silencio ante Jehová, y espera en él. No te alteres con motivo del que prospera en su camino, por el hombre que hace maldades.*
> *Deja la ira, y desecha el enojo; no te excites en manera alguna a hacer lo malo.*
> *Porque los malignos serán destruidos, pero los que esperan en Jehová ellos heredarán la tierra.*
> *Pues de aquí a poco no existirá el malo; observarás su lugar, y no estará allí.*
> *Pero los mansos heredarán la tierra, y se recrearán con abundancia de paz.*
> *Maquina el impío contra el justo, y cruje contra él sus dientes; el Señor se reirá de él; porque ve que viene su día.*

Los impíos desenvainan espada y entesan su arco, para derribar al pobre y al menesteroso, para matar a los de recto proceder.
Su espada entrará en su mismo corazón, y su arco será quebrado.
Mejor es lo poco del justo, que las riquezas de muchos pecadores.
Porque los brazos de los impíos serán quebrados; mas el que sostiene a los justos es Jehová.
Conoce Jehová los días de los perfectos, y la heredad de ellos será para siempre.
No serán avergonzados en el mal tiempo, y en los días de hambre serán saciados.
Mas los impíos perecerán, y los enemigos de Jehová como la grasa de los carneros serán consumidos; se disiparán como el humo.
El impío toma prestado, y no paga; mas el justo tiene misericordia, y da.
Porque los benditos de él heredarán la tierra; y los malditos de él serán destruidos.
Por Jehová son ordenados los pasos del hombre, y él aprueba su camino.
Cuando el hombre cayere, no quedará postrado, porque Jehová sostiene su mano.
Joven fui, y he envejecido, y no he visto justo desamparado, ni su descedencia que mendigue pan.
En todo tiempo tiene misericordia, y presta; y su descedencia es para bendición.
Apártate del mal, y haz el bien, y vivirás para siempre.
Porque Jehová ama la rectitud, y no desampara a sus santos.
Para siempre serán guardados; mas la descedencia de los impíos será destruida.
Los justos heredarán la tierra, y vivirán para siempre sobre ella.
La boca del justo habla sabiduría, y su lengua habla justicia.
La ley de su Dios está en su corazón; por tanto, sus pies no resbalarán.
Acecha el impío al justo, y procura matarlo.
Jehová no lo dejará en sus manos, ni lo condenará cuando le juzgaren.
Espera en Jehová, y guarda su camino, y él te exaltará para heredar la tierra; cuando sean destruidos los pecadores, lo verás.
Vi yo al impío sumamente enaltecido, y que se extendía como laurel verde.

Pero él pasó, y he aquí ya no estaba; lo busqué, y no fue hallado.
Considera al íntegro, y mira al justo; porque hay un final dichoso para el hombre de paz.
Mas los transgresores serán todos a una destruidos; la posteridad de los impíos será extinguida.
Pero la salvación de los justos es de Jehová, y él es su fortaleza en el tiempo de la angustia.
Jehová los ayudará y los librará; los libertará de los impíos, y los salvará, por cuanto en él esperaron.

En la última etapa de su vida, el rey David asume una increíble actitud optimista de todo lo que le rodea; conoce su límite pues su cuerpo está cambiando, y aun cuando siente la reducción de la densidad de sus huesos, disfruta la última fase de su existencia con plenitud y gozo porque sabe que Dios lo guiará aún más allá de la muerte.

El Divino Cantor de Israel, feliz entona:

SALMO 48

Grande es Jehová, y digno de ser en gran manera alabado en la ciudad de nuestro Dios, en su monte santo.
Hermosa provincia, el gozo de toda la tierra, es el monte de Sion, a los lados del norte, la ciudad del gran Rey.
En sus palacios Dios es conocido por refugio.
Porque he aquí los reyes de la tierra se reunieron; pasaron todos.
Y Viéndola ellos así, se maravillaron, se turbaron, se apresuraron a huir.
Les tomó ahí temblor; dolor como de mujer que da a luz.
Con viento solano quiebras tú las naves de Tarsis.
Como lo oímos, así lo hemos visto en la ciudad de Jehová de los ejércitos, en la ciudad de nuestro Dios; la afirmará Dios para siempre.
Nos acordamos de tu misericordia, oh Dios, en medio de tu templo.
Conforme a tu nombre, oh Dios, así es tu loor hasta los fines de la tierra; de justicia está llena tu diestra.
Se alegrará el monte de Sion; se gozarán las hijas de Judá por tus juicios.

Andad alrededor de Sion, y rodeadla; contad sus torres. Considerad atentamente su antemuro, mirad sus palacios; para que lo contéis a la generación venidera.
Porque este Dios es Dios nuestro eternamente y para siempre; Él nos guiará aun más allá de la muerte.

Los valientes de David

En la cueva de Adulam, ubicada en Cananea, al sur de Belén, Dios fortalece y levanta a su ungido en el momento más sombrío de su vida acercándole hombres afligidos como él, hambrientos, endeudados y con amargura de espíritu, quienes lo hacen su jefe, y con semejantes hombres en número de cuatrocientos, David inicia el camino hacia la victoria hasta convertirse en rey de todo Israel para que la extraordinaria grandeza de su poder sea de Dios y no de él.

Ahí están, por esa gracia y misericordia de Jehová de los ejércitos, entre estos cuatrocientos «endeudados y con amargura de espíritu», Joseb-Basemat, principal de los capitanes que mata a ochocientos hombres en una ocasión; Adino el eznita, que acaba con trescientos enemigos en una sola batalla; Eleazar, un guerrero perseverante que continua peleando aun cuando los israelitas retroceden; es uno de los tres valientes que están con David y desafían a los filisteos al reunirse para la batalla; y se habían alejado los hombres de Israel. Este se levanta entonces, y hiere a los filisteos hasta que su mano se cansa, y queda pegada su mano a la espada. Aquel día Jehová otorga una gran victoria, y se vuelve el pueblo en pos de él tan solo para recoger el botín.

Y qué hablar del valiente Sama: los filisteos se han reunido en Lehi, donde hay un terreno pequeño lleno de lentejas, y el pueblo ha huido delante del enemigo. Él, entonces, se para en medio del terreno y lo defiende, y mata a los filisteos; y Jehová da una gran victoria.

Los tres valientes aman la elección de Dios, y demuestran estar dispuestos a ofrecer su vida por cumplir los deseos de David cuando descienden y vienen en tiempo de la siega a David en la cueva de Adulam; y el campamento de los filisteos está en el valle de Refaim, cerca de Belén.

Es entonces que el ungido de Jehová dice con vehemencia:

—¡Quién me diera a beber del agua del pozo de Belén que está junto a la puerta!

El pozo está resguardado por una guarnición de los filisteos, no obstante, los tres valientes irrumpen por el campamento de los filisteos, sacan agua del pozo de Belén y la traen a David. Mas David no la toma, sino la derrama para Jehová, diciendo:

—Lejos sea de mí, oh Jehová, que yo haga esto. ¿He de beber yo la sangre de los varones que fueron con peligro de su vida?

Los nombres de los tres valientes quedan escritos en la historia de Dios.

Pero no solo son valientes Joseb-Basemat, Eleazar y Sama, sin embargo, encabezan la lista de los treinta, también destacan en la lucha aquellos hombres que se unen a David en la cueva de Adulam, afligidos, desarrapados, hambrientos, endeudados y con amargura de espíritu, Abisai, hermano de Joab, sobrinos de David por su hermana Sarvia; Abisai es el principal de los treinta, es quien mata al gigante que trata de acabar con David en la batalla contra los filisteos; el que alza su lanza contra trescientos y los mata, y gana renombre con los tres, mas no los iguala.

Benaía hijo de Joiada, otro guerrero sobresaliente que se suma a la lista, es nombrado jefe de la guardia personal de David por su arrojo y temeridad. Mata a dos leones en Moab; y él mismo desciende y mata a un león en medio de un foso cuando estaba nevando. Mata también a un egipcio, hombre de gran estatura; aun cuando el egipcio tiene una lanza en su mano, pero desciende contra él con un palo, arrebata al egipcio la lanza de su mano, lo acaba con su propia lanza, y gana renombre pero no iguala a los tres valientes.

Están incluidos en la lista de los treinta valientes de David, además, Asael hermano de Joab; Elhanan hijo de Dodo de Belén; Sama harodita; Elica herodita, Heles paltita, Ira hijo de Iques, tecoíta, Abiezer anatotita, Mabunai husatita, Salmón ahoita, Maharai netofatita, Heleb hijo de Baana, netofatita, Itai hijo de Ribai, de Gabaa de los hijos de Benjamín, Benaía piratonita, Hirai del arroyo de Gaas, Abi-albón arbatita, Azmavet barhumita, Eliaba saalbonita, Jonatán de los hijos de Jasén, Sama ararita, Ahiam hijo de Sarar, ararita, Igal hijo de Natán, de Soba, Bani gadita, Selec amonita, Naharai beerotita, escudero de Joab hijo de Sarvia, Ira itrita, Gareb itrita, Urías heteo; son treinta y siete por todos.

Mas el ejército de Dios aumenta cuando llegan a Siclag unos valientes y ponen sus armas al servicio de David. Están armados de arco, y usan de ambas manos para tirar piedras con honda y saetas con arco. De los hermanos de Saúl de Benjamín está el principal Ahiezer, después Joás, hijos de Semaa gabaatita; Jeziel y Pelet hijos de Azmavet, Beraca, Jehú anotita, Ismaías gabaonita, valiente entre los treinta, y más que los treinta; Jeremías, Jahaziel, Johanán, Jozabad gederatita, Eluzai, Jerimot, Bealías, Semarías, Sefatías harufita, Elcana, Isaías, Azareel, Joezer y Jasobeam, coreítas, y Joela y Zebadías hijos de Jeroham de Gedor.

También de la tribu de Gad huyen algunos y van a David, al lugar fuerte en el desierto, hombres de guerra muy valientes para pelear, diestros con escudo y pavés; sus rostros son como rostros de leones, y son ligeros como las gacelas sobre las montañas.

Ezer el primero, Obadías el segundo, Eliab el tercero, Mismana el cuarto, Jeremías el quinto, Atai el sexto, Eliel el séptimo, Johanán el octavo, Elzabad el noveno, Jeremías el décimo y Macbanai el undécimo.

Estos son los capitanes del ejército de los hijos de Gad. El menor tiene cargo de cien hombres, y el mayor de mil.

Asimismo, algunos de los hijos de Benjamín y de Judá vienen a David al lugar fuerte.

Y David sale a ellos, y les habla diciendo:

—Si habéis venido a mí para paz y para ayudarme, mi corazón será unido con vosotros; mas si es para entregarme a mis enemigos, sin haber iniquidad en mis manos, véalo el Dios de nuestros padres, y lo demande.

Entonces el Espíritu vino sobre Amasai, jefe de los treinta, y dice:

—Por ti, oh David, y contigo, oh hijo de Isaí. Paz, paz contigo, y paz con tus ayudadores, pues también tu Dios te ayuda.

Y David los recibe, y los pone entre los capitanes de la tropa.

También se pasan a David algunos de la tribu de Manasés, cuando va con los filisteos a la batalla contra Saúl, en aquel momento David no les ayudó, porque los jefes de los filisteos, habido consejo, lo despidieron, diciendo: «Con peligro de nuestras cabezas se pasará a su señor Saúl».

Así que viniendo a él a Siclag, se pasan a su ejército de los de Manasés, Adnas, Jozabad, Jediaiel, Micael, Eliú y Ziletai, príncipes de millares de los de Manasés.

El ejército de Dios se fortalece en Hebrón cuando lo hacen rey de todo Israel, conforme a la palabra de Jehová. Y el número de los que están listos para la guerra son, de los hijos de Judá que traen escudo y lanza, seis mil ochocientos; de los hijos de Simeón, siete mil cien hombres, valientes y esforzados para la guerra; de los hijos de Leví, cuatro mil seiscientos; asimismo Joiada, príncipe de los del linaje de Aarón, y con él tres mil setecientos, y Sadoc, joven valiente y esforzado, con veintidós de los principales de la casa de su padre.

De los hijos de Benjamín hermanos de Saúl, tres mil; porque hasta entonces muchos de ellos se mantenían fieles a la casa de Saúl.

De los hijos de Efraín, veinte mil ochocientos, muy valientes, varones ilustres en las casas de sus padres; de la media tribu de Manasés, dieciocho mil, los cuales fueron tomados por lista para venir a poner a David por rey.

De los hijos de Isacar, doscientos principales, entendidos en los tiempos, y que saben lo que Israel debe hacer, cuyo dicho siguen todos sus hermanos; de Zabulón cincuenta mil, que salían a campaña prestos para la guerra, con toda clase de armas, dispuestos a pelear sin doblez de corazón.

De Neftalí, mil capitanes, y con ellos treinta y siete mil con escudo y lanza; de los de Dan, dispuestos a pelear, veintiocho mil seiscientos; de Aser, dispuestos para la guerra y preparados para pelear, cuarenta mil; y del otro lado del Jordán, de los rubenitas y gaditas y de la media tribu de Manasés, ciento veinte mil con toda clase de armas de guerra.

Todos estos hombres dispuestos para guerrear vienen con corazón perfecto a Hebrón, para poner a David por rey sobre todo Israel; asimismo todos los demás de Israel están de un mismo ánimo para poner a David por rey.

Y están allí con David tres días comiendo y bebiendo, porque sus hermanos han preparado para ellos.

También los que les eran vecinos, hasta Isacar y Zabulón y Neftalí, traen víveres en asnos, camellos, mulos y bueyes; provisión de harina, tortas de higos, pasas, vino y aceite, y bueyes y ovejas en abundancia, porque en Israel hay alegría.

Y el Divino Cantor de Israel entona estas alabanzas, al ver la unidad, el regocijo y la bienaventuranza del amor fraternal del pueblo:

SALMO 133

¡Mirad cuán bueno y cuán delicioso es habitar los hermanos juntos en armonía!
Es como el buen óleo sobre la cabeza, el cual desciende sobre la barba, la barba de Aarón, y baja hasta el borde de sus vestiduras; como el rocío de Hermón, que desciende sobre los montes de Sion; porque allí envía Jehová bendición, y vida eterna.

SALMO 100

Cantad alegres a Dios, habitantes de toda la tierra. Servid a Jehová con alegría; venid ante su presencia con regocijo.
Reconoced que Jehová es Dios, Él nos hizo, y no nosotros a nosotros mismos; pueblo suyo somos, y ovejas de su prado.
Entrad por sus puertas con acción de gracias, por sus atrios con alabanza; alabadle, bendecid su nombre. Porque Jehová es bueno; para siempre es su misericordia, y su verdad por todas las generaciones.

SALMO 95

Venid, aclamemos alegremente a Jehová; cantemos con júbilo a la roca de nuestra salvación. Lleguemos ante su presencia con alabanza; aclamémosle con cánticos. Porque Jehová es Dios grande, y Rey grande sobre todos los dioses. Porque en su mano están las profundidades de la tierra, y las alturas de los montes son suyas.
Suyo también el mar, pues él lo hizo; y sus manos formaron la tierra seca.
Venid, adoremos y postrémonos; arrodillémonos delante de Jehová nuestro Hacedor.
Porque Él es nuestro Dios; nosotros el pueblo de su prado, y ovejas de su mano.
Si oyereis hoy su voz, no endurezcáis vuestro corazón, como en Meriba, como en el día de Masah en el desierto, donde me tentaron vuestros padres, me probaron, y vieron mis obras.

Cuarenta años estuve disgustado con la nación, y dije: Pueblo es que divaga de corazón, y no han conocido mis caminos.
Por tanto, juré en mi furor que no entrarían en mi reposo.

David y sus hombres derrotan a los filisteos desde Gabaón hasta Gezer, y su fama crece, se divulga por todas aquellas tierras; y Jehová pone el temor de David sobre todas las naciones. Extiende sus dominios, logra la paz en su reino y gobierna cuarenta años y seis meses a su pueblo con justicia.

A sus setenta años el cuerpo tembloroso del rey David se va desgastando, las contracciones de los músculos y la relajación por la ausencia de calor dificulta el habla y lo cansa, y los siervos del rey se alarman, por eso corren por todo Israel en busca de una joven bella y virgen que lo abrigue, y la encuentran en Sunem.

A su edad toda actividad sexual cesa; el rey siente que la vida se le escapa, y determina para Dios sus últimos pensamientos.

Por eso el Divino Cantor de Israel, con tenue voz, canta al Creador de los Cielos:

SALMO 90

Señor, tú nos has sido refugio de generación en generación. Antes de que naciesen los montes y formases la tierra y el mundo, desde el siglo y hasta el siglo, tú eres Dios.
Vuelves al hombre hasta ser quebrantado, y dices: Convertíos, hijos de los hombres. Porque mil años delante de tus ojos son como el día de ayer, que pasó, y como una de las vigilias de la noche.
Los arrebatas como con torrente de aguas; son como sueño, como la hierba que crece en la mañana, en la mañana florece y crece; a la tarde es cortada, y se seca.
Porque con tu furor somos consumidos, y con tu ira somos turbados. Pusiste nuestras maldades delante de ti, nuestros yerros a la luz de tu rostro.
Porque todos nuestros días declinan a causa de tu ira; acabamos nuestros años como un pensamiento.
Los días de nuestra edad son setenta años; y si en los más robustos son ochenta años, con todo, su fortaleza es molestia y trabajo, porque pronto pasan y volamos.

¿Quién conoce el poder de tu ira, y tu indignación según que debes ser temido? Enséñanos de tal modo a contar nuestros días, que traigamos al corazón sabiduría.
Vuélvete, oh Jehová; ¿hasta cuándo? Y aplácate para con tus siervos. De mañana sácianos de tu misericordia, y cantaremos y nos alegraremos todos nuestros días. Alégranos conforme a los días que nos afligiste, y los años en que vimos el mal. Aparezca en tus siervos tu obra, y tu gloria sobre sus hijos.
Sea la luz de Jehová nuestro Dios sobre nosotros, y la obra de nuestras manos confirma sobre nosotros; sí, la obra de nuestras manos confirma.

La joven virgen

Para la joven, hermosa y virgen Abisag hay plenitud de gozo en conocer la voluntad del rey y estar ante su presencia de día y de noche sirviéndole. Ella viene de Sunem, un pequeño pueblo en medio de un valle ubicado a treinta y dos kilómetros del Monte Carmelo, no lejos de Nazaret.

El privilegio de atender con la pureza de su espíritu al ungido de Jehová, abrigarlo, respirar el aliento de su nariz y velar su sueño es, a sus dieciséis años, una enorme bendición que no tiene precio. Abisag irradia su juventud al desgastado cuerpo del rey David, piel a piel, todas las noches en su cama; y el rey se agrada, siente revivir, siente la energía, y la necesita porque aún no arregla su casa, aún la espada pende en el silencio de su conciencia, por la consecuencia de su falta. Su hijo Adonías usurpa el trono.

Plegaria pidiendo ser liberado de los enemigos

SALMO 35

Disputa, oh Jehová, con los que contra mí contienden; pelea contra los que me combaten.
Echa mano al escudo y al pavés, y levántate en mi ayuda.
Saca la lanza, cierra contra mis perseguidores; di a mi alma: Yo soy tu salvación.
Sean avergonzados y confundidos los que buscan mi vida; sean vueltos atrás y avergonzados los que mi mal intentan.
Sean como el tamo delante del viento, y el ángel de Jehová los acose.
Sea su camino tenebroso y resbaladizo, y el ángel de Jehová los persiga.
Porque sin causa escondieron para mí su red en un hoyo; sin causa cavaron hoyo para mi alma.
Véngale el quebrantamiento sin que lo sepa, y la red que él escondió lo prenda; con quebrantamiento caiga en ella
Entonces mi alma se alegrará en Jehová; se regocijará en su salvación.
Todos mis huesos dirán: Jehová, ¿quién como tú, que libras al afligido del más fuerte que él, y al pobre y menesteroso del que le despoja?
Se levantan testigos malvados; de lo que no sé me preguntan; me devuelven mal por bien, para afligir a mi alma.
Pero yo, cuando ellos enfermaron, me vestí de cilicio; afligí con ayuno mi alma, y mi oración se volvía a mi seno.
Como por mi compañero, como por mi hermano andaba; como el que trae luto por madre, enlutado me humillaba.

Pero ellos se alegraron en mi adversidad, y se juntaron; se juntaron contra mí gentes despreciables, y yo no lo entendía; me despedazaban sin descanso; como lisonjeros, escarnecedores y truhanes, crujieron contra mí sus dientes.
Señor, ¿hasta cuándo verás esto? Rescata mi alma de sus destrucciones, mi vida de los leones.
Te confesaré en grande congregación; te alabaré entre numeroso pueblo.
No se alegren de mí los que sin causa son mis enemigos, ni los que me aborrecen sin causa guiñen el ojo.
Porque no hablan paz; y contra los mansos de la tierra piensan palabras engañosas.
Ensancharon contra mí su boca; dijeron: ¡Ea, ea, nuestros ojos lo han visto!
Tú lo has visto, oh Jehová; no calles; Señor, no te alejes de mí.
Muévete y despierta para hacerme justicia, Dios mío y Señor mío, para defender mi causa.
Júzgame conforme a tu justicia, Jehová Dios mío, y no se alegren de mí.
No digan en su corazón: ¡Ea, alma nuestra! No digan: ¡Le hemos devorado!
Sean avergonzados y confundidos a una los que de mi mal se alegran; vístanse de vergüenza y de confusión los que se engrandecen contra mí.
Canten y alégrense los que están de mi justa causa, y digan siempre: Sea exaltado Jehová, que ama la paz de su siervo.
Y mi lengua hablará de tu justicia y de tu alabanza todo el día.

En los rincones palaciegos Adonías hijo de Haguit urde el complot, muy lejos del significado de su nombre "Jehová es mi maestro", no le importa que su padre sea el Ungido de Jehová, ambiciona el trono y persuade a otros como él arrogantes y oportunistas, a Joab comandante en jefe del ejército de David, y a Abiatar sacerdote, los cuales atienden sus intereses personales antes de acatar los designios de Dios, y los designios de Jehová son a favor de Salomón como sucesor de Su Ungido.

Adonías usurpa el trono y dice:

—Yo reinaré.

Y se hace de carros y de gente de a caballo, y de cincuenta hombres que corren delante de él; y mata ovejas y vacas y animales gordos junto a la peña de Zohelet, la cual está cerca de la fuente de Rogel, al sur de Jerusalén, donde se unen el valle de Cedrón con el de Hinon, en la frontera entre Judá y Benjamín, y convida a todos sus hermanos los hijos del rey, y a todos los varones de Judá, siervos del rey; pero no convida al profeta Natán, ni a Benaía, ni a los grandes, ni a Salomón su hermano.

El complot está en marcha y una nueva conspiración está frente al anciano David, por otro de sus hijos.

El rey canta a su Creador:

SALMO 31:

En ti, oh Jehová, he confiado; no sea yo confundido jamás; líbrame en tu justicia.
Inclina a mí tu oído, líbrame pronto; sé tú mi roca fuerte, y fortaleza para salvarme.
Porque tú eres mi roca y mi castillo; por tu nombre me guiarás y me encaminarás.
Sácame de la red que han escondido para mí, pues tú eres mi refugio.
En tu mano encomiendo mi espíritu; tú me has redimido, oh Jehová, Dios de verdad.
Aborrezco a los que esperan en vanidades ilusorias; mas yo en Jehová he esperado.
Me gozaré y alegraré en tu misericordia, porque has visto mi aflicción; has conocido mi alma en las angustias.
No me entregaste en mano del enemigo; pusiste mis pies en lugar espacioso.
Ten misericordia de mí, oh Jehová, porque estoy en angustia; se han consumido de tristeza mis ojos, mi alma también y mi cuerpo.
Porque mi vida se va gastando de dolor, y mis años de suspirar; se agotan mis fuerzas a causa de mi iniquidad, y mis huesos se han consumido.
De todos mis enemigos soy objeto de oprobio, y de mis vecinos mucho más, y el horror de mis conocidos; los que me ven fuera huyen de mí.

He sido olvidado de su corazón como un muerto; he venido a ser como un vaso quebrado
Porque oigo la calumnia de muchos; el miedo me asalta por todas partes, mientras consultan juntos contra mí e idean quitarme la vida.
Mas yo en ti confío, oh Jehová; digo: Tú eres mi Dios.
En tu mano están mis tiempos; líbrame de la mano de mis enemigos y de mis perseguidores.
Haz resplandecer tu rostro sobre tu siervo; sálvame por tu misericordia.
No sea yo avergonzado, oh Jehová, ya que te he invocado; sean avergonzados los impíos, estén mudos en el Seol.
Enmudezcan los labios mentirosos, que hablan contra el justo cosas duras con soberbia y menosprecio.
¡Cuán grande es tu bondad, que has guardado para los que te temen, que has mostrado a los que esperan en ti, delante de los hijos de los hombres!
En lo secreto de tu presencia los esconderás de la conspiración del hombre; los pondrás en un tabernáculo a cubierto de contención de lenguas.
Bendito sea Jehová, porque ha hecho maravillosa su misericordia para conmigo en ciudad fortificada.
Decía yo en mi premura: cortado estoy de delante de tus ojos; pero tú oíste la voz de mis ruegos cuando a ti clamaba.
Amad a Jehová, todos vosotros sus santos; a los fieles guarda Jehová, y paga abundantemente al que procede con soberbia.
Esforzaos todos vosotros los que esperáis en Jehová, y tome aliento vuestro corazón.

Dios hace sentir a David su perdón, y dichoso entona este canto:

SALMO 32

Bienaventurado aquel cuya transgresión ha sido perdonada, y cubierto su pecado.
Bienaventurado el hombre a quien Jehová no culpa de iniquidad, y en cuyo espíritu no hay engaño.
Mientras callé, se envejecieron mis huesos en mi gemir todo el día.

Porque de día y de noche se agravó sobre mí tu mano; se volvió mi verdor en sequedades de verano.
Mi pecado te declaré, y no encubrí mi iniquidad. Dije: Confesaré mis transgresiones a Jehová; y tú perdonaste la maldad de mi pecado.
Por esto orará a ti todo santo en el tiempo en que puedas ser hallado; ciertamente en la inundación de muchas aguas no llegarán éstas a él.
Tú eres mi refugio; me guardarás de la angustia; con cánticos de liberación me rodearás.
Te haré entender, y te enseñaré el camino en que debes andar; sobre ti fijaré mis ojos.
No seáis como el caballo, o como el mulo, sin entendimiento, que han de ser sujetados con cabestro y con freno, porque si no, no se acercan a ti.
Muchos dolores habrá para el impío; mas al que espera en Jehová, le rodea la misericordia.
Alegraos en Jehová y gozaos, justos; y cantad con júbilo todos vosotros los rectos de corazón.

Los valientes de David no siguen al usurpador, porque en ellos está firme la elección de Dios y consideran al ungido de Jehová la lámpara de Israel. Tampoco secundan el complot el sacerdote Sadoc, Benanía hijo de Joiada, Simea, Rei ni ninguno otro de los grandes de David. El profeta Natán, conocedor de los mandamientos del Todopoderoso, ve en la rebeldía de Adonías un peligro para Salomón y su madre, y corre a advertirle a Betsabé, diciendo:

—¿No has oído que reina Adonías hijo de Haguit, sin saberlo David nuestro señor? Ven pues, ahora, y toma mi consejo, para que conserves tu vida, y la de tu hijo Salomón.

»Ve y entra al rey David, y dile: Rey señor mío, ¿no juraste a tu sierva, diciendo: Salomón tu hijo reinará después de mí, y él se sentará en mi trono? ¿Por qué, pues, reina Adonías?

»Y estando tú aún hablando con el rey, yo entraré tras de ti y reafirmaré tus razones.

Entonces Betsabé entra a la cámara del anciano rey, y ahí frente a Abisag que le servía, se inclina y hace reverencia al rey. El rey le pregunta:

—¿Qué tienes?

Y ella responde:

—Señor mío, tú juraste a tu sierva por Jehová tu Dios, diciendo: Salomón tu hijo reinará después de mí, y él se sentará en mi trono. Y he aquí ahora Adonías reina, y tú, mi señor rey, hasta ahora no lo sabes.

»Ha matado bueyes, y animales gordos, y muchas ovejas, y ha convidado a todos los hijos del rey, al sacerdote Abiatar, y a Joab general del ejército; mas a Salomón tu siervo no ha convidado.

»Entre tanto, rey señor mío, los ojos de todo Israel están puestos en ti, para que les declares quién se ha de sentar en el trono de mi señor el rey después de él.

»De otra manera sucederá que cuando mi señor el rey duerma con sus padres, yo y mi hijo Salomón seremos tenidos por culpables.

Mientras aún habla ella con el rey, he aquí llega el profeta Natán. Y dan aviso al rey, diciendo:

—He aquí el profeta Natán.

El profeta entra y se postra delante del rey inclinando su rostro a tierra. Y dice:

—Rey señor mío, ¿has dicho tú: «Adonías reinará después de mí, y él se sentará en mi trono»? Porque hoy ha descendido, y ha matado bueyes y animales gordos y muchas ovejas, y ha convidado a todos los hijos del rey, y a los capitanes del ejército, y también al sacerdote Abiatar; y he aquí, están comiendo y bebiendo delante de él, y han dicho: ¡Viva el rey Adonías!

»Pero ni a mí tu siervo, ni al sacerdote Sadoc, ni a Benaía hijo de Joiada, ni a Salomón tu siervo, ha convidado. ¿Es este negocio ordenado por mi señor el rey, sin haber declarado a tus siervos quién se había de sentar en el trono de mi señor el rey después de él?

Entonces el rey David responde y dice:

—Llamadme a Betsabé.

Y ella entra a la presencia del rey.

Y el rey jura diciendo:

—Vive Jehová, que ha redimido mi alma de toda angustia, que como yo te he jurado por Jehová Dios de Israel, diciendo: Tu hijo Salomón reinará después de mí, y él se sentará en mi trono en lugar mío; que así lo haré hoy.

Entonces Betsabé se inclina ante el rey, con su rostro a tierra, y haciendo reverencia al rey, dice:

—Viva mi señor el rey David para siempre.

Y el rey llama al sacerdote Sadoc, al profeta Natán, y a Benaía hijo de Joiada. Y ellos entran a la presencia del rey.

David les dice:

—Tomad con vosotros los siervos de vuestro señor, y montad a Salomón mi hijo en mi mula, y llevadlo a Gihón; y allí lo ungirán el sacerdote Sadoc y el profeta Natán como rey de Israel, y tocaréis trompeta, diciendo: ¡Viva el rey Salomón!

Después iréis vosotros detrás de él, y vendrá y se sentará en mi trono, y él reinará por mí; porque a él he escogido para que sea príncipe sobre Israel y sobre Judá.

Entonces Benaía, hijo de Joiada, responde al rey y dice:

—Amén. Así lo diga Jehová, Dios de mi señor el rey. De la manera que Jehová ha estado con mi señor el rey, así esté con Salomón, y haga mayor su trono que el trono de mi señor el rey David.

Y descienden el sacerdote Sadoc, el profeta Natán, Benanía hijo de Joiada, y los cereteos y los peleteos, y montan a Salomón en la mula del rey David, y lo llevan a Gihón, una fuente natural de agua que fluye a partir de aguas subterráneas ubicada en el valle del Cedrón, cerca de las murallas de Jerusalén. Y tomando el sacerdote Sadoc el cuerno del aceite del tabernáculo, unge a Salomón; y tocan trompeta, y dice todo el pueblo:

—¡Viva el rey Salomón!

Después sube todo el pueblo en pos de él, y canta la gente con flautas, y hacen grandes alegrías, que parece que la tierra se hunde con el clamor de ellos.

Y lo oye Adonías y todos los convidados que con él están, cuando acaban de comer. Y oyendo Joab el sonido de la trompeta, dice:

—¿Por qué se alborota la ciudad con estruendo?

Mientras él aún habla, he aquí viene Jonatán hijo del sacerdote Abiatar, al cual dice Adonías:

—Entra, porque tú eres hombre valiente, y traerás buenas nuevas.

Jonatán responde y dice a Adonías:

—Ciertamente nuestro señor el rey David ha hecho rey a Salomón; y el rey ha enviado con él al sacerdote Sadoc y al profeta Natán, y a Benaía hijo de Joiada, y también a los cereteos y a los peleteos, los cuales le montaron en la mula del rey; y el sacerdote Sadoc y el profeta Natán lo han ungido por rey en Gihón, y de allí han subido con alegrías, y la ciudad está llena de estruendo. Este es el alboroto que habéis oído.

También Salomón se ha sentado en el trono del reino, y aun los siervos del rey han venido a bendecir a nuestro señor el rey David, diciendo: «Dios haga bueno el nombre de Salomón más que tu nombre, y haga mayor su trono que el tuyo». Y el rey adoró en la cama.

Además, el rey ha dicho así: «Bendito sea Jehová Dios de Israel, que ha dado hoy quien se siente en mi trono, viéndolo mis ojos».

Ellos entonces se estremecen, y se levantan todos los convidados que están con Adonías, y se va cada uno por su camino.

Mas Adonías, temiendo de la presencia de Salomón, se levanta y se va, y se coge con fuerza de los cuernos del altar.

Y así se lo hacen saber a Salomón, diciendo:

—He aquí que Adonías tiene miedo del rey Salomón, pues se ha asido de los cuernos del altar, diciendo: «Júreme hoy el rey Salomón que no matará a espada su siervo».

Y Salomón dice:

—Si él fuere hombre de bien, ni uno de sus cabellos caerá a tierra; mas si se hallare mal en él, morirá.

Y envía el rey Salomón, lo traen del altar; él viene, y se inclina ante el rey Salomón. Entonces, Salomón le dice:

—Vete a tu casa.

Instrucciones de David a Salomón

David convoca a todas las autoridades de Israel a Jerusalén; los jefes de las tribus, los comandantes de las divisiones del ejército, los otros generales y capitanes, los que administran las propiedades y los animales del rey, los funcionarios del palacio, los hombres valientes y todos los demás guerreros valientes del reino. David se pone de pie y manifiesta:

> *—¡Hermanos míos y pueblo mío! Era mi deseo construir un templo donde el Arca del Pacto del Señor, el estrado de los pies de Dios, pudiera descansar para siempre. Hice los preparativos necesarios para construirlo, pero Dios me dijo: «Tú no debes edificar un templo para honrar mi nombre, porque eres hombre de guerra y has derramado mucha sangre».*
> *Sin embargo, el Señor, Dios de Israel, me eligió a mí de entre toda la familia de mi padre para ser rey sobre Israel para siempre. Pues él ha elegido a la tribu de Judá para gobernar y, de entre las familias de Judá, eligió a la familia de mi padre. De entre los hijos de mi padre al Señor le agradó hacerme a mí rey sobre todo Israel. De entre mis hijos —porque el Señor me ha dado muchos— eligió a Salomón para sucederme en el trono de Israel y para gobernar el reino del Señor. Me dijo:*
> *Salomón tu hijo, él edificará mi casa y mis atrios; porque a éste he escogido por hijo, y yo le seré a él por padre. Asimismo yo confirmaré su reino para siempre, si él se esforzare a poner por obra mis mandamientos y mis decretos, como en este día.*

Ahora, pues, ante los ojos de todo Israel, congregación de Jehová, y en oídos de nuestro Dios, guardad e inquirid todos los preceptos de Jehová vuestro Dios, para que poseáis la buena tierra, y la dejéis en herencia a vuestros hijos después de vosotros perpetuamente.

Y tú, Salomón, hijo mío, reconoce al Dios de tu padre, y sírvele con corazón perfecto y con ánimo voluntario; porque Jehová escudriña los corazones de todos, y entiende todo intento de los pensamientos. Si tú le buscares, lo hallarás; mas si lo dejares, él te desechará para siempre.

Mira, pues, ahora, que Jehová te ha elegido para que edifiques casa para el santuario; esfuérzate, y hazla.

Y David ofrece a Salomón su hijo el plano del pórtico del templo y sus casas, sus tesorerías, sus aposentos, sus cámaras y la casa del propiciatorio.

Asimismo, el plano de todas las cosas que tenía en mente para los atrios de la casa de Jehová, para todas las cámaras alrededor, para las tesorerías de la casa de Dios, y para las tesorerías de las cosas santificadas.

También para los grupos de los sacerdotes y de los levitas, para toda la obra del ministerio de la casa de Jehová, y para todos los utensilios del ministerio de la casa de Jehová.

Y da oro en peso para las cosas de oro, para todos los utensilios de cada servicio, y plata en peso para todas las cosas de plata, para todos los utensilios de cada servicio.

Oro en peso para los candeleros de oro, y para sus lámparas; en peso el oro para cada candelero y sus lámparas; y para los candeleros de plata, plata en peso para cada candelero y sus lámparas, conforme al servicio de cada candelero.

Asimismo, obsequia oro en peso para las mesas de la proposición, para cada mesa; del mismo modo plata para las mesas de plata.

También oro puro para los garfios, para los lebrillos, para las copas y para las tazas de oro; para cada taza por peso; y para las tazas de plata, por peso para cada taza.

Además, oro puro en peso para el altar del incienso, y para el carro de los querubines de oro, que con las alas extendidas cubrían el Arca del Pacto de Jehová.

Todas estas cosas, afirma David, me fueron trazadas por la mano de Jehová, que me hizo entender todas las obras del diseño.

Aconseja además David a Salomón su hijo:

—Anímate y esfuérzate, y manos a la obra; no temas ni desmayes, porque Jehová Dios, mi Dios, estará contigo; él no te dejará ni te desamparará, hasta que acabes toda la obra para el servicio de la casa de Jehová.

»He aquí los grupos de los sacerdotes y de los levitas, para todo el ministerio de la casa de Dios, estarán contigo en toda la obra; asimismo todos los voluntarios e inteligentes para toda forma de servicio, y los príncipes, y todo el pueblo para ejecutar todas tus órdenes.

Después manifiesta el rey David a toda la asamblea:

—Solamente a Salomón mi hijo ha elegido Dios; él es joven y tierno de edad, y la obra grande; porque la casa no es para hombre, sino para Jehová Dios.

»Yo con todas mis fuerzas he preparado para la casa de mi Dios oro para las cosas de oro, plata para las cosas de plata, bronce para las de bronce, hierro para las de hierro, y madera para las de madera; y piedras de ónice, piedras preciosas, piedras negras, piedras de diversos colores, y toda clase de piedras preciosas, y piedras de mármol en abundancia.

»Además de esto, por cuanto tengo mi afecto en la casa de mi Dios, yo guardo en mi tesoro particular oro y plata que, además de todas las cosas que he preparado para la casa del santuario, he dado para la casa de mi Dios: tres mil talentos de oro, de oro de Ofir, y siete mil talentos de plata refinada para cubrir las paredes de las casas; oro, pues, para las cosas de oro, y plata para las cosas de plata, y para toda la obra de las manos de los artífices. ¿Y quién quiere hacer hoy ofrenda voluntaria a Jehová?

Entonces los jefes de familia, y los príncipes de las tribus de Israel, jefes de millares y de centenas, con los administradores de la hacienda del rey, ofrecen voluntariamente. Y dan para el servicio de la casa de Dios cinco mil talentos y diez mil dracmas de oro, diez mil talentos de plata, dieciocho mil talentos de bronces, y cinco mil talentos de hierro. Además, todo el que tiene piedras preciosas las da para el tesoro de la casa de Jehová, en mano de Jehiel gersonita.

Y se alegra el pueblo por haber contribuido voluntariamente; porque de todo corazón ofrecen a Jehová voluntariamente.

Asimismo, se alegra mucho el rey David, y bendice a Jehová delante de toda la congregación, y dice David:

—Bendito seas tú, oh Jehová, Dios de Israel nuestro padre, desde el siglo y hasta el siglo.

»Tuya es, oh Jehová, la magnificencia y el poder, la gloria, la victoria y el honor; porque todas las cosas que están en los cielos y en la tierra son tuyas. Tuyo, oh Jehová, es el reino, y tú eres excelso sobre todos.

»Las riquezas y la gloria proceden de ti, y tú dominas sobre todo; en tu mano está la fuerza y el poder, y en tu mano el hacer grande y el dar poder a todos.

»Ahora, pues, Dios nuestro, nosotros alabamos y loamos tu glorioso nombre.

»Porque ¿quién soy yo, y quién es mi pueblo, para que pudiésemos ofrecer voluntariamente cosas semejantes? Pues todo es tuyo, y de lo recibido de tu mano te damos.

»Porque nosotros, extranjeros y advenedizos somos delante de ti, como todos nuestros padres, y nuestros días sobre la tierra, cual sombra que no dura.

»Oh Jehová Dios nuestro, toda esta abundancia que hemos preparado para edificar casa a tu santo nombre, de tu mano es, y todo es tuyo.

»Yo sé, Dios mío, que tú escudriñas los corazones, y que la rectitud te agrada; por eso yo con rectitud de mi corazón voluntariamente te he ofrecido todo esto, y ahora he visto con alegría que tu pueblo, reunido aquí ahora, ha dado para ti espontáneamente.

»Jehová, Dios de Abraham, de Isaac y de Israel nuestros padres, conserva perpetuamente esta voluntad del corazón de tu pueblo, y encamina su corazón a ti.

»Asimismo, da a mi hijo Salomón corazón perfecto, para que guarde tus mandamientos, tus testimonios y tus estatutos, y para que haga todas las cosas, y te edifique la casa para la cual yo he hecho preparativos.

Después dice David a toda la congregación:

—Bendecir ahora a Jehová vuestro Dios.

Entonces toda la congregación bendice a Jehová Dios de sus padres, e inclinándose adoran delante de Jehová y del rey.

Y sacrifican víctimas a Jehová, y ofrecen a Jehová holocaustos al día siguiente: mil becerros, mil carneros, mil corderos con sus libaciones, y muchos sacrificios de parte de todo Israel. Comen y beben delante de Jehová aquel día con gran gozo; y dan por segunda vez la investidura del reino a Salomón hijo de David, y ante Jehová le ungen por príncipe, y a Sadoc por sacerdote.

Entonces Salomón se sienta por rey en el trono de Jehová en lugar de David su padre, y es prosperado, y todo Israel le obedece. Todos los príncipes y poderosos, y todos los hijos del rey David, presentan sus respetos y juran lealtad al rey Salomón.

Y Jehová engrandece en extremo a Salomón a ojos de todo Israel, y le da tal gloria en su reino, cual ningún rey la tuvo antes de él en Israel.

Más consejos de David a Salomón

La lámpara de Israel está a punto de extinguirse, y antes de que eso suceda, ordena a Salomón su hijo, diciendo:

—Yo sigo el camino de todos en la tierra; esfuérzate, y sé hombre. Guarda los preceptos de Jehová tu Dios, andando en sus caminos, y observando sus estatutos y mandamientos, de la manera que está escrito en la ley de Moisés, para que prosperes en todo lo que hagas y en todo aquello que emprendas; para que confirme Jehová la palabra que me habló diciendo: Si tus hijos guardaren mi camino, andando delante de mí con verdad, de todo su corazón y de toda su alma, jamás —dice— faltará a ti varón en el trono de Israel.

»Ya sabes tú lo que me ha hecho Joab hijo de Sarvia, lo que hizo a dos generales del ejército de Israel, a Abner hijo de Ner y a Amasa hijo de Jeter, a los cuales él mató, derramando en tiempo de paz la sangre de guerra en el talabarte que tenía sobre sus lomos, y en los zapatos que tenía en sus pies.

»Tú, pues, harás conforme a tu sabiduría; no dejarás descender sus canas al Seol en paz.

»Mas a los hijos de Barzilai galaadita harás misericordia, que sean de los convidados a tu mesa; porque ellos vinieron de esta manera a mí, cuando iba huyendo de Absalón tu hermano.

»También tienes contigo a Simei hijo de Gera, hijo de Benjamín, de Bahurim, el cual me maldijo con una maldición fuerte el día que yo iba a Mahanaim. Mas él mismo descendió a recibirme al Jordán, y yo le juré por Jehová diciendo: Yo no te mataré a espada.

»Pero ahora no lo absolverás; pues hombre sabio eres, y sabes cómo debes hacer con él; y harás descender sus canas con sangre al Seol.

Ya no lo ve pero Salomón cumple sus deseos; y no solo eso sino que Dios confirma el trono de su hijo y en Gabaón, el lugar alto y principal de sacrificios, le da tanta sabiduría como no le da a ninguno otro hombre antes ni después de él.

Los ojos de David se van cerrando, y como relámpagos cruzan por su mente los recuerdos: su ungimiento por el profeta Samuel, en aquella humilde casa de sus padres en Belén y frente a sus hermanos; el fresco aroma del campo y el recio calor del desierto en el pastoreo de sus ovejas, y su himno constante:

> *Jehová es mi pastor; nada me faltará.*
> *En lugares de delicados pastos me hará descansar; junto a aguas de reposo me pastoreará.*
> *Confortará mi alma; me guiará por sendas de justicia por amor de su nombre.*
> *Aunque ande en valle de sombra de muerte, no temeré mal alguno, porque tú estarás conmigo; tu vara y tu cayado me infundirán aliento.*
> *Aderezas mesa delante de mí en presencia de mis angustiadores; unges mi cabeza con aceite; mi copa está rebosando.*
> *Ciertamente el bien y la misericordia me seguirán todos los días de mi vida, y en la casa de Jehová moraré por largos días.*

Luego, viene a su memoria el ardor de su ira al escuchar los insultos del incircunciso gigante en el campamento de los filisteos, y cómo con la fuerza de su espíritu, utilizando su única arma, una honda, estrella contra la frente de Goliat aquella piedra que levanta en el valle de Ela, y lo derrumba, entonces corre presuroso a cortarle la cabeza con su propia espada. La recompensa no es lo que esperaba y que el rey Saúl ha prometido, no; la recompensa por esta gloriosa victoria que le da a Israel es la persecución por envidia, el exilio, el odio a muerte, el combate sin cuartel, mas David respeta la vida del rey porque es el ungido de Jehová; entonces le viene el recuerdo de Jonatán a quien ama con un amor divino, puro y sincero y es en reciprocidad que el alma de Jonatán queda ligada al alma de David; el amor efímero de Mical su primera esposa, hija del rey que lo salva de la muerte decretada por su padre al descolgarlo por una ventana de su casa, mientras los siervos de Saúl lo buscan; su encuentro con el profeta Samuel en Ramá quien le aconseja que huya porque mientras el rey viva su vida peligra; su huida a Gat y su temor frente al rey Aquis al ser descubierto, se finge loco entre ellos, escribe en las portadas de las puertas, y deja correr la saliva por su barba. Así llega a la cueva de Adulam, todo afligido, hambriento y con amargura de espíritu; y allí en su cama, parece sentir de nuevo el calor de la cueva, su refugio, y parece ver de nuevo, en sus recuerdos que lo asaltan, las figuras fantasmales que entran a su escondite, de aquellos hombres hambrientos, endeudados y con amargura de ánimo también como él que huyen de Belén y vienen a él y lo hacen su jefe; su regreso a los montes de Judá viviendo con sus hombres en el bosque de Haret, quitándole a los ricos lo que les sobra y dándole a los pobres lo que les falta.

Luego vuelve en sus recuerdos a sentir el dolor de la matanza en Nob, ciudad de los sacerdotes, por parte del rey Saúl, en venganza porque en su ignorancia de lo que le ocurría a David, el sacerdote Ahimelec le da pan y la espada con la que mató a Goliat el filisteo, a petición del fugitivo; sólo el hijo del sacerdote Ahimelec, Abiatar, salva su vida de aquella matanza ordenada por el rey y corre a buscar protección con David, quien le dice: «conmigo estarás a salvo». Abiatar desciende a David con el efod en su mano; la batalla contra los filisteos para librar a Keila es de alto riesgo pero David consulta a Jehová y le ordena salvar la ciudad. «¿De dónde vendrá mi socorro? Mi socorro viene de Jehová que hizo los cielos y la tierra», dice delante de sus hombres temerosos; recuerda asimismo la subsistencia de su agitada vida y la de sus hombres en el desierto de Zif y luego en En-gadi, y cómo perdona la vida de Saúl en una cueva de En-gadi y luego lo perdona de nuevo en el desierto de Zif «porque es el ungido de Jehová», repite en su delirio el anciano David.

La joven, bella y virgen Abisag observa de cerca el rostro del rey y ve que sus labios se mueven pero no escucha nada; de pronto brotan lágrimas de los ojos del rey, es el recuerdo de la muerte de Samuel, el profeta de Dios que lo unge con su aceite en aquel día memorable de su elección divina; también le viene a su memoria con fulgor brillante su etapa de mercenario en el país de los filisteos, a las órdenes de Aquis hijo de Maoc, rey de Gat, con asiento en Siclag, durante un año y cuatro meses; y la derrota a los amalecitas que le causan un gran dolor a él y a sus hombres cuando incursionan en su ausencia en Siclag y se llevan todas sus posesiones y familiares que recuperan con creces pocos días después; y otras lágrimas ruedan por las mejillas del anciano rey al recordar la muerte de Saúl y de su hijo Jonatán en el monte de Gilboa.

Y David repite aún la endecha: «¡Ha perecido la gloria de Israel sobre tus alturas! ¡Cómo han caído los valientes! No lo anunciéis en Gat, ni deis las nuevas en las plazas de Ascalón; para que no se alegren las hijas de los filisteos, para que no salten de gozo las hijas de los incircuncisos. Montes de Gilboa, ni rocío ni lluvia caiga sobre vosotros, ni seáis tierras de ofrendas; porque allí fue desechado el escudo de los valientes, el escudo de Saúl, como si no hubiera sido ungido con aceite. Sin sangre de los muertos, sin grosura de los valientes, el arco de Jonatán no volvía atrás, ni la espada de Saúl volvió vacía. Saúl y Jonatán, amados y queridos; inseparables en su vida, tampoco en su muerte fueron separados; más ligeros eran que águilas, más fuertes que leones. Hijas de Israel, llorad por Saúl, quien os vestía de escarlata con deleites, quien adornaba vuestras ropas con ornamentos de oro. ¡Cómo han caído los valientes en medio de la batalla! ¡Jonatán, muerto en tus alturas! Angustia tengo por ti, hermano mío Jonatán, que me fuiste muy dulce. Más maravilloso me fue tu amor que el amor de las mujeres. ¡Cómo han caído los valientes, han perecido las armas de guerra!».

Abisag ve que el rey llora, así que lo abraza y el calor de la joven lo reconforta, y vuelven sus pensamientos claros, sus recuerdos de aquel ayer cuando Dios le ordena ir a Hebrón, ciudad de Judá, y allí lo hacen rey; y recuerda la guerra entre su casa y la casa de Saúl; Abner hijo de Ner, general del ejército de Saúl, toma a Is-boset hijo de Saúl, y lo lleva a Mahanaim, y lo hace rey sobre todo Israel, pero sólo reina dos años porque es asesinado por dos de sus capitanes; y luego la alegría renueva su alma cuando recuerda la visita de los ancianos israelitas a Hebrón para hacerlo rey de Israel, quienes en pleno reconocimiento de su elección, le dicen: «Henos aquí, hueso tuyo y carne tuya somos. Y aun antes de ahora, cuando Saúl reinaba sobre nosotros, eras tú quien sacaba a Israel a la guerra, y lo volvías a traer. Además Jehová te ha dicho: Tú apacentarás a mi pueblo Israel, y tú serás príncipe sobre Israel»; sí era yo un joven vigoroso, de treinta años, recuerda el rey en su cama.

Cuarenta años reina sobre todo Israel. Siete años en Hebrón, y treinta y tres reina en Jerusalén.

La elección

Hermosos recuerdos le vienen ahora de aquellos hombres que le demuestran con palabras y hechos, aun a riesgo de su propia vida, el reconocimiento a su elección por parte de Dios, orando constantemente por el ungido de Dios, creyendo en esas palabras que quedan escritas para su enseñanza: «Yo bendeciré a los que te bendijeren...»; y se esmeran por cumplir sus deseos, como aquellos tres valientes que irrumpen el campamento de los filisteos para traerle agua del pozo de Belén que está junto a la puerta; y protegen su vida, como cuando en la guerra contra Absalón, le dicen: «No saldrás, porque tú vales tanto como diez mil de nosotros»; o cuando se cansa y un gigante pretende matarlo y Abisai hijo de Sarvia, lo salva, entonces el pueblo le dice: «Nunca más de aquí en adelante saldrás con nosotros a la batalla, no sea que apagues la lámpara de Israel». David, pues, es el ungido de Dios, según la fe de sus escogidos, pues la fe no es de todos. Hay quienes lo traicionan, y son de su propia casa.

David revive su primera batalla como rey de todo Israel contra los jebuseos para conquistar la fortaleza de Sion, la cual es la ciudad de David, y Jehová de los ejércitos está con él, porque luego derrota a los filisteos y a todos los reyes de las naciones en derredor.

De pronto, Abisag ve en los ojos del rey, a punto de cerrarse, un hilillo de oro luminoso y por primera vez una sonrisa, y es que David recuerda el Pacto de Dios con él:

> *Cuando tus días sean cumplidos, y duermas con tus padres, yo levantaré después de ti a uno de tu linaje, el cual procederá de tus entrañas, y afirmaré su reino.*
> *Él edificará casa a mi nombre, y yo afirmaré para siempre el trono de su reino.*
> *Yo le seré a él padre, y él me será a mí hijo. Y si él hiciere mal, yo le castigaré con vara de hombres, y con azotes de hijos de*

hombres; pero mi misericordia no se aparatará de él como la aparté de Saúl, al cual quité de delante de ti.
Y será afirmada tu casa y tu reino para siempre delante de tu rostro, y tu trono será estable eternamente.

Y la bella sunamita adherida a la piel del rey, escucha el débil sonido de su voz en esta plegaria:

—Ten ahora a bien bendecir la casa de tu siervo, para que permanezca perpetuamente delante de ti, porque tú, Jehová Dios, lo has dicho, y con tu bendición será bendita la casa de tu siervo para siempre.

En cuanto a mí, veré tu rostro en justicia; estaré satisfecho cuando despierte a tu semejanza.

David duerme.

Fuentes informativas

https://www.bible.com/es/versions/149-rvr1960-biblia-reina-valera-1960

https://www.biblegateway.com/versions/
New-American-Standard-Bible-NASB/

https://www.biblegateway.com/versions/
La-Biblia-de-las-Am%C3%A9ricas-LBLA/

https://apologeticspress.org/tuvo-mical-hijos-1852/

https://www.bibliatodo.com/mapas-biblicos/micmas

https://www.biblia.work/diccionarios/havila/

https://www.biblia.work/diccionarios/

https://www.bibliatodo.com/personajes-biblicos/aquis

https://www.google.com/books/edition/Diccionario_Biblico_Mundo_Hispa
no/6BS4lmUSJoMC?hl=en&gbpv=1&dq=donde+esta+Gat+la+ciudad+de+l
os+filisteos%3F&pg=PA312&printsec=frontcover.

https://books.google.com/books?id=TVevDwAAQBAJ&pg=PA74&lpg
=PA74&dq=donde+queda+la+tierra+de+Beerseva&source=bl&ots=nO
Hg0O7hD9&sig=ACfU3U1I22Or1Dq6QkSw0hbj65GLKMjqJg&hl=
en&sa=X&ved=2ahUKEwiLtc_JpofqAhVeB50JHeq6ACEQ6AEwBHoE
CAkQAQ#v=onepage&q=donde%20queda%20la%20tierra%20de%20
Beerseva&f=false

Made in the USA
Columbia, SC
11 December 2024